河南大学文学院院史丛书

我在河大读中文

卷一

武新军 主编

中国社会科学出版社

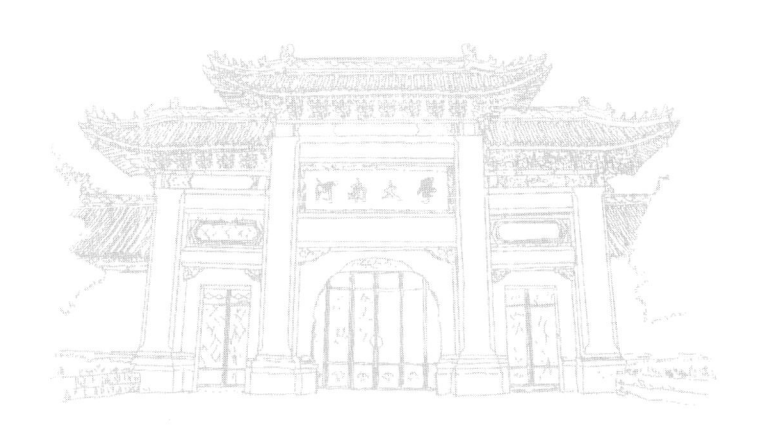

图书在版编目（CIP）数据

我在河大读中文：全三卷 / 武新军主编. -- 北京：中国社会科学出版社，2024.12. -- （河南大学文学院院史丛书）. -- ISBN 978-7-5227-4339-4

Ⅰ. I217.1

中国国家版本馆 CIP 数据核字第 20244FY358 号

出 版 人	赵剑英
责任编辑	梁世超
责任校对	赵雪姣
责任印制	戴 宽
出 版	中国社会科学出版社
社 址	北京鼓楼西大街甲 158 号
邮 编	100720
网 址	http://www.csspw.cn
发 行 部	010-84083685
门 市 部	010-84029450
经 销	新华书店及其他书店
印刷装订	北京君升印刷有限公司
版 次	2024 年 12 月第 1 版
印 次	2024 年 12 月第 1 次印刷
开 本	710×1000 1/16
印 张	74.75
字 数	1055 千字
定 价	488.00 元(全三卷)

凡购买中国社会科学出版社图书，如有质量问题请与本社营销中心联系调换
电话：010-84083683
版权所有　侵权必究

百年中文教育的历史经验与启示

——《我在河大读中文·序》

武新军

这些年，教育口述史正在成长为专门的学术领域，并有成为学科的趋势。叙述当代人亲历的教育史，必须建立在历史经验基础上，必须与多数人的历史记忆相吻合，才能够发挥凝聚共识、影响当下的作用。2019年年底，我在研读20世纪50年代"公社史""工厂史"的材料时发现，"以记忆引发记忆""以故事引发故事""图像叙事与文字叙事相互激发"等，是开展口述史工作的有效组织方式。受此启发，我们推出"我在河大读中文"栏目，旨在打捞百年中文教育的历史记忆，总结中文教育的历史经验，并通过这个栏目加强与校友联系、推进开门办学，助力招生宣传、提升人才培养质量。

在长达两年的栏目编辑实践中，我的内心收获了太多的温暖与感动，强烈感受到校友们对母校炽热的情感，感受到共同的历史记忆所产生的巨大力量。主办这个栏目，我也想借此检验一下自己多年研究文学期刊与文学传播的思考，是不是一直在纸上谈兵？这些研究心得在组稿、编辑和传播实践中是否有效？于是，自己先写文章示范，然后重点向深度参与学院工作的师友们约稿，并根据情势的需要，把约稿函、编者按、读者来信、编读互动、文图互动、评奖、超级读者等编辑策略，都运用到组稿、编稿与传播等实践中，以期能够扩大栏目的影响力，把更多的记忆激发出来。

好在文学院有着非常好的校友基础，河南大学创办以来，已经培养出各类人才70余万人，而文学院培养的人才将近13万人，占比接近五分之一。在这个庞大的校友群体的支持下，栏目很快就产生比较大的反响：平均每篇的阅读量达到4000以上，相关回忆文章频繁被各类刊物与网站转载，栏目还引起省教育厅的关注，被遴选为"河南省网络文化精品建设项目"予以重点支持。而最可喜的是，"我在河大读中文"进入了河大师生的日常生活，当时师友们聚会，栏目文章每每成为热议的对象，这说明个人的记忆开始在建构集体记忆方面发挥作用。在此栏目的带动下，河南大学相关学院、国内其他高校中文系，也开设了类似的栏目。这时候我们栏目主办者就轻松了许多，因为参与其事的人越来越多，许多校友从读者变成作者，从读者变成约稿人、发行人，他们主动向其他校友约稿，主动转发栏目文章。校友们纷纷把脑海中或模糊或鲜明的记忆转变为生动的文字，将近两年时间内，此栏目先后推出回忆文章180余篇，至今还在不断收到校友们发来的稿件。

栏目中的多数文章，都是以自身的感受和记忆为基础的，融入了回忆者的个人情感与生命体验。这种主观性的回忆，具有保存、补充和丰富教育史的功能，显然比一般的教育文献史料更具体、更鲜活，也更具有以史为鉴的当代意义。因此，在栏目文章即将结集出版之际，我再次研读了所有的文章，目的是总结百年中文教育的历史经验，以期能够对当前的文学教育改革有所帮助。

一　学术传承与知识创新

关爱和老师在谈及学科强盛之道时，指出首先要坚持学术引领，"所谓学术引领，就是继承良好的学术研究的传统，提倡思想自由严谨求实的学术精神，营造鼓励学术研究的氛围，形成有利于学术研究的制度。"① 一百多年来，文学院一直有着良好的学术研究的氛围，有着良好的学术传承：冯友兰、郭绍虞、刘盼遂、罗根泽、段凌辰、刘节、高亨、姜亮夫、朱芳圃、缪钺、卢冀野、邵瑞彭等著名学者，在河南大学有过或长或短的任教经历，对于河南大学学术风气的形成，都起到了积极的作用。这并非虚言，从许多院史研究成果可以发现，前辈学者离开河大而心系河大，长期与河大保持着密切的学术联系，甚至起着导向性作用。

李嘉言师承刘盼遂、陈寅恪、杨树达，曾做过闻一多、朱自清的助教，他任系主任期间，勇于对重大学术问题攻关，培养中文系独立的学术精神，开启了唐诗文献整理研究方向，经过高文、万曼、佟培基、齐文榜、吴河清等几代人的持续努力，成为特色优势研究方向。任访秋师承钱玄同、胡适、周作人，开启了中国近现代文学研究方向，经过刘增杰、刘思谦、关爱和、张宝明、孙先科等学者的接力奋斗，形成被学界广泛认可的研究团队，被誉为中国近现代文学研究的重镇。于安澜师承钱玄同，与赵天吏及后学张生汉、魏清源、王蕴智等形成文字学、音韵学、训诂学研究方向。华锺彦师从高亨、钱玄同、俞平伯，受教于吴汝纶的弟子高步瀛……他们与邢治平、王梦隐、宋景昌、王宽行、李春祥、王立群等构建了古代文学研究阵地。在于赓虞、牛庸懋等前辈学者的影响下，张中义、严铮、卢永茂、梁工、李伟昉等形成了比较文学的研究阵营。

一百多年来，文学院始终保持着向大师学习、向名家靠拢的凝聚力，因此能够将国内外最前沿的思想与学术信息引入中原大地，文学院也因此一直在参与着中国历史的现代化、中国学术的现代化的历史进程。置身于这个学术传统中，所有学子都受到潜移默化的

---

① 关爱和：《百年坚守 百年辉煌——〈河南大学中国语言文学学科史〉序》，《汉语言文学研究》2021年第1期。

滋养。学术传承是通过师生"聊天""唱和"与"通信",通过一节课、一席话或一封信开始的。栏目文章呈现出一个个薪火相传的故事:于安澜在范文澜的启发下,选择文字、音韵学的研究方向,成为蜚声中外的学术名家。在他的启发下,王蕴智选择甲骨文与文字学作为毕生的研究方向。李嘉言书房中的灯光和很少的几句话,照亮了鲁枢元、祝仲铨的人生之路,开启了他们想要做学问的理想。李春祥在元杂剧和红学研究领域多有创获,奠定了河南大学在元曲研究方面的领先地位,他的一句邀约,决定了康保成老师把戏曲作为一生的研究方向,师生之间平时的谈话,一步步地把他领进了学术研究的门径,后来成为戏曲研究大家。

学术研究既需要创新驱动,也需要不断地回望传统,看看我们在前行的过程中,究竟遗失了哪些重要的东西。鲁枢元老师认为:李嘉言先生的治学精神,吾辈学者很难望其项背,"在今天这个急功近利的年头,我们每个人都应对照前辈学者反省自己,看看自己身上还有多少优良学统的血脉!"[①] 与前辈学者相比,我们最大的问题是研究范围过于狭窄,失去了整体性视野,缺乏多方面的能力与素养。尽管我们一直在努力接续传统,但文史并重、诗书乐画兼擅的历史传统还是有所断裂:于安澜在音韵、文字、训诂、诗歌、绘画、书法、篆刻、音乐、戏曲等多个领域,都有开创性研究。任仿秋古今不隔,融通学术史与文学史,兼治古代、近代和现代文学,上下贯通,多所创获。华锺彦学术研究打通文字、音韵、训诂,教学科研从先秦延伸到元明清。与几位老先生相比,我们的确很难望其项背,我们的教学科研成果太单一了。他们与著名画家、音乐家、戏剧家交往密切,我们今天也很难做到。这些年文学院力推新文科建设与文学跨学科研究,也是想借此跨越文化断裂带,缩小与前辈们的距离。

---

① 鲁枢元:《致敬李嘉言先生》。

前辈们崇尚厚积薄发，具有强烈的传承文化与知识创新的历史使命感，值得我们认真学习：华锺彦自我要求很严，非有新见在胸绝不下笔，他开设"古典诗歌韵律及作法"等课程，是"鉴于古典诗歌（包括曲）无人提倡，致使光辉传统有断根绝种的危机，其为我忧。思欲振臂呼吁，与我同道共挽艰危，供青年一代能从创作道路做起，继承诗词遗产"①。于安澜反对无根之学，强调著作的创新性，能够留于身后、受益后人，他指导学生不只是讲学风和研究方法，更讲文化传承的责任与使命，哺育了一大批执着于文化传承传播的优秀学者。赵天吏坚持著书立说"必古人之未及就，后世之所不可无，而后为之"，没有达到"发前人之所未发"的高度，绝不轻易发表；牛庸懋、王宽行等前辈也是如此，他们虽有非凡的学术功力却极少写成文章，"'述而不作'的观点深刻地影响着宽行师那一代人"②。

前辈们以学术研究服务社会文化建设的热忱，值得我们借鉴。于安澜结合自己的学术研究，向国务院古籍整理领导小组及省市有关部门多次提议发掘、整理、利用河南省历史文化资源，为有重大影响的河南籍文化名人举行纪念活动。在他的倡导下，河南省先后建成许慎墓祠、许慎纪念馆、吴道子纪念馆、张衡纪念馆、张仲景纪念馆、花木兰纪念馆等，并先后举行形式多样的学术纪念活动，弘扬了传统文化。③ 华锺彦新时期之初率领唐代文学研究小组在全国开展吟诵调查，并对传承两千多年的吟诵读书方法展开理论研究，成为当代传统吟诵复兴的开创者。华锋用毕生精力普及华调吟诵，全国各地学习者达十万人以上，听众上百万人。河南大学的戏剧研究，历来为学界关注：首届毕业生樊粹庭，就是著名的戏剧大家。陈治策、卢冀野、华锺彦、孙作云、张长弓、李春祥、康保成、张

---

① 华锋：《古代文学——我们父子两代坚守的阵地》。
② 王立群：《王宽行：至简人生，深情于学》。
③ 王蕴智：《记我的导师于安澜先生》。

大新等前辈,都曾致力于戏剧研究并各有建树,为传承创新传统戏曲文化作出突出的贡献。

前辈们具有献身学术的志业理想:在冯友兰"活到老,学到老,写到老"精神影响下,文学院许多老师都以探究学术为生命的第一需求,把学术研究作为终身的志业,始终保持着不断探索与创新的精神,不断开拓新的知识领域。于安澜先生年过八旬重返讲台讲授古文字学,培养了许多专业人才,年过九旬还在写作学术文章。高文先生八十高龄而壮心不已,又立下新的宏伟的研究计划。任访秋先生直到87岁视力急剧减退才不得不停止写作。张振犁先生于93岁高龄完成《中原神话通鉴》,被称为"中原神话的开拓者"。佟培基先生在《孟浩然诗集》完成之前,已身患恶疾,他坚持把书稿完成后才去就诊,在术后尚未完全康复的情况下,完成《孟浩然诗集笺注》。刘增杰、刘思谦先生80岁之后,每次与学生见面,谈论最多的仍然是自己的研究计划和未完成的手稿;王立群老师闭门谢客,拒绝各种演讲、采访活动,集中精力完成学术计划;齐文榜老师退休多年后获批重点项目,又承担起重振唐诗研究的重任;胡山林老师退休之后笔耕不辍,不断有新作问世……先辈们治学不为名利谋,他们在学术研究上不断超越自我,纯粹是确证自我的需要,他们把学术研究作为一种生存和生活方式,生活即学术,学术即生活,这个非功利的学术传统,值得我们好好学习。

学术传承与代际更替是自然规律,学院代有人才出是好事,但也很残酷。我曾向师友们约稿,安排他们写作关于刘增杰、刘思谦、吴福辉、佟培基几位先生教书育人的文章,由于约稿、催稿进度慢,最终约来的却是一篇篇悼文。佟培基先生为支持"我在河大读中文"栏目,书写了他生前最后一幅作品"敷文奏怀"。华锋老师恶疾在身,仍以顽强的毅力完成《古代文学——我们父子两代坚守的阵地》,完成约稿后很快离开了我们,让人不胜伤感。

二 人才培养与学风建设

围绕人才培养与学风建设，这些年文学院进行过一些改革实验，如跨学科选课、增加研究性选修课的难度、翻转课堂、学生自主研读与探索等。坦白地说，改革有一定的效果，但并不明显，因为学生过于"功利化"。当所有的改革触碰到"保研"这个难题时，其效果便会打折扣，为了追求高的绩点，学生普遍存在避难就易心理，很难扭转过来。

大学中文人才培养，应该以激发学生的非功利的求知热情、挖掘学生创造性潜力为目的，给学生更多自主探索的时间和空间。系主任刘增杰老师曾教育学生远离名缰利锁，他更看重求知欲和创造欲，认为"强烈的求知欲会把人逐步带入佳境"[①]。非功利的求知欲有助于人才的成长：20世纪80年代，学生跨年级选课、跨学科选课较为普遍，这完全是兴趣驱动的结果，与考试无关，与学分无关。历史系、体育系、物理系、美术系师生，经常来中文系听古汉语课，他们别无他求，只是为了能读懂读透自己专业的古代典籍，他们与中文系师生建立了深厚的友谊，许多人后来成长为各专业的著名学者。20世纪80年代中文系课程安排较少，"不是上午、下午都有课，也不是天天都排课"，学生有时间到图书馆自由阅读、参加社团活动。面对当今标准化管理的弊端，校友们怀念过去那种有兴趣就可以深入学习、有爱好就可以随时听课的校园氛围，"的确让我们感到舒心和自由，给了我们无限的成长空间"[②]。

一百多年来，无论外界环境如何变化，文学院都没有忘记人才培养和学风建设的重任。即使在特殊的年代，文学院也坚持立德树

---

① 刘进才：《亦严亦慈的恩师刘增杰先生》。
② 于洪：《1981—1985：我与师友们的铁塔情缘》。

人的根本任务，保持着良好的学风：战火纷飞的历史时期，老师们坚持著书立说，学生们坚持读书科研，延续中国优秀文化传统，开拓新的知识领域。20世纪五六十年代，在频繁的政治运动和繁重的体力劳动中，教授们尽其所能地坚守学术，播撒学术的种子，唤醒学生对文学的梦想，接续了百年老校纯正的学术根基，同学们见缝插针地学习、背诵、思考，成长为富有家国情怀、乐于奉献的一代人；20世纪70年代，文化课教学受到冲击，中文系没有完整系统的课程体系，没有规范的考试制度，没有琳琅满目的课外书籍，但同学们有的是如饥似渴的求知欲，他们想方设法利用图书馆，图书馆员也对学生承诺"图书馆只要有，对你们无禁忌"，没有教材同学们用手抄，同学们利用"评法批儒"运动来学习，补上了阅读文言文的短板，学到课堂上学不到的古汉语的知识，锻炼了实际工作能力和写作能力；20世纪80年代"十号楼不灭的灯光"，更是记下同学们苦读的身影。

对文学教育来说，晨读晨诵是非常有效的学习方式，也一直是河大中文良好学风的体现。20世纪五六十年代，同学们在繁重的体力和运动的间隙，坚持背诵古诗文，"早早晚晚，角角落落到处都能听到读书声"[①]。20世纪80年代，每当晨曦初上，图书馆外、大礼堂四周、铁塔湖边、古城墙上，随处可见同学们朗读和背诵的身影，处处书声琅琅。"校园里到处都是捧着书本的学生，或坐或立或慢走，或背诵或朗读或默读，一片读书声呀！我喜欢在早晨背诵古文古诗，每天早晨总要背诵一两篇。屈原的《离骚》那么长，373句，当年我利用一周的晨读时间就背诵下来了。每天晨读的时间大约是1个小时，但总有一些同学到了早饭时间还不回去，他们生怕买饭排队浪费时间，所以总要错过买饭的高峰。"[②]

[①] 张永江：《激情岁月火热的心》。
[②] 王增文：《在河南大学读书的日子里》。

河南大学晨读晨诵的良好传统，不是自然而然产生的，而是老师们率先组织，然后慢慢成为风气。20世纪40年代，私塾先生告诫王文金老师"文必诵，不准默读，大声诵读才能入脑，心无旁骛"，"文必诵，诗必吟。诗有平仄声韵，讲究抑扬顿挫，要吟诵出节奏与诗里所抒发的情感"。① 20世纪70年代，高文先生对学生讲："搞学问没有任何捷径，搞文学就是要多读多记多背，你至少要熟读熟背八百篇古文，才能说入门。"② 20世纪80年代，老师们"每讲到一段文学史和作品选，都让我们背诵大量篇目，需要背诵的，老师都让我们在目录上画上钩，特别是《中国古代文学作品选》（共六册，朱东润先生主编）从诗经、楚辞、乐府诗歌到史记、魏晋文学、唐诗、宋词、元曲，唐诗宋词画的钩最多。强记硬背为我们打下了深厚的文学基础，直到现在还能够记下来诸多篇段"③。晨读晨诵的良好传统，也与20世纪50—80年代风靡全国的"朗诵"热有关：河南大学曾先后邀请曲啸、李燕杰、彭清一、景克宁等著名演讲家来校演讲，邀请著名朗诵艺术家殷之光先生来校讲解朗诵技巧，他还鼓励中文系学生投身朗诵艺术。受此影响，中文系也经常举办诗歌朗诵会。朗诵艺术可以以激情点燃激情，对中文教育非常重要：原校长王文金老师是著名的吟诵家，他的朗诵点燃了许多学生学习和创业的激情；刘增杰老师每次校友返校聚会，都要创作充满智慧和诗意的寄语，虔诚认真地传递给学生；胡山林老师在课堂上激情澎湃地朗诵诗歌，给学生留下了深刻的记忆。

20世纪90年代中前期，晨读晨诵的传统还在，有的老师每节课都要布置背诵篇目，下次上课现场提问，要求学生背诵"一百篇古文、两百首宋词、三百首唐诗"，这带给学生很大的压力。我想，也许正是在这种压力之下，形成了非功利的背诵文学的风气。大学扩招之后，

---

① 陈江风：《王文金教授传统吟诵采录》。
② 孙青艾：《铁塔情缘文学梦》。
③ 贾利亚：《看那满天繁星》。

晨读晨诵好像还有，但学生诵读的大多已经不是文学作品，而是外语，完全是为了应付英语四六级考试和考研。教育环境改变了，学生们越来越功利，老师们越来越多顾虑，乃至不敢提出强制性的背诵要求，强制学生背诵势必会导致选修课人数锐减。曾被视为神圣的"读书声"，至今在大学校园已很难听闻。好在我们还有一些老师在倡导诵读，陈江风、王利锁、孔漫春等老师，或在建设吟诵数据库，或开展系列活动，或开设吟诵课程，全力推广古诗词吟诵，希望他们能够重新点燃朗诵艺术的火花，河大校园能够再次出现书声琅琅之盛况。

学生社团和刊物，是学生自主学习和探索的体现。一百多年来，文学院高度重视社团与刊物建设，形成创作与研究并重的传统：1925年，王志刚、段凌辰教授创办《孤兴》期刊，文艺研究会创办《文艺》；1927年，陈治策等组织成立晨星社，创办《晨星》；1928年，国文学系学生魏世珍、李武乔、吴汝滨等成立励学社，创办国学研究刊物《励学》，李笠、郭绍虞教授担任指导。1930年至"潭头时期"，文学院先后创办《河南中山大学文科季刊》《河南大学文学院季刊》《河南大学文学院学术丛刊》；1931年，国文系学生郭登峦等成立心心社，创办《心音》，国文系学生刘曜（尹达）、郭登峦、吴重辉发起成立中国文学研究会，创办会刊《庠声》；1932年，卢冀野教授创办《会友》；1933年，邵瑞彭、卢冀野教授创办《国学周刊》，编印《夷门乐府》，刊发学生习作；1935年，国文系学生潘世锡主编《救国先锋》，邵瑞彭、嵇文甫、高亨等教授捐款资助；1949年，新涛学社创办《新涛》。

20世纪五六十年代，学生自办油印文艺刊物《青春》和"红旗""朝阳""东风"等墙报，版面设计、插图、装饰、缮写都由学生完成，王宽行、赵明诸位先生也给板报写稿子，一般同学在板报上发表诗文，荣耀非常！[①] 在当时较为原始的条件下，同学们积极参

---

① 鲁枢元：《"红旗"与"朝阳"——记中文系20世纪60年代的两种黑板报》。

与社团和刊物活动，磨炼了写作、绘画、采访、编辑能力，许多人后来成为著名作家、书法家、画家、学者、编辑、记者。从相关的回忆文字来看，社团和刊物活动可以充分激发学生的能动性，实现读书、实践与写作之间的良性互动，知识、能力与素养的共同提高。

20世纪80年代，羽帆诗社、铁塔文学社、开拓文学社等学生社团先后成立，《羽帆》《铁塔湖》《创作与研究》《大平原报》相继印行。同学们通过这些平台与社会，与行业建立了联系，磨炼好了起飞的翅膀。后来学院又创办《试墨》与《追求与探索》，网络版《铁塔语文学刊》《河大生态文化研究》《文学跨媒介传播研究》等发表平台，为学生的起飞提供试验场，帮助学生把知识转化为能力，点燃学生文学写作和学术研究的热情，使他们获得走向社会、担当社会责任的力量，建立起献身文学事业的理想。

三　完善知识生产与传播机制

知识传承难，知识创新更难，必须创造适合知识生产与传播的制度与氛围。从百年中文的历史传统来看，学院在管理层面，历来重视师生关系，注重师生与国内外学界的交流，注重教师内部的交流，注重师生之间的交流，注重不同层次的学生之间的交流。正是在这一历史传统的基础上，文学院近年来凝练出"辅导员＋班主任＋导师＋社团＋朋辈"五位一体全员育人模式，所有小班配置学业班主任，全面提升导师组会质量，完善本、硕、博学生之间的交流机制，试图构建良好的知识生产与传播机制，每个人在别人的帮助下成长，每个人都在帮助别人成长，使每个人都能够成为知识生产与传播的主体。

（一）强化师生之间的交流

学生也是知识创新的主体，良好的师生关系，是人才培养和科学研究的重要前提。如何调整师生关系,把师生合作的潜力充分发挥出来,如何建立师生科研共同体,是不同时期学院管理工作的重点。今天,师生关系冷淡甚至紧张,已成为一个时代问题,"也是当下大学教育尤其需要警惕、反思并亟待改变的地方"①。有人认为炽烈的师生感情已成为历史,冷淡的师生关系很难改变,因为大学生从入学起就抱着功利的目标,直奔着保研、考研、出国、考公、就业而去,无暇顾及其他;而老师们在科研项目、非升即走、职称晋升等压力下,多会本着责任最小化原则,只和同学们在课堂上联系,上完课各奔东西,相忘于江湖。

这个大家都不愿意看到的现象,确实很难扭转,但也不是完全没有希望。我们的前辈所面临的压力,未必会比现在少,但他们还是以顽强的毅力,妥善处理了历史变革过程中的种种棘手的问题。为人师者的主业不仅仅是写论文,更需要具有育人的热忱,需要确立培养出优秀的学生就是最好的科研成果的理念。只要各方面工作扎实到位,学生也是会跟上来的。本书中许多回忆文章,讲述师生故事,聚焦师徒情感,对思考这个问题很有启发性。

首先,需要采取措施,拓展师生交流的时间。许多前辈老师真诚地关注学生终身发展,他们教书育人的时间并不局限于学生在校期间,他们长期与学生联系,形成牢不可破的师生共同体,这是河南大学百年中文教育的一个优良传统。在这方面,张豫林老师是我们的榜样。他的团队曾培养出许多著名节目主持人、播音主持专业学者。他家里的"照片墙",曾经是个美丽的传说:照片墙是为了鼓励已经毕业的学生向更高的专业与人生目标攀登,学生的照片能否上墙有严格标准,能够上墙是极高的荣誉,"正是因为先生对学生有无尽的爱,对学生孜孜不倦地教诲,对学生一如既往地鼓励,才使得我们在各自的领域能做出一点小成绩,正如这一面小小的照片墙,

---

① 燕俊:《悠悠岁月,谆谆师恩》。

不正是先生对学生浓浓的爱和对学生无尽的期望吗？"① 许多学生把老师称为人生道路上的灯塔和引路人，是因为他们在校期间，老师们帮助他们获得走向社会的知识与力量，他们走向社会，老师们帮助他们化解了人生与事业的难题。张豫林坚持"不严无以成教，有爱方能育人"的原则，对我们也很有启发，宽严相济、严管厚爱相结合，尊重学生的主体性，坚持以学生的发展为中心，自然会形成良好的师生关系。

在许多前辈老师眼中，学生毕业并非人才培养的终点，而是人才培养的新起点。过去中文系毕业生遍布海内外，每位老教师都曾是联系校友与母校的重要纽带。为了加强与历届毕业生的联系，文学院近年来设置校友办公室，先后成立江苏、北京、上海、广东校友会，希望能够组织起来帮助校友发展，也希望校友们在招生宣传、人才培养、学生高质量就业等方面发挥作用。在广泛联系校友过程中，我们发现校友活动效率不高，成效不大，因为多数老师并未参与进来。能够与毕业生保持长期乃至终身联系的，多是当年的辅导员和青年教师，因为他们与学生年龄相差不大，有共同的感受与共同的语言，更能发挥引导作用，尤其是辅导员，学生在校期间，他们陪伴学生的时间最长，有的虽然没有上过课，"但是给我们不知开过多少会，讲过多少话，谈过多少心，办过多少事。思想上的启蒙，人生道路的指引，情感波折的安慰，心理障碍的疏解，生活点滴的呵护，就是因为他们是我们的辅导员"②。这些年我们动员青年教师担任辅导员，在所有年级推行小班制，每个班级均设置班主任，也正是基于这一考虑。如果每位老师都能像前辈那样，长期关注学生发展而不求回报，持续不断地向学生传递热情与智慧，成为联系校友的重要力量，很多工作就容易多了。

---

① 韩娇：《灯塔——记我的恩师张豫林》。
② 李卫国：《好大一棵树》。

其次，需要采取措施，拓展师生交流的空间。师生关系有"入门""登堂""入室"之别，这是以学生进入老师的生活空间的程度来划分的。从校友回忆来看，过去师生交流的空间，明显比今天要多、要大。除了某些特殊年份，过去的师生关系整体上是融洽的，师生之界限远无现在明显：20世纪80年代老师们的家里，曾经是重要的教学空间，学生大可以放心入室求教，老师邀请学生到家吃饭交流，也是常有之事。"我们学生可以随时去老师家里拜访……尽管那个时候粮油肉蛋普遍短缺，老师家里口粮也同样紧缺，如果你是饭前找老师，老师一定会让你不可推脱地坐下来一起吃。王浩然老师家的包子、王宽行老师家的面条、王绍令老师家的红薯小米粥等，至今还能回味。老师和师母让人亲如父母。"[①] 学生入室求教的传统，大概延续到20世纪90年代中前期，我在本科时也有幸和几位同学到杜运通老师的平房里求教，当时老师也正在煤火上煮面条，热情向我们发出同吃的邀请。与过去相比，今天的学生已经很难入门、登堂求教，又遑论入室呢？在许多回忆文章中，老师们的"家"是具有象征意义的，学生在老师家获得"如家的温暖"，师生情感距离缩小到"如一家人"。许多文章把老师比作"父亲""母亲"或"兄长"，这是至高无上的评价，我们恪守教师职责而奋斗一生，能够得到这样的评价，那将是多么大的荣耀啊！

现在师生交流的空间似乎只剩下教室，老师们很少主动进入学生的空间，过去可不是这样的：系主任刘增杰经常到学生宿舍聊天，学生毕业离校前，坚持到每个学生宿舍聊天、写赠言。李晓华老师经常晚上到学生宿舍，了解学生的语言状况和生活状态。还有的老师主动邀请学生批改作业、讨论学术问题，充分体现出以学生为中心的理念。还有许多老师主动把课堂教学延伸到广阔的社会空间：如张振犁老师的民间文学课，带领学生走出教室，到中原各地采风，

[①] 霍清廉：《里仁弦歌敬畏心——我心目中的河大中文》。

调查民间故事;张中义老师的写作课,每讲一个概念和文体(散文、调查报告、新闻、评论),就布置相应的作业,并带领学生走向各行各业,在社会实践中学习写作。

最后,需要采取措施,丰富师生的交流方式。从校友回忆来看,过去师生交流的方式是多样的:于安澜、华锺彦、佟培基、张豫林等先生,在学生成长的关键时刻,喜欢以书法作品鼓励后学,指明前行的方向。冯友兰写给赵天吏,于安澜写给张生汉、王蕴智,佟培基给白金、焦体检的书法作品,都被悬于墙壁几十年,成为学生为人为学的座右铭。书信往还也曾是非常重要的师生交流方式,刘增杰老师喜欢写信或写序,给学生指明向上攀登的路径,鼓励学生把潜力发挥到极致,像一团火照亮、点燃了许多学生的心灵。校友们保存的大量"文物",显示出前辈老师们善于抓住学生入学、答辩、毕业、升学、就业、晋级等重要人生节点,想方设法给学生提供切实有效的帮助,帮助他们做好抉择,或鞭策他们迷途知返。

毫无功利地帮助学生,是建立良好师生关系的前提,而培养师生情感,需要从日常生活、点滴小事做起。只有心中有学生,才会有成功的师生交流,才能增进师生情感。20世纪80年代,很多老教师还坚持师生"游学"的传统,与学生共同外出研学,带学生参加学术研讨会,等等。这些能够在学生记忆中保存几十年的小事,都在师生情感建构中明显发挥了重要作用。20世纪90年代,刘景荣老师组织读书兴趣小组,邀请名教授参与,促进师生交流,开阔学生视野,使学生获得最初的学术训练,这成为许多小组成员对大学时代美好生活的记忆。种善因,得善果,撒下了种子自然会有收获,如今兴趣小组成员遍布天涯海角,不少人走上学术之路,成为高校教师,他们长期惦记帮助过他们的老师,是因为师生曾经"毫无功利地彼此照亮"。

今天我们经常抱怨研究生文字功底太差,错别字、病句连篇,文章没有逻辑，等等。我也经常为此而苦恼，觉得这个问题很难解决。在栏目开设过程中，我们看到许多老师批改过的作业，被学生精心珍藏十几年乃至几十年：任仿秋给王文科修改报告文学初稿，从标题到语言，从结构到标点，密密麻麻；王文金老师给吴建设、韩爱平修改文章，把自己的感受和想法融入其中，示范性修改占很大篇幅；刘思谦修改祝欣、杨波、陈由歆的博士学位论文，从头到尾圈点批注，修改痕迹密集，到处都是红笔批注，错别字圈出打上问号；程仪先生批改作业，改了一遍又一遍，每一遍都一丝不苟，直到学生领悟写作要领；佟培基先生在焦体检的开题报告上，留下密密麻麻的批注，涉及论文结构调整、错别字、学术规范问题。同学们从修改稿中获得感动，他们成为老师，也坚持一字一句一个标点地为学生批改作业，甚至找学生面批面改。如果每个老师都能做到这一点，错别字病句问题是可以慢慢解决的。

批改作业是师生交流的重要方式，"如果作业里有一点点闪光之处，老师就会加一句'欢迎面谈'，邀请学生前去面授机宜，以给予更多的指导和鼓励。我们当中很多同学都是因为这样的话才鼓起勇气去找老师单独请教的"①。批改作业所给予学生的，不仅是语法知识和写作能力，还有为人为学的重要启示、一丝不苟的治学精神。刘增杰先生为解志熙硕士学位论文写出近千字的审阅意见，热忱的鼓励和切中肯綮的建议"对我的影响不止于一时一地，而是终生难忘的，不仅仅关乎如何为学为文的问题，而且事关如何为人待人的问题"②。批改作业更是教学相长的重要方式，张振犁老师精心为学生修改作业，也从学生作业中获得大量河南民间故事的"异文"，成为其建构中原神话学的重要资源。

吸引本科生参与科研工作，建立师生科研共同体，也是师生交

---

① 于洪：《1981—1985：我与师友们的铁塔情缘》。
② 解志熙：《"导师"的意义——庆祝刘增杰师八十华诞感言》。

流的重要方式：20世纪60年代，十几位本科生参与李嘉言的唐诗整理工作，共同完成《全唐诗首句索引》《全唐诗重出作品综合索引》。20世纪70年代，本科生接受政治任务，集体研究《左传》《史记》《资治通鉴》《荀子》《韩非子》《水浒传》等作品，相关研究成果虽然时代烙印明显，但同学们在批判中提高了文言文阅读能力，掌握了基本的治学方法。20世纪80年代，100多位本科生和高文等老师手抄完成《全唐诗诗句索引》800余万字，许多参与者后来走上科研道路。通过科研合作建立良好的师生关系，也是形成学派的重要前提：张振犁先生师从钟敬文，是新中国第一代民俗学研究生，20世纪80年代他连续在本科生中创建"民间文学研究小组"（后更名为"民俗学社"），通过师生在一起讨论学术问题，程健君、陈江风、孟宪明、高有鹏、吴效群、刘炳强等一大批学生，与他建立了情同父子的关系，也正是在这种情感的基础上，形成了颇有影响的中原神话研究学派。

（二）加强教师之间的交流

大凡知识创新离不开交流，学术交流的广度与深度，决定着知识创新所能达到的高度。在不同的历史时期，中文系的发展面临着不同的时代难题，而中文系师生总是能够及时采取有效措施化解时代难题。在政治运动频繁的年代，系主任李嘉言未雨绸缪，先后选派张中义、赵明、张振犁、李春祥、刘增杰等一批青年教师赴北京大学、北京师范大学、华东师范大学进修或读研究生，陆续推荐多批优秀毕业生报考外校研究生，他们先后学成归来任教，为中文系未来的发展打下了基础。李嘉言高度重视教师之间的交流，当时大学教师普遍面临着读书与运动、劳动的尖锐冲突，许多青年教师因此耽误了学业。1961—1962年，李嘉言组织十多位有经验的老教授轮流给青年教师"补课"，并明确提出教授们都要唱"拿手戏"，传授治学"真经"，这一举措夯实了青年教师的成长基础，有助于建立科研共同体，开展有组织的科研，"对传承河南大学的优良学风也起着承上启下的桥梁作用"。① 而当时多数青年教师都是李嘉言家里的常客,他认为,"青年教师的培养工作,是一项极为复杂而又在短时间内难以收到成效的工作。培养应该是在潜移默化的点点滴滴的具体过程中实现的"②。

百年文脉的传承延续,靠的是"尊师重道、鼓励后学"的精神。刘增杰先生曾写过《在中文系系主任的位置上》《那一片火红的枫叶》《师缘》《中原播绿》等大量散文,深情回忆自己的老师李嘉言、徐士年、万曼、王瑶、孙作云、任访秋等人的教学、科研与育人经验。在培养青年教师方面,刘增杰老师远见卓识,得李嘉言先生真传,在他任系主任期间乃至卸任之后,一直把培养青年教师作为重中之重,利用一切机会与青年教师交流学术与情感,正是通过他与解志熙、张宝明、孙先科、刘进才、刘涛、杨萌芽、武新军、胡全章、王鹏飞、郝魁锋等学生点点滴滴的交流,形成了牢不可破的师生共同体、科研共同体,许多学生还承担起引领学科发展的重任,这是刘老师为文学院乃至河南大学的发展埋下的伏笔。

教师之间需要建立科研共同体,也需要建立良好的教学共同体,当时推行的"助教"制度——王宗堂是高文、华锺彦的助教,魏清源是赵天吏的助教,关爱和是任访秋的助教,孙青艾是高文的助教,张进德是李春祥的助教——非常有利于青年教师的成长。在很长一段时间,青年教师要经历反复的磨炼,才有资格登上讲台:20 世纪 60 年代初,王宗堂初登讲台前,先将讲稿送呈高文修改,李嘉言组织全教研室老师听他试讲,试讲由华锺彦主持,可见当时对教学工作的重视。20 世纪 80 年代,"赵天吏为了提高青年教师的课堂教学能力,他为新入职的青年教师制定了随堂听课、辅助教学、撰写教案、室内试讲的培养方案。每位青年教师先要跟老教师听课一个学

---

① 张永江:《回忆李嘉言教授在"特殊困境"坚守"初心"》。
② 刘增杰:《在中文系系主任的位置上——怀念李嘉言老师》,《汉语言文学研究》2011 年第 1 期。

期,同时作为助教,帮助老教师批改作业并辅导学生;然后要认真撰写教案,并在教研室范围进行试讲,试讲合格后才可正式开课"①。20世纪90年代中期,刘进才老师初登讲台前,刘增杰、杜运通、解志熙老师先听试讲,一一指出存在的问题,在老教师们严格的要求和热心的帮助下,刘进才很快适应了大学的课堂教学。

(三) 完善朋辈(同学)交流机制

收入本书的许多文章,如解志熙《为大不易,厚道有加——且说大师兄关爱和》,张舟子《学兄杜振宇》等,聚焦同窗友谊,讲述同学之间相互砥砺相互成就的故事,对我们改善教学管理也多有启发性。师兄弟、师姐妹,是大学教育中非常重要的关系,在知识传承、传播与知识创新方面,发挥着重要作用。要想提升整体育人水平,必须采取有效的措施,重塑"同学"关系,这几年文学院一直在倡导"亲师近友"的学风,也正是基于这一考虑。

古代的"同年""年兄""年弟""同门""同舍"等称谓,听起来要比今天的同学关系亲密许多。在当今媒介环境下,同学们不是越来越开放,而是越来越封闭,乃至于出现一些笑话:同宿舍的学生,很少面对面交流,各自躺在床上看手机,在微信中呼唤床下的室友去吃饭。这种状态必须引起我们高度重视。

20世纪80年代,学院的研究生还很少,本科生之间的交流也是学生成长的动力。吃饭中间、就寝前、散步途中,同学们热烈地交流读书心得,围绕老师提出的学术话题唇枪舌剑,非常有助于各自的成长。1981级入校时,1977级学生王刘纯还没毕业就担任新生辅导员。他想出了促进高年级学生与新生交流的方法,组织77级六个班跟81级六个班按序对接,传授学习经验。"作为六班班委成员,我们去七七级六班拜访对接,在宿舍见到了班长关爱和学长,关老师非常耐心地解答我们的问题,并约定了交流时间表。随后关老师

---

① 魏清源:《严谨朴实淡泊名利的恩师赵天吏》。

和其他学长轮流到我们的宿舍给我们班介绍学习经验，其中有学长还未毕业就已经在国家级刊物发表学术论文多篇，也给入学不久的我们介绍学术论文的写法和经验，让我们感到十分震撼。这样的学习经验交流给了我们很大的帮助，让我们很快从高中学习方法转向了探索大学学习模式。"①

搞好"兴趣小组""读书会""社团""团队"建设，营造蓬生麻中、不扶自直的育人环境，使同窗学子同读一本书、同做一件事，相互砥砺，切磋琢磨，可以成为各自成长的重要动力。"四年的友谊如幽谷里的小花，开在记忆的最深处"②，在大学里收获的友谊，会永久地延续，成为同学们共同面对艰难险阻，共同面对世事沉浮的力量。同学们走向社会，相互扶持，也会使个人品格、专业素养、事业发展等都达到理想的状态。此外，同学们一起游玩（研学），互相在毕业纪念册上留言，等等，可以起到相互激励的作用，甚至长久地影响着学生们事业的发展。这些良好的传统也需要我们承传下去。

四 课程、教材建设与教学艺术

课程与教材建设，对于学科建设和提升人才培养质量意义重大。这些年，文学院反复强调课程建设与教材建设的重要性，试图重塑选修课课程体系，培育自己的教学名师，并希望在此基础上推出"河南大学文学院精品系列教材"。但在何谓精品课程、精品教材和教学名师等问题上，我们或许还存认识上的分歧：对课程、教材和教师的评价，不能以是否获得省级、国家级荣誉为标准，而只能以育人效果作为唯一的评价标准。教师只有去功利，沉下心，练内功，强本领，敬三尺讲台，守一方净土，才能在课程与教材

---

① 于洪：《1981—1985：我与师友们的铁塔情缘》。
② 宋红叶：《学一食堂里的青春碎片》。

建设方面有所作为。

在基础课与选修课的关系上，许多前辈曾进行过不懈的探索：华锋老师在做古代文学教研室主任期间，致力于推动选修课建设，他坚持"选修课是通往科研的桥梁"，选修课一定是研究性的，比必修课更具有难度和挑战性。张振犁老师在日记中，详细记录了自己探索如何开设专题研究课（即后来的"选修课"）的过程，他的选修课是以自己毕生的研究积累为基础的，旨在和学生一起探索未知的领域，提升学生的学术能力。为了上好选修课，他耗费巨大的精力组建民间文学研究小组，大有嘤鸣求友之意。与前辈们的金课相比，我们今天某些缺乏明确的能力与素养培养目标的选修课，或许应该列入必须淘汰的水课之列了。

文学院在教材建设方面，曾经取得过辉煌的成绩。河南大学改为师范性质后，为了尽快适应师范教育的需要，系主任李嘉言率先成立"教材研究小组"，组织经验丰富的教师编写新的教材。至1955年，《中国古代文学》《中国现代文学》《文学概论》《古代汉语》《现代汉语》《语言学概论》《外国文学》《苏联文学》《民间文学》《儿童文学》《文选与写作》等教材都编写完成，有的还附有教学参考资料。像这样各科教材齐备的情况，在当时全国高校中文系中还是很少见的。1956年高教部召集全国高等师范院校中文系负责人会议审定《中国古典文学教学大纲》，李嘉言带去的我们已经使用一年的教学大纲，受到与会专家的广泛好评，后来部颁的《中国古典文学教学大纲》，就是以河南师范学院这份大纲作为蓝本的。1996年前后，文学院组织编写、河南大学出版社出版了一套"高等学校文科教材丛书"十多种，如《古代汉语教程》《中国古代文学作品选》《中国古代文学史》《中国现代文学作品选》《中国现代文学史》《外国文学史》《外国文学作品选》《港台文学》等；2012年，又编写出版了一套"新世纪普通高校语言文学专业教材"，也有十几种。

从河南大学百年中文教育的历史，大致可以得出一个结论：没有自己教材的老师，有教材而没有培养出优秀学生群体的老师，都不是真正的教学名师！在学生的口碑中被誉为教学名师的几位大先生，他们的课程与教材建设立意高远，有着学科建设和人才培养的远大理想，能够把科研、教学与人才培养很好地结合起来。李嘉言、张长弓、任访秋《中国文学史讲授提纲》，任访秋《中国现代文学史》，刘增杰《中国解放区文学史》，关爱和《中国近代文学史》，吴福辉《中国现代文学发展史》（插图本），牛庸懋《西欧文学史》，张如法《编辑社会学》，王振铎《编辑学通论》《编辑学理论与媒体创新》等教材，都曾产生全国性影响，有着开创学科或推动学科发展之功。这些教材都是主讲者们一生教学、科研、育人经验的结晶。梳理这些教材从讲义到教材的版本变化，可以看出这些教材是怎么炼成的，老师们为此付出了多大的心血：于安澜50年代初讲授古代汉语和文字学，为帮助青年学生排除阅读古书的障碍，刻蜡版油印《古书文字类编》，几十年间数易其稿，直到90年代初，才定名为《古书文字易解》出版。张豫林的《实用口语技巧》（合著），融入多年教书育人心得，培养出一大批优秀的播音主持人才。赵天吏编写的《现代汉语语音》《现代汉语文字》《现代汉语词汇》等函授教材，发行量很大，在人才培养方面发挥了重要作用。

最后，我想谈一谈文学院的教学艺术传统。教学艺术需要更新，更需要赓续优良传统。本书中的诸多回忆文章，留下许多珍贵的教学片段，王宽行、华锺彦、王梦隐、宋景昌、张豫林、王立群、刘思谦、胡山林、常萍等，是授课方面口碑最好的几位老师，他们的课堂教学，都形成了自己的风格，抵达了"艺术"的高度，形成河南大学文学院的教学艺术传统。

其一，板书教学的艺术传统需要承传。随着多媒体技术的发展，PPT教学成为主流，传统的板书艺术日趋衰落。这对于其他学科，或许影响不大。而中国语言文学专业教学内容是语言文字的艺术，离开板书艺术，则很难展示语言文字的魅力。

20世纪80年代之前，板书艺术曾经是教授们比拼的绝活。于安澜先生是著名的古文字学家和书法家，他给学生上第一堂训诂课，走上讲台捏起粉笔就写。十几分钟写完三四支粉笔，甲骨文、钟鼎文、金文、大小篆、隶书、楷书并用，让所有的学生瞠目结舌、五体投地。① 华锺彦先生的板书字体端庄遒劲。"一手漂亮的粉笔字，繁体竖排，自右向左书写。黑板写满了，从右向左一手擦，一手写，许多第一次看到华锺彦这手'绝技'的学生都鼓起掌来。"② 王梦隐教授每节课的板书，都经过精心设计，"一块长方形的黑板中间似乎有一条从上到下无形的线隔开，靠右边：依顺序写人物、事件、作家简介等史料性的文字；靠左边：写作品的题目、名句、名言等等。……整个黑板始终保持着干净、清晰、有条不紊的版面。学生面对黑板有一种知识丰富、条理清晰和舒适的美感。先生练就的漂亮的行楷挥洒自如，学生记着黑板上的字，时时都有一种想临帖模仿的心意。黑板，既是传播知识的荧屏，也是书法艺术的展示"③。宋景昌先生授课，板书工整，笔力遒劲，旁征博引，往往且背诵且板书且翻译且讲解，再辅之以肢体语言和传神的手势，常常引得满堂喝彩和阵阵掌声。

老先生们的板书艺术，曾经通过师生关系向下传承：王立群先生板书，繁体竖写，疏密有致，学生喜欢临摹。佟培基老师是著名书法家，他的板书"从右到左，繁体竖排，没有标点。观之，赏心悦目。铁钩银划，繁缛之间，荡漾着激情。他的课堂如一张华美硕大的宣纸，随时准备拥抱佟老师磅礴稳重的笔锋。这样的繁体板书，在黑板上延展开一个神秘、古老的空间，点画衔接、复杂指事，淋漓倾倒，构成我对那个遥远世界无比眷恋的理由"④。我在读本科时，

---

① 宋宏建：《刻骨铭心的记忆——河南大学中文系教授印象》。
② 华锋：《古代文学——我们父子两代坚守的阵地》。
③ 张永江：《师友情深王梦隐教授》。
④ 南黛：《树影》。

王蕴智老师在黑板上轻松自在地书写甲骨文、金文、大小篆、隶书、楷书,曾带给我们强烈的震惊感,并激发出我们对文字语言的热爱。

育人需要科学和智慧,更需要艺术。现在的教书育人,更多强调了技术,而对艺术重视不够。借助多媒体技术,我们的"板书"可能会做得更漂亮,但那是技术而不是艺术,缺乏主讲者情感的投入,体现不出育人者本身的能力与素养,很难把艺术的魅力传递给学生。高校教师使用PPT教学,本无可厚非。值得讨论的是在使用PPT时是不是有足够的思想和情感的融入,是不是充分考虑了PPT与核心能力、素养培养的关系。解志熙发现赵明先生20世纪80年代初讲课用的《中国现代文学史讲稿》手稿,"一章章蓝笔书写、红笔修改的痕迹,历历在目,即使注明'定稿'的曹禺一节,仍然多所修改,反映出赵先生严谨认真、一丝不苟的教学态度,再想想今天许多教师用PPT东拼西凑对付学生,真是不可同日而语了"[①]。

其二,说唱教学的艺术传统需要延续。传播媒介的局限性,成就了杰出的艺术,也成就了杰出的教学艺术。在多媒体技术出现之前,高文、华锺彦、王宽行、宋景昌、王梦隐、张豫林、王文金、常萍等教学名师,能够克服教学技术的局限性,把讲台变为舞台,把说唱、吟诵、表演、评书等艺术带入课堂教学中,从而让课堂绘声绘色,使学生身临其境。

高文先生"能讲又能唱,无人可比攀",他讲课有很强的代入感,讲《雨霖铃》"先生拉长声调,做醉眼望天状,生动形象,把学生带入柳词的意境中",讲《蜀道难》"一声'噫吁嚱危乎高哉',裂帛穿云,激越、高亢、寥廓、悠长……如巫山云起,凌然崔巍;骤雨骤降,痛快淋漓"[②]。华锺彦先生"开讲《长恨歌》,魂魄能为牵"。华先生讲课音韵悠扬,细声慢语,娓娓道来,内涵极丰,句句

---

① 解志熙:《难得是认真——回忆赵明先生》。
② 伍茂国:《夷门传薪学人传 高文》,河南大学出版社2022年版,第182页。

都有值得深思的内容。他吟咏《早发白帝城》"平长仄短,声情一致,古远苍凉,令人感到身临其境,至今犹在耳畔",他讲《天问》"时常仰起脸,把目光扫向天花板,仿佛他就是那个仰望苍穹、连连发问的屈原。我们的思绪,会随着他一起穿越,回到两千多年前的楚国,如梦如幻"。①

王宽行老师的授课,口授和肢体语言并用,时而台上,时而台下,激情澎湃,惟妙惟肖,把自己的思想和人格全部融化在讲课之中,真正把文学课讲成艺术。"王先生不仅把讲台作舞台,他还能把整个教室变成舞台,用现在的话说就是把教室变成了沉浸式小剧场,他讲《木兰辞》演示上马、下马、射箭等动作,手眼身法步,步步精彩,让人如闻其声、如见其人、如临其境,在最短时间就让你理解古代文化的奥妙。"②他讲《孔雀东南飞》"深入浅出、旁征博引:一唱一咏,手舞足蹈;轻音时,地可听针;豪唱时,晴空霹雳。你的思绪被他调遣,时而泣,继而涕,时而乐,继而笑,时而探首侧耳听山泉叮咚,继而仰天排胸啸大江东去,那是一场难忘的艺术享受"③。"他读起诗来,时而低吟,时而咆哮;时而大雨滂沱,时而艳阳高照;抑扬顿挫,激情澎湃,句句落口似大锤锻铁,火星四溅,整体风格如大海波涛,汪洋恣肆。听他的课,像在听评书表演一般,真是一种艺术享受。"④他讲《满江红》,不带讲义却带了一把剑,"把课堂当成了舞台,以手舞剑,时而怒发冲冠,时而驾长车踏破贺兰山缺!我们都看呆了,没想到教授还有这样上课的"⑤;他讲授《桃花源记》,"像高明的导游带领我们沐浴在美的世界里,赏心悦目、流连忘返"。

---

① 贾利亚:《看那满天繁星》。
② 于洪:《1981—1985:我与师友们的铁塔情缘》。
③ 王立群:《王宽行:至简人生,深情于学》。
④ 李晓飞:《我的大学老师》。
⑤ 吴建设:《我的大学诗意生活》。

从诸多回忆来看，宋景昌教授的表情与动作应该是最丰富的，他在落魄时曾当过说书艺人，讲课声情并茂，被学生称为"评书式"教学。他在课堂上"时而声若洪钟，口似悬河；时而气若游丝，音似潜流。再加上极富小品色彩的动作模仿和造型表演，无疑成为最受学生欢迎的师长之一"①。为了让学生理解诗词的意境，他时不时地做出各种动作，当讲解李清照的"倚门回首，却把青梅嗅"时，他突然走下讲台拉开教室门，做出倾身托腮倚门而立的动作，把青春少女的娇媚调皮之态表现得惟妙惟肖。② 这样上课极有感染力，"让人不由自主地跟着作者作品而喜怒哀乐、心潮起伏……宋先生的每一节课都是一次文学盛宴，都是一次美的享受，他会让你在不知不觉中提升自己的文学鉴赏能力和审美水平"③。

"言传身教"是个古老的词汇，意思是教师除语言外，还要靠行为来涵育学生。从授课的表情与肢体语言，可以看出教师投入的程度。真正抵达"言传身教"的境界，实属不易，必须经过长期艰苦的训练，才能掌握语言、表情、动作相互配合的基本功。

其三，继承教师主体高度融入的优良传统。教师只有充分融入思想、情感、智慧，把知识温热了、融化了再传递给学生，才能成就高超的课堂教学艺术。老师们结合人生体验解读文学，给学生的不是冰冷的知识，而是创新的思维、求知的热情和人生的启示。

张豫林先生潜心研究"声音"与"朗诵"的学问，把指导学生练声作为毕生事业。他"一方面有丰富的舞台创作、表演实践经验，一方面有深厚的美学、文艺学理论积淀，是我见到的可以把理论化用到实践中去，又能把优秀实践经验升华到理论层次的少有的几位大师之一"，在长期的研究与实践过程中，他极大地拓展了口语表达的声音域限、表现力场，让声音以更有活力的方式呈现内涵。而他

---

① 宋宏建：《刻骨铭心的记忆——河南大学中文系教授印象》。
② 程相喜：《记忆中的刊物与讲座》。
③ 于洪：《1981—1985：我与师友们的铁塔情缘》。

的课堂教学，也真正上升到了艺术的层面："舞台上的豫林师，一头银发，一袭浅色西装，声未起，已觉海雨天风，扑面而来，神魂不觉欲随之起舞歌咏；声既出，如黄钟大吕，直入人心，有余音绕梁之叹。"①

王梦隐先生的课，充分发挥了教师的主体性。他在可容纳几百人的大礼堂上课，同学们座无虚席，"胜似饮甘泉"，"陶诗经吟诵，终生印象鲜"，这是因为"他站得高，思得深，对作家、作品都分析得透彻，有自己的独到见解。以准确的语言阐明深奥的哲理，深入浅出，含义隽永，句句到位，发人深思"。②张中义讲课善用比喻解释概念，如用"主题就是满架葡萄一根藤"来阐释何谓"主题"，这类比喻没有教师主体的融入是不可能产生的。

常萍老师讲课时充分融入生命体验和内心情感，"讲李白，她就是李白，像李白一样激情澎湃，狂放潇洒；讲王维，她就是王维，像王维一样宁静淡远，通透旷达"，她的课抵达很高的艺术境界，同学们沉浸其中，陶醉不已。"常萍老师讲宋词，那种入情入戏的感觉，让我们感到她就是词人本人穿越了，来现身说法。那么从容自如，她讲得享受，我们听得入迷。不少宋词一经她解读，就爱上一生；其中名句，一经她口出，就扎根于心田，课后同学更是争论不已。"③曹炳建老师的课也异曲同工，"不知道是曹老师在讲关汉卿，还是关汉卿在借曹老师的口进行自我表达。曹老师已经和元代戏曲家达到了一定程度的融合了"。

高超的授课艺术是老师和学生双向激发的，学生的主体性对于成功的教学异常重要，吴福辉老师讲课，"他的激情往往会很快点燃听众，而听众的热情，又会进一步让他释放激情。讲到动情之处，吴老师甚至会放声歌唱，他的浑厚的男中音颇富磁性和穿透力，听

---

① 张政法：《学海传灯——张豫林先生纪事》。
② 张永江：《师友情深王梦隐》。
③ 刘光耀：《回望母校，发现母校》。

众往往会报以热烈的回应和掌声。吴老师讲演,很重视与听众的情感交流与互动,时时关注台下听众的反应。一般情况下,他的饱含激情和趣味的讲演内容在听众间会引起一定反响,这种反响会像波浪一样,推动着他,讲演就这样轻松进行下去"①。

从以上回忆文字来看,在没有多媒体技术之前,河大中文的课堂教学,曾经抵达很高的境界,传播技术的发展导致某些传统的教学艺术逐渐衰落。尽管我们反复强调继承大学中文教学的艺术的传统,但这个传统还是有断裂,与过去相比,我们今天上课的技术性多了,艺术性减少了,从而影响中文人才培养的质量,这个问题值得我们深思。

河南大学中文教育的历史变革,与中国百年中文教育的整体状况密切相关。梳理河大中文教育在不同历史时期所积累的经验,不仅对我校中文学科建设与人才培养具有重要意义,对于全国其他高校的中文学科,也未尝不具备参考价值。也正因此,文学院高度重视院史整理工作,早在十多年前就推出《雅什清歌蕴无穷:河南大学文学院学人往事》(李伟昉、张润泳主编,河南大学出版社),对学院学人往事进行整理。这五六年来,魏清源、葛本成老师和我,也都全身心地投入院史整理工作,先后推出《河南大学中国语言文学学科史》(魏清源著,河南大学出版社)、《河南大学文学院百年纪事》(葛本成著,中国社会科学出版社)等阶段性成果。《我在河大读中文》将要付梓出版,感谢两位老师最后审读书稿所付出的心血。魏清源老师多年来致力于院史研究与院史馆建设,在"我在河大读中文"栏目开设过程中,帮助查证、解决了大量疑难问题,同时还承担了本书的插图工作。也要感谢王刘纯老师在百忙中题写书名,为本书增色不少。而尤为难忘的,则是这几年相互交流史料过程中,各自内心所收获的喜悦。更要感谢的,是校友们对栏目的鼎

---

① 刘涛:《那个爱生活的人走了》。

力支持，从中我们收获了太多的感动与力量！

  在文学院北京、上海、广东校友会成立大会上，我曾向校友承诺：我们这代人一定会把中文教育的历史传统继承好、发展好、创新好，希望河南大学文学院的校友们能够继续为栏目写稿，同时也期待更多的大学中文院系能够广泛开展口述史的活动，以便彰显更多的历史记忆，汲取更多的历史经验，让教育口述史活动成为推进教育强国建设的重要力量！

              2023 年 11 月 30 日

目　录

001　百年中文教育的历史经验与启示
　　　——《我在河大读中文·序》/ 武新军

卷　一

003　想起冯友兰先生 / 胡山林
007　回忆李嘉言教授在"特殊困境"坚守"初心" / 张永江
019　与李嘉言先生一家的缘分 / 祝仲铨
029　致敬李嘉言先生 / 鲁枢元
034　从同适斋到不舍斋
　　　——任访秋先生的学术道路及其贡献 / 关爱和
052　深恩厚泽忆渊源
　　　——悼念任访秋师 / 解志熙
059　和风细雨育禾稼，一代宗师泽后学
　　　——缅怀恩师于安澜先生 / 祝仲铨
075　我向安澜先生求字 / 张生汉
082　记我的导师于安澜先生 / 王蕴智
097　怀念恩师高文先生 / 王宗堂
105　诗情应许热如汤
　　　——忆华锺彦教授的诗教 / 刘伯欣
111　古代文学
　　　——我们父子两代坚守的阵地 / 华　锋
124　追忆恩师华锺彦先生 / 马向阳

128	作为诗人的先生	
	——我记忆中的华锺彦教授 / 姚小鸥	
134	关百益与河南大学关系考论 / 葛本成	
145	严谨朴实淡泊名利的恩师赵天吏 / 魏清源	
158	师友情深王梦隐教授 / 张永江	
165	王宽行：至简人生，深情于学 / 王立群	
176	跟春祥老师学戏曲 / 康保成	
181	难得是认真	
	——回忆赵明先生 / 解志熙	
188	张振犁老师和他的中原神话研究	
	——兼谈对中原神话研究的认识 / 吴效群	
199	怀念张振犁先生 / 梅东伟	
203	跟程仪老师学现代汉语语法 / 吴海峰	
206	追怀程仪恩师 / 李善美	
211	风过有声留竹韵	
	——忆陈信春教授 / 葛本成	
215	沉痛悼念刘思谦教授 / 鲁枢元	
220	深切怀念恩师刘思谦教授 / 谢景和	
231	缅怀刘思谦老师 / 武新军	
237	锦绣文章，赤子情怀	
	——忆刘思谦老师 / 杨　波	
241	她是灯塔	
	——怀念刘思谦老师 / 李　萱	
245	一位具有文人风范和顽强意志的学者 / 王立群	
248	深切怀念培基兄 / 魏清源	
252	我和佟老师的师生缘 / 焦体检	
257	在佟老师身边的日子 / 白　金	
266	精诚所至，金石为开：佟培基教授印象 / 张廷可	

271	吴福辉先生与河南大学 / 武新军
277	那个爱生活的人走了 / 刘　涛
283	碧海青天乘风去,山高水长任翱翔
	——怀念我的导师吴福辉先生 / 刘铁群
294	饱满的生命和学术:吴福辉先生及其海派文学研究 / 李　楠
312	我的老师何甦先生 / 古绍庆
316	追忆高洁脱俗的樊骏先生 / 刘　涛
322	"导师"的意义
	——庆祝刘增杰师八十华诞感言 / 解志熙
337	望之俨然,触之也温
	——深切缅怀恩师刘增杰先生 / 谢景和
345	亦严亦慈的恩师刘增杰先生 / 刘进才
350	精神之父
	——缅怀刘增杰先生 / 刘　涛
356	师魂
	——忆刘增杰老师 / 张舟子
362	回忆恩师刘增杰先生 / 曹禧修
370	潜心育人的刘增杰老师 / 武新军
379	永远的先生
	——痛悼刘增杰老师 / 杨萌芽
383	追忆刘增杰先生二三事 / 胡全章
387	再记如法师 / 李　频
392	好大一棵树:追忆李慈健老师 / 李卫国

卷 一

想起冯友兰先生

胡山林

冯友兰（1895—1990），河南唐河人

今年是河南大学建校90周年大庆，校方又在组织人搜集资料，修订校史。这使我想起了20年前的一件往事。

20年前（1982年）是河大建校70周年。因为是"文化大革命"结束后第一次逢"十"的校庆，校方十分重视，组织人重修校史。于是派人北上南下调查落实资料，多方征求意见，力求翔实准确。其中涉及冯友兰先生的一些史实（冯先生1923—1925年曾任河南大学前身中州大学文科主任）需要核对，校史写作组委派侯作营老师到北京大学亲自拜访冯先生。

侯老师到北京后不知怎样才能找到冯先生，来找我商量。当时我在北大中文系进修，每天出来进去必经燕南园，知道某小楼里住着朱光潜先生，某平房小院里住着冯友兰先生。冯先生的住处尤其好找，标志是院里耸立着三棵高高的松树（前些年河南人民出版社为纪念冯先生所出的文集就叫《三松堂全集》）。虽然我也不认识冯先生，但是我知道越是德高望重的大人物越平易近人，越没架子。于是，我们也不用人介绍，直奔冯府，心怀敬重地轻轻敲响了门。

出来开门的是冯先生的女儿冯钟璞（笔名宗璞，当代著名作家），我们介绍了自己并说明来意，她很亲切地引我们见了冯先生。冯先生得知是故乡他工作过的学校派人来咨询核实他年轻时的事情，很高兴。他说自己从美国毕业回国后，第一站就到家乡刚成立的中州大学工作，并被委任为文科主任兼哲学系教授，很荣幸。当时学校和科、系都是新建的，需要做的工作太多，每天很累但很愉快。他说自己老了，很怀念年轻时工作过的地方，忘不了那时勤奋工作时的情景。

拜访前我和侯老师就提醒自己，不能多占用老先生的时间，担心影响了他的工作和休息。因此我们把校史初稿放到他那里，请他抽空从容审阅后我们再去取，然后就出来了。由于我的课多，取书稿时是侯老师一个人去的，后来的情况我就不知道了。

当时并不知道冯先生的年龄（后来知道那年他已是87岁高龄），只看到他的身体已经很衰老，视力、听力都不太好，眼神黯淡，说话已不很流畅。我按常情常理推想，冯先生辉煌一生，现在正该平静地安享晚年的清闲了，所以我无论如何都不会想到，其实当时他正在做着一项极其宏伟的大事业——写作七卷本的《中国哲学史新编》（下文简称《新编》）。

冯先生生于1895年，河南唐河人，一生致力于中国哲学史的研究。20世纪三四十年代，两卷本的《中国哲学史》和《贞元六书》使他名满天下，遂成为一个时代学术的代表。新中国成立后屡经政治运动的批判，到"文革"结束时他已年过八旬，心力交瘁，本该安享晚年了；但他却壮心不已，决心"重操旧业"，再写一部中国哲学通史，把中国哲学从传统到未来的来龙去脉讲清楚，把古典哲学中有价值的东西挖掘出来。

这是一项旷日持久的沉重劳作。这期间，他经历了连遭亲人伤逝的悲痛，但依然顽强坚持了下来。由于视力逐渐丧失，他只能听人念材料；他的听力也很差，于是不厌其烦一遍又一遍地听。因为体弱，他只能每天上午工作，为了不浪费这半天的每一分钟，甚至整个上午都不喝水，为的是不因上厕所而中断工作。多少年他都没有休息过一个寒暑假！假如他休息下来了，那一定是因为劳累过度而躺在医院的病床上了。

在他生命的最后几年，住院的次数越来越多，这时他想的不是延年益寿，而是如何完成《新编》的最后一卷。他对女儿说，因为事情没有做完，所以有病还要治，等书写完了，有病就不用治了。因为心有所系，所以每次住院总能逐渐好起来，接着再做事。1990年7月，《新编》7卷全部写完，一件心事终于放下。当秋天再次生病住院后，他便再也没有起来，含笑告别了他挚爱的人世间。

从冯先生晚年著书的事迹中，我理解了什么是精神，什么叫意志，心灵受到很大的震撼。冯先生是哲学史专家，熟悉古今中外圣哲贤人的思想和处世之道，他晚年的活法一定是勘破人生意义之后所做的理性选择。有冯先生这样的榜样在面前，因而悟出了人应该怎样活的道理。从此我在课堂上，每每讲到冯先生必肃然起敬，并把他写在我所著的《文学与人生》教材上。我希望我的学生以及所有人都知道他的人生态度和人生境界，向他学习。传统的中国人多的是未老先衰，人过三十不学艺，年纪轻轻就放弃努力,从而把希望寄托到儿女身上。与冯先生比一比,这是多么可笑可怜啊!

  作者简介:胡山林,1973级,河南大学文学院教授,硕士生导师。

回忆李嘉言教授在"特殊困境"坚守"初心"

张永江

李嘉言(1911—1967),河南武陟人

　　李嘉言教授,河南省武陟县人,1911年5月14日生,卒于1967年10月14日,享年56岁。

　　抗战期间,流亡到昆明的北京大学、清华大学、南开大学三所高校组建的"西南联大",是当时我国高等教育中的一面旗帜。李嘉言初在清华大学学习、研究,后又留在"西南联大"任教,先后长达12年之久,是国内屈指可数的著名学者。抗战胜利后,流亡外地的高校纷纷回迁。以李嘉言教授的资历和学术声望,可以继续留在清华任教，也可以有多种选择。但因为他是河南人，所谓"月是故乡明"，于是在1947年10月毅然回到河南大学供职，任副教授。从1951年开始担任中国语言文学系主任，新中国成立初期党对旧的教育体制进行大刀阔斧的整顿、改革，李主任妥善处理了变革过程中的种种棘手问题，团结全系教职员工同心建系，抓教材建设，抓人才培养，许多著名专家、学者闻名而来，愿意同李嘉言先生相处共事。一个生气勃勃的学术团体，团结在李嘉言主任周围，献计献策，共谋发展，创造了河大历史上中国语言文学系的"神话时代"。鉴于李嘉言教授历史清白，一贯进步，工作勤奋认真，长期有申请入党的要求，1956年党组织接受他为中国共产党党员。

1957年在我国文教战线上是一个"拐点"，全国规模的反右派斗争全面展开。河南大学（当时已更名为开封师范学院，下同）受当时斗争扩大化的影响，全校千余名师生中"有190名教师、学生、干部被错划为'右派分子'。并对他们进行了无情的斗争，极大地挫伤了知识分子的积极性。造成了不幸的后果。1958—1959年间的'拔白旗'，批'潘、杨、王'，'反右倾'，再次有更多的教师、干部、学生受到严重伤害"（《河南大学校史》2012年，第148页）。在极"左"思潮的影响下，中文系一面从批判"教授治校论"入手，扩展到批判"外行不能领导内行论"、批"白专道路""拔白旗"、批"资产阶级学术权威"等，在大批判的基础上制订红专规划，推举又红又专的标兵为"红旗手"。这时，在丙五排西头的屋山墙上贴出一张由32位同学集体签名的大字报，向系领导表决心："走又红又专的道路，以李嘉言教授为学习榜样。"李嘉言老师在政治上爱党、爱国、爱社会主义，业务上刻苦钻研科学文化知识，又红又专双肩挑，为广大师生树起了学习的榜样。建言校领导树李嘉言教授为中国语言文学系的"红旗手"。这张大字报轰动全系，其他年级的同学也都赞扬这面红旗选得好。学生景仰地称呼李嘉言是"红教授"。可是很快就又有人说选"红旗手"应当从新权威中找，新中国成立前的专家、学者都属于资产阶级知识分子的范畴。当时新中国成立才八九年时间,"新权威"指的就是刚刚留校的反右派斗争中涌现出的积极分子。经过教师党支部的引导,选"红旗手"的目标很快集中到几个刚留校的青年积极分子身上。而真正思想进步,科研成就卓著、在学术界颇有威望,既是党员又是名师的李嘉言教授,不仅没有被树为"红旗手",反而被划入从旧社会过来的旧权威,资产阶级培养的学者。就这样在系领导班子里逐渐被边缘化。"李嘉言现象"在当时就存有争议,经不起推敲的"歪论"占了上风,导致中文系教师队伍中的"插红旗"活动走偏方向。

据校史记载:1958年春,校领导提出"知识分子的思想改造,必须通过体力劳动"。据此"陆续在校内创建了铁塔钢厂、炼焦厂、水泥厂、硫酸厂、机械厂、化工厂等14个校办工厂;还在校外创建农场2个,耕地面积扩至830亩"。4月下旬,中文系在十号楼124大教室召开全系教工和学生干部参加的动员"大跃进"的"誓师大会"。会上校党委副书记赵文山以《形势逼人》为题目作动员报告,当场质问系党总支书记傅刚,中文系的"跃进"计划是什么?有什么指标?傅刚思想准备不足,有些犹豫。赵副书记点名说:"你是傅'豆腐'还是傅'钢'?是'豆腐'就在'大跃进'的熔焰里被烧化瘫软下去,是'钢'就站出来表态带领大家冲上去。"坐在第一排的傅刚一跃而起,回答说:"我是钢,是不锈钢,是合金钢,是优质钢!"这时又有一位青年教师大声为傅刚助战说:"傅书记是烈火中'涅槃'更生的金凤凰!"会场上掌声雷动,把誓师大会推向高潮。傅刚书记以守为攻说:"下面各年级各支部的跃进规划还没有报上来,我怎么制订全系'大跃进'规划蓝图。"于是各个年级的学生党支部书记争先恐后上台发言,汇报他们的"跃进规划"。有人要求"停课闹革命",在东城墙边筹建炼钢铁的"小高炉";有人要搞"五五"试验田(即精耕细作五分地,播下五百斤种子,收五千斤麦子);接着就又有人上台说他们要搞"八八试验田"(即精耕细作八分地，播下八百斤种子，收八千斤麦子）。登台表态者层层加码，后浪更比前浪高，不切实际的跃进指标像飞一样飙升。我作为学生干部也参加了这次会议，看得清清楚楚，在座的系领导一个个热情支持，肯定这是很宝贵的敢想敢干的共产主义风格。只有李嘉言主任木然地坐着，没有在"浮夸风"的烈火上添油加温，表现出学者的慎思。

"誓师大会"结束后，各班分别制订具体的"跃进规划"。我们班（1956级第11班）有人提出走又红又专的道路，不能只讲劳动不谈读书。传闻北京大学、复旦大学都是边劳动边读书，他们不仅认真读书，还学习搞科研，集体编写出了《中国现代文学史》。我们也应当劳动、读书两手抓，既要加强体力劳动，也要刻苦读书。全班一致表示大学毕业之前（还有两年半时间）在积极参加体力劳动的同时，抓读书、抓科研，集体编撰一本《中国小说史》作为我们的奋斗目标。我们请李嘉言"红教授"当指导老师，战斗口号是：劳动读书炼红专，刻苦学习搞科研；集体编撰小说史，跃进岁月干劲添。

我们将"跃进规划"用大字报形式公布后，又直接报送系领导，特别提出聘请李嘉言教授指导我们这个项目。李主任当场就表态乐于接受，他非常重视这个想法。反复看过之后喜形于色，意味深长地说："两条腿走路嘛。我再给你们补充两句：又红又专双丰收，真抓实干无虚言。"接着他严肃地说："这个项目我同意，我支持，我乐于参加这项工作。不过不能仅仅停留在提出指标就算完成了任务。关键问题是落实在行动上见成果。你们再细致讨论一下，做个具体的行动计划。"

计划跟不上变化，项目尚未正式上马，就出现了新情况：为了大炼钢铁，深翻土地，省委决定各级各类学校一律停课20天，组织师生劳动锻炼。经校党委研究，"中文系全体师生到太行山采矿，历史系、外语系师生留校在铁塔钢铁厂炼钢，其余师生员工分别到农场深翻土地，或到校办工厂做工"。中文系按军事编制组成一个团开到焦作北边修武县采矿。当时我们在太行山采矿的劳动情况,《五味人生》(第72页)一书里有同学回忆说:"为了'一〇七〇'我们把课堂搬到了太行山上,天不亮就起床上山,夜里满载歌声而回……我们的战斗口号是'大雨不停工,小雨当晴天,月亮当太阳,黑夜当白天',还有'腿跑断,爬着干,眼熬烂,摸着干'。"这很显然是头脑发热、浮夸风作怪的产物。中文系在太行山采矿的时间实际是半年。这一阶段,李嘉言教授在采矿"兵团"里好像没有担任具体职务,作为普通劳动者参加活动,住在团部所在地,与我们营的驻地相距十几里。因为我在连指导员的岗位上,有一次到团部开会遇到李主任,他十分关心大家的生活、健康和学习,很仔细地询问:同学们住的窑洞是否安全?吃什么饭?吃饱吃不饱?并叮嘱:在山上采矿放炮,千万要注意安全。"听老师们说,你们白天上山劳动很累,晚上在窑洞里点着煤油灯上课,同学们瞌睡就受批评,要从实际出发嘛,不要过多苛求学生,等回学校之后再适当调整吧。"还特别强调:"你们天天向山下运矿石,山坡那么陡峭,一定要注意安全,万万不能大意。学生干部头脑要冷静不能过热。"他对同学们关心、爱护、体贴时的音容笑貌至今如在眼前,永远不会忘记。稍停片刻他又说:"你们那个项目(指我们班编写《中国小说史》的计划)暂时没法上马,我们可以多考虑考虑,等回校后有机会了再上马,念书需要有安静的环境,阅读大量资料,这阶段坐不下来,这里也没资料,考虑那个问题不现实,先放一放,回校后再说吧。"在当时很多人一见面就鼓劲"加油""放卫星",要求任务指标"翻番",而李主任却顶住浮夸风的压力,嘱咐我们注意安全,要吃饱饭,要劳逸结合,要从实际出发,不要追求不切实际的生产指标。在那时,敢于在浮夸风的浪头上说这些话,实事求是地指导我们的工作,需要多么大的勇气呵!

1960年由于天灾严重,国家经济困难,物资供应短缺,阶级斗争稍有缓解,学生的体力劳动时间也相对减少。李嘉言主任在1956

年曾经提出过的《改编〈全唐诗〉草案》在《光明日报》上刊出之后，立即在学术界引起强烈反响。当时的文化部长齐燕铭鼎力支持，中华书局多次来信催促这项工程尽快开始。正在商酌之间，反右派斗争突然爆发，接着大批判、大炼钢铁等运动接连不断，改编全唐诗的事被迫搁置起来了。1960年政治运动稍松，李主任又乘机立即动员力量上马，当时高等教育经过院系调整后的"开封师院"已经成为以教学为主，目标定位培养中等学校师资的地方高校，学校的实力状况已经不具备担当整理《全唐诗》这样重大科研项目的条件。李主任以惊人的勇气、愚公移山的精神，多方奔走创造条件，动员有关专家参加，组建了一个相当规模的"唐诗研究室"，最初取名"《全唐诗》校订组"。他亲自挂帅，高文教授协助，成员有吴鹤九教授、于安澜教授，以及几位青年教师，成为国内唐诗研究的先行者。经过几代人的努力，在唐诗研究方面，河南大学至今仍处于领军地位。

这个时候我已经毕业留校，在中国现代文学教研室担任助教。系里青年教师普遍感到当学生时，由于劳动过多，"政治运动"频繁，影响了业务学习，大学四年真正读书的时间不足一半。共青团中文系教师支部想请老教师给青年同志"补课"，李嘉言主任大力支持青年教师的要求，立即组织十多位有经验的老教授轮流给我们"补课"，明确提出教授们都要唱"拿手戏"，传授治学"真经"。李主任带头讲课，他第一次讲就强调"治学要重'三品'，一是人品，二是学品，三是文品。他说，治学要像'修行'，首先要静心、静洁，而后入门、登堂、进室。他要求我们去看一看学生宿舍北边的铁塔前的'铁佛寺'。亭子的南门上有一副对联，上联是'不羡桃妖杏艳与三春竞秀'，下联是'愿与湖光塔影共一室清修'。亭中站立的铜佛不知在那里站了多少年了。静心休养，不怕寂寞"（《李嘉言纪念文集》，第45页）。他说：静不下来就读不到书的真味。要进行学术研究一定要安下心来，心要沉下去，心猿意马不能读书。这项活动从1960年开始一直坚持到1962年年底。青年教师趁这机会日夜兼程，饿着肚子读书，争气要把前几年耽误的时间捞过来，有的青年教师还写出颇有影响的文章发表出来。几十年后的今天，我们回忆起当年青年教师的"补课"情况，仍然觉得当时抓得及时，效果很好。这次"补课"不仅对我们这一批青年教师的成长夯实了基础，对于传承河南大学的优良学风也起着承上启下的桥梁作用。

据校史记载："1961年7月，我校召开第2次教学讨论会暨第6次科学讨论会，强调学术上要'百花齐放，百家争鸣'，坚持摆事实、讲道理。……讨论会以小型为主，不戴帽子，不打棍子，和风细雨地探讨问题，以事实说明学校坚决贯彻'双百'方针的决心。"（《河南大学校史》，第194页）很明显，这针对的是1958年的浮夸风，意在纠偏。李嘉言教授对校领导有这么大的决心组织科研教学讨论会，感到非常激动，他在中文系召开的动员会上，很诚恳地号召大家积极参加讨论会。从历史上说明先秦散文之所以有辉煌成就，就是因为当时有适当的环境和自由讨论的气氛，诸子百家在"争鸣"中尽情发表自己的见解，许多经典性的作品、范文，流传后世的都是当时"争鸣"中的佳作。百家争鸣、百花齐放相辅相成，互相促进。学术研究要有一个宽松的心情，安定的环境，求真、求实、求是，只有占有丰富的资料，用事实说话，才能写出有说服力的文章，缺乏资料的任何结论都是靠不住的。不能以势压人，强词夺理，教学中、学术上有什么问题都可以拿来讨论，平心静气，以理服人。这次学术讨论会使我们的教学和科研更上一层楼。分组讨论时有人针对李主任的讲话发出不和谐的声音，有位教师吞吞吐吐地表示异见："你一家我一家，'百家'实际上只是两家，不是无产阶级便是资产阶级。"又说，"自由"实际是资产阶级骗人的玩意儿。当时虽然没有更多的人附和这种阴阳怪调，也没人敢站出来明言反对，但心理上的畏惧阴影却挥之不去，滋生暗长（因为1957—1958年常用这样的语言批判右派）。不过那次学校组织的科学讨论会还是成功的，各系的研讨会都取得了良好效果。

好景不长，很快就又开始抓阶级斗争。有人开始对中文系的教学安排、科学研究规划等工作说三道四。批评中文系领导放松阶级斗争，重教学、轻政治；两手抓，一手硬、一手软等。不久李嘉言教授就和部分教师到市南郊进行劳动锻炼了。当时我国经济十分困难，农村更苦。系领导组织慰问，我作为青年教师代表忝末随行。到南郊后，老师们正在地里劳动。我们和李老师就地座谈，发现他的腿、脚浮肿严重，便劝他立即回校。他坚决不同意，说："老师们在这里同样生活、劳动，他们比我年轻，劳动活重，消耗量大，浮肿不是我一个人，我怎么能提前回去"？他教育我们说："不能特殊，不能因为我是主任、是教授就可以特殊，一次特殊就是不良的开端，这个头不能开。"接着他详细说明老师们的劳动情况和身体状况，让我们回学校后向领导如实汇报，如果其他系里也有这样的情况——浮肿现象带有普遍性，建议校领导统一研究解决。不要因人而异，分别对待；党员更应该严格要求自己，不能特殊；越是困难，越应该和群众在一起。慰问人员受到深刻教育。

不久，李嘉言主任就被降为副职退居二线。当年他才52岁，正当年富力强，精力充沛，学有专长，工作经验丰富成熟，处在展现才艺的最佳年华。李主任一生追求的是读书做学问，文学一直是他热心攻读的理想专业，志趣本不在做官。但是历史真要把他推到"官"的位置上，他就呕心沥血地把工作做好，坚守"初心"，发挥党员的模范表率作用。然而，当他身在其位而不能谋其政，被边缘，被降职，此后又用明升暗降的损招，调他离开辛勤耕耘的中文系和文学专业，被供在当时科研工作几乎完全停止的科研处长位置上时，他说："我们这些搞学术的人只能在正常情况下做事，不晓得在非正常情况下怎样做。"他说这句话时的苦楚心情不难理解，很多教师听到这句话无不黯然神伤。

中文系的问题浮出水面，群众有议论，领导也有觉察，听说李嘉言主任、万曼副主任要调离中文系到科研处，王梦隐教授也要调离中文系到图书馆工作。许多老师恋恋不舍，甚至建议校领导重新考虑，争取让两位主任和王梦隐教授继续留在中文系的领导岗位上，带领中、青年教师和学术团队发挥老专家的专长优势。党总支书记傅刚也已经意识到他们离开中文系不正常，他反思前一阶段的工作说：过去系里对李、万两位领导的意见尊重不够，承认他自己有责任。他说：党内有些同志革命热情虽高，但经验不足，没有充分发挥两位主任的作用。这些语重心长的话，在场的人都觉得实实在在。傅刚书记1938年参加工作，文化水平较低，从地方调到高等学校"掺沙子"，领导一个系，实在力不从心。

"文革"开始，校领导班子瘫痪之后局面很混乱，学生区丙排房出现一张没有具名的大字报，点名要求李嘉言教授回系里参加运动。一天晚上八点半左右，李主任悄悄到我的住室（我因当政治辅导员住在学生区），进门后刚坐下又站起来把门关紧。他说："你很年轻，什么问题都没有，怎么也被抄家？"李嘉言教授是我尊敬的恩师，又是老领导，当时我被抄家之后，处在被造反派监督的情况下，看到李主任进到我的住室，激动不已，很想一句话把我内心聚积的所有冤屈、"不解"全都倒出来。我说：这个年级在通许县参加"四清"一年，回校后我是4月28日接任他们的政治辅导员，对这个年级的情况不了解。6月初"文革"开始，几个戴着"造反有理"袖章的学生跑到我的屋里"造反"，他们说"四清"时在通许县发展的9个党员全不合格，强令我必须取消他们的党员资格，交出他们的档案材料。我对他们这种无理要求提出严肃批评。说明发展党员是十分严肃认真的，是党组织经过长期考核，教育，经过一定的程序，履行一定的手续，经所在党支部讨论通过，再经过上级党组织批准，才能成为党员。我怎能随便不承认他们的党员资格？我很耐心地向他们讲解申请入党的程序。他们根本不听，转身就骂我是黑线人物，命令我交出黑线头目叶圣陶给我的密令。我愤怒地质问：谁说叶圣陶是黑线头目，凭什么诬蔑他老人家。他们不由分说把我撕扯到室外，几个人在屋里翻箱倒柜胡乱砸抢，最后把我的十多本日记，撰写的书稿、讲义，连同卡片全部带走，扬言要查修正主义言论。紧接着将事先准备好的几十张大字报贴满了甲、乙两排房的山墙。说我在叶圣陶这个黑作家、黑司令的保护下贩卖修正主义黑货，搞创作传播名利思想，等等。他们的"造反"激怒了广大群众，也引起他们年级其他同学的反对，主动站出来保护被他们打砸抢后的现场，组织校内外群众一连参观三天。从此，我不仅失去了读书的权利，也被剥夺了人身自由。李主任说，他和院部其他一些同志也来参观了现场。接着李主任安慰我，肯定我没有问题，当时保护党员的档案材料，批评他们的"造反"行为，是对的没有错误。我说：他们可以任意"造反"，我们不能反驳、解释，这次运动我很不理解，过去都是在党的领导下，按照部署一步一步进行，这次党员的组织生活停止了，党员没有依靠了，好像除了支持他们"造反"，什么都是错的。李主任没有回答我的问题。停了一阵他说：我也不理解。党委瘫痪了。我们就坚持按党章办事，这一点坚定不移。党的信念不动摇，这是共产党员的品格。他又安慰我说：你年轻，解放时才十来岁，出身又好，什么问题都没有，别怕。接着他又自言自语："我已经调出中文系几年了，又让我回中文系参加运动，是啥用意呢？群众中有啥议论没有？"我说："我被监管得很严，什么消息都听不到，这里左隔壁是王宽行老师，右隔壁是梁聚泰老师，不知道他俩听到啥没有？"因为他俩都是中国古代文学教研室的教师，据我了解他们对李嘉言教授很尊重，而且平时过从较密，谈话敢于见心。李主任说："别了，这个时候聚在一起容易招惹是非。"他苦笑了笑，说："我到同庆那里坐坐，同庆、先方都是政治辅导员，最近日子都不好过。我去开导他们一下，党员要坚定，按党章办事不要怕。"说完就走了，并摆手示意不要出门送他。

两天之后我见到梁老师，谈及此事，梁老师说："李主任胆子很小，据说他年轻时在河南大学读预科时，曾先后两次被捕入狱，现在他可能害怕。"我说："1927年他曾被中共河南省委负责人指定为共青团开封市委负责人，确有两次被捕，可是他入党时这些问题都已经审查清楚了，他当时表现得很坚强，敌人抓不到啥凭据释放了，什么问题也没有。"梁老师说："你太天真，现在谁管这些，只要听说在解放前坐过牢，就当叛徒抓。"王宽行老师说："我看，还是那几个逼他离开中文系的人，要继续整他。"梁老师说："真毒。已经给他们腾出位置了，还不甘心。"在当时的情况下，说话都很谨慎，也没有敢再过多议论。

1967年武斗逐步升级，为安全起见，很多老师都离开学校，有的回自己家乡，有的躲到亲戚朋友里避难。李嘉言教授也回到他的故乡武陟县老家。同年7月又专发"通知"寄到他家，"勒令"他返校参加运动。一天，梁老师悄声告诉我说：李嘉言主任在乡下又接住"勒令"他回学校参加运动的"通知"，他到开封就住医院了。我问在哪家医院？他说不知道。我说是不是学校领导为了保护他，送进医院保护起来了。梁老师说党委瘫痪了，他们都自身难保谁还能保护他？之后没几天就突然听到李嘉言教授心脏病突发不幸逝世的噩耗，享年56岁。

回忆起李老师到我住室，再三嘱咐我：无论在什么情况下都要坚持按党章办事，做一个合格党员。竟是最后一次教导！

追悼李嘉言教授的祭坛原定设在河南大学十号楼124大教室，因来吊唁的人过多临时改在大礼堂。参加追悼会的人来自全国各地，有领导，有专家、学者，也有李老师生前的学生和好友。会场庄严肃静穆，泣声涟涟，花圈、唁电、悼念诗文布满四壁。主席台右侧在"领导我们事业的核心力量是中国共产党"的巨幅标牌的左下方，悬挂一副写在一张很普通的白纸上的挽联："师不当死病不当死斯去矣哀声恸天悼英灵；国正需要家正需要已仙逝天下桃李祭师魂。"掩映在两个大花圈之间。"师不当死病不当死斯去矣"几个浓墨重笔大字触目惊心。李老师硕儒俊彦，敬业厚德，谨言慎行，和蔼亲善，在学子面前如慈父然。恩师的音容笑貌，宛如眼前。先生博学善教，举世瞩目，特别是他在《楚辞》研究中所取得的卓越成就，对唐诗的独到见解，国内外学术界仰望首肯。李嘉言教授能在我校执教主政中文系工作，是河南大学的荣幸和骄傲。

2011年李嘉言教授诞辰百年期间，河南大学出版社整理出版李嘉言老师的代表作《〈长江集〉新校》《李嘉言纪念文集》，展现河大在"国学研究"方面的卓越成就。弘扬百年老校风采，薪火传承争取尽快办好高水平大学。学校及文学院领导隆重召开"纪念李嘉言先生百年诞辰学术研讨会"，党委书记动情地指出：李嘉言教授回河南大学任职，"为中文系的建设呕心沥血，无私奉献"。他提出，要"勇于对重大学术问题展开攻关，要发出河南大学的独特声音，培养出河南大学中文系独立的学术精神"，在先生的领导下，"中文系的教学、科研工作取得了跨越性的发展"。会议期间也有人指出：如果再从另一方面想，检讨当时有些做法对大师级学人缺少敬重，"肆意挥霍浪费人才资源"，导致他的学术专长难以发挥，领导艺术和组织才能无法施展，要总结这方面的经验教训，弘扬李嘉言的人品和优良学风，以他在"特殊困境"坚守"初心"的党性原则传承后代，为创建"双一流大学"注入正能量，同样是无价之宝。

2021年3月

作者简介：张永江，1956级本科生，河南大学文学院教授。

与李嘉言先生一家的缘分

祝仲铨

李家,授业恩师李嘉言先生之家也。

和李嘉言先生家结缘,细细算起,有六十多个年头了。

1950年春末,我家从县前街迁回豆芽街一个胡同里的老宅子。豆芽街是河南大学西边的一条小街,在开封并不出名。当时,河南大学在豆芽街及其附近的街道购买、翻盖了一些老宅子,供教师居住。嘉言先生家就住在豆芽街路北的一个院子里。这个院子向东斜对着我们的胡同。一街而居,成为街坊,算是一种缘分吧。后来,嘉言先生家几经迁移,又搬到河大西门外惠济河西岸的家属院。豆芽街在惠济河西侧,我家胡同向东斜对着的几家院子,就连着这个家属院。一河相连,比邻而居,又岂非缘分耶!

搬回自家的老宅子后,我便从开蒙的杏花园小学(鱼市口街北口,路北)转到省立一小(后改名北门大街小学,今已并入河大附中,小学不复存在)。说是转学,其实是从秋季开始,重新读小学一年级。在一小,恰和嘉言先生的长女李之舜同班,一直到六年级。这也便开始了与李家的再次结缘,对嘉言先生的认识也便从此开始。

嘉言先生为子女取名,以古代五位圣贤明君尧、舜、禹、汤、文的名字为序,颇显儒家风范。他对子女的教育很严,这从之舜身上可以看得出来。当时,在一小读书的河大子弟不少,其中个别教授子女处处显出与众不同的优越感，而在之舜那里则看不到这些，也看不到女孩家常显露的骄、娇二气，给人的感觉就是普普通通、平平常常的，从寻常百姓家出来的小学生。那时候，为了消除"男女界限"，班主任经常调换座位。四五年级时，我和之舜成了同桌。有一次，老师让我和之舜，还有另外一位女同学组成"编辑部"，负责出一期墙报。我分工画报头、版式设计和版面美化，之舜她们负责编稿子。这种工作，通常是课外活动时在老师的办公室里进行的。看了一会儿稿子，那位女同学感到腻烦了，便鼓动之舜和她一起回家。之舜说："我爸爸说，做任何事情都要认真，不能三心二意。"那位女同学说："都像你爸爸那样，我们都成大教授了。""'教授'一定是很了不起的人。但，他是干什么的呢？"回到家，我请教住在我们院的仵先生。仵先生是医学院图书馆的老师，他告诉我："教授是大学里很有学问的老师，读过万卷书，也就是说，他读的书很多很多，掌握很多很多的知识。"那一年的暑假，我和仵先生的孙子跟着仵先生到图书馆去看书。面对那一架子一架子数也数不清的书，我惊呆了。我想：这些书，之舜的爸爸肯定是都读过的。我要向之舜的爸爸学习，读很多很多的书，做一个有很多很多学问的人。我在一排排书架间寻找着，最后，选了一套《镜花缘》，用一个假期囫囵吞枣地翻看了一遍。

"想不到，书里面有那么多好看的东西，那么多丰富的知识。"此后，我不断地去借书读。越读，便越发崇拜之舜的爸爸。有天放学，我悄悄对之舜说："天天从你家门口过，还没去过你家，还没见过你爸爸。"之舜慌忙说："不行。我爸爸太忙太忙，我不想打扰他。"我央求说："我又不和他说话，就看一眼。行吗？"之舜说："好，看一眼就走，咱说好了。"这样，我跟着之舜进了她家的四合院。一进院子，看见嘉言先生一手拿着书，一手端个茶碗，正要往屋子里进，之舜叫了一声"爸"，就跑过去了。我则"吱溜"一下，逃也似的跑出了李家大门。

"手不释卷"是初见嘉言先生的鲜明印象,也是深深印在我的脑海里,一生都受其鞭策、受其激励的形象。

之舜她们系的学生住在学校西南区域,而我们中文系则是住在东北区域铁塔的旁边。虽然彼此的教室和宿舍相距较远,但还时常碰面。见面时,相互说一些鼓励的话。我原来是年级《青春》报编辑部的,大二的时候又进了中文系《红旗报》编辑部。《红旗报》是中文系团总支、学生会主办的,在学校小有影响。每次"出版",两块图文并茂的大板子往大礼堂前面一摆,便立刻招来许多系学生的"围观"。之舜可能也是"围观者"之一。有一次她说:"我看了你们这一期。"我笑着说:"请李编辑批评。"她说:"口号多了些,是不是有点儿太'政治'了?"我打心里佩服之舜眼光的犀利。说实话,值班主编对近几期的内容管得比较具体,我们也只是觉得有几篇稿子分量有点儿轻,但说不出别的什么。之舜这么一讲,我明白了,但还不算是真的明白。后来才知道,那是"山雨欲来"喽!1966年春的一天,我在十号楼与大礼堂之间的路上见到了她,当时,"文化大革命"的风暴已经掀起,学校政治空气比较紧张,人人说话都是小心翼翼的,十分谨慎。之舜说:"听说十号楼门口那八个大字是你写的?"那八个大字是"团结紧张严肃活泼",是当时从部队传到地方、流行全国的口号。因为我的字写得好一点,系领导让我在中文系上课的十号楼的大门口用油漆写上这八个字。此后,一直到工农兵学员来上课,十多年间,那八个字被描了又描,尽管有些走样,但还保留在十号楼门口。之舜问话的时候,语调淡淡的,听不出是赞美、欣赏还是别的什么意思。我如实回答说,那是受系领导指派写的。还解释说,那个"紧"字怎么也写不好。之舜说:"你在艺术方面是有专长,将来要当个书法家了。"我说:"我这一辈子当不了书法家,也不想当书法家。"说到这里,我压低了声音,字字清晰地说:"还是那句话,我要学你爸爸,做他那样的学者。"

十几年来,做嘉言先生那样有学问的人,一直是我的愿望。这主要是出于对学问渊博的嘉言先生的尊崇。嘉言先生在清华上学时，师从国学大师刘盼遂、陈寅恪、杨树达诸先生，毕业后，留作闻一多先生的助教，后又随闻一多、朱自清等在西南联大从事教学与研究，深得一多先生倚重。当时，一多先生自家生活也很困难，但是，为了提高和改善嘉言先生的待遇，他多次专门上书梅贻琦校长。梅校长也很赏识这位崭露头角的青年学者，在西南联大极端困难的条件下，特别给予一定的照顾。嘉言先生还是全国著名的《楚辞》、唐诗研究专家，他的《全唐诗》整理意见受到国内外众多学者的积极关注。先生的这些简况，同学们早就从各种渠道获知并相互转告。因此，一入学，我就怀着崇敬的心情，期盼着嘉言先生授课。直到大二，才有幸聆听嘉言先生讲授《离骚》。

那时候，嘉言先生兼任学校科委副主任，虽然不再做中文系主任（主任一职由院长助理钱天起教授兼），但实际上仍负责全系的教学、科研工作，还领导着学校《全唐诗》校订组的编纂工程；此外，他还担任《光明日报》的重要栏目《文学遗产》的编委一职，工作担子相当沉重。工作、教学、科研和困难的生活，压得嘉言先生过早地驼了背，健康状况并不十分好。

嘉言先生一进教室，同学们就全体起立，报以长时间的、热烈的掌声。当时还是助教的孙先方先生解释说：李先生身体不好，但还是坚持过来给大家上课。我们请李先生坐下来讲课好不好？教室里立刻又一次爆发出热烈的掌声。嘉言先生点点头，向大家摆了摆手，便在藤椅子上坐下，慢慢地打开了讲稿。他先是简单地介绍了"楚辞""骚体"等一些名词，接着讲解篇名《离骚》的含义。嘉言先生将汉代司马迁、王逸到今人游国恩等古今名家对篇名的解说一一介绍，最后讲了自己的看法。广博的学问、透析的讲解，令我们这些刚刚接近专家、大师的学子们折服。

《离骚》很长，但嘉言先生早烂熟于心。他讲《离骚》，是一面背诵一面给我们讲解的。说是背诵，其实是背而不诵，念而不吟。

用现在的话说，就是不带情感、没有夸张语调地"念"。他把目光对准我们，沉稳、从容地"念"了开篇的四句："帝高阳之苗裔兮，朕皇考曰伯庸。摄提贞于孟陬兮，惟庚寅吾以降。"然后便逐句疏通，释词解义。千百年来，对《离骚》注疏解析的作者如星、著作如云，其中影响较大、观点典型者，也多如古代圣贤，嘉言先生便将最具代表性的古今名家的见解给我们一一讲析。比如，先生讲"摄提贞于孟陬兮，惟庚寅吾以降"时，从字意到读音、从考据到疏解，引经据典，广征博撷各家之说，又深入浅出地逐字解析，通俗浅显地说明屈原出生在寅年、寅月、寅日，天赋纯美。诗虽然只有短短两句，却涉及了历法、天文星象、音韵训诂等许多方面的知识。

解题和起首的四句诗讲了一上午，四个课时，而整篇《离骚》则讲了大半个学期。聆听嘉言先生讲课，使我们获取了关于《离骚》的丰厚广博的学识，更重要的是，使我们这些正处于独立思索、独立选择人生目标，确立人格品位和事业方向的青年学子，真实地认识了做人、做事、做事业的导师。师兄杜田材先生曾总结过聆听嘉言先生讲授《离骚》的感悟，他说，聆听嘉言先生的讲授，确乎是胜景神游，眼界大开：第一，使我们领悟了嘉言先生学识的渊博。嘉言先生虽只是讲授了一篇《离骚》，但实际上梳理了自古至今《离骚》研究的义理与文脉。语义取舍往往涉及汉代王逸，宋代朱熹，直至近代学者闻一多、浦江清、文怀沙诸位及其他研究者见解的异同。广征博取，渊博自明。第二，使我们感受到嘉言先生一丝不苟、严谨治学的科学态度。嘉言先生辨名择实的考据功夫，是学界公认的。他讲究立论有所据，辨名有所本，遇有不明之处，宁作待考，决不妄断。第三，成一家之言。这是嘉言先生的执着追求。《离骚》的解题本来就是众说纷纭、歧见迭出的。嘉言先生坚持一种平实浅近的见解：离，别也，骚者忧愁也。他还借助赵天吏老师音韵学的文字解读（"离骚、离忧、罹忧、牢骚，皆一声之转，上下两字同义相近，不可分别"）作为自己立论的佐证。这就远离了那些刻意求深、失之玄虚的高蹈之论,并为一些研究者所认同。嘉言先生的研究成果,自有不可取代的价值。杜田材先生这番话,完全可以作为聆听过嘉言先生讲授《离骚》的河大学子的共同感悟。

听课之后,我对嘉言先生的尊崇可以说无以复加。在系资料室苌立老师帮助下,我又特别查阅了嘉言先生在《光明日报》发表的文章,还获悉当时嘉言先生正领导学校的《全唐诗》校订组进行规模浩大的《全唐诗》校订工作。于是,谒见先生的念头油然而生。一天下午,我从七号楼的西门出来,就近到校订组所在的西工字楼东北角,看看嘉言先生在那里是怎么工作的,如有机会,便求见先生,请他讲讲怎样做学问。"校订组"的门开着,在门外就可以看到有许多书架,书架上和地上堆满了书和卡片,邹同庆老师正拎着一捆书往书架上放。"那么多的书!那么多的卡片!"我惊奇着,正探头探脑往屋里看时,一个熟悉的声音从身旁传来:"进去看看吧。"扭头一看,正是嘉言先生。他抱着两捆卡片,看着我,疲惫的倦容中透出慈祥的目光。我鼓足了勇气,大着胆表白:"李老师,我是62级的……""啊。"嘉言先生点点头。"我想向您请教,怎么做学问,怎么做一个有学问的人。"嘉言先生呵呵笑着,将卡片交给邹老师,对着我说:"这可是三言两语说不清的大题目。你们现在正学习着基础课,先把基础课学好。基础课,是做学问的基础。快毕业的时候再说这个问题也不迟。"嘉言先生略略停顿一下,语重心长地说:"给你们上课的老师,都很有学问。注意听讲,认真完成老师布置的功课,留心向老师学习,你慢慢地就会悟出这个问题的答案的。"说完,微微笑着,望着我。这个微笑,长久地定格在我的脑海里。

嘉言先生大约在我上大三的时候就离开了中文系,领导学校科委和《全唐诗》校订工作去了。"文革"开始后不久,嘉言先生便在那斗斗打打、冲冲杀杀的怪异的政治风暴中因心力交瘁而逝世。参加嘉言先生吊唁活动时,我满脑子还是他那定格的微笑,及至看到先生清癯的遗容，我怎么也接受不了，竟禁不住悲恸失声。

我感到欣慰的是，嘉言先生已经用他磊落、勤勉、刻苦精进的一生圆满地回答了我的问题。根据他的启示，我留心向公开或私下教诲于我的于安澜、任访秋、李白凤、高文、吴鹤九、华锺彦和其他有学问的先生学习，丰富了问题的答案。我庆幸，那么多大师级的教授曾教诲于我，我曾就读于河大这所富有众多大师的大学。

什么是大学？原清华大学校长梅贻琦先生有句名言。他说，大学，非大楼之谓，实大师之谓也。我的理解是，拥有很多、很高大楼的学校未必是好的大学，唯拥有众多能够称为大师的学校才有资格称大学。还有一层意思是，这能够称为大师的，不是某种"'绣花枕头'教授"，而应该像一座拥有丰厚学问、令人学习不完的大学。嘉言先生就是梅先生所说的那种读不完其知识的大学、学不完其学问的大师。嘉言先生一生，是老老实实做人、认认真真做事、扎扎实实做学问、朴实无华却桃李满枝、硕果累累的一生。学嘉言先生那样的人品学问，做嘉言先生那样的学者，是一届又一届众多河大学子的心愿。在听了先生的讲课以后，在越来越多地了解了先生以后，我们年级的许多同学都有这样的愿望，甚至系里那些青年教师、助教也都把嘉言先生那种学识渊博、治学严谨、勤勉敬业、宽厚仁爱、诲人不倦、谦恭温和、顾全大局的学者风范、长者风范、领导风范，作为自己做人、做事、成就事业的典范。在我选择事业方向、确立人格品位的人生关键阶段，有幸零距离地接近嘉言先生，直接聆听他的授课与教诲，成为一生都感恩不尽、一生都不能忘怀的最珍贵的缘分。

可惜的是，我这辈子并未成为大学问家。大学毕业后，先是被分配到省里当记者，后来又被组织频频调动工作岗位，最后退休在高校党务工作的岗位上。虽然在工作期间，不忘挤时间"做点学问"，发表了一些文章，但毕竟量小，且涉及领域宽泛，不成"气候"。

退居二线后，有了时间，便"随遇而安"，开始"做学问"，陆陆续续又发表了一些文章，出版了几本小册子，就是想圆 50 年前的那个梦，想把请教嘉言先生的那个问题给"落实"了。牛刀小试，略见成效，心里有"点巴点"踏实，但也不无遗憾：嘉言先生已经作古，之舜大学毕业后失却联系，此生和李家的缘怕是断了！

忽有一日，在去开封的城际公交车上碰到鲁枢元先生。枢元虽然低我一届，但我们常有来往。1992 年我调到郑州大学不久，他便离开郑州大学"南下"，之后我们就一直没再见面。这次一见面，他便抢先说："我正要找你。"他告诉我，早年我给他刻的藏书印至今还用着。嘉言先生的二公子之禹见了藏书印，一定要让枢元找我，给他也刻一方印。我对枢元说，江南多才子，你在苏州当博导，给他请位篆刻高手刻好了。枢元说，你是他父亲的学生，他就要你刻的。

不久便接到枢元从苏州寄来的信，详细写着之禹的通信地址、电话和 QQ、"伊妹儿"之类。信纸上专门盖了我给他刻的藏书印，再次说明至今确实仍在使用。我打电话告诉他，给之禹刻的印已交到之禹手中。之禹是恩师的二公子，所托之事，焉有不尽心尽力之理！

自此，与李家又续上了缘。

之禹独居郑州，爱茶嗜酒。我们时而相对品茶，时而街头小酌，也时常于电话之中谈谈世事。他给我谈之舜，告诉我之舜大学毕业后的情况，说之舜最后去了北京，在一家出版社当了编辑，后来，后来……我说，后来的事我知道了。我们沉痛地叹息之舜的早逝，我们聊豆芽街，说儿时在豆芽街胡同里嬉戏，在胡同不远处"义元永"酱园腌制场院"除'四害'"、挖蝇蛹的趣事。话题最多的自然还是嘉言先生。谈起儿时和读大学时见嘉言先生的往事，之禹批评我"胆子太小"。他说，他家几乎天天有客，许多青年教师和学生"常来常往"，都是登门求教的。

"你来家,我父亲肯定喜欢。"之禹说,"一来咱们是街坊,曾比邻而居;二来因为你和我姐(之舜)同窗六年,和我又是顽童小友。还因为你是他亲自授业的学生,是登'程门'求教的。"我解释说,儿时确实胆小,但上大学时则是怕打扰嘉言先生。他太忙了,太累了,也太辛劳了。

一日,与之禹小酌,乘着酒兴,他求我再刻一方印,给他的儿子李晨路。儿子在美国,快回来看他了。他要求,用带龙钮的好章料,因为儿子是属龙的;用圆朱文来刻,刻儿子的姓名印;要刻上边款,边款上一定要有"祝仲铨"这个名字。他要告诉儿子,这方印是爷爷的学生、姑姑的同学、爸爸的朋友、原来的街坊刻的,爷爷的这个学生在篆刻方面受业于名教授于安澜、李白凤等先生。

之禹说的条件太苛刻,换了人,按篆刻的"八不刻"习俗,是没人给他刻的。但这是之禹所托,只有照办而且还不敢怠慢。我匆匆赶到淮河路古玩城,选了一方双龙钮的寿山石章料,因眼疾未愈,特又专程去开封,请一位擅长刻圆朱文印的青年篆刻家刻制,还草拟了百余字的刻这方印缘由经过的文字,作为款识,请篆刻家刻于印章的四面。记得款的最后曰:"呜呼!世间亲情、友情、恩情,百般感情,万种纷繁。虽无名、无状、无相,然其情殷殷、其情眷眷、其情幽幽、其情切切,岂一石能尽乎?佛家有言,见君一面,已修百年。况其情耶?刊此感言,铭之珍之。"

我很高兴,又和嘉言先生的小孙子晨路续上了缘。

唯有负之禹嘱托的,是写这篇《李家缘》。春季体检,查出高血压,不久又住院治疗。之后便是夏日酷暑,血压不甚稳定,未敢动笔。又往后,时断时续地写了三千多字,稿子竟在公交车上丢失。我写文章,是先写于稿纸,再敲上电脑往别处传的。于今,丢了底稿,我只好又重新动笔来写。尽管误了嘉言先生纪念文集的截稿日期,但我还是坚持写下来了。这是温习嘉言先生教诲的一次绝好机会,也是感恩嘉言先生的一个极佳方式。更何况,这次的写作本身就是与李家缘分的又一次纠结。之所以一直乐于保持、延续和李家的缘分，是因为我愿以真实、真诚的行动宣示：我骄傲，我是李嘉言先生的学生。

壬辰中秋假日于郑州大学汉风堂

作者简介：祝仲铨，1962级本科生，曾任郑州大学宣传部副部长、《郑州大学报》主编、郑州大学机关党总支书记。

致敬李嘉言先生

鲁枢元

接李嘉言先生的哲嗣之禹兄来函，通报正在编辑嘉言先生百年诞辰纪念文集，同时还寄来嘉言先生的《长江集新校》一书。

河南大学是我的母校，嘉言先生是我的恩师，之禹兄是我的同窗好友，无论从哪层意义上，我都应当奉上一份感念与敬意。

多年前我曾写过一篇短文，叙述过我第一次见到嘉言先生的情景，那虽然只是"惊鸿一瞥"，对我的人生道路却产生了几乎是决定性的影响，我把它看作我一生中罕见的一道"灵光"，一道从幽冥中闪现的"灵光"。那时我还在开封一高读书，夏季的一个黄昏，我随李之禹到他家中取一点什么东西。有段时间我与之禹过从甚密，是好朋友，还曾在一起照了不少相片，是他出面邀请河南大学的外籍教师吴雪莉，一位丰硕的金发碧眼的美妇人为我们拍摄的。李家住在校外的惠济河岸边，是河南大学为教授们盖起的新宅，一律平房独院。我记得那天有些阴晦，而且已是暮霭沉沉，屋里面却显得很明亮。门里的东屋，是之禹父亲嘉言先生的书房。先生正伏案翻书，我们怕惊扰他，像小狗一样弓着身子从书房门前掠过，连正眼观看一下都没有来得及。然而正是这匆匆一瞥，时间怕只有一秒左右，却在我心头停驻下来：柔和地散发出温暖的台灯，四壁满装图书的书架，散发出芬芳的笔砚，书案前若有所思的学者。我几乎听到自己心里发出呼喊：我也要成为这样的人。

那时候听之禹讲过他的父亲李嘉言先生：20 世纪 30 年代毕业于清华大学文学院，是闻一多先生的研究生，朱自清先生的助教，西南联大的讲师，河南大学中文系教授，《文学遗产》的编委。中华书局、商务印书馆出了什么新书，总是先把书单寄到他们家来。一篇文章考证了《楚辞》中的两个字，稿费寄来 100 多元……是河南大学中文系的名教授。

没有想到，两年后，我真的成了他的学生。不过直到那时候，开封市贫民区一个利用暑假时间去拉板车补贴家用的中学生，距离文学教授还不知有多远的距离。从那时起，23 年过后，曲曲折折阴差阳错，我倒真的当上了"教授"，而且是"文学教授"。此时，我的台灯、书案、书架、"笔砚"，以及那种两袖清风、坐拥书城的感觉，真是与 50 年前"灵光"闪现时的情景别无二致。

1963 年秋，我进河南大学中文系读书，那时的河南大学，经过 50 年代的大专院系调整，已由河南大学缩编为河南师范学院进而降级成开封师院。

俗谓"瘦死的骆驼比马大"，河南大学虽然变成了开封师院，所幸还有一个阵营可观的教授群支撑着，如任访秋、华锺彦、高文、万曼、于安澜、吴鹤九、王梦隐、郭光诸位先生，而李嘉言先生正作为中文系主任，统领着这一局面。更何况，那巍峨的中西合璧的大礼堂还在，典雅古朴的东十斋房还在。

入校后，我所住的学生宿舍在甲排房最东边的一间，紧靠铁塔湖，久经历史沧桑的开封古城墙就横亘在湖水的东岸。中文系的教室、资料室、教研室、行政办公室全在十号楼，那是一座红砖建造的四层楼，刚刚盖起没几年，是当时开封城里最高的楼房。我就是在这座楼的过道里，再次见到李嘉言先生，他正在和一位教师谈论着什么。较之那次"惊鸿一瞥"，这次是"定睛细看"了，嘉言先生高高的身量，偏瘦，有着豫北人的肤色与口音，神情庄重却又透出和善，言谈沉着而又使人感到亲切，正是我心目中的大学者的形象。

那时，嘉言先生并没有给低年级学生开课。听上面六零级的同学说，嘉言先生正在给他们讲《楚辞》中屈原的《离骚》，已经讲了半个学期，并誉为"楚辞专家"，那种深得名教授真传的幸福与风光溢于言表。我为了将来听嘉言先生的课提前做好准备，特地到图书馆借了《楚辞集注》，同时用当时称得上"豪华"的白油光纸自己订了一个札记本，生吞活剥地啃读起来。后来我还在东大街的旧书摊上买到过一册马茂元先生的《楚辞选》，多年后在搬家中丢失了。读《骚》自然是不得要领，领会最深的只是"吾令羲和弭节兮，望崦嵫而勿迫。路漫漫其修远兮，吾将上下而求索"一句中的后半句。这半句对我至今在学术的"漫漫"长途上求索不已似乎产生了重要的启迪作用，算起来，也该归之于嘉言先生的言传身教。

后来我才知道，嘉言先生在学术上的最大贡献，其实并不在《楚辞》研究，也不在于他曾涉足的佛教与元朝文学，而是在唐诗研究。这是我从孙先方先生那里得知的。进入大学第二年的冬天，中文系的师生便停课参加所谓的"农村社会主义教育运动"，简称"社教"，又称"四清"。开始时是"小四清"，地点在豫西巩县的黑石关镇，我所在的生产队叫"大北沟"，与古典文学教研室的孙先方老师同住一个窑洞。我当时也就是十八九岁，第一次住窑洞，孙老师则是我第一次作为"工作队员"走进社会的引路人。孙老师其实也是一位忠厚书生，一位做学问的人，"四清"时住在窑洞里还看专业书——是唐诗。他告诉我开封师院中文系担负着一项国家的重点项目，一项规模浩大的工程，即整理改编全唐诗，而项目的主持人就是李嘉言先生。从他谈起嘉言先生的语气里，我更感觉到嘉言先生的学术地位与人品风致。

"小四清"完了是"大四清"，阶级斗争的势头一浪高过一浪，我们的"阵地"也由豫西转移到豫东。通许县的"社教运动"几乎延续了一年，重新回到学校还未曾在教室坐稳，"文化大革命"便已狼烟四起，整个古老校园陷入熊熊烈焰之中。在"文革"的第二个年头，嘉言先生便不幸去世，享年仅56岁，正是年富力强的时候。嘉言先生与中文系的其他一些教授还不完全相同，在历次政治运动中他属于出身贫寒、历史清白、思想进步、真诚拥护共产党的知识分子，然而也仍然没能从那场浩劫逃脱，究其原因反倒是他学问做得太好、太深，于是当然地成了"反动学术权威"。

"文革"后期，我和嘉言先生的次子、我的同学李之禹都被分配到郑州铁路局教书，有一段时间还同住在郑铁机务南段一个破旧的大院子里。之禹的姐姐之舜也曾来过这个院子，那时之舜还是位容光焕发的美女，不料她竟也英年早逝，造化令人无奈，令人伤凄。之禹先我搬出了机务南段的大院，听说与吴雪莉教授的混血女儿结了婚，又分了手，那已是后话。"文革"期间时常"停课闹革命"，空闲时间除了画画，我曾学做过木工，做过一只带抽屉的单门柜，至今还在郑州老家放着。还曾学着裁剪衣服，两毛钱一尺的灰棉布做了件衬衫，不合身，废掉了。有一次之禹说他有一块好看的有机玻璃，希望我为他改制成台灯，我自忖手头没有得力的工具，就没有揽下这个活，至今尚余歉意。

如今我与之禹都已经过了耳顺之年，他赠送的这部关于贾岛研究的《长江集新校》，为"百年河南大学国学旧著新刊"丛书之一种，是嘉言先生学术生涯中的一部重要著作。

贾岛，是中国文学史上具有显著地位的一位诗人，苏东坡对与他同时代的诗人曾有"元轻白俗，郊寒岛瘦"的品评，然而对其诗歌成就的具体理解历来又褒贬不一：褒者谓之"峭拔莹洁""意在言外"，虽善雕琢而字字精透；贬者谓之"怪癖狭窄""苦寒而近酸涩"。尽管褒贬不一，贾岛诗歌对于清扫大历以来绮丽浮弱的诗风功不可没，对于后人的影响也是持久悠远的。我自己在童蒙时代就知道"僧敲月下门"与"一吟双泪流"的典故，以及"秋风吹渭水，落叶满长安"的佳句。这样一位诗人，以往的专门研究却并不充足，不但比不上元、白，甚至也比不上与他齐名的孟郊。嘉言先生的贾岛研究，在中国现代学术史上具有开导先河的功绩。我有时猜想，这或许是受到朱自清、闻一多二位先生的直接点拨，因为这时他正在二位先生身边，被清华大学中文系聘为助教。

至于此书的学术价值，不是我这古典文学研究的门外汉所能置喙的，令我深受感动的是前辈的治学精神。书中附录的《贾岛年谱》，连同附写的五篇相关文章，其实是本书的重要组成部分，总共不过十万字，而嘉言先生从1936年春开题，到1941年部分发表，再到1947年付梓成书，整整用了十年时间，用先生自己的话说是，"四易稿成，五经寒暑，三移厥居"，况且其间正逢抗战时期，长年漂泊流转，做一位学人那需要多么强大的"定力"！校注贾岛的《长江集》，继《年谱》之后，又持续了将近十六年，而且先生临终也未能看到此书出版，这样的治学绝不是如今的所谓学者专家所能望其项背的。在今天这个急功近利的年头，我们每个人都应对照前辈学者反省自己，看看自己身上还有多少优良学统的血脉！

"身死声名在，多应万古传"，本是贾岛哭孟郊的诗句。前辈学者身死名在，我也尝以曾经沾及先贤甘露而窃窃自喜，记得在课堂上曾向我的学生炫耀：你们知道自己与胡适、朱自清、闻一多的距离有多远？不远，中间就隔了两个人，一个是我，再就是我的两位老师任访秋先生与李嘉言先生，他们都是胡、朱、闻等前辈大师的嫡传弟子。然而扪心自问，我又承继了自己老师的几多学脉？

"落日孤舟去，青山万里看"，每观今日之学术界，常有"落日孤舟"之叹，好在青山依在，那就是前辈学者的文字与精神，将指引我们在学术的层峰叠峦间持续地寻觅与探求。

作者简介：鲁枢元，1963级本科生，河南大学文学院讲座教授，中国文艺理论学会副会长。

从同适斋到不舍斋

——任访秋先生的学术道路及其贡献

关爱和

任访秋(1909—2000),河南南召人

著名学者、文学史家任访秋先生(1909—2000)一生以教书与著述为业,辛勤耕耘,成果丰硕。尤其是在打通古代、近代、现当代文学畛域,梳理晚明至"五四"文学发展源流方面宏论迭出,多有创获。

以1929年入北师大读书为起点,到1996年因视力急剧减退不能再进行写作为终点,任访秋先生的学术生涯,持续了近七十年。

任先生年青时期，因仰慕胡适之、钱玄同治学成就，把自己在北师大的宿舍命名为同适斋，而晚年的先生有感于时不我待、治学愈加锲而不舍，遂把在河南大学的书斋称之为不舍斋。从同适斋到不舍斋，任访秋先生经历了旧中国的战乱、饥饿、迁徙无所和新中国的反右、"文革"、思想改造等时代的风风雨雨，走过了一条风雨兼程的学术道路。

在五百万字的《任访秋文集》即将付梓印行之际，重读任先生留下的学术著述，观察体味他是如何在古今中外的文化矩阵中，选取并形成自己的思想与学术领域，而其学术思想与方法，又经历了怎样的发展与嬗变过程，是一项具有学术史意义的工作。

一

任先生读书与初涉学术的年代，是"五四"之后的年代。后"五四"时代，是中国现代学术体系初步形成的时期。"五四"前后欧风美雨的荡涤，中国学者世界视野的逐渐扩大，加上中国现代高等教育制度的建立，使中国学术有可能从经学研究中心和家法、门户之见的旧套子里走出，学科结构和知识形态发生着巨大的变异、解构与重建。1929年，先生到北师大学习，对钱玄同摆脱今古文两派的门户之见，把经学原典还原为真伪并存的历史资料的治学精神和勇气，及考古务求其真、致用务求其实的理论甚为感佩。同时，先生又到北大听胡适的《中国哲学史》课程，对胡适提出的哲学史的撰述应以明变、求因、评判为目的，整理国故应该包括历史的眼光、系统的整理和比较的方法等理论，也是心有灵犀。两位大师"研究问题，输入学理，整理国故，再造文明"的学术倡导及对清代学者治学方法的超越，对立志以学术研究为毕生事业的任访秋先生，有着重要的影响。以胡适、钱玄同、周作人为楷模，把"求真""还它一个本来面目"作为"研究问题""整理国故"的出发点，在古今接续、中外会通中明变，从社会思潮变迁、学术思想传承中求因，这正是"五四"新文学的基本精神，也自然成为同适斋人最为初始的学术目标。

先生真正的学术研究，是从《袁中郎研究》开始的。任先生对袁中郎及明代公安派的注意，起源于周作人为俞平伯的散文集《燕知草》所写的跋文中关于"中国新散文的源流，我看是公安派与英国小品文两者所合成"的论断。大三期间，先生写成《袁中郎评传》一文，对袁中郎和公安派在晚明文坛上的贡献进行评述。到北大读研究院后，因为导师选择了周作人，也就自然将《袁中郎研究》作为毕业论文题目。《袁中郎研究》上编为论述，下编为年谱。年谱部分对袁中郎的行止、交往、著述进行了详尽的考辨。论述部分共三章，第一章谈中郎以前明代文学思潮的趋向，主要描述分析前后七子的复古主义主张。第二章谈中郎的思想与文学。先生以为中郎早年师事李贽，后又与泰州学派交往密切，故能熔儒、释、道诸家思想于一炉，从道家得到解放，从佛家得到自由，两种精神施诸文学，才产生了他所倡导的文学革新运动。中郎能免去复古派"贵古贱今"的弊端，反对模拟，打破格套，主张取法自然，抒写性灵，看重小说戏曲和民间歌曲，其诗文作品信腕信口、卓然自立，加上袁氏兄弟及其追随者的推波助澜，李贽、汤显祖、沈德符、冯梦龙、凌濛初等人的遥相呼应，形成了16世纪末17世纪初发生在我国文坛上以公安派为代表的文学革新运动。17—18世纪文坛上出现《聊斋志异》《儒林外史》《红楼梦》等文学杰作，正是晚明文学革新运动收获的硕果。第三章谈明末以来对中郎文学功罪的评判。先生认为，新文学运动显然是受西方科学民主思潮影响而起的，但明末文学革新运动，为"五四"新文学提供了一个"世界之思潮"之外"固有之血脉"的例证。"五四"新文学的成功，意外地完成了对明末文学革新运动价值的再发现。1936年暑期，先生以《袁中郎研究》完成了北大研究院的毕业论文答辩。答辩委员会由五人组成：主任委员胡适，副主任委员周作人、罗常培，清华大学教授陈寅恪、俞平伯为校外委员。

1933年起，先生出于教学的需要，着手编写《中国文学史》讲义。文学史的写作，在20世纪20年代以后，为很多学者所重视。用当下的学术眼光，为有文字记载以来的中国文学写史，是中国现代学术体系建立过程中的一项重要工程。从先生的《中国文学史》中，我们可以感受到这项工程的筚路蓝缕。其《绪论》论治文学史之方法时说：

> 我们现在来从事于这样烦难的工作，只要能用科学的方法，小心审慎地去研讨，虽不能说能发前人所未发，至少"可以无大过矣"。所谓科学的方法，不外是客观的，以证据为依归，我们研究作家的身世，有可信的史料我们来引用，否则宁可疑，绝不以讹传讹。对作品的真伪，应依辨伪的通则，去考证它的产生时代。其次是注意文体演变的说明，与时代背景的解释，对作家绝不存崇拜英雄的心理，去夸大地推尊，应着实的解释作品所以产生的必然性。

> 大概过去研究文学的总免不了门户之见，常常是入主出奴，尊骈俪的必菲薄古文，尊唐诗的必菲薄宋诗。至于尊唐宋古文同尊宋诗的，其訾议骈俪同唐诗，自不必说了。我们要极力避免这种习气，要具有独特的精神，不依附古人，同时又必须持一种客观的态度，能实事求是，既不阿附此，更无须攻击彼，能够这样，才可以达到我们所希望的"真"与"信"的目的。

依靠"科学"的治史方法，坚持"真"与"信"的治史目的，构成了同适斋主处理繁难学术问题的内在凭借。近三十万字的《中国文学史》讲义，充满着学术的锐气和真知灼见，也体现出鲜明的"五四"新文学的立场。这种"五四"新文学立场在先生1944年出版的《中国现代文学史》（上卷）中得到充分的展现。这部书先生写作在抗战流亡期间，是我国最早的中国现代文学研究的专门著作。上卷共分三编，第一编为"文学革命的前夜"，主要论述清末民初的政治、思想与文学。第二编为"文学革命运动"，主要论述"五四"文学革命的始末，对这次文学革命的总检讨，以及伴随着文学革命运动而来的诸如整理国故、国语统一等问题的研讨。第三编为"新文学的萌芽与成长"，主要论述"五四"时期诗歌、小说、戏剧、翻译等文体所取得的成绩及文学研究会、创造社、语丝社等文学团体的活动。

《中国现代文学史》（上卷）是一部在通读晚清"五四"报刊、名家文集基础上的潜心之作，其学术贡献是多方面的：一是对"现代文学"这一概念的使用。其上限以"五四"新文学为起点，是明确无误的。至于下限，任先生1957年以《中国现代文学史》（下卷）为基础而写成的《中国现代文学论稿》，则将现代文学的下限延长至第二次全国文代会之后，是包含当代的。二是作者对"五四"新文学与晚清文学之间的继承与发展关系，给予了较多的关注，使晚清文学与"五四"文学的前后呼应，更合乎历史发展的实际。这种欲说"五四"、探源晚清的做法，在早期现代文学史著作中，是慧眼独具的。这也为先生晚年治晚清文学留下伏笔。三是对思想革命与文学革命，如影随形、相互支撑、相得益彰关系的描述，深得以"提倡新道德，反对旧道德；提倡白话文，反对文言文"为旗帜的"五四"新文化运动的精髓。四是把"五四"新文学形式与内容的特质概括为国语文学与人的文学，高屋建瓴，简洁明快，同时也鲜明地体现了同适斋主的文学史立场。

先生在40年代还有两部著作，应引起研究者的注意。它们是《中国文学批评史》《中国文学史散论》。中国文学批评史作为中国文学史学科的一个分支，30年代起引起中国学者的研究兴趣。任先生40年代在河南大学教书时写作的《中国文学批评史》，约十四万字，未及出版，这次根据手稿收入到文集之中。我们可以从这部书中看到任先生对中国文学批评史的有关思考。《中国文学史散论》是先生1946年结集出版的古典文学论集。先生在《自序》中谈到自己文学史研究由博转约的认识过程时说：

> 提起《中国文学史》，不免就回忆起远在中学读书的时候，就对它抱着很浓厚的兴趣。及至进了大学，竟毫不犹豫地选了这门学科，作为个人终身致力的目标……过去曾一度地发奋要写出一部《中国文学史》来。那时是一空依傍，泛览着一些名家作品。为的避免为旧说所囿，往往自己觉得对某人有着相当认识了，这才再拿前人的见解，来与个人的相参证。书是写成了十之七八，统共不下四十万字。但是后来，停了一个相当时期以后，自己对这部稿子不知怎样的，竟渐渐厌恶起来。觉得疏略谬误之处极多，而创获发明之点太少，于是把它问世的念头，也就因此打消了。基于这样的经验，使我深深感到要想写一部像样的文学通史之不易。对这门学科要想真正有点贡献的话，非得把范围缩小，从事于窄而深的研究不可。自此不敢再去贪多务得，从事于大规模的尝试，而开始着手于专家的研究。

先生发奋写作的文学史当指《中国文学史讲义》。从广博的文学通史到窄深的专家研究，显现了先生学术目标的自我调适，也折射出"五四"以来中国学术界分门别类务为专家趋势的形成。

二

新中国成立后，唯物史观在学术界深入传播。学术界尝试用唯物史观和辩证唯物主义，观察分析中国历史和文学。先生在1989年

所写的《五十年来在治学上走过的道路》一文,谈及新中国成立后的学术活动时说道:

> 建国后学习了马克思列宁主义的经典著作,以及毛泽东的哲学论著,特别有一个时期系统地钻研了鲁迅后期的论著,在立场、观点、方法上又深受鲁迅的启发,因而能较顺手地运用新的阶级观点,以及辩证唯物论与历史唯物论去分析学术上的各种问题,深感得到这一锐利的武器,应付学术上的问题,随时随地大都能够得到较满意的解决。

辩证唯物主义和历史唯物主义,对从旧中国到新中国的学者来讲,是新鲜而充满活力的理论和方法。毛泽东《新民主主义论》和《在延安文艺座谈会上的讲话》中的观点,如批判与继承问题、评价作品的政治标准与艺术标准问题、人民立场和历史进步意义问题等,成为新旧转折历史过程中一代学者解释文学史现象、评判历史人物的思想准则和治学方法。这些思想准则和治学方法不同于胡适、钱玄同、周作人等人的理论。在历史唯物主义理论的指导下,很多弄不清、说不明,知其然而不知其所以然的历史与文学现象,有了合理的归纳和解释。

1950年到1957年,是先生学术研究上比较多产的时期。1952年印行的《中国文学史讲授提纲》、1956年印行的《中国现代文学论稿》和《中国古典文学研究论集》以及《中国古典文学论文集》,就是任先生运用辩证唯物主义和历史唯物主义观点、方法进行中国文学史研究的重要成果。

《中国文学史讲授提纲》是新中国成立后尝试用新观点编写并最早出版的古代文学史著作。其时河南大学中文系开设的"中国文学史""中国现代文学史""文艺学"由李嘉言、任先生和张长弓共同担任。三门课的教材分别由三人分段编写。其中《中国文学史讲授提纲》的编写，先秦两汉部分由张长弓担任，魏晋南北朝隋唐宋部分由李嘉言担任，元明清部分则由任先生担任。把任先生负责编写的《中国文学史讲授提纲》元明清部分，与任先生40年代写作的《中国文学史讲义》的元明清部分相比较，变化主要有两点：一是50年代本不再讲宋以后的诗与古文，而重点讲宋以后的小说、戏曲；二是在小说、戏曲作品的论述中，更多地使用人民情调、阶级意识等概念，强调人民大众立场和阶级诉求。先生认为："这本提纲的印行，标志着我在治学方法上的一个大的转折。"

新中国成立后，"五四"以来中国现代文学的研究引起了越来越多学者的重视。对全国正在进行的中国现代文学史编写的讨论，任访秋先生积极参与，发表了不少个人的见解。1951年，李何林、蔡仪、老舍、王瑶四位先生共同拟定的《中国新文学史教学大纲》（后简称《大纲》）发表。先生在《新中华》杂志上发表《对中国新文学史教学大纲的商榷》一文。文章对《大纲》的商榷有以下几个方面：一是四位先生所写的大纲绪论第一章"目的与方法"的写作过于原则而不够具体。二是第二章"五四时期的口号论争"应放在文学史的叙述中，没有必要专设。三是现代文学的分期可分为三个时期，即第一时期，文学革命的前夜，是旧民主主义的文学改良运动；第二时期，从文学革命运动到延安文艺座谈会，这一时期已开始步入了新民主主义的文学革命运动阶段；第三时期，从延安文艺座谈会到第一次文代会，新民主主义的文学革命运动获得了基本的成功，开始走上了建设之路。这种分期与四位先生的《大纲》略有不同。四是《大纲》中第一编第一章标题为"五四前夕的文学革命运动"，把"文学革命"局限于"五四"以前，这是需要考虑的。文学革命与"五四"政治运动是互为表里、互相推动的，不应分割。五是《大纲》中设专节讨论1923年《中国青年》几位作者的主张，以为邓中夏等人提倡为革命服务，深入生活，表现现实，有暗合文艺的工农兵方向之处。先生则认为这些人的主张主要是提倡表现人生和现实，与文艺的工农兵方向，有着相当大的距离，不宜相提并论。1951年任先生还在《新中华》上发表了《谈谈五四文学革命运动在思想上的领导问题》。文章依据毛泽东主席的《新民主主义论》，对李何林《近二十年中国文艺思潮》中把新文学运动看作是资产阶级领导的革命运动的有关论述，提出了商榷。

任先生上述对中国现代文学史的理解，都融汇于他的《中国现代文学论稿》中。这部著作与1944年出版的《中国现代文学史》（上卷）相比，注重新文学与晚清文学、中国古代文学的渊源，注重新文学所受到的西方文学与苏联文学的影响，注重社会思潮、学术思潮与文学发展的关系等学术传统一直被保留着，而变化主要表现为：一是在分析中国现代文学运动思潮时，越来越多地强调无产阶级思想在中国现代文学发展中的领导地位；二是在考察现代文学作家作品思想内容时，越来越多地强调人民立场和工农兵方向；三是在讨论作品的艺术成就时，越来越多地突出社会主义现实主义创作方法的优势地位。这些变化，都带有新中国成立后，学术界接受并运用新思想、新观念的印痕。

《中国现代文学论稿》在《绪论》中专设"学习现代文学的方法"一节，以为学习现代文学的方法有四：一是坚持辩证唯物主义和历史唯物主义的观点、方法和无产阶级的立场，这是有史以来最进步的科学方法。二是采用对具体作品进行具体分析的方法。文学史工作者应该对研究的对象进行具体的分析，从内容到形式，从思想性到艺术性，给以正确的说明和评价。不能盲目照抄别人的论断，流于公式化或者教条式的分析和批评。三是对作家的分析研究，首先要注意他处的时代，这样才能更好地了解作品的内容与形式、了解作品的社会意义与历史意义、评判作家的贡献和地位。其次要了解作家的世界观和政治态度，并与当时历史发展的方向相印证。四是以人民大众的需求与利益为作品评价的最重要标准。

1956年，长江文艺出版社将先生1951年到1955年间所写的关于屈原、司马迁、《桃花源记》、《红楼梦》、《聊斋志异》、黄遵宪、古典文学中的"典型"与"幽默"等问题的八篇论文编辑为《中国古典文学研究论集》出版,其中的五篇又和先生1956年到1966年间所写的十一篇古典文学论文,1981年由河南人民出版社辑为《中国古典文学论文集》出版。

收入《中国古典文学论文集》中的十六篇论文中,唐前的七篇,宋元后的九篇。先生在《后记》中写道:"宋元以来的市民阶级的文学,从思想上看,有许多是进步的。从艺术上看,有许多达到了前无古人的高峰。"对宋元后的市民文学的关注,应是新中国成立后先生古典文学研究的着力点之一。

收入此集中的《关于袁中郎和他所倡导的文学革命运动》一文中指出:袁中郎和他所倡导的文学革命运动,在思想上反对程朱理学,要求自由解放;在文学上反对形式主义,主张打破一切陈腐的格律,要求真实地反映现实生活,以及时代的精神和面貌。我们要想了解17—18世纪中国文坛上有进步倾向的文学创作,如《聊斋志异》《儒林外史》《红楼梦》等,必须追溯到16世纪末公安派的文学革新运动才行。清末戊戌时期梁启超、黄遵宪等所倡导的文学革新运动,也有与其一脉相承的关系。此文写作于20世纪60年代,它奠定了先生此后的基本学术取向和路径。《略论〈金瓶梅〉中的人物形象及其艺术成就》《〈今古奇观〉的思想与艺术》《吴敬梓与〈儒林外史〉》《龚自珍文学略论》《章太炎的学术思想与革命精神》《胡适〈五十年来的中国之文学〉的批判》,均写作于60年代前后,先生在这些文章中着力梳理由晚明而至晚清,由晚清而至"五四"的思想与文学的发展轨迹。

这在当时的学术语境中显示出非同一般的学术识断。

先生在《中国古典文学论文集·后记》中谈及古典文学研究的方法问题,先生认为:古典文学的研究,首先是批判继承问题。文学与文化建设,就要对古今中外的文学、文化遗产借鉴继承,剔除其糟粕，吸取其精华。其次对古典文学的评价标准，应坚持思想标准第一，艺术标准第二。思想标准中首先看对待人民的态度如何，然后看在历史上有无进步的意义。文学作品的艺术性也是十分重要的，提高文学作品的艺术水平，是避免文学公式化、概念化、政治说教的唯一道路。最后是要把文学作品放在一定历史范围内加以考察，进行分析比较，不孤立片面地看待问题，才能得出全面正确的结论。

《中国古典文学研究论集》中对屈原爱国主义思想的解读，对司马迁《史记》现实主义创作精神的分析，和《对于王瑶先生"晚清诗人黄遵宪"一文的意见》中阶级分析方法和人民立场评价标准的运用，我们都能感受到先生在寻求唯物史观与古人的知人论世、清儒的实事求是、"五四"的求真明变等治学方法兼容并包方面所作出的努力。

三

1978年，随着政治生命的复苏，先生的学术研究也进入了一个收获期。也就在1978年，先生自名书斋为"不舍斋"，取《论语》"逝者如斯夫！不舍昼夜"，以激励自己珍惜愈来愈有限的学术时光。不舍斋时期的任先生，在方法上，日益打通古人、清儒、"五四"学者、唯物史观治学方法的壁垒，进入"随心所欲不逾矩"的自由境界。在研究领域，先生文史兼治、古今不隔的雍容气度更加成熟，更加有意识地致力于打通古代、近代、现代文学的工作，在相对薄弱的近代文学研究中，先生尤其做出了开创性的贡献。

任访秋先生在1985年所写的《关于个人治学的回顾》一文中说道："党的十一届三中全会召开后，知识分子不仅得到了解放，同时也出现了一个科学的春天。从1980年后，就整理旧稿和写作新的论文近百万字。特别是在治学领域上有了新的开拓，就是对中国近代文学的研究。"先生20世纪80年代以后整理出版的旧作包括《中国古典文学论文集》《中国古典文学论文集续编》《袁中郎研究》《聊斋志异选讲》《子产评传》。《袁中郎研究》是先生读北大研究院时的毕业论文,论文答辩通过后,被存放于箱底。20世纪80年代初,先生重新加以修正与补充,1983年由上海古籍出版社出版。经补充修正的《袁中郎研究》共十四万字。河南人民出版社1981年出版的《聊斋志异选讲》是先生60年代初选定的。共选了二十五篇,每篇后的注释部分由先生之子任光完成,讲析部分由先生完成。1987年中州古籍出版社出版的《子产评传》,是根据先生1944年前后由前锋报社印行的《子产》增修而成的。旧作而生新枝,一是显示先生旺盛的学术精力和不舍昼夜的学术精神,二是出版业的复苏和对学术著作的支持,使得修增之后的旧作有了重新出版的可能,这是20世纪80年代科学春天到来的结果。

这一时期先生学术研究的最大变化是把研究重点移到了中国近代文学,在近代文学领域取得了一系列标志性成果,并由近代上溯至晚明,探求"五四"文化革命的渊源,学术界称为"中国新文学渊源研究"。这种研究重心的转移,首先是他学术研究领域的自然扩大和延伸。先生研究中国"五四"新文学的源头,总是从晚清说起,而先生对中国古典文学的研究,又特别青睐于明清市民文学的发展与流变。中国近代文学研究,是先生古典文学与现代文学两个领域的研究水到渠成的打通与融合。其次也是20世纪80年代中国近代文学学科意识成熟与自觉的结果。

中国近代文学史是指1840年鸦片战争后到1919年五四运动之前近八十年的文学发展历史。这八十年间,中国文学完成了由古典向现代的过渡与转型,而过渡转型时期的文学,蕴含着许多有重大意义的学术课题。先生注意"五四"新文学渊源的研究,始于1944年的《中国现代文学史》,《中国现代文学史》第一编,即为《清末民初的文学》。20世纪50年代,先生写作过批评胡适《五十年来中国之文学》的长篇文章，文章涉及近代一些作家的评论问题。60年代初，中文系主任李嘉言先生拟请先生开设"近代文学史"课程，为此，先生比较系统地研读了近代作家的作品。写作了研究龚自珍、黄遵宪等作家的论文。1980年前后，陆续在国内刊物上发表了对龚自珍、魏源、黄遵宪、严复、康有为、谭嗣同、梁启超、章炳麟、刘师培、苏曼殊、林纾、王国维、吴沃尧、曾朴、李伯元、刘鹗、钱玄同、胡适等人的研究成果。这些成果辑为《中国近代文学作家论》，1984年由河南人民出版社出版。《中国近代作家论》是先生从事近代文学研究的第一部力作。先生在此书的《后记》中，首先详细叙述了个人自40年代以来对近代文学留意和涉猎的学术过程。其次谈到《中国近代作家论》所选取的作家："在嘉道时期，除龚自珍外，又选了魏源。在同光时期，于维新派则选了康有为、梁启超、谭嗣同、严复、黄遵宪，于革命派则选了章太炎、苏曼殊、刘师培；至于在政治上比较保守，而在文学观上有其正确一面的如王国维；在对西方文学进行大力介绍，于当时文坛产生了一定积极作用的如林纾，也作为论述对象。而于晚清的小说家，将其中影响较大的选了曾朴、李伯元、吴沃尧、刘鹗等四人。"以上共计十六位近代作家，附录中收入胡适、钱玄同两位"五四"作家及《晚清文学思潮的流派及其论争》一文。《后记》的最后，先生对未及论述的作家如秋瑾、柳亚子、曾国藩等人，文学流派如风行一时，有重要影响的同光体、桐城派、文选派等，提出应给予足够的重视和研究。以为只有这样，才能展示文学史发展的全貌。

《中国近代作家论》在写作方法上采用生平、思想、创作、文学上地位这样一个大致相同的结构方式。写作于1963年的《龚自珍》，在论及龚自珍创作对后世的影响时，先生认为：龚的诗文忧国忧民，愤世嫉俗而要求打破成规革改一切，是嘉道时期内忧外患交相煎迫下先觉者的思想，因此他的诗文在风格上，恢诡谲怪，踔厉风发，在形式上打破一切清规戒律而趋于解放，从而在思想上与艺术上都成为近代文学的先驱。与龚自珍文学史地位相仿佛的是梁启超。任先生的《梁启超》一文认为：以前的文学史家对梁启超所领导的晚清文学革新，仅仅看作是一种对文体枝节性的改良，没有把它看作是一种有意识有目的的配合维新变法而产生的文学革新运动，因此，对梁启超在晚清文学史上的地位的估计，自然不能恰如其分。梁启超领导的文学革新运动，在内容与形式上，都作了"五四"文学革命运动的先导，给"五四"文学革命提供了宝贵的借鉴。至于胡适，先生认为他20年代以后的政治立场是应该得到批评的，而他在"五四"文学革命运动中的功绩，则不应该一笔抹杀。他提倡新文学反对旧文学，提倡新道德反对旧道德，同当时《新青年》杂志社中其他革命者并肩战斗，给中国文学史开辟了一个新的历史时代。他后来写作的《白话文学史》，描述国语文学是两千年中国文学的重要组成部分，巩固了文学革命的成果。其提倡的"整理国故"运动，开创了一个资产阶级文化的新时代。先生在此书中论及章太炎、严复、林纾、钱玄同的文字，也多是宏论新见迭出。

收入《中国近代作家论》附录中的《晚清文学思潮的流派及其论争》一文，曾发表于1982年第2期的《社会科学战线》，此文代表了先生在近代文学作家论基础上对近代文学思潮流派发展轨迹的宏观思考。论文在分别点评了近代作家梁启超、严复、章太炎、刘师培、柳亚子、鲁迅、周作人、林纾、王国维的思想与文学贡献之后指出：晚清十几年间，各种文学思潮流派的论争交锋，此起彼伏，其发展变化有以下几个方面的特点。一是每一次文学革新思潮与流派的形成，其倡导者都在不同程度上接受了西方文学思想的影响，并用新的价值观照评判中国旧有文学，以扬长避短、洗心革面的努力，使之适应新时代新形势的要求。外来文化与文学的影响，是推动晚清革新文学思潮流派形成和发展的巨大动力。二是思想解放与文学革新总是如影随形，桴鼓相应，没有思想上的解放，就不可能出现文学上的革新。晚清文学思潮流派其面貌之所以迥异过去，是因为近代科学与民主思想的输入，对中国的思想界产生了前所未有的巨大冲击和解放。三是从晚清文学思潮与流派的发展规律来看，在政治上要求革新，往往在文学上也要求革新，如梁启超；在政治倾向上趋于保守的，文学上也往往因袭前人的规矩准绳，如林纾。四是晚清各思潮流派，其代表新的倾向的有对儒家思想持批判态度，根据中国文学的发展，指出中国文学将来必然走上言文合一的道路，提高文学戏曲的文体地位，促进小说戏曲的空前繁荣这样几个共同的特点。晚清从时间上说虽然甚为短暂，但由于思想上的解放，因而展现出了一幅"百家争鸣"的新图景。

在中国近代文学的研究取得进展后，先生又把"五四"新文化运动的思想革命与文学革命的源流追溯至晚明，陆续写作了《李贽与晚明思想解放及文学革新运动》《十七世纪初中国文学革新运动的倡导者——袁中郎》《晚明的文化革新运动与中国十七、十八世纪的文学》《清代朴学家的反程朱思想与先进的文学观》《清代桐城派的兴起、发展与衰歇》《晚清西学的输入与中国近代文学的发展》《晚清的排荀、批孔与五四的思想革命》《晚清文学革新与五四文学革命》。这八篇文章构成了一部完整的学术力作《中国新文学渊源》，1986 年由河南人民出版社出版。

先生在《中国新文学渊源》的《前言》中写道："本书的目的，即在于论述阐明从晚明到五四近三百年来中国进步的文学思潮发展的路径。"

在《中国新文学渊源》一书中，考察是循着思想与文学两条线索进行的。从学术思想来看，晚明"左派王学"的反程朱，特别是李贽提出孔子之是非为不足据，的确是石破天惊之论。清代朴学家反程朱，最初认为程朱派学者对经典的注释不够正确，远远不及汉儒；到了戴震，则揭露程朱"去人欲，存天理"的理学祸及社会与民众。这种批程朱批孔的思想暗流，在晚清西方民主思想输入的背景下，经梁启超、谭嗣同、夏曾佑、章太炎等近代思想家的推波助澜，终于形成了"五四"反孔教的运动，在"打倒孔家店"的浪潮中，李贽的著作、思想得到了褒扬和回应。

从文学的发展来看，李贽的天下至文，皆出于童心，诗何必古选、文何必先秦的思想影响了公安派袁氏兄弟，公安派主张抒写性灵，信腕直寄，反对前后七子复古主义，并对小说戏曲等市民文学大加褒扬。明清出现的《牡丹亭》《三言二拍》《聊斋志异》《红楼梦》等戏曲小说作品中贯穿着主情主义，提倡婚姻自由，反对封建等级制度等市民意识和思想，清代朴学家中，焦循重视戏曲小说，有"一代有一代之所胜"之说，影响晚清王国维、刘师培甚大。李汝珍创作《镜花缘》，俞樾亲自动手改编小说。晚清龚自珍崇尚心力，贵创，梁启超主张文体革命，提高小说戏曲的地位，这些都构成了"五四"新文学的民族文化渊源。晚明以来的反孔教与反复古主义文学，再加上晚清从西方输入的科学、民主等学术思想及文学观，两者汇合，形成了"五四"思想革命与文学革命的思想与理论基础。《中国新文学渊源》最大的学术意义是梳理描述了晚明至晚清、"五四"思想与文学嬗变轨迹，并将先生早年和晚年所致力的两个研究领域，通过这种学理上的梳理联结起来，给人一种始于曲径通幽，终而豁然开朗的阅读感受。这种古、近、现代贯通式的研究成果，也让作者充满着求仁得仁的快乐。

先生本人亦特别看重《中国近代作家论》和《中国新文学渊源》，自信它们"为个人的创获"。《中国近代作家论》是专家研究，先生以散在的、个体的作家论，折射出中国近代文学发展的基本轮廓。《中国新文学渊源》是思潮与流派研究。它通过思想与文学的两条线索，将晚明与"五四"近三百年的文学精神作了连接，描述了三百年文学中的"固有之血脉"和"外来之影响"的交锋交汇。两书打通的不仅是先生自30年代即孜孜以求的明末与"五四"两段文学史，打通的还有古人、清儒、"五四"学者、唯物史观治学方法的壁垒，从而进入一种"随心所欲不逾矩"的自由境界。

1982年9月，中国社会科学院文学研究所和河南大学举办的第一届近代文学学术研讨会选择在开封召开，无疑是对先生在近代文学研究方面影响的一种肯定。而在实际上，先生自然成为这一时期近代文学学科的开拓者和学术旗帜。次年，先生又参加在北京召开的中国近、现、当代文学分期问题讨论会。1988年，中国近代文学学会成立时，先生与钱仲联先生、季镇淮先生共同被推为学会顾问。1984年在杭州召开的第二届近代文学学术研讨会上，与会同志感到高等学校要开设近代文学史课程，需要编写一部能够反映这门学科研究新成就的中国近代文学史教材。于是，先生约请几位高校的同志，商量编写《中国近代文学史》事宜，先生被推为主编。1988年，该书由河南大学出版社出版。1986年，上海书店拟编纂《中国近代文学大系》，范泉先生约请先生担任《散文卷》主编。《散文卷》共分四卷，总计二百万字，历时两年完稿，于1992年出版。《散文卷》导言由先生执笔完成。

在先生的研究领域，还有一个贯穿始终的课题，那就是鲁迅研究。1929年，先生以"霜枫"的笔名，在报上发表了《我所见的鲁迅与岂明两先生》。1932年在北师大聆听了鲁迅先生的演讲。1936年，鲁迅先生逝世，先生写了《中国传统思想的叛逆者——嵇康、李贽与鲁迅》。1944年出版的《中国现代文学史》，对鲁迅的小说与杂文作了专题论述。50年代到70年代，先生又陆续写作了一些研究鲁迅的文章。1981年，在鲁迅一百周年诞辰之际，这些文章辑为《鲁迅散论》，由陕西人民出版社出版。未能收入《散论》及1981年之后写作的有关鲁迅的研究文章，被收入《鲁迅散论续集》之中。

先生收入上述两书的研究文章可分为以下几类：一是纪念性和作品评论一类的文章，如为纪念鲁迅先生逝世二十周年而作的《伟大的文学家、思想家和革命家鲁迅先生的一生》《〈野草〉的思想与艺术》《〈希望〉浅析》等，这类文章显现着先生对鲁迅的敬仰和对作品的热爱。二是鲁迅与同时代及不同时代的思想家、文学家的比较性研究，如《鲁迅与胡适》《鲁迅与蔡元培》《鲁迅与晚清几个作者——严复、梁启超、章太炎》《鲁迅与龚自珍》，这类文章在比较中凸显鲁迅的思想路径与创作特质。三是把鲁迅放在近现代思想史和文学思潮史宏大背景下，考察鲁迅存在的意义和贡献，如《试论晚清第二次文学运动》《试论晚清以来中国知识分子的几次分化》《中国文学划时代的作品——论鲁迅五四时期小说伟大的历史意义》，这类文章高屋建瓴，帮助读者理解鲁迅战士与旗手的时代与历史定位。

从同适斋到不舍斋，七十年的治学经历，在中国古代、近代、现代几个历史阶段和思想史、学术史、文学史数个研究领域，任访秋先生辛勤地耕耘着，愉快地收获着，先生学术道路的每一步，都是扎实厚重而富有创获的。河南大学首任文学院院长冯友兰诗云："智山慧海传真火，愿随前薪作后薪。"先生往矣，先生的皇皇巨著与读者同在，先生的学术精神与日月共存。

作者简介：关爱和，1977级本科生，1982级硕士生。河南大学文学院教授，博士生导师。2001年任河南大学校长，2009年任河南大学党委书记。

深恩厚泽忆渊源

——悼念任访秋师

解志熙

2000年6月上旬得知恩师任访秋先生病危的消息，我即匆忙返汴探望。其时先生昏迷不醒已达数日，病情的凶险和他困顿已极的神情，使我不由自主地产生了不祥的预感，但转危为安的可能也不是一点就没有。6月16日下午我到医院与先生道别时（当时我因清华的教学工作尚未结束，且必须带小女雪洁在6月18日上午赶到清华幼儿园接受入园检查，所以不得不挈妇将雏，启程返京），看到先生的病情似乎有明显的好转，不但由昏迷中苏醒，并且还在护士的帮助下与我作了短暂的交谈。这让我略感宽慰，衷心祈祷先生从此脱离危险，早日康复。返京后又数次与关爱和师兄联系，得知先生喉管已可缝合，正在恢复中，这更让我欢欣鼓舞。殊不料，噩耗突降，先生终于不起，而于7月3日撒手人世。回想半月前与先生的话别，竟成永诀，悲不自胜；复念先生病危期间，我本应时刻陪侍在侧，却因公私事务缠身而未能恪尽弟子之劳，愧复何言！

然而不论是为私还是为公，我都理应写点什么。连日来，久旱的北方普降大雨，车窗外的草木在雨露滋润下生机盎然，一片青翠。顾念先生一生从教70年，其教泽之深广，世所罕比；而先生为人谦和，虽作育人才无数而从不矜夸，其化人也诚如雨露润物，沉潜而无声，故学界罕知。即以我自己为例，原本出生乡野，不才少文，而能略窥学术门径，较为顺利地走上学术道路，追根溯源，端赖先生的优容不弃和苦心栽培。今日回想先生对我的深恩厚泽，有两件事给我的印象至为深刻。这两件事既是先生和我之间师生因缘的印证，从中亦可以看出先生迥异时贤的学术眼界和属意高远的教学之道。

第一件事发生在我报考河南大学现当代文学硕士研究生之际。1983年春季，我在故乡母校甘肃省环县第一中学工作一年之后报考了任先生和刘增杰先生、赵明先生合招的硕士生。因为自己学术基础薄弱，加上僻处边远山区，对现当代文学研究的现状几乎毫无所知，所以我的初试成绩并不好，总分大概只排在第三或者第四名，而最主要的专业科目中国现代文学史的成绩勉强及格，在参加复试的七名同学中可能是最差的。因此当我在同年的"五一"前后赴河南大学参加复试时，心中颇为惶恐，实在没有底，但最终我却被录取。据我后来所知这与任先生的破格优容和迥异时贤的教学之道有关。记得那年的复试特别认真，除三位先生亲临口试外，还加试了有相当难度的笔试，而笔试试题显然出于任先生之手：三道大题中有两题是关于古典文学的，另外一题——鲁迅为何在其第二部小说集《彷徨》的扉页上题写屈原《离骚》诗句"路漫漫其修远兮，吾将上下而求索"——也涉及现代作家与古典文学的关系。说实话，如此注重古典文学基础以及古典文学与现代文学关系的考题，大大出乎我们这些现代文学考生的意料，所以复试中有几位同学一时不知从何下笔，而我则因复试成绩较好而蒙先生赏拔录取。但我今日重提此事，并无得意之感，因为我当时的古典文学基础并不见得比与试同学好多少，想来倒是因为我僻处边远山区，无时新书籍可读，所能温习者唯有古典文学书籍而已，并且侥幸的是在我们那所山区中学的图书馆中居然有先生50年代出版的《中国古典文学研究论集》，所以我在考前对先生的古典文学研究略知一二，也在无意中占了便宜。而我之所以对此事铭记不忘，一则自然是因为先生的优容不弃，从此改变了我的命运，使我从一个乡村青年走上了学术道路；二则更重要的是日后越来越感到先生当日以这样的考题测试考生，可谓用心良苦，瞩意高远。因为不论是研究中国文学的哪一段，熟悉古典文学的传统都是至关重要的。至少我自己受此警示，在入学之后，虽专攻现代文学，但从不敢懈怠对古典文学的补习，至今在研究工作中每当涉及古典文学与现代文学关系的问题时尚不至于茫然无知，则全赖先生的开启。所以先生的优容不仅使我走上了学术之路，而且他的"别有用心"的考题从一开始就端正了我的求学路径。进而言之，先生如此瞩意命题，亦凝结着他一生治学的宝贵经验。众所周知，任先生一生治学，从容出入于古代文学、近代文学和现代文学，从不划地自限，故能上下贯通，多所创获，尤于中国文学发展史上的重大转折之来龙去脉颇多过人的发现。先生晚年，更是深思熟虑，治学以近代文学为中介，而着力发明中国文学以至于中国文化从古典向现代转化的内在源流。

这一迥异时贤的学术思路对门下弟子影响至为深刻。我自己尤受启迪的是入学之初，读到先生发表在《中国现代文学研究丛刊》1982 年第 4 期上的《〈女神〉中的"泛神论"思想与中国文化的传统精神》一文，真有茅塞顿开之感。在这篇文章的发端，先生即指出："过去论《女神》中'泛神论'思想的多偏重于诗人所受西方哲学思想的影响，而忽略了它是渊源于中国固有的传统思想，现在读了诗人自己论述的文章（指郭沫若的《中国文化之传统精神》和《论中德文化书》二文——志熙按），使我们对《女神》中的'泛神论'思想，就会有着进一步的理解。同时诗人这种对'中国文化传统精神'的看法，在 1923 年出现于中国思想界，的确是值得我们特别注意的一件事。"这确是迥异常论的慧眼卓识，而先生之所以能见人之所未见，发人之所未发，显然与他深厚的古典修养和通达的学术眼界有关。而我自己正是读了这篇文章之后才对先生以古典文学试题测试现代文学考生的高远属意有所理解的,所以印象特别深刻。记得80年代中期钱理群老师在《20世纪中国文学三人谈》中曾颇为欣赏伍晓明同一内容的文章,但事实上伍晓明的文章晚出任先生文好几年,所以当我在1997年受刘增杰先生之命编选河南大学现当代文学学科点新时期以来的学术选集《19—20世纪中国文学研究论集》时,特意收录了任先生此文。其实,在先生的论著中,像这样博通古今、考镜源流的发现又何止一二;而可叹息者,学术界要认识先生与众不同的学术眼界和瞩意高远的教学之道,似乎尚需时日。

第二件事发生在我就读北大的第二年——1987年。此时我虽远离任先生,而先生注重沟通学术思想史与文学史关系的治学、教学特点,却又一次保护我在北大的博士资格考试中化险为夷。所谓博士资格考试其实应该叫博士论文写作资格考试才是。按北大的规定,博士生入学后第二年应通过所属一级学科中各主要分支学科主考老师的联合考试,且各科成绩均不低于85分,才可以作博士学位论文,否则即失去进一步学习的机会。说来真是不应该,我当时因为年少气盛,对古典文学主考老师的问题——他问我中国古典小说是如何发生和发展的,其实也就是要我谈谈古代小说发展史——颇不耐烦,以为这样笼统的问题人人都能说出些一二三四,但谁也说不出个真正的子丑寅卯,所以我只用了三句话就将它打发了。虽然主考老师颇为耐心地再三启发我,我却固执地不愿承教,拒绝按他的启发去作发挥和补充。我的傲慢和固执当然使这位老师很不高兴(据考试结束后陪送这位老师返寓的同窗回来说,这位老师在回家途中即生气地直言我瞧不起他),所以坚持只给我80分。今日我亦身为人师,不难理解这位老师被伤害后的愤怒,他不当面斥责我已足见涵量了,所以我当时若真因此而使学业半途而废,也只能说是咎由自取。导师严家炎先生当时虽然着急,却无法为我说情。但庆幸的是——据严先生事后说,王瑶先生却主动为我说了好话。

其实,我和我的同窗最害怕的倒是过不了王先生这一关。因为考试前钱理群老师即警告我们师兄弟俩说：王先生好给不知山高水深的学生一个下马威，以杀杀其没来由的虚骄之气，而以王先生的博雅，他的问题也就往往出其不意，打学生一个措手不及而几乎从不失手的。所以我和我的同窗当时是怀着极为惶恐的心情走进考场——王瑶先生的书房的。而事情也真如钱老师所警告的那样，在各位主考老师一一考问过我们之后，袖手旁观的王瑶先生果然笑呵呵地向我们师兄弟俩发动了"突然袭击"。他首先用一个有关古代白话小说的版本学问题把我的那位极富才情的同窗掀下马来，接着又乘胜追击，考问我：胡适提倡的"大胆地假设，小心地求证"的治学方法与西方实证—实验主义思想和中国清代汉学家的治学方法有无关系？王先生提这样的问题确实出乎我的意料，因为这完全是一个非文学的学术思想史问题，今日看来虽是常识，在当时却属冷僻问题，但侥幸的是这个问题本身倒并未难住我，这是因为我在河南大学求学期间，曾经很幸运地从任先生那里得到过一些学术思想史的熏陶和指教。记得那时任先生给我们开过一门专业课——中国新文学的渊源。在这门课中，任先生不仅把中国新文学与晚明以来的近世文学革新思潮联系起来考察，使我们大开眼界，而且纵论中国学术思想与中国文学变迁的关系，使浅学如我者闻所未闻。而为了听懂任先生的讲课内容，我在课外不得不认真补习中国学术思想史的知识，因而对从皮锡瑞到周予同的经学史论著，对章太炎的《訄书》、梁启超的《清代学术概论》、钱穆的《中国近三百年学术史》等学术史名著以及曹聚仁的通俗著作《中国学术思想史随笔》等均曾涉猎，至于胡适推崇清代汉学家的文章亦不陌生。应该说，幸而先有任先生给我的这点学术思想史"家底"，我才能较为从容地应对王先生的问题——记得当时曾举高邮王氏关于《战国策》中"左师触詟愿见赵太后"一语中"触詟"为"触龙言"之误的推断、为70年代长沙马王堆汉墓出土帛书所证实的事为例，说明汉学家基于经验的推断亦有暗合西方近代归纳法之处，但汉学家的治学方法终竟停留在经验性条例的水平，而未能提升为具有普遍意义的方法论。王先生对我的这番回答似乎颇感意外而又较为满意，因为当时像我这样的青年学子大都耽迷于外来的新方法、新观念热之中，而于中国古典学术传统所知甚少，而王先生本人却正关注着近代以来中国古典学术传统的现代转化问题（这一点我是事后才知的），所以他较感满意之余才主动为我缓颊，促使那位古典文学主考老师改变了主意，放我一马，使我得以继续在北大的学业。但王先生恐怕并不知道我何以能如此侥幸地渡过他亲自设定的关口。

当我自己试后得悉此中曲折，自然对王先生的回护颇为感激，而追根溯源，对任先生给我的学术思想史教育，更是感佩有加，体会转深。事实上，在此之前我对任先生在现代文学教学中加入学术思想史内容的良苦用心并不完全理解，此番经王先生的考问，方才明白任先生当日注重文学史与学术史相互发明的治学教学之道。对我这样根底浅薄的青年学子来说，实在是深根固本、瞩意高远之举。至今每想及此事，便觉人生虽不无侥幸，但为人为学也有万难侥幸之时，所以还是一切从难处、从拙处、从源头处做起，方是稳健正大之道。虽然我后来所做的一点工作集中在中西现代文学关系以及中国现代文学与西方现代哲学的关系方面，乍一看似与先生为学的旨趣有所不同，但其实我之所以如此选择，亦由先生导夫先路。至今犹记先生的讲稿《中国新文学渊源》即将成书时，其中"晚清西学输入与中国近代文学的发展"一章即交我抄校整理，因而给我极为深刻的影响，我后来的工作只不过继承了先生在这一学术方向上的余绪罢了。至于在方法上的注重"考镜源流，辨章学术"，亦源于先生的启发和示范。前几年我曾针对现代文学研究中一些同代学者过好时髦"话语"而殊少笃实工作的学风，因而强调"现代文学研究要想成为真正的学术，必须遵循严格的古典学术规范"。其言若有一二可采之处，亦因先生早已有以启之。

藐予小子，晚生后进，而能入先生之门，亲承音旨，得闻绪论，幸何如之！但十多年来懒惰荒疏，固守一隅，未能于先生博大的学术取向有所发挥，惭何如之！而今追惟先生对我自为学到为人的诸多教诲，直至对我的远在穷乡僻壤的大家庭生活之关怀和对我的久拖不成的小家庭问题之关心，诚所谓深恩厚泽，有难以语言形容者。先圣有言："君子之德风"。今先生虽归道山，而先生仁厚的人格和博通的学问仍存人间，其流风余韵，影响所及，必将超出亲承音旨者，而惠及更多的后学，我深信。

2000年7月8日草于返汴奔丧途中

作者简介：解志熙，1983级硕士生，清华大学中文系教授，博士生导师。

和风细雨育禾稼,一代宗师泽后学

——缅怀恩师于安澜先生

祝仲铨

于安澜(1902—1999),河南滑县人

恩师于安澜先生是我国当代学界在多个领域、多个学科有开创性研究、有丰硕学术成果并得到国内外众多学者齐声赞誉的文化大师。他在训诂学、文字学、画学和诗学学术领域的研究硕果,填补了学科的空白,彰显出大师渊博的学识和丰厚的学术业绩。他在书法、篆刻、绘画、古典诗词创作及戏剧方面卓绝的艺术造诣,昭示出大家的非凡的功力。他是河南大学的骄傲,也是我们学生的骄傲。

于安澜先生离开我们二十二年了。二十多年来，他和蔼、慈祥的笑貌常常在眼前闪现；他循循善诱、不倦教诲的话语时时在耳边响起。他一生为弘扬中华传统文化不懈努力的精神一直在激励着我；他淡泊名利、安贫乐道、朴实无华、谦恭低调的人生态度与操守，以及做人、做事、做学问的行为风范极大地影响着我。从小学开蒙到进入社会，教导我的老师百余位，其中，于先生是我最为亲近的老师。

　　虽然在汉语言文学专业学习的四年时间里，于先生没有给我们年级上过一次课，甚至，连一次讲座或辅导也不曾有过。但是，我几乎从入学开始，就不断受到于先生的教诲。而且，他对我的教导长达三十多个年头。

　　踏入大学校门不久，我便去拜见于先生，向他表达崇敬之情和求学之意。于先生很高兴地表示，欢迎常来。

　　那时候，开封北土街南头路东，有一排门进很浅的临街房，除一间刻字店外，其余全是古董铺。小摊上、简易的货架上，摆着各式杂项小件，多为书房、闺房用品和条几、博古架上的摆件。我花了一两元钱，买了一方貔貅纽的寿山石印，磨掉了印面上原刻的文字后，兴高采烈地去见于先生，想请他给我刻一方姓名印。

　　于先生拿过印，看了看，微笑的脸立刻变得严肃起来。他指着印石一侧尚有的文字，问："你知道这个人是谁吗？"我支支吾吾地说："不知道。"于先生说："小松。就是西泠八家中著名的黄易。这方印就是他刻的。你胆子好大，居然把黄易的印磨了。"我有些害怕，不敢吱声。于先生说："我们可以从一些印谱中看到黄易的作品。但印谱中有一些印拓得不十分完美。有机会看到原印，可以直接地、清晰地看到他的刀法以及藏在原印中更多、更细微的艺术手段。可惜，他的印存世不多了。现在，你把黄易的印磨了（文字），让我来刻，我哪敢这么做啊！"于先生的话，显现出十分的遗憾和不安。末了，于先生语重心长地教导说："黄易是篆刻大家，你得到了他刻的印却没有珍惜，说明你不了解黄易和他的作品。你不妨找来一些资料，学习一下。之后，你会为你的磨印感到后悔的。你记住，不论是黄易刻的印还是朋友刻的印，都不能随便磨掉。刻印的人付出了心血，我们得尊重人家的劳动。"

这是我认识于先生以来，第一次受到的批评。短短的几句话，虽不很严厉，却让我铭记至今。于先生还把告诫我的话，讲给师兄王启贤和师弟王海，让他们也引以为戒。

之前，我在北书店街路西的新华书店古旧书门市部，买到一册旧版的《汉碑范》和新版线装毛边纸的《吴昌硕印谱》，很高兴地拿给于先生看。于先生说，《汉碑范》当然不错。不过，你正在学篆刻，不如先多读印谱、临秦汉玺印，练写小篆。可临《说文》上的小篆、王福庵的《说文部首》和一些篆书碑帖。于先生还拿出他珍藏的《士一居印存》，让我学习张樾丞先生精美的印作。

我学篆刻缺乏灵性，虽然给朋友们刻了不少书画印和闲章，但都一直得不到于先生的好评。他喜欢工整、细致的元朱文、铁筋篆，尤喜王福庵和今人陈巨来（安持）、方介堪、茅大容等人的作品。后来我在读了几遍明清印谱和西泠八家个人印谱（如《赵之谦印谱》），试着摹刻一些浙皖派作品之后，自以为大有长进，便拿着新刻的"鲁枢元藏书""单卫东藏书"和"×××藏金石书画""周到藏金石文字"给于先生看，想听他说几句"有进步"之类的话。不料，于先生细细看了一遍，竟放在一边，不予置评，却给我讲起了王福庵。他又让我读王福庵印谱，临王福庵的印，希望我有更大的进步。终于有一天，我把给北京电影制片厂导演谢添先生刻的"自得其乐"白文印给他看，他高兴了，连声说好。但他还是认真地问我，印中四个字的篆法是否都有所本。我说，都查了工具书，不会错。于先生还是再次拿起印拓，又看了一遍。在后来写给我的信中，于先生称赞这方印是我篆刻学习中里程碑式的作品。不久，我去见于先生的时候，他拿出一方印给我，说是专为我刻的。这方印的印文是"安澜篆刻弟子"六个字。我高兴极了。先生承认我是篆刻弟子，等于给我发了篆刻学习的毕业证啊！后来，我了解了一下，跟于先生学习篆刻的众弟子中，还没人得此殊荣。这时，我已经在开封地区文化局和文联工作了七八年，离开母校也都十多年了。

当代书坛善写小篆的书法家中，于先生的小篆有着自己的风格。在琳琅满目的篆书作品中，一眼便可看出他那清秀、洒脱、丰润、典雅的篆书。他的书法非常受人欢迎。许多认识于先生的人，无论学者、官员、商贾、工人、农民、市民甚至市井小贩，只要求字，他统统是有求必应，统统是认真书写，无一敷衍，而且统统是不收钱物的。

有一个游街卖菜的小贩，找到于先生，说孩子要结婚了，希望求得一幅于教授的字。于先生满口应承，如期给小贩一幅认真书写的字。于先生没要小贩一分钱，所用宣纸也都是自己买的。

但是，有个例外，不是求于先生的字，而是请于先生为其书法集子作序，于先生却没有满足。

那时候，于先生还在花井街住。一次，他叫我去见他，说是商议一件事。我匆匆赶到他家，见于先生正在西屋（上房）门口，伏在方凳上刻蜡版，刻的是《诗学类编》的书稿。于先生停下手里的活，从一旁的书中翻出两封信给我看。一封是外省一位有名气的教授写来的，说是一位青年书法家将已展出的作品集结成集，付梓前，想请书坛名望极高的于安澜教授写一序言。因不认识于先生，特请他说项。另一封信，是那位青年书法家写给于先生的。这位青年书法家作品展出时，京城某报曾作了宣传，用整版篇幅选刊了部分作品。我看过这版宣传，不明白这种一般般的书法怎么会值得大肆宣扬。待看了这封毛笔写的信，更是对这位青年书法家的作品没有好感。因为那封信写得实在不像样子，谁看了都会认为那毛笔字缺乏最基本的训练，或者说得再不客气些，他还不会使用毛笔。

我直率地对于先生说："您常给我说，无论搞艺术还是做学问，都要把基础做扎实。您看这位，毛笔字的信写成这样，还要出版书法作品集。我建议，不给这个人作序，否则就会误导更多的青年人，助长书坛不正之风。"于先生说："你看，他还托了一位朋友相求，也不能驳了朋友的情面啊！我就是找你来，想一个两全之法。"

于先生慈善、随和、宽容，又一向关爱、扶持青年人，听他这么一说，我想，于先生可能扛不住友人情面，这回怕是要妥协了。孰料，于先生转身回屋拿出几页纸给我看——那是他写的几句关于书法的诗和"未能如命、表示歉意"的回信。于先生坚持原则，把守底线的为人处世准则，令我感动。

一次全省书法大赛之后，固始的雷云霆先生和新乡的李先生来开封拜会于先生。于先生叫家里人准备几个菜款待二位先生，命我作陪。雷先生写得一手小楷，李先生擅长魏碑，但是在这次大赛中却都与奖项无缘，二人都显得有些沮丧，好像连说话都提不起精神来。于先生说："他们（大赛组委会）来信，叫我写书法作品，我就写了寄去，不问结果。我是只讲耕耘，不问收获啊！"说完哈哈一笑，频频敬酒。于先生勉励他们继续努力，创作出更好的作品。他说："两位的作品我看了，我觉得很不错。这次无缘红榜，下次再来。两位在小楷、魏碑方面都有扎实的功底，这是难得的雄厚的资本。现在有一种不好的风气，有一些年青人，书法功底不深，甚至笔墨还没有掌握，就大着胆子去写草书，还居然被一些人赞赏，被评了奖。这种风气，对青年人的书法学习很不利。所以我相信，这种风气不会持续太久。我主张书法比赛无论参赛者所书何体，属何风格，都要同时附一份楷书作品。我当然不是把楷书作为书法的唯一基础，但至少从其楷书作品能够看出他运笔用墨的基本功来。"

于先生一番劝勉的话，说得雷先生、李先生振奋起来，连酒桌上的气氛也跟着活跃了。两位先生开封之行受到鼓舞，摩拳擦掌，表示要继续努力，创作出好的书法作品来。雷先生回到固始不久，便寄一纸横幅竖题的小楷《劝学篇》送我。我拿给于先生看，于先生说："雷先生的楷书就是有功夫，我写不出来。"此后年余，一次和几位朋友喝茶，有位朋友说他在郑州某展览馆看到一幅楷书作品，写得太棒了，吸引好几个人在那儿拍照片。我说，河南楷书书家不多，固始雷云霆先生是为数不多中的一位。那位朋友一拍桌子，说："嗨，就是他写的！"我又将此事报告给于先生，于先生很为雷先生高兴。他说："这就是人们常说的，是金子，总是会闪光的。"我看于先生兴奋不已的状态，好像是他的作品在展厅受到了人们的赞赏。

20世纪70年代，于先生和开封市老一辈书法家武慕姚、陈玉璋、牛光甫先生等倡导成立了"书法研究会"，旨在继承弘扬书法艺术、联络并培训青年书法爱好者。于先生亲自到书法研究会讲授书法。那时候，书法研究会所在的开封市文化馆设在相国寺内，讲课时间多在晚上，年逾古稀的于先生从家步行三四十分钟去讲课，不收任何课时费用，也不接受学员的馈赠。他把讲课当作自己的责任，当作一件分内的事。不仅如此，为了提高书法爱好者的理论水平，于先生精选了历代书法理论二十余种，汇编成册，书名定为《书学名著选》，以开封市书法研究会的名义印行。后来又编印了《书法源流表》，方便学员的学习。开封书法研究会的系列活动，引发了开封市青年学习书法的热情，一大批青年书法家在这里受到书法艺术的滋养与熏陶，从此步入书坛。

"文化大革命"开始，于先生受到运动的冲击，被打入"反动学术权威"队伍，接受改造。一天，我和于先生在学校东西工字楼间的路上相遇。于先生戴一顶草帽，拉着一辆架子车。我急忙上前招呼他，他却低着头，打手势不要我靠近。看着年近古稀的于先生以瘦弱的身躯拖着半车砖土，我一阵心酸。于先生左右看了一下，压低声音对我说："你要的字，我昨天写好了。哪天晚上得空，你来家拿。"说完，拉着车，匆匆离去。

于先生送我不少墨宝，但是像这样身处逆境仍不忘为我挥毫的，还没有过。我觉得，这并非"受人之托，忠人之事"之类的"有求必应"的践诺之举，而是先生临危不惊、淡定坦然地坚持艺术创作的书法家的气度的体现。

于先生常说，要想写一手好字，只要坚持临帖摹碑就能如愿。但要想成为一个名副其实的书法家，就不是很容易了。

自从跟于先生学习以来，所感触到的先生做人、做事的点点滴滴都说明，作为对社会、对公众有一定影响力的艺术家、书法家，除了应当具有卓越的艺术水准、不断精进的艺术修养，还应当具有弘扬文化艺术的自觉，具有高尚的品格与操守。于先生在对我耳提面命的教导、举止言谈、处世待人的行动中，无不显现他艺术大师的高风亮节！

于先生有一枚自刻的朱文方印，常用于落款处押角。印文是"金石刻画臣能为"，颇能从一个侧面反映出于先生博大、宽广的艺术爱好和素养。

书法之外，于先生的篆刻也有很深的造诣。他的印作很受同好和篆刻爱好者喜爱，周围不乏一些追随他学习篆刻的学生。精湛的篆书，是他治印的优越基础；熟读秦玺汉印和明清浙皖各流派印谱、欣赏借鉴近人篆刻佳作，使他在章法和刀法方面显现出独具的圆熟而平稳、工细而浑厚、古朴而典雅的风格。犹如他的书法，虽置于众人的作品之中，但那熠熠生辉之躯却独具风采而夺目。

应该说，绘画也是于先生的专长。他自幼喜爱绘画，曾跟表哥学画扇面。后来，又亲近诸美术大师，如齐白石、郑午昌、萧谦中、黄宾虹、胡佩衡、陶冷月等先生，得到过他们的指导。他也常和同辈美术家李剑晨、方介堪、魏紫熙等进行绘事交流。所以，绘画艺术超凡脱俗、别具风采。他擅画山水，兼及人物、花卉。他画赠李嘉言教授的扇子上，一幅设色山水，构图饱满，笔法洗练，林木山石染色自然，尽显扇面画的扎实功力和娴熟的传统技法。我看到过他中年时期的一张竖幅自画像，笔墨洗练简洁，形象生动，神态逼真，把自己坚毅、慈善、沉稳的性格和对未来的憧憬的神态栩栩如生地描绘在纸上。

70年代以后，于先生主要忙于学术研究和著述，有暇则顾及一下各方求字的应酬，疏于篆刻，而绘画几乎止笔了。唯于此外坚持下来的爱好，便是古典诗词的创作。

幼时接受的良好的国学教育，使于先生具备一定的古诗文写作能力，课余，常有古典诗词作品拿来与学友切磋，也时常受老师和学友们称赞。在大学学习时，他和写诗的同学参加了开封的"衡门诗社"，每月都将自己的诗词新作拿到社里，与大家交流。他的诗词作品多次被选入诗社编印的诗集中。

大学毕业后（1930年），他受聘到信阳教书。在登临信阳城楼后，于先生触景生情，遂赋诗，发出忧国忧民的感慨："画角荒城动客哀，百无聊赖强登台。世成蛮触多戎马，运入红羊遍劫灾。"

于先生考入燕京大学研究院国学研究所后，为有机会在如此幽雅的环境里学习深造感到高兴，很快便创作出《燕京竹枝词》30首，发表在校刊上。

七八十年代，我在文学期刊做编辑时，多次收到于先生寄来的诗作。有他为春节民俗有感而发的若干竹枝词，有为国际友人赠书的感言，还有为老友入党致贺，赴洛阳、登封等地参观的感怀。

于先生对戏曲也非常喜爱。大学期间，他曾和学校其他喜好戏曲的同学发起成立业余剧团，任京剧团、豫剧团常务委员。他甚至在排演豫剧时还扮演过角色。

除了欣赏、出演戏曲剧目，于先生还动笔编写戏曲剧本。70年代，于先生曾把他编写的《胭脂》剧本交给我看，给我分析剧情、人物性格和人物关系。他有些幽默地说，剧中三位官员，知县、知府、学台对案件都分别进行了调查。但是，调查时，三个人深入的程度不同，掌握的与案情攸关的实证、对案情的分析判断也大有不同。最后，调查研究不够深入、对案情分析不够全面的知府，在学台老师的启发下，对案情作了进一步的调查和分析，最终厘清了案件，抓住了主凶，为受害者报了冤仇。

我喜欢戏剧，特别喜欢京剧、昆曲和越剧。刚参加工作时，岗位在省广播电台文艺部戏曲组，后来从下放的兰考调回开封地区革委会时，岗位在地区的戏剧工作室，与戏剧有不浅的缘分。借助工作，看过不少剧种的不少剧目，有演出，也有剧本，可是从来没有像于先生这样导演一般地深刻剖析一部戏及剧中的各个层面。我把这些感慨说给于先生，还说，这个剧本讲了深入调查的重要性。于先生说，学术研究也是这样。做学问，搞研究，必须对研究对象做周密的、深入的调查研究，详尽地占有相关资料。不作调查，或调查肤浅、不深入，不掌握详尽的资料，没有对研究对象进行认真透彻的分析、比较，没有把与研究对象相关联的事物弄清楚就动笔、就发言，怎么可以做好学问，怎么可能让你的著作真正留于身后、受益后人呢！

于先生的教导不只是讲学风、讲学术研究的方法与态度，更是讲文化学者、传承者应负的责任。

于先生热爱生活、热爱大自然、热爱绿色的植物和花卉。张如法老师很想给于先生照张相，但于先生不想在书房里照，便选了个背景有花草的地方，站在绿植丛中，微笑着让张老师拍了下来。这幅融于自然、融于绿色、融于充满生机的花木中的半身照，是他最喜欢的留影。

于先生也很喜欢养兰花。师弟王海珍存一幅于先生读报的照片。照片上，于先生坐在椅子上，聚精会神地看着报纸，右侧的桌子上，靠近他的身旁，摆放着一盆兰花。看那花型，应该是一盆春兰。兰花在桌子的边缘摆着，从构图来看，还在照片的显著位置，先生爱兰花的心境可以想见。

对"四雅"之首的琴（古琴），于先生也很喜爱。他喜欢欣赏古琴、筝等民族乐器的演奏。师弟王海弹得一手古筝。我们三人聊天时，他俩一起聊古琴、筝和笛、箫。于先生说，他喜欢欣赏琴

（古琴）箫合奏的曲子，如《阳关三叠》《梅花三弄》《春江花月夜》等。在花井街住的时候，于先生多次请住在附近的丁承运先生（当时在河大艺术系任教，后调武汉音乐学院，古琴项目国家级非遗传承人）、马杰来家"交流艺事"、弹奏古琴和筝，还让家人把院子里的邻居也请来，一起享受流传几千年的传统乐器奏出的天籁。

于先生少时受到良好的国学教育，加之勤奋好学，为日后研究国学奠定了扎实的基础。中学、大学学习期间，他先后师从范文澜、冯友兰、董作宾、郭绍虞、嵇文甫、刘盼遂、段凌辰等国学大师。在大师们的指导下，他博览群书、广泛涉猎，开阔了学术视野，增长了学识，丰富了未来研究国学的学术实力，尤其在古典诗词、音韵、训诂、文字学和学术研究方法、学风等方面，得到了影响他一生的巨大收益。

如果我们把于先生在燕京大学研究院国学研究所读研时编纂、整理而成的《诗学总论》作为他学术研究的首部专著的话，那么，在他研究生学业期满时完成的《汉魏六朝韵谱》，则是他一生治学生涯中第一部正式出版的轰动学界的学术专著。

《汉魏六朝韵谱》1936年由中华书局出版。

《汉魏六朝韵谱》由著名学者钱玄同先生题写书名。

《汉魏六朝韵谱》由著名学者刘盼遂、闻宥和钱玄同先生亲为之序。

钱玄同先生说："此国音史上最无办法讲述之一段，先生竟竭数载之力——为之疏通证明。……先生对于古音之贡献，多发前人所未发。"

刘盼遂先生称赞说："《汉魏六朝韵谱》一书……参考群籍多数百种，人文之入选者无虑千余家，于呼可谓盛业！"

"求其资料周遍，缉撰密察，而褒然鸿帙，盖有未能如安澜是书也。"

"安澜之思精力果，能利用科学之考证法，盖足以起人惊异也。"

闻宥先生赞扬说："安澜之为此，其思周力果，有为他人所不易逮者。章节之分合，韵部之出入，文字之异同，作者之真赝，研核雠勘，辩论往复，稿草屡易，务当于心而后已。此其艰苦，读者或不尽知之也。"

"其所贡献于音学者，固不可以寻常尺寸计也。"

王力先生发表了对《汉魏六朝韵谱》一书的评论："这是呆板的工作，同时也是难能可贵的工作。……其毅力非常人所能及。"

罗常培、周祖谟等先生也都肯定了于先生的开创之功。

填补国音史空白之作的《汉魏六朝韵谱》，奠定了于先生在学界的学术地位，使于先生因此而声名鹊起。

从1936年中华书局出版算起，《汉魏六朝韵谱》至今已发表了八十五年。在这漫长的八十多年里，海内外学者中陆续有人涉猎这个研究领域，也多有著述成果。但是，对这一时期音韵学的研究，从总体上来说，于先生的这部著作仍然是泰山北斗，鲜有超越者。

《汉魏六朝韵谱》出版一年后，于先生的第三部著作《画论丛刊》又在中华书局出版。

《汉魏六朝韵谱》以其全面、厚重、科学的编选填补了音韵史的空白，引起语言学界震动。才过一年，《画论丛刊》又在美术界产生了轰动效应。著名画家齐白石为此书题签，萧谦中先生精心绘制了封面。许多著名美术理论家发表文章热情称赞。郑午昌先生说："安澜先生博学多艺，既著《韵谱》，乃辑《画论》……则先生述前启后，其有功于艺林又何如！艺海无边，彼岸何处，欲往渡之，慈航在兹。"余越园先生赞扬说："兹编所辑虽广，而抉择矜慎，实为从来丛刊所未有。得此一编，于古今画学理论之源流与其要旨粲备无遗，询可为后学之津逮矣。"国画大师黄宾虹、美术理论家俞剑华二位先生先后也给予很高的评价。

从此，于先生又名扬于美术界。

1963年，上海人民美术出版社出版了于先生的《画史丛书》。

1982年，上海人民美术出版社出版了于先生的《画品丛书》。

《画品丛书》的出版，与先前出版的《画论丛刊》《画史丛书》一起，成为一个系统，一个中国古代美术理论的著作系列。这套系列丛书，是对我国古代美术理论发掘整理的重要成果，对研究中国美术史、中国美术批评、中国美术理论有着极高的学术价值。因此，理所当然地被海内外研究中国美术理论、中国古代美术作品的学者、学生、美术爱好者奉为经典，被研究中国美学史、文艺理论、中西艺术比较等学者选作重要的参考书。于先生也因此在海内外美术界享有"著名美术史家"的盛名。

在于先生的学术生涯中，甚或说在他一生中，他最早写作却又至晚年才最后修订出版的，是《诗学辑要》。

《诗学辑要》初名《诗学总论》。那是于先生在燕京大学读研究生时写的一部诗学史研究的著作，时间在写《汉魏六朝韵谱》之前。这部著作，初稿八万字，作为学术研究成果，上报当时河南省教育厅设立的研究生学术奖金，竟获甲等奖学金四百元。因他正在进行《汉魏六朝韵谱》这部大著的写作，未有时间精力考虑修订与出版之事，便将《诗学总论》初稿暂压箱底。这一压，就是六十年。

于先生古诗文功底坚实雄厚，善于写诗填词以抒情怀。他常常因景因情因人因事赋诗写词作赋，发表或赠送友人。现能搜集到大约有数百首。他既有古典诗词的创作实践，又在古典诗词理论研究方面有很深的造诣。这些可与他在书法、画学研究与训诂、文字学领域的成就相媲美。90年代初，他翻出《诗学总论》初稿，根据数十年间古典诗词创作和古典诗词理论研究的收获，进行增补修订，送交四川人民出版社出版。这是于先生九十华诞时出版的著作，也是他给我们留下的最后的著作。

于先生常说："我比你们年青人早读了几年书，多翻了一些资料。我编写那些书，不过是把一些图书资料扒扒堆，分分类，让大家学习起来方便、顺手。"

这是于先生的自谦之词。别的著作不说，且说他著的《汉魏六朝韵谱》。于先生准备撰写时，曾就此课题请教语言文字学家刘盼遂和闻宥先生。二位先生认为这个课题工作量实在太大，非一人之力所能完成，建议于先生暂作其中一段。但于先生还是勇于拼搏，立志完成。汉魏六朝时间跨越八百余年，诗文作品和作家浩若繁星，光是收集两汉至隋代长达八百余年间的各种韵文以及含有音韵的文章，就是一件无比繁杂的工作。确如清华学者刘盼遂先生在书的序中所赞："参考群籍多数百种，人文之入选者无虑千余家。"资料收集之后，如何分类、如何选择、如何厘清其脉络，分析阐释其演变过程，必须有真才实学才能做到。于先生不畏辛劳，为此倾注了三个年头的精力。他在书的《总叙》部分，讲述了两汉魏晋六朝几百年间汉语音韵的发展沿革情况；用《韵部分合表》表现汉魏、晋宋、齐梁陈隋时期音韵演变的趋势和变化特征，另外又把《存疑表》《校勘表》《作家地域表》作为附录置于书后。所有这些，加上作为核心部分的《汉韵谱》《魏晋宋韵谱》和《齐梁陈隋韵谱》，使本书成为一部全新的构架汉魏六朝中古音韵体系的专著，成为中华汉语音韵学的补白之作。《汉魏六朝韵谱》出版后在学界引起了强烈反响。那反响中，权威学者们的称颂和赞叹，足以肯定于先生的研究水平和研究成果，足以说明这部著作的历史贡献。

在另一个领域，于先生辛勤耕耘，刻苦治学，编著出版的《画论丛刊》《画史丛书》《画品丛书》，被人称作"画学三书"，同样享誉海内外。受益于这些宝贵著作的学者、研究生无不称赞于先生宽阔的视野、广博的学识、独到的见解、科学的编选。几十年来，众多美术理论家、美术教育家、画家从不同角度对这套系列丛书的高度评价，足以说明"画学三书"的学术价值和学界地位。这些人是读过这套书、获益于这套书的。他们的评价当然是重要的、真诚的，也是最有资格的。

"扒扒堆、分分类"，说来简单，也很轻松，但不是谁都愿意做、谁都能做好的工作，于先生却把这当作自己一生的事业。这源于于先生视继承、弘扬中华传统文化为己任，他愿为继承、弘扬中华传统文化尽自己的一切努力。

这个"一切"，就是于先生的一生。

1937年，北平沦陷。因交通梗阻，于先生滞留北平。他不忘编著图书，以利后学。于是，他着手《〈说文解字〉分类简编》的编著工作。《说文解字》是我国最早的字典。这部字典收录近一万字。但其生冷僻字较多，且部首过于庞杂，对一般人的学习和查阅很不方便。于先生上大学期间曾下功夫圈点过《说文解字》，对这部字典烂熟于心。他从实用出发，从中选出一半常用的字，按自己的一套新的检阅体例和编写方法，最终编出《〈说文解字〉分类简编》。

《简编》脱稿之后，为谋生计，于先生在汇文中学担任高三毕业班的国文课的教学工作。他根据高中学生的学习需要，又编写了《历代文学家传选》。此书共选了从《史记·屈原贾谊列传》到清代以前在文学史上影响较大的一百位名家的传记，经于先生一番精心编辑，成为很受中学学生和文学爱好者欢迎的普及型读物。

1952年，于先生在平原师范学院（今河南师范大学）中文系讲古代汉语和文字学。他在教学的同时，考虑为方便学生学习，编写一种疏通古书疑难文字的读物。他广泛搜集古书中有特殊用法的文字，本着方便、实用、丰富的"原则"，经一年多的努力，编成《古书文字类编》书稿，帮助青年学子排除阅读古书的障碍。

70年代初，于先生被聘为开封市书法研究会顾问，请他给开封市书法爱好者讲授书法。他编写了《书学名著选》和《书法源流表》，作为书法课的辅助教材和参考书。

80年代初，于先生倡导并主持《历代典范语言类编》课题，课题组于1987年完成了《类编》的编著。

90年代初，于先生的《古书文字易解》由河南大学出版社出版。这本书，初稿是50年代初在平原师范学院教授古代汉语和文字学时编著的。当时名为《古书文字类编》，为了方便学生学习，他亲自刻蜡版油印了一批。从70年代开始，他又陆续对旧稿进行了补充修改，至90年代初最终定稿付梓。

在教学时编写的这些参考资料，既不是教课的规定，更不是校方的要求，是于先生为了让人学习方便、顺手，更好地学习传统文化而主动编著的。他在编著《古书文字类编》时，自己刻蜡版油印，为此还引起校方误会，令其停课坐冷板凳。他编著《书学名著选》，是义务讲授书法课时，为提高书法爱好者理论水平而编写的。他总觉得，他应该像蚕一样，把腹中的每一根丝都吐出来，让更多的人获益。

于先生以弘扬中华传统文化为己任的文化自觉性和责任感，贯穿在他的一生，显现在时时处处。

七八十年代，于先生向国务院有关机构和省政府反映，作为历史文化大省，河南需要组织人员，整理有关古代典籍，应该宣传、弘扬河南省在历史上产生过重大影响的文化名人。在于先生的建议下，河南有关方面积极努力，先后建成了许慎（郾城）、吴道子（禹州）、张衡（南阳）、张仲景（南阳）、花木兰（虞城）等纪念馆，陆续开展形式多样的纪念活动。在许慎墓祠修建时，于先生亲为"重修许慎墓碑记"的碑额题写了"冠冕千秋"四个篆书大字。"冠冕千秋"，也应该是于先生无愧的享誉。

他撰写的《汉魏六朝韵谱》，他编著的《〈说文解字〉分类简编》，他编著的《画论丛刊》《画史丛书》《画品丛书》《书学名著选》，他编著的《诗学辑要》《古书文字易解》，他编著的一系列教学辅助资料、书法学习资料、汉语语汇学习资料……这些在学界有皇皇地位的学术著作，在现今以至将来，都是供不同专业学习、研究之用的重要工具书、参考书。

他风格独具的书法、篆刻、绘画作品，至今还影响着众多后学。

他刻苦、认真、严谨、虚心、求是的治学精神，宽广博大的文化艺术修养，言传身教、积极帮扶青年学子的大师风范，以弘扬中华传统文化为己任的品格，将永远薪火相传，泽惠后人。

近读一本评介几位新文化运动中名人名家的书。这几位名家被编者尊为"先生"。编者认为："先生，不唯指教人知识让人考试不挂科的人，更指言传身教以处世立身之道的人。生于乱世，颠沛流离于战火年代，先生们不求苟全性命，不求闻达，为国传承与担当，像庇护小鸡的老母鸡一样，以弱身御强世，对学生教之导之帮之扶之惜之爱之，提供学问坐标和人格营养，示范风骨与风度，为后辈的成长赢得时间、空间和方向感。"

"纵你已成人，他已过世，他仍对你有影响，你仍尊其为先生。"这也正是我的恩师于安澜先生的写照。

北宋范仲淹有句："云山苍苍，江水泱泱，先生之风，山高水长。"

一代宗师于安澜先生之精神、之著作、之风范，像春风春雨一般，滋润、教导我们成长、成熟，也必将在弘扬中华优秀传统文化的进程中，哺育、造就一代又一代的文化传承者。

2021 年五一劳动节于汉风堂
7 月 19 日

作者简介：祝仲铨，1962 级本科生，曾任郑州大学宣传部副部长、《郑州大学报》主编、郑州大学机关党总支书记。

我向安澜先生求字

张生汉

我是1979年9月进入河南大学（那时还叫"河南师范大学"）中文系读书的。当时系里的几位老先生——像于安澜〔（1902—1999），名海晏，字安澜，后以字行，河南滑县人。1920年考入省立卫辉中学学习，得到时任国文教员的范文澜的赏识。1924年毕业时被保送到河南大学的前身——中州大学预科，继入中国文学系学习，得到冯友兰、嵇文甫、郭绍虞、董作宾等名师的指导。1932年夏，考入北平燕京大学研究院国学研究所读研究生，潜心于文字音韵训诂之学。1936年，其学术专著《汉魏六朝韵谱》由北平中华印书局出版，国学大师钱玄同、闻在宥、刘盼遂等为之序，王了一（王力）亦撰文予以评论，盛赞是为"传世之作"。1937年夏，其所编纂《画论丛刊》在北平出版，由齐白石题写书名，反响甚巨。由是于安澜与《书画书录题解》的作者余绍宋、《美术丛书》的作者黄宾虹，被称为美术史论界影响深远的三大家。其他著作还有《画史丛书》《画品丛书》《书学名著选》《古书文字易解》《诗学辑要》等。1946年于安澜任教于河南大学；1950年始，曾先后在武昌教育学院、新乡平原师范学院任教，1955年院系调整，又回到开封师范学院即河南大学〕、任访秋、高文、华锺彦、王梦隐、吕景先等，都年事已高，不再给本科生上基础课了。偶尔开个讲座，同学们都早早跑去占座位，教室里总是挤得满满的。记得二年级下学期，有一次于安澜先生开讲座讲国画欣赏，我去听了。那是第一次近距离接触于先生。

先生高高的个头，微黑透红的脸膛，双目炯炯，善气迎人。一身黑色的中式裤褂，一口地道的豫北方音，其话语平直中不乏典雅，一看就知道是一位淳厚而又慷爽、质朴而又颖慧的学问家。哦，这就是于先生啊！入校不久就听说，于先生书画俱佳，其画以山水见长，字则以篆书闻名；所收藏的书画作品不少出自名家之手。那天于先生点评的是某名家所绘的残荷。画张挂在黑板上，先生时不时转过身去，用教鞭指着画中的某一区，说此处如何如何、彼处如何如何；又说与这幅画相比，某某人的残荷又是怎样怎样的一个格局……可惜我一点不懂绘画，听不出个所以然来，因而对先生的评点印象并不深刻。后来就再没有听过于先生的讲座，也没有机会接近他。

临毕业的那个学期，我报考了华中师范大学汉语史专业训诂学方向的研究生，初试通过了，马上要去复试，可我对导师杨潜斋先生的有关情况一点都不了解［杨潜斋（1910—1995），字永光，湖北江夏人，华中师范大学中文系教授，原中国训诂学会副会长。早年就读于湖北省立国学馆，先后在重庆中央大学（抗日战争时期）、恩施湖北师范学院、天津南开大学、湖北教育学院、华中师范学院任教。讲授声韵学、文字学、训诂学、语言学概论等课程。于古音学研究有独到见解，1940年提出分《诗经》韵为三十二部；在甲骨卜辞考释方面颇有创获。著有《古韵隅论》《离骚义征》《文字结构的表态分析》《声韵学十讲》《卜辞稽疑之一——释冥》《卜辞稽疑之二——释虹》等］，心里不免有些不踏实。这时候，古汉语教研室主任董希谦老师告诉我，于先生与杨先生曾经在武昌一起共过事（1950—1951年，于、杨二位同在武昌教育学院任教），我可以先去拜访一下于先生。踌躇过几次，但终于没有去。我没有勇气去打扰一位大学问家。

1983年9月，我到华中师范大学跟杨潜斋先生读训诂学。10月下旬，中国训诂学会在扬州开学术研讨会。杨先生是训诂学会副会长，我们同门的几个师兄弟跟随先生去听会，也算是陪侍。很巧，于安澜先生和河南大学中文系古汉语教研室的赵天吏先生〔赵天吏（1912—1987），字理之，武陟县东安村人。当代语言文学家，河南大学教授，原校学术委员会委员，古汉语研究室主任；中国语言学会、中国训诂学会理事，河南省语言学会副会长。1939年毕业于河南大学文史系，后留校任教，潜心于文字、音韵、训诂学的教学和研究，在《诗经》韵例、上古汉语声纽及声调的探讨方面有独到的见解。发表的论著有《说文声类谱叙例》《诗经的韵律、韵部和韵字》《古音通假的条例以及通假字的读音问题》《释德》《说龙》等；曾参加由国家统一规划的《辞源》修订、审定工作，被聘为河南省《辞源》修订组顾问〕、李建伟老师（77级师兄，毕业后留校任教）也在会上。开幕式上，于先生、杨先生和胡厚宣先生、周祖谟先生等几位都在主席台前排就座，大会主持请于先生作了发言，自然仍是一口地道的豫北腔。第二天下午，杨先生说要到住处看望老朋友安澜先生，也让我们一同去见见。师兄弟几个自然非常乐意，在我更是求之不得。

阔别了三十多年的老朋友在会议上相逢，自然是格外高兴，特别是于先生，说话的语调显然比平时高了许多。杨先生温文尔雅，谈吐幽默，开口必称"安澜老"；于先生虽然年长几岁，但逊让不已，一句一个"杨先生"。二位老人彼此嘘寒问暖，说了一些别后的各自情形，都感慨岁月如梭，人事沧桑。赵先生一旁也不时地插上几句，室内笑语欢声，气氛热烈，在一旁的我们也深受感染。

赵天吏先生是我本科毕业论文的指导老师，那篇习作《巩县方言本字考》，赵先生还给打了个优秀。没想到在这里能遇到他老人家！我向前去问了好，赵先生又叮咛勉励了一番。道别的时候，于先生、赵先生一同送了出来。赵先生拉着我对于先生说："这是咱的学生，叫张生汉，现在是杨先生的研究生。"于先生听说后，笑眯眯地看着我道："这事儿我还不知道！能跟杨先生念书，是你哩福气！杨先生学问好，外语也好，眼界高——这一点赶我强，他比我多一只眼，我不能看外文。你跟着杨先生要好好学，好好用功！"

杨先生再次回身拱手，请于、赵二位留步，才带学生们往住处走去。没走几步，我忽然想起原拟定的事没有落实，又折回来，追上于先生他们。于先生看我又回来，笑眯眯地问："你有啥事？""我……我……我想要……"先生看我红着脸，嗫嚅半天也没有道出想说的话，把脸一仰，莞尔笑道："呵呵！不用说了，想叫我给你写幅字儿，是不是？"看先生那副慈爱和煦的神情，我开始的那种拘束已经没有，忙说："是，是！就是想要您的字。""呵呵！"先生又粲然而乐，"那不是啥难事。写，我给你写。"得到这句话，我刚说"我去买纸——"，被于先生一把扯住，说："哪还用你买纸哩？我那儿都成纸了！"然后问道："你想叫我给你写点啥？""都行，都行！写啥都行！"先生又道："敢问你大号咋称呼？"我又一脸懵懂，说："我没有别的字、号，就是张生汉。"先生笑眯眯、慢悠悠地说："那——那咋给你写哩？款上总不能就称名儿吧。"

哦，是了！早听人说，于先生对于求字的，几乎是来者不拒，有人说连明伦街上摆摊的都有于先生的字。这话虽有些夸张，也足以说明他施惠之普遍。也有人劝他："于先生，您的字虽好，也不可谁要就给谁写，写得多就不值钱了。"先生总是呵呵一笑："本来就不值钱。我喜欢写，人家喜欢看，两得其便，何乐而不为！"大家都知道，于先生给人写字，从来不收润笔，那贴纸贴墨亦是常有之事。不过有一样，凡求字者，先生必问其名、字或别号，若只有姓名，没有字或者别号，先生是不写的。原来，旧时读过书的人，都有名有字，不少人还有别号；人们交往，是相互称字或者别号的，即便长官对下属、长者对后生，也概莫能外，直呼其名则被视为对人的大不敬。所以遇到这种情况，于先生总是说："没那规矩儿啊。咋敢直呼其名嘞？不中，行不得！"因此遭拒的也就不是一两个。

我看于先生一副认真的样子，生怕有变，不免有些着急了。这时候，赵天吏先生在一旁发话了："咱自己的学生，变通变通，就直呼其名也罢。于先生也不必拘礼!"赵先生一言缓颊,情形立刻乐观起来。"呵呵,那……那中!那就称名儿吧。"于先生又问道:"府上是……"我未及开口,赵先生代答道:"巩县。"

听说我是巩县人,于先生谈兴又高起来:"恁巩县有个赵荫棠[赵荫棠(1893—1970),字憩之,河南省巩县人。著名音韵学家。1924年考取北京大学研究所国学门研究生,1932—1939年,先后任教于北京大学、辅仁大学等。解放后曾任教于河北师范学院、西北师范学院等。1970年病逝于原籍巩县。著有《中州音韵源流考》《中原音韵研究》《音声纪元述要》《明清等韵之北音系统》《等韵源流》《等韵源流后记》。赵荫棠在日伪时期任教于北京大学,并涉足文坛,发表小说、散文多篇,被视为'汉奸文人'。赵早年与鲁迅交往密切是实,不过于先生讲他曾与鲁迅'打嘴仗',不知根据什么],是做音韵的名家,当年在北大当研究生,跟着钱玄同先生学声韵学,是个学问人。那年日本人占领北京,他没得走;还跟鲁迅打过嘴仗,成了汉奸坏分子,解放后就给弄到大西北去了。他藏有不少好书,可惜死后都流散出去了。其实也是苦出身,搁家的时候曾经靠推车卖煤维持生计,他不容易。"

关于赵荫棠我还略知一二,他的《等韵源流》是学习音韵学的重要参考书之一。但至于他年轻时候曾经以卖煤为生的事,却从来没有听说过,想于先生应该是确有所本的。打那以后,于先生记住了我是巩县人。直到20世纪90年代,见到他时,还常常和我聊起关于巩县人文掌故和山川形貌的话题。后来我才知道,60年代"四清"运动期间,于先生和当时中文系的几位老先生在巩县参加过劳动锻炼,对那里的情况多有了解。

接着先生又问我读过什么书,有没有看过《说文》之类。

惭愧得很!我只好如实说,除了课本,其他专业书籍特别是古典文献我看得很少,《说文》看过一点,也大半似懂非懂,没有什么收获。

那一会儿,先生谈兴不减,话题一转,又说起潜斋先生:"杨先生家学深厚,非一般人可比。他家太先生进士出身,做过翰林院编修,后来出任湖北书院（实际上是"江汉书院"）山长，也是晚清湖北哩一个名家［杨潜斋先生的父亲杨承禧（1858—1935），字致存，又字寯庵，别号健庵居士，江夏（今湖北省武昌区）人。光绪八年（1882）举人，光绪十六年（1890）进士，官翰林院编修。后丁忧回籍任江汉书院山长，两湖书院分校教授。1890年出为四川候补道。辛亥革命后，任黎元洪总统府参议。工诗文，著有《寯庵集》三十卷。主持编修《湖北通志》，并编有《湖北清代文征》五十卷］。杨先生自小耳熏目濡，旧学功底厚，外文又好，先是在中央大学，后来又到南开授课，胸次不一般。跟着杨先生你要操心学哩！"

说实话，此前关于潜斋师我知道得很少，于先生的一番话让我心里既兴奋又担忧，能跟着杨先生读书自然是人生一大幸事，但自己资性不敏，底子又薄，年龄也大了，要读得好怕不容易，先生若不中意，岂不辜负了他老人家的教诲！

于先生似还想说什么，赵先生一旁对我说道："时候不早了，你也该回去陪杨先生吃饭了。"我这才谢过二位先生，转身离去。

自扬州会议返回武昌大约有十来天，我收到了于先生寄来的挂号信。拿来一看，原来是一旧牛皮纸信封又糊上一层作封面，上面是竖款繁体行书小字：

　　寄　武昌華中師範學院中文系　研究生
　　　張生漢　同志親啟
　　　自開封河南師範大學中文系　于

我拿着信封，激动得手直抖，急急打开，内里是一对条幅；展开来，两联清逸古雅的篆书让人眼前一亮。是于先生的手迹！

　　水殿風來（蘇东坡洞仙歌）冷香飛上詩句（姜白石念奴嬌）
　　芳徑雨歇（史梅溪謁金門）流鶯喚起春酲（高竹屋風入松）

再细看，上款行书小字题曰"生漢學棣補壁　錄飲冰室集宋人词句"，下款题"八五年小满節　于安瀾书於汳垣　时八旬有三"。上联钤有两枚印章，一为"民国前十年生"，一为"豫滑于氏"；下联有三枚，依次为"于海宴印""安瀾""安瀾八十以后作"。可谓朴雅清隽，疏密有致，书卷气十足。同门的几位同学也围上来观赏，都赞叹不已；羡慕之余，又都后悔当时没有向于先生求字。

评品过后，大家对题款上的称谓不甚理解，于先生怎么称学生为"学棣"，而且还是"棠棣之花"的棣？一次听完课，我就此事请教杨先生。先生指着我说："你呀，没好好读书！《小雅·棠棣》不云'常棣之华，鄂不韡韡。凡今之人，莫如兄弟'？后人以'棣花'指称兄弟，乃取典于此。至于老师称学生为'弟'，以前都是这样的。老师、学生，合称'师弟'，不像现在称'师生'。"杨先生又问于先生的情况，我知道的不多，就把听到的"文化大革命"期间于先生挨批斗、戴高帽游街以及相关的一些逸闻轶事讲给杨先生。杨先生说："像于先生这般豁达的人不多，那种年月好多人没有活下来。是个好人，实在人！这样的人都长寿。"

先生这样讲，是有感而发。"文化大革命"期间，他住牛棚、挨批斗，饱受凌辱，师母和他家大儿子先后死于非命，老师能挺过来，也实在不容易。

于先生所赐的篆联我一直珍藏着，后来找人装裱过，也没舍得挂出来。直到去年暑假搬到西区22号院，我才拿出来悬于客厅。这是我家一宝。

研究生临毕业，潜斋师给我写了幅字，款题"生汉贤弟玩吟"，也以弟相称。这是我家的又一宝！

作者简介：张生汉，1979级本科生，河南大学文学院教授，博士生导师，曾任河南大学文学院院长。

记我的导师于安澜先生

王蕴智

敬爱的于安澜先生自20世纪30年代初到90年代末为我国的学术文化与教育事业辛勤耕耘了近70个春秋。先生在音韵、文字、训诂、古典诗词、美术、书法、篆刻诸领域分别给后人留下了一笔笔宝贵的遗产。兹谨为恩师略记小文,以表景仰、怀念之情。

于先生原名海晏,字安澜,大学毕业后渐以字行,1902年出生于河南省滑县牛屯镇一书香门第之家。他少儿之时就被送进私塾学习。先生自幼聪颖淳朴,博闻强记,加之有这样良好的启蒙教育,故使他在髫龄之年即可熟诵诸子百家,掌握了丰富的古汉语词汇,具备了古体诗文的写作能力。

1920年,于先生考入了闻名豫北的省立汲县中学(今称卫辉市一中)。此时给他们讲国文的教师就是后来的著名学者范文澜。范先生对这位学习努力、才思过人的学生十分赏识,经常把他所作的诗文作为典范装进镜框里,悬挂于教室中陈列,这进一步激发了先生学习国文的浓厚兴趣。范老师在讲解文字、词汇之时常给学生穿插文字构形、汉语音韵方面的知识,于先生对此尤感兴趣,课下曾多次登门请教,范老师总是给予热情指导。此后他渐渐明白:治国学者在于通典籍,通典籍则在于明字辞,传统的文字、音韵、训诂之学，乃国学之基础。由于范老师的启发引导，后来于先生选择了文字、音韵的治学道路。

于先生在中学时期不仅国文课出类拔萃，其他各科如数学、英语、美术等功课也都名列前茅，表现出他独有的个人志趣和强烈的求知欲。1924年夏季中学毕业后，先生被免试保送到开封中州大学（今河南大学的前身）深造。

中州大学当时虽在初创阶段，但执教的老师却不乏后来的名家。如文科主任冯友兰先生主讲哲学，郭绍虞先生讲文字学，嵇文甫先生讲诸子，董作宾先生讲古文。安澜先生在大学如饥似渴地学习，在随堂听课之余，曾先后圈点研读了《说文》《尔雅》等文字学专著，阅读了梁启超的《要籍解题》、陈钟凡的《韵文通论》、张之洞的《书目答问》及《四库全书总目提要》等古典文献导读方面的专著，同时还参考了梁启超、胡适、陈钟凡等名家为大学生所开列的书目，并经常到图书馆检索、阅读。

于先生圈点《说文》，起点很高，有他自己的独到之处。在结合《段注》精读《说文》的时候，更在字形上下了很大功夫，将《说文》540个部首反复背熟于心中，在此基础上再从各部逐一分析文字结构、演化特征，并根据篆文笔法认真摹写小篆字头，直写到得心应手为止。他要求的是字字能讲、能用、能写，旨在过文字关。后来他指导研究生，所采用的仍是这个办法，他常对学生说，汉字有形、有音、有义，皆不可偏废。学习文字乃以字形为主，由字形带动音义。

对一个文字工作者来说，字不但需要认准，还应该写好。正因为这样，于先生早年读书之时，便讲究执笔功夫，其行楷写得极有韵致。自学了《说文》，他又练就了一手精妙典雅的小篆。书写之余，或再尝试以篆法操刀入印。如此环环相扣，互为表里，废寝忘食，兼而得之。不论后来的校园环境如何困顿，他总能陶醉在自己的治学天地之中。

1930年冬季，先生从河南大学毕业，受聘于省立信阳第三师范学校，任国文教师，后转入省立沁阳第十三中学教国文。1932年夏，他以优异成绩考入北平燕京大学研究院国学研究所，实现了他致力于国学研究的愿望。

有清以来，从乾嘉学派到章黄学派，几代文字音韵学家通过整理《说文》谐声及先秦韵文（如《诗》韵）资料，大致由传世的《切韵》隋唐音系上溯到先秦古音。唯有汉魏六朝时期的中古音系在音韵学史上跨时久远，一直还是个空白。对此先生在考研前便已着意酝酿，入燕大后即选定"汉魏六朝韵谱"作为自己的主攻课题。

于先生曾就这一课题先后请教过在河南大学任过教的语言文字学家、清华大学教授刘盼遂和闻宥（闻在宥）先生，得到了肯定，同时他们又都认为汉魏六朝时期作品太多，时间上跨越800余年，这方面任重而道远，非一人之力所能完成，建议暂作其中的一段。他很能领会两位长者的关怀好意，但他又感到自己年方壮盛，精力充沛，不能过多计较工作劳苦，只能迎难而上，勇于拼搏，才有可能攀登学术高峰。

他首先把丁福保的《全汉三国晋南北朝诗》和严可均的《全上古三代秦汉三国六朝文》作为重点考察对象；另外再分别从《昭明文选》《古谣谚》《淮南子》《白虎通》《急就篇》《太玄经》《法言》《世说新语》《文心雕龙》《金石萃编》和《续编》《八琼室金石补正》等图书中补充有关篇目，尽可能地把汉至隋代之间所有的押韵材料搜集齐备；随后又逐一把各种韵文和含有叶韵文章的韵脚摘录到笔记本上。具体办法是先录诗韵，再录辞赋用韵；对每一位作家皆立户头，诗歌题目另行单起，所摘录入韵的字依次排列；凡不同的韵部，上下皆留出空格，以示转韵。这样连续做了一年时间，前后整整记了20大本。及至1934年的春上，所有入韵的字全部录了出来。在此基础上，先生又花了半年时间作韵部的归纳梳理工作。

因先生擅长绘画，此时放在他行箧中的画碟、画笔、颜料诸物亦皆派上了用场。先生用不同颜色的画笔先分别勾圈出不同韵部的用字，然后按色聚类抄录，附列韵脚例证，如此下去既醒目易寻，又可一遍区分出韵部。韵部分出之后，再根据作品用字的时代背景划出了三个历史阶段，即"汉韵谱""魏晋宋韵谱""齐梁陈隋韵谱"，从而构成了本专著的核心部分。1934年的下期，先生以这部分多达30万字的初稿作为年度成果报呈给当时的河南省教育厅。经有关专家评审，这次又批下来600元的学术奖金，这是先生在读研期间连续第二年获得省厅的奖励。

为了进一步完善书稿，接下来先生又对韵谱中各韵部与邻韵的分合及各韵部的演变情况进行了综合研究，对于疑似之间者，再酌加审定，终于在1935年的上期写出了全书的清稿。全书成稿除了核心部分的三个韵谱，先生于书前还写有《总叙》，概述了汉语音韵从上古至陈隋的发展沿革情况；又用《韵部分合表》的形式来具体表现汉魏、晋宋、齐梁陈隋这三个时期音韵演变的趋势及其变化特征；书后另有《存疑表》《校勘表》《作家地域表》等附录部分，使得全书取材丰富，体大思精，极富创意。就这样，经先生三度春秋，独任其难，掘井开泉，一部全新的构架汉魏六朝中古音韵体系的专著问世了，它从此补充了汉语音韵学全史。先生的这一学术成果当年即受到燕大本校的高度重视。在研究生毕业之前，国学研究所特颁发给先生500元学术奖金。该所这次奖励名额共有四名，先生名列第一（消息刊登于北平《晨报》1935年7月的某号）。因该奖金是美国哈佛大学资助的，所以先生亦为本年度哈佛奖学金的获得者。

也就在先生学业期满和大著脱稿之际，当时的北平中华印书局（后来的中华书局）闻讯后即与先生签订出版合约，同年9月始承印付排。该书由著名音韵学家钱玄同先生题写"汉魏六朝韵谱"书名，又有刘盼遂、闻宥及钱先生亲为作序，1936年5月印为三册一函正式发行。

《汉魏六朝韵谱》一书的问世，首先在学术界引起了极大的震动，先生因此而成名。许多著名语言学家如钱玄同、刘盼遂、闻宥、罗常培、王力等先生始则惊异，继而纷纷著文称誉。如北大学术前辈钱玄同教授以信代序云："忽睹大著，此国音史上最无办法讲述之一段，先生竟竭数载之力，一一为之疏通证明，弟于是始知此段当分为三期。两汉犹近先秦，魏、晋、宋即入新时期，至齐、梁以下，乃与《切韵》大同矣。先生对于古音之贡献，多发前人所未发，弟真欢喜赞叹，莫可名状！""大著真堪顾、江以来未竟之业矣。"清华刘盼遂教授在序中盛赞道："以三年之力，专精勤励，独手成《汉魏六朝韵谱》一书，得三十余万言，参考群籍多数百种，人文之人选者无虑千余家，於呼可谓盛业！""求其资料周遍，缉撰密察，而褒然鸿帙，盖有未能如安澜是书者也。""安澜之思精力果，能利用科学之考证法，盖足以起人惊异也。"闻宥先生在序中亦评赞云："安澜之为此，其思周力果，有为他人所不易逮者。章节之分合，韵部之出入，文字之异同，作者之真赝，研核雠勘，辩论往复，稿草屡易，务当于心而后已。此其艰苦，读者或不尽知之也。""其所贡献于音学者，固不可以寻常尺寸计也。"①

当时，在国内从事汉魏六朝韵系研究的还有清华大学的王力和中央研究院历史语言研究所的罗常培两家，他们都是同辈学者。王力先生极为钦佩，很快在当年9月发表书评对《汉魏六朝韵谱》给予了热情的赞扬和中肯的评价，指出："这是呆板的工作，同时也是难能可贵的工作。于先生费三年的时间，独立以成此书，其毅力非常人所能及。"② 罗常培在出版前已读过《汉魏六朝韵谱》书稿，闻知中华书局即将出版此书的消息，当即为历史语言研究所订购了7部，一时令书局发行人感到振奋。后来罗常培、周祖谟等先生在1958

---

① 钱玄同：《汉魏六朝韵谱·序》，《汉魏六朝韵谱》，中华印书局1936年版。
② 王力：《评〈汉魏六朝韵谱〉》，载天津《大公报·图书副刊》1936年9月17日。

年出版《汉魏晋南北朝韵部演变研究》（第一册）的时候，更充分肯定了先生的开创之功。清华大学陈寅恪著《东晋南朝之吴语》一文，也曾数处引于安澜先生的学说，甚为推重。

先生在燕大读研期间，每当研究工作处在疲惫迷离状态时，总是通过金石书画之趣来调节脑筋，或临池《石鼓文》，或品味吴大澂、罗振玉诸家的篆书，或浏览历代书画典籍。他与当时北平美术界的同人方介堪、李剑晨等先生往来交流，还先后拜谒了当时的书画名家齐白石、郑午昌、萧谦中、黄宾虹等先生，并分别得到过这些名师的指导和赏识。《汉魏六朝韵谱》一书发行之际，国画家萧谦中先生尤特意为其作画两幅：一幅题为《校书图》，另一幅为《补韵图》。其中《补韵图》上还题有数位知名学者所作的纪念性诗文，诚可谓诗、书、画珠联璧合。

《汉魏六朝韵谱》成功发行之后，书局方面就又拟约于先生再著新书，因为他们已经发现先生在美术领域亦有超人的天赋，并有自己独到的见解。原来先生昔日在大学里阅读古代典籍时，即曾处处留意，汇集收罗到历代论画著述篇目数十种，这些曾是他业余学画的一种自修读物。此前国光社曾出版黄宾虹先生主编的《美术丛书》，其中所收论画资料驳杂不备，这使他萌动了编辑《画论丛刊》的念头。此时书局方面既有意与他再度合作，他便提出计划并拿出自己先前已整理出来的有关资料，于是书局责任人很快便对新选题拍了板。

1937年6月，于先生的第二部大著《画论丛刊》一函六册再次在中华印书局出版。《画论丛刊》的问世，可谓美术界的一件大事，当时的圈内知名人士交口称誉。该书由著名画家齐白石和萧谦中两位先生亲为题笺并绘制封面，著名美术史论家余越园先生和著名美术理论家、中华印书局编辑郑午昌先生分别为该书作序。该书出版后不久，当时客居北平的著名国画大师、美术史论家黄宾虹先生即给予先生"后来居上"的美誉。

1937年，日军大举侵略华北，卢沟桥事变爆发，接着北平、天津等地相继沦陷。在沦陷的日子里，于先生滞留北平的心情十分苦闷，他把自己在大学中曾经下功夫圈点过的《说文解字》翻检了出来，根据过去学习《说文解字》的经验，切身感受到这部中国最早的字典对于初学者来说有诸多学习上的不便。一是《说文》中所含冷僻字太多，二是《说文》540部首过于庞杂。为此他立足于实用，有意打破《说文》的编排体例，把原部首按表意相近者类聚在一起，分别以天文、地理、草木、鸟兽、虫鱼、社会制度、言行等门类排比起来；各门类中的字头，再以常用为标准，逐步淘汰生僻者，从而选定4600多字；最后在各字下保存许慎说解，注明构字方式，凡由出土甲骨文、金文可以订正《说文》解说者，亦尽可能予以注出。如此苦心整理数月，终得《说文》之简编本一册，题名为《〈说文解字〉分类简编》。这是先生在抗战沦陷区动荡之中完成的第一种著作。该书稿由于文字摹写、订补、排印等种种原因，后来一直未能够公开出版。长期以来，先生除偶与同行述及斯学，余皆成为他的枕底之秘，此书稿竟已沉寂先生书城中长达60余个春秋。

1942年3月，原省立河南大学在潭头镇改为国立大学，当时的文史系主任嵇文甫、副主任段凌辰闻知安澜先生回乡，曾发函邀约他前往任教。于先生有志于家乡的教育事业，但因日军加紧军事扫荡，形势仍然严峻，交通不畅，不容动身。1945年日本投降后，河南大学于当年年底从宝鸡返回开封，于安澜方应聘于母校，于1946年出任文学院教授。

1948年6月，国民党南京政府教育部命河南大学迁往苏州，于是于先生又跟随学校举家南迁。在迁徙过程中师生多有失散，一部分教授已另到条件好的上海、南京等地一些高校中谋职。当时先生的学问、书画在江南皆有影响，只要先生点头，很快即可在那边的高校找到合适位置，但他没有这样做。1949年6月，在寓苏一年之后，河大南迁的正副教授由原来的 131 人流失到 61 人①，但他还是抱定献身故乡教育事业的志向，欣然随同河大师生返回开封。

1949 年 9 月，安澜先生刚从苏州返回学校不久，便被指名参加由学校 70 位教授组成的一个研究班，主要是通过政治理论的学习来进行思想改造，持续半年而结业。由于当时学校提倡精简课程，他所学专业一时无用武之地，只能临时做些资料工作，很快便被学校解除了聘约。

1950 年夏，于先生前往武昌教育学院任教。至 1951 年，新乡平原师范学院（今为河南师范大学）建校，他前往应聘，被安排在中文系汉语教研室，主讲古代汉语和文字学课程。

于先生根据大学生阅读古书的需要，结合自己前半生学习古代文字的体会，广泛搜集摘录古书中有特殊用法的文字。他按照文字形、音、义的特点区分为三编，每编又分若干类；在每字下面依时代远近罗列出辞例，使读者循此可以了解字形演变、声韵通假、词义发展的脉络，从而排除青年人阅读古书的障碍。这样经一年有余而成书稿，题名为《古书文字类编》。这是继《〈说文解字〉分类简编》之后他又一种关于文字训诂方面的著作。

1955 年，北京人民美术出版社的编辑找到于安澜先生，提出要再版先生的《画论丛刊》。原中华书局所印为函式线装，印数少，且出版后的第二月就抗战爆发，发行量有限。因该书很实用，索购者多，故请他酌加校订，以便推出新版。经先生配合，人民美术出版社于 1957 年推出了两卷本的《画论丛刊》，并又分别于 1960 年、1989 年两次再版。香港中华书局也于 1978 年翻印了此书，继而传播到东南亚各国。

1955 年 8 月，教育部和河南省委、省政府对河南师范学院进行调整，河南师范学院二院（新乡）的文科并入到一院（开封），先

---

① 河南大学校史馆修订组：《河南大学校史》，河南大学出版社 2012 年版，第 242 页。

生于 1955 年 10 月重新回到了更名后的母校，从此这里也就成了先生后半生的归宿。

回到母校后，系里已有教授古代汉语课程的老师。这时系里并没有安排他到教研室执教，而是让他在系资料室坐班。作为一个早已蜚声学坛的大学教授，如今去做资料室的工作，先生对此却是辩证着来看。他权当是系里给他提供一个读书做学问的空间。在当时，社会上和人际间"左"的倾向越来越重。即便是先生严于律己、超然物外、与世无争，不断的政治运动也会使先生经常体验到自我检讨、思想汇报乃至接受批判的滋味。先生就是在这种环境下保持自我，在做好资料室工作之后，还能无怨无悔地静下心来，做自己该做的事。

1963 年，上海美术出版社出版了先生的《画史丛书》。全书共两函 10 册，线装打套，丝线装订，绫缎包角，装帧十分考究。(1970 年，台湾有关方面曾经翻印出版《画史丛书》。该书出版后不久，日本方面也翻译出版了该书与《画论丛刊》的精装本。1984 年，上海美术社遵从先生的意见，为方便读者，又出版了《画史丛书》5 册平装本。) 此书的编著前后七易寒暑，付出了大量的心血。

1966 年"文革"初期，先生曾被作为"反动学术权威"而被揪出来批斗，他总是以坦然、宽容、开朗的心态乃至必要的诙谐来对待现实。一天被游街批斗后，家人担心其精神上受了刺激，他却戏谑地说："我们几个人的锣怎么着也敲不到点上，事先如能练习一下就好了。"话毕全家气氛顿时轻松了许多。

1968 年秋，先生和一批教授被遣送到尉氏县农场劳动，由于路况太差，拖拉机急转向时忽将挂车里的人和物甩出，所幸落在路旁沙土地上无人受伤。当大家还心存余悸时，先生抖掉身上沙土，向当时监管他们的头目风趣地说："报告队长，有惊无险。"先生的话一时逗起大家会意的笑声。

正是这样，在经过 60 余年的坎坷人生遭遇之后，进入花甲之年的先生渐渐少了一些书生般的拘谨和叹息，同时则多出几分顽童般的稚气和幽默。他把人生的忧患沧桑都更深深地隐藏起来，他是多么希望让活着的人都能够感受更多的纯真、善良和爱心，尽可能化解世间那些无谓的干戈。所以在大批判过后，先生那豁达、谦虚、坦诚、淳朴、坚毅、勤奋的高尚品格为越来越多的人所认识，甚至包括曾经批判过他的人们，也都日渐成了先生的口碑。更有留心者通过事后追忆，为先生编织了许多耐人回味的逸闻趣事。至今尚在河大校园传为佳话。

20世纪70年代中后期，随着10年"文化大革命"的结束，拨乱反正，改革开放，祖国的命运发生了历史性的转折。目睹眼前的这一切变化，年近八旬的老人于先生十分感慨振奋，他的学识和独特的学人品格更加为广大师生所敬仰。按道理说，此时先生已经到了离休年龄，自己本可以在家坐享清福，颐养天年了。然而此时他对祖国科学的春天寄托着无限的希望，愿把自己的有生之年都无私地奉献出来，以报效祖国的振兴大业。于安澜先生赋诗明志云："岁月如流已霜巅，似食甘蔗根更甜。愿祈天公赐康健，再做老牛七八年。"遂又重返讲台执教，为恢复高考之后的第二届的大学生讲授文字学。

1982年，于安澜先生的另一部美术史大著《画品丛书》由上海人民出版社正式出版。该书有著名画家刘海粟的题笺，是我国画坛上的重要著作，与原来先生编著的《画史丛书》，均成为国内美术院校师生的必读书目，也成为广大专业美术工作者及从事艺术理论研究人员的重要参考书。

1984年，学校中文系古汉语教研室凭借于先生的学术影响，并与本教研室的赵天吏、张启焕等知名教授组成学术带头人团队，通过了国务院学位委员会硕士授权点的评审，从而建立了在国内高校中较早具有招收汉语文字学硕士研究生资格的学术平台。80年代中期前后，先生连续招收了数届研究生。通过先生多年的言传身教，教研室诸位老师的全力配合,为学术界培养了不少专业人才。

于先生对甲骨文研究非常重视,早年他看到罗振玉的甲骨文论著十分感兴趣,遂在读研究生期间就曾自学契文。他在《〈说文解字〉分类简编》中,成功地利用甲骨文、金文订正《说文》的解说,多有新意。他常常对我们弟子说:甲骨文是我国发现的最早的大宗文字资料,今天的汉字就是由殷商文字发展而来的。不一定要求你们成为甲骨文专家,但我们学习汉语史专业的必须懂得古文字的知识。

1985年,受先生研究志趣的启发,我在读研究生期间努力学习甲骨文,掌握了殷商文字的基础知识,尝试着超越《说文解字》,先后写出了五万余字的《商代文字探论》学位论文,初步对以甲骨文为主体的早期文字资料进行了文字结体、文字演化等方面的探讨。于先生对此充分肯定,亲赋诗札,并用精美的行书和蝇头小楷各书写一幅,寄赠给后来在吉林大学读博的我。诗中用"君自总角即向学,尤爱陈编识奇字。河大三年习硕衔,论著精审声誉美。转益多师眼界阔,千里骥足从此起"[①] 的辞句激励我治学。

改革开放以后,作为河南大学中文系的一位资深教授,于先生在多个领域都有建树,其学术影响波及海内外,在高校界和社会上都有很高的知名度。随着文化教育事业的繁荣发展,国内诸多学术团体的相继成立,先生的各种学术活动亦开始增多。他先后应邀参加了中国训诂学会、中国美术家协会、中国书法家协会,并且担任了中国训诂学会、中国音韵学会、河南省语言学会、河南省美术家协会和河南省书法家协会等学术团体的顾问。

1984年,于先生出任河南大学古籍研究所所长。先生根据他自己长期在阅读和研究古代典籍方面的经验,为学校的古籍整理工作

---

① 于安澜:《古风一首赠蕴智》,载王蕴智《殷周古文同源分化现象探索·后记》,吉林人民出版社1996年版。

提出了新的规划。他结合自己的治学之道，结合河南作为历史文化大省的特点，曾经向国务院古籍整理领导小组及省市有关部门多次提议，希望能发掘利用河南的历史文化资源，着手整理有关古代典籍，为在我国历史上产生过重大影响的河南籍文化先哲、艺术名人举行纪念活动。

先生的这些倡议和呼吁后来都受到有关方面的重视，并相继得到了落实。经先生倡导，近十几年来，河南省先后建成了许慎墓祠及许慎纪念馆、画圣吴道子纪念馆、张衡纪念馆、张仲景纪念馆、花木兰纪念馆等，并相应举行了不同形式的学术纪念活动，弘扬了传统文化。

1982年11月，中国训诂学会在苏州召开成立大会，80周岁高龄的于先生作为学会的发起人之一，首先与古汉语教研室主任董希谦提出了筹备召开全国性的纪念许慎学术讨论会的议题。这一提议得到了与会专家的积极响应。这次会议之后，先生多次与河南省有关部门领导写信磋商，河南省文物局1983年1月21日曾专门下发"豫文物字（83）第五号函"，通知河南省郾城县及地区文化局做好迎接召开纪念许慎学术讨论会的准备工作。同年4月，先生与教研室的几位老师亲临许慎故乡，调查采访有关许慎及其后人的遗迹、轶事，同时还向当地人民宣传纪念许慎活动的意义。

1985年4月，在先生的倡议下，由河南省文化厅拨出专款，郾城县组织人力重新修复了许慎墓祠，修复工程包括征地、砌墓、立碑、植柏等内容。在修复的许慎墓前，新立的"重修许慎墓碑记"格外引人注目。该碑是以中国训诂学会、河南省语言学会和郾城县人民政府的名义而立，碑额上的"冠冕千秋"四个大字正是先生用古朴典雅的篆书所书写。碑文上对许慎的缅记，反映出华夏学人在经过深刻的历史变革之后所焕发出来的强烈的爱国意识和对传统文化的珍重。

1985年4月12日，全国首届"纪念许慎学术讨论会"在开封河南大学隆重开幕。先生和他所在的学校领导、教研室的老师们作为东道主，热情接待了100多位来自全国各地高校、科研单位的代表及新闻界人士。与会学者就许慎的生平事迹，《说文解字》研究的历史、方法及展望、文字考释等热点问题进行了为期4天的学术交流。之后全体与会学者乘车到郾城县许慎墓祠，拜谒了字圣许慎。

先生常说："古人为文，向重词汇。他们几千年前就懂得'言之无文，行之不远'和'辞达而已矣'的道理，十分重视辞藻的学习。所以历代官府都组织编纂如《初学记》《艺文类聚》《渊鉴类函》以及《世类统编》《幼学故事琼林》等类书，但这些书的编辑方法多不便今日使用。"有鉴于此，先生早在抗战之初客居北平汇文中学教书时，就曾尝试编纂《词汇手册》，目的是为年轻人学习古代汉语提供方便。大学恢复正常教学秩序之后，先生提出："语文工作者要整理语言遗产，丰富人们的语汇，激发人们的天才灵感，提高人们巧妙使用祖国语言的能力。"① 将语言艺术视为值得深入全面地加以发掘、整理、研究的民族文化之瑰宝。1984年先生申报了名为《历代典范语言类编》的课题，并于当年立项。经过先生和我们课题组成员连续3年的努力，该课题于1987年脱稿并结项。

20世纪80年代，先生虽然年事日高，但此时显然是他一生漫长治学生涯中又一个比较活跃的时期，此诚可谓"霜叶红于二月花"。继出版《画品丛书》、主编《历代典范语言类编》之后，先生又于80年代末至90年代初陆续出版了另外三部学术专著。

早年的《汉魏六朝韵谱》由于是旧式线装，发行量小，时隔半个世纪之后，学人已经很少见到。该书曾于1970年经日本东京汲古书院翻印出版，不久即告售缺。随后香港、北京、上海诸方面亦分别转告于先生有重印之意。为了保证质量，先生婉言谢绝，坚持要修订后再予以付梓。为此又订正了原书中韵部归属有问题的字，并

---

① 于安澜：《漫谈古代的名言隽语》，《河南师大学报》（社会科学版）1983年第2期。

将各部入韵字按其在《广韵》中所属部的次序重新排列，各部中的入韵字再按不同声首进行编排。修订稿仍按照原书体例，于1989年5月由河南人民出版社影印出版。

先生在新乡平原师院任教时，因感当时的学生古文基础薄弱，便结合古汉语教学，从古代典籍中钩稽400多个疑难文字分类例释，成稿后题为《古书文字类编》。由于种种原因，除有部分样稿曾经刻版油印给学生外，书稿沉没在先生书房中长达40年之久。"文革"后先生着手修订，更名为《古书文字易解》，为精益求精，不断增补修改，直到1991年方把成稿正式送交给河南大学出版社排印出版。

1933年先生在读研究生时上报给河南省教育厅并获得甲等奖学金的《诗学总论》，是一部有关诗学史研究的重要著作，可惜竟整整积于先生案头达60个春秋。1992年经先生对书稿作修订补正，更名为《诗学辑要》，赵朴初为之题笺，由四川人民出版社出版问世。

在《诗学辑要》出版的当年，正值先生90周岁华诞。先生一向质朴无华，不讲排场，对于自己的生日从不予关注。昔日每逢先生生日大庆之年，系里都要酝酿为先生祝寿之事，皆被先生谢绝。这次有关领导反复商议，认为先生的90大寿一定要祝贺，最后商定在河南大学80周年校庆期间，召开"于安澜先生学术研讨会"。1992年9月26日，"于安澜先生学术研讨会"在中文系会议室隆重召开。会议由当时的中文系古汉语教研室主任董希谦教授主持，部分校系领导及教师代表，河南省及开封市书法家协会、美术家协会、省委统战部、文联、兄弟院校、九三学社、河南大学校友会等单位的领导、知名专家学者代表及新闻界人士60余人应邀出席了会议。与会代表畅所欲言，尽抒情怀，对先生渊博的学识、丰硕的成果、高尚的人品及治学特色进行了深入探讨。开封市书法艺术界同仁鸣乐送来朱红大匾，上面精心镌刻有"惠及华夏"四个大字，充分表达了全体与会者对先生的敬慕之情。

1993年初秋，先生患了一场大病。因西医久治无效，家人为他请来了民间中医。经过半年多的中医治疗，先生的病情竟奇迹般地日渐好转。但此次大病过后，先生已大伤元气，身体状况远不如从前。1999年6月，先生病情复发，医治无效，不幸于1999年8月16日12时40分病逝，享年98岁。先生去世后，家人清理出他1994年至1997年间尚未完成的部分学术文稿，说明先生九旬过后，在精力、体力不佳的情况下，他还在默默地耕耘着。

作者简介：王蕴智，1985级硕士研究生，河南大学文学院教授，博士生导师。

怀念恩师高文先生

王宗堂

高文（1908—2000），江苏南京人

我是1955年考入河南大学（时名河南师范学院一院）中文系，1959年毕业留校。学生时代就听高文先生讲课，他主讲唐宋文学，很受学生欢迎。先生讲究仪表风度，衣着整齐笔挺，皮鞋锃亮，挟个黑皮包，一登上讲台就进入角色。先生对所讲内容虽然驾轻就熟，但备课仍很认真，第二天有课，头天晚上一定要保证休息好，养精蓄锐，讲课时精神抖擞。先生讲课绘声绘色，神采飞扬，表情丰富，附以手势，说一口南京话，但学生都能听得懂。记得讲柳永《雨霖铃》"今宵酒醒何处？杨柳岸、晓风残月"时，先生拉长声调作惺忪望天状，生动形象，把学生带入柳词的意境中去。先生教学效果好，学生都喜欢先生讲课。

高文先生是成名很早的诗人，尤工五言。从学术渊源上看，他是黄庭坚江西诗派的最后传人，晚清诗人陈三立的弟子胡翔冬的再传弟子，但新中国成立后接受历次政治运动特别是1957年"反右"、1958年"拔白旗"运动的影响（1957年河大地理系社达老师写《新离骚》、中文系李白凤教授写《长歌当哭》，后都被打成右派），先生很少写诗。至于他与同学、挚友沈祖棻先生等寄赠酬唱的诗，从不示人，我们很难看到。但先生重感情，重友谊，我仅看到的两首都是他怀念友人的悼亡诗，遗憾的是现在都找不到了，依稀记得诗中的残句。第一首是20世纪70年代，同教研室的梁聚泰老师病故，系里为梁老师开追悼会，先生是治丧委员会成员，他的悼亡诗有"案上遗编在，窗前夕照明"两句，深情依依。第二首是汉语教研室主任赵天吏教授病故，当时我已离开河大，闻讯从郑州回来参加天吏师的追悼会，见会场挂有先生写的悼诗，其中有句为"一蹶竟不起"。会后先生惋惜地告诉我，天吏师是因蚊帐里钻进蚊子，他起身赶蚊子时因年事已高，手脚不便而摔倒，引起其他并发症不治而亡。先生还谆谆告诫我，小事也不能大意，应以此为戒。

先生和蔼可亲，宽厚待人，我在先生身边二十多年，深有体会。1983年我的发妻因癌症病故，先生见到我时十分关心地安慰我，并和全教研室老师一起送来挽幛，使我这晚辈感到暖心。尤其令我感动的是几年后我和河南社科院王竹溪女士结婚时，先生和系里于安澜、赵天吏、邢治平、宋景昌、牛庸懋、王宽行、李春祥诸多先生都热情来参加学生的婚礼（在十号楼），高文先生和系主任刘增杰教授还分别担任主婚人和证婚人，真使我这后生受宠若惊，感激莫名。这里说点题外话，那天婚礼后，与我住同院的于安澜先生跟我说：

"宗堂啊,你现在成了我们滑县女婿啦!"我感到莫名其妙,询问才知:于老听说我的妻子是河大校友、复旦大学著名教授王鸣岐的侄孙女。而于老和王鸣岐先生都是滑县大王庄人,两人是发小、同学,还有点亲戚关系,故于老才有"滑县女婿"的戏言。于老幽默、诙谐,没有名教授架子,跟晚生后辈也说玩笑话,令人倍感亲切、家常,我对于老更加肃然起敬。

我1959年毕业留系分到中国古代文学教研室工作,时李嘉言先生任系主任兼古代文学教研室主任。受李主任指命,让我跟着高文、华锺彦两位先生当助教,因为两位先生都是教授又都是教研室副主任,而分来的青年教师只我一个,这样安排以示对两位先生同样尊重,不厚此薄彼,由此可见李主任的工作作风和良苦用心。两位导师对我都很关心,要求很严。20世纪60年代初我初登讲台前,李主任组织全教研室老师包括《全唐诗》校订组的于安澜、吴鹤九教授都来听我试讲。我的讲稿《论鲍照和他的〈拟行路难〉》就是送呈高文先生审阅和修改的。试讲由华锺彦先生主持,可见中文系当时对教学工作的重视。但到"文化大革命"前的1964年、1965年,政治运动又渐多起来,师生有去参加"四清"工作队的,有下部队学军的,院里又在中文系搞教学改革试点,打破原来教学组织形式,按年级建立教学组,各教研室被肢解,老师们被混合分配到不同的年级教学组中去。李嘉言先生已于1964年秋离开中文系,我和高文、华锺彦先生没有分在同一个年级教学组,很少见面。"文化大革命"开始,动乱不已,直到"文革"后期招收工农兵学员入学,原来的教研室才又恢复。

高文先生为人谦和,乐于助人,虽为名教授、大学者,却从不摆架子,对后学培养提携,诲人不倦,不遗余力,学生晚辈都愿意向他请益问学。20世纪70年代,我与我的老师张中义、王宽行先生参加《李斯集辑注》的辑佚注释工作。该书最初是从"批儒评法"运动开始,李斯作为法家代表人物,被列为研究对象。有工农兵学员、工宣队师傅、李斯故乡上蔡县的有关同志参加。1976年7月，我们带着该书的征求意见稿，先到上海师范大学、上海人民出版社、上海图书馆、上海博物馆等高校和研究机关请专家教授座谈提意见。然后兵分两路，王宽行先生和工宣队师傅、上蔡县的同志到天津、北京等地，我和张中义先生到西安、咸阳等地的高校和研究机关，继续请专家提意见。该书中辑有李斯的《仓颉篇》佚文，在西安西北大学历史系，我们拜访了陈直教授，老先生出示了他珍藏的《居延汉简综论》手稿，根据陈先生的研究，《仓颉篇》首四句，应为"仓颉作书，以教后嗣。幼子承诏，谨慎敬戒"，我们据以辑入我们书中。我们又从王国维、罗振玉、劳干等人的汉简考释中辑得《仓颉篇》佚文十五句。《仓颉篇》是李斯用小篆编写的识字课本，像"黝黭赐"这样的字句少见难识，尽管我们借鉴大家先哲们的考释成果，但注释起来还是有不小难度。我们知道高文先生早年师从著名国学大师黄侃，著名中国文学史家、书法家胡小石。他对汉代碑刻的搜集、整理和注释下过苦功夫，曾在《斯文》半月杂志上发表十多篇注释汉碑的文章，当时颇有学术声望，而赵天吏先生也是精于古文字学的专家，所以回来后我带着书稿分别向两位先生请教。两位先生称赞我们做了非常有意义的工作，除对我提出的问题作具体指点外，还对我们的《李斯集辑注》书名提出异议，认为：李斯与韩非俱师事荀子，荀、韩的著作都属子书，李斯从政没有著作流传，你们辑佚李斯幸存于今的文字也应是子书，吉光片羽，弥足珍贵，填补了子书的一个空缺，不应归于集部。我们接受两位先生的意见，所以该书1981年由中州书画社（中州古籍出版社的前身）初版时就把书名定为《李斯子》，只是印数很少，未能在社会上流传。后中州古籍出版社成立，筹划出"中州名家集丛书"，拟把李斯著作作为该丛书的第一部，因列入"中州名家集"，故又易名《李斯集辑注》，1991年就排好了版，因故拖到2002年才面世。

应人民文学出版社的约稿，1978年我有幸参与高文先生为主编的《唐文选》一书的选注工作。先生可不是时下常见那种靠学术地位和名气的挂名主编，而是名副其实的主编，从制订编例到指导选篇、抽看样稿，也承担了少数篇目的注释工作。编注过程中同志们遇到疑难问题常登门向先生请教，先生总是不厌其烦一一给以解答，连也任该书主编的何法周老师都感叹地说："高先生就是一部活字典，在先生身边工作真是我们的幸运。"《全唐文》一千卷，作者三千余人，文章一万八千余篇，而我们的《唐文选》只选六十一家、一百二十余篇，还要照顾到不同风格、流派、体裁、品类以及文章的长短，光选目就不是件容易的事，注释起来难度更大。唐文中韩、柳是大家，入选篇目也相对较多，其中韩文由何法周老师注释，柳文由白本松老师和我分担。我分的篇目中有篇《寄许京兆孟容书》，是柳宗元贬官永州时写给京兆尹许孟容的信，"望其与之为地、一除罪籍"，是篇长文，用典很多，可参阅资料很少，一篇注文用去两个多月时间。记得有个典故我去请教先生但苦于查不到原文，几天后教研室开会时，先生递给我一张纸片，那是先生找到的原文抄在烟盒拆开背面的白纸上。先生对学生如此费心，着实令我感动。《唐文选》选注工作前后历时八年，最后定稿时，该书责任编辑戴鸿森先生从北京亲来河大作最后把关，发现字数超出原定规模限制，决定从选篇最多的韩、柳文中删掉韩愈《答李翊书》（何法周注）、柳宗元的《封建论》（白本松注）、《寄许京兆孟容书》（王宗堂注），先生深感惋惜，因这些都是名篇，且费时最多，用力最勤。后经何法周老师斡旋留下了《答李翊书》，结果造成现在《唐文选》中韩、柳文字的比例失调。

1980年9月，邹同庆老师开始编年校注《苏轼词集》，后邀我参与其事。1982年应中华书局资深编辑、苏学专家刘尚荣先生之约，把我们的《苏轼词编年校注》纳入他编辑出版的《苏轼诗集》《苏轼文集》配套成"苏学系列"，该书被列入国家"八五规划"项目。我们伏案笔耕，焚膏继晷，费时十年多次审改，终于1991年始毕其役。在整个注书过程，始终没有离开先生的指导，当快完稿时，邹同庆老师提出请高先生写书序，但又担心先生年事已高，劳心费神身体受不了，谁知先生满口答应我们的请求，给我们写的不是一般的应酬性书序，而是一篇长达七八千字的精辟论述苏轼和苏词的苏学论文。在序中还特别称扬我们："邹同庆、王宗堂二同志致力苏词研究，从事编年笺注，引证时事，比检史籍，力求言之有据。注释中凡辞藻之熔铸经史，暗化古句者，皆为寻根究底；其难字难句，亦加诠释疏解。惟以析理阐意为本，不以繁征博稽为能。清晰明了，繁简适中。它反映了我国研究者近年来所取得的成就，诚苏轼之功臣，学者之良友。"奖掖后进，鼓励门生，一股殷殷关爱之情溢于言表。但书稿送到出版社后，因中华书局的原因拖延下来，长达十年之久，直到2001年才作为中华书局九十周年局庆的献礼书，再作一次审订出版，而先生已于2000年11月仙逝。我们在该书审订后记里满怀感激心情写下这样的话："令人憾恨的是，我们的业师、为本书赐撰长序的高文教授，在我们审订工作未竟之时驾鹤西去，未能看到本书出版。当我们随其亲属为先生最后送行，将骨灰撒向黄河时，默默对空祷祝：我们将牢记您'孜孜不倦，严谨治学'的教诲；您九十三岁高龄，不良于行，老师，请慢慢地走。"

  值得庆幸的是，我们的《苏轼词编年校注》作为中华书局"中国古典文学基本丛书"推荐子目的一种，被国家新闻出版广电总局、全国古籍整理出版规划领导小组，在开展首届向全国推荐优秀古籍整理图书活动中，组织110余位来自全国的古籍整理领域的专家学者，历时一年半之久，从1949年至2010年出版的2.5万种古籍图书中，集中评议，反复推敲优中选优，评出91种精品，作为今后古籍整理出版工作的范本和标杆，向全国推荐。[①] 我们告慰先生，没有辜负您的苦良用心，该书从2002年9月第1版开始向国内外发行，到

---

① 见《光明日报》2013年10月18日第9版、第11版。

2018 年 7 月第 8 次印刷，共印 22500 册，受到专家学者和广大读者的好评，您可以含笑于九泉了。

先生性情恬淡，看轻名利，为人低调。生活规律，注意养生，加上高师母细心照料，饮食有节，所以身板硬朗，较少生病，得以长寿。他除了参加院系活动、政治学习，市里、省里会议他很少参加。他的挚友南京大学程千帆教授的博士生答辩、故乡亲友请他回南京游历的邀请，先生都婉言谢绝。先生有个习惯，中午饭后午休，可谓雷打不动。先生午休很"正规"，脱下外衣，盖好被子，安静入睡。知道先生生活习惯的人都不会此时去打扰，偶有生客来访者，或被高师母挡驾，或被请进客厅等候，不到时间不轻易叫醒先生。先生严于律己，不愿为个人私事向学校、向组织提要求，增添领导负担。如先生年事已高，身边需有儿女照料生活，而先生的儿子高启明是下乡知青，长期在开封市郊区工作，直到落实党的政策，由关淑惠老师多处奔走，请求人，托关系，于 20 世纪 80 年代初，启明才被调回到河大校内。为此，先生多次向关淑惠老师表示感谢。

先生 2000 年生病住院，我闻讯从郑州回开封，相约王芸、孙先方、邹同庆几个同志到开封医专附属医院去看望先生。先生是河大名教授，著名教育家、学者，曾任开封市政协常委，九三学社河大支社主委，河大中文系副主任，且已九十三岁高龄，无论哪条都应住高干病房，起码也应住两人间的普通病房，可是先生却住在一间十几个病人合住的大病房里，医生、护士、陪护的、探病的，人声嘈杂。一个平日生活有规律、清净惯了的生病老人处于这样的环境，情何以堪！我们心里很不是滋味。先生病重如此，也没有向学校、向医院提要求、讲条件（不知道后来换病房否），先生严于律己，高风亮节于此可见一斑。

先生于 2000 年 11 月 22 日上午 9 时病故，根据先生遗嘱，身后不留骨灰，撒向黄河。开完追悼会后，我们随先生家属最后给先生送行，开车到黑岗口黄河边，乘船将先生骨灰撒入黄河。同去的我记得有佟培基、孙先方、邹同庆、张怀真等几位老师。

作者简介：王宗堂，1955级本科生，河南财经政法大学文化传播学院教授。

诗情应许热如汤

——忆华锺彦教授的诗教

刘伯欣

华锺彦（1906—1988），辽宁沈阳人

"每逢佳节倍思亲"，当第37个教师节来临之际，分外怀念教我成长的几位恩师，其中印象最深者，当属河大华锺彦教授。华先生的学识、人品有口皆碑，本文仅就华先生对我的诗教作些点滴的回忆，略表对恩师的纪念。

由于家庭和社会的熏陶，我从青少年时代起对古典诗歌就有一种偏爱，平时注意收集报纸杂志上的这类作品。20世纪70年代中期，我国三位主要领导人相继谢世，到后来粉碎"四人帮"，这一时期怀念、欢庆的诗词不断涌现，从中读到河南华锺彦先生的诗作。后有幸入河大学习，其中教我们古典诗歌的就有华锺彦教授，因此，每逢华先生上课，我就格外用心听讲。

那时华先生已年逾古稀，但仍鹤发童颜，声如洪钟，讲课时从不坐为他准备的椅子，每节课他都是精神矍铄地讲述一两个小时。有时，当讲到得意处，先生还要用少见的古韵味吟唱，常常博得同学们阵阵掌声。教师中有才学而不擅长演讲者有之，擅演讲而才学不高者有之，像华先生这样才高而又擅长演讲者鲜矣。同学们普遍认为，能受教于华先生这样的名师，实乃平生幸事。

说到吟唱旧体诗，华先生给我们讲过一件趣事。一次先生陪同日本吉川教授访问洛阳，途中二人谈及中国古典诗词，又都推崇杜甫，就互问杜诗哪首为上，二人相约各写于掌心，展示后皆为《登高》。于是二人共同吟诵，自首至尾，抑扬节奏全同，遂相视而笑。现在查阅华先生遗作，有《悼念日本吉川幸次郎教授》一首，有"吟咏同声尽一杯"之句。由此可见，中日文化源远流长，日本对中国古典文化的研究，也是相当深透的，某些方面且有超过我国之势。

记得有一次上课，华先生即兴吟诵他的诗作《梁园咏》，其中有句："诗情应许热如汤，文胆何妨大于斗……诗文要具首创心，激励群英并骥走。诗文不切生民病，几何不将覆酱瓿。"课后细细体味，老先生如许年纪，尚有如此高昂的诗情，并指出诗文创作的精要，要有"大于斗"的"文胆"，要"切生民病"。其良苦用心，可想而知。

"诗如其人"，先生的一生绝不像旧知识分子那样抱残守缺、消极避世，而是积极入世，把自己的一生与中华民族的命运紧密地联系在一起。二三十年代从作为一名师范生起，先生就抱定了为国为民的宏愿。1932年曾在《大公报》上写诗痛斥日寇侵华，发出"岂能卑身甘为虏作奴"的呼声，并要"拼将一颈孤臣血，开作千年烈士花"。新中国成立后，先生写下了大量诗作歌颂人民的新生活。在十年"文革"时期，先生曾受到不公正的对待，但他始终未改对党、对人民的热爱。记得1978年纪念毛主席85周年诞辰，在校大礼堂数千名师生参加的大会上，先生即席朗诵了长达五十韵的诗篇，台下听众无不为之动容。晚年，先生在《赠东北大学校友》的《东望曲》中曾回忆参与东大的十二人教授代表团，接受张学良校长的接见，表示"打回老家责自当"，并遥寄远在台湾的老校长张学良将军，表达了呼吁祖国统一的强烈愿望。

承蒙华先生的教诲，我对旧体诗的兴趣大增，鉴于"五四"新文化兴起，旧体诗日渐衰落，这一时期的诗词研究也出现了空白，遂萌发了收集整理"五四"以来诗词选的愿望，就相约几位同学斗胆向名家征集。一时间，臧克家、周谷城等名流大家纷纷赐稿，并对我们的工作给予了高度的评价。由于任务艰巨，已非我们几个"小字辈"所能胜任，于是就请教华先生，先生欣然同意挂帅，并列为系里的科研项目。在华先生的领导下，征集工作得以顺利进行，并于1988年成书。其间与先生交往日多，受益匪浅。

一次与先生闲谈，我提到有位高亨先生写过一首《水调歌头·读毛主席诗词》，只可惜记不完整了。先生随口吟诵了全首词。我在惊羡之时，先生告诉我他原是师从高亨先生学诗的，并说高亨先生是梁启超、王国维大师的高足，对《易经》研究首屈一指，诗文也写得炉火纯青。至此，我更增加了对先生的景仰。顺便提及，对高亨先生有些人可能不太熟悉，但你可能记得在纪念毛主席一百周年诞辰时，中央电视台特别推出一台电视艺术片《毛泽东诗词》。该片开头，毛主席迎着太阳凝神远望，画面配诗就是高亨先生的《水调歌头》："掌上千秋史，胸中百万兵。眼底五洲风雨，笔下有雷声……携卷登山唱，流韵壮东风。"这是何等的气魄，这是何等的情怀！只有毛诗才配得如此的赞颂，只有高诗才能写得如此的精美！二者可谓相得益彰。历年来颂扬毛诗的诗文多矣，单单选此作为本片的开篇诗，足以证明高亨先生诗作的地位。如此算来，从师承关系上看，作为华先生的学生，我们这一辈也应该是王国维大师的第四代传人了。

沐浴春风四载，临近毕业，真不忍离先生而去。告别之日，先生亲书两幅题诗书法赠我：一为《论诗十首之一》，一为《题铁塔》。看着笔力遒劲的诗文，我真不知说什么好，也许是因有劳先生而内疚，也许是因学业不精而惭愧。当时，我真切地看到先生的眼眶是红润的。至今我仍牢记先生临别时的教诲："学诗入门后，切不可半途而废。"

参加工作后，不断收到先生的书信，他还认认真真地把我的习作批改后再寄来。一天，我突然收到寄自广西《桂海诗刊》的一本刊物，上边收有拙作，当时迷惑不解，我从未与该诗社有过联系。写信询问，对方说是华先生推荐的，始知是华先生从平时我所寄的诗中选送的。我不禁被先生提携后学、润物无声的精神深深打动。

最后一次见到华先生是1986年春夏之交，当时先生来洛阳参加"唐代文学学会"年会，并特地到我单位来看望。先生仍是那样鹤发童颜，步履矫健。先生还兴致盎然地把会上的新作念给我听。我想起在校时聆听先生的吟唱，苦于当时没有条件录音，就提出能否录一些，先生爽快地应允了。对着录音机，先生诗兴勃发，足足录下了十余首唐诗。那音律节奏之美，真不能使人相信出自耄耋老人之口，连在场的宋景昌先生也禁不住为之击节赞叹！相比之下，那些电影、戏剧中的古诗词朗诵只能算作不伦不类的朗读罢了。我不由得问先生个中诀窍，先生耐心地讲道："吟唱古典诗歌，首先要领会诗的情感，其次是掌握规律，平声韵脚处可适当拉长音，仄声处要尽量少停顿，句与句之间也是如此，仄声句要和下句连起来诵读。"

先生特别举例李白的《峨眉山月歌》中的后两句应吟唱为:"夜发清溪——向三峡思君——不见下渝州——。"这真是难得的书本上所无、一般课堂教学中难觅的"真经"啊。

1988年秋,接河大出版社信,询问《五四以来诗词选》成书经过,始知华先生已作古,噩耗传来,深为悲痛,即写信向先生家属致哀。不久,华先生之子华锋回信谈到先生辞世的经过:"此书(指《五四以来诗词选》)大约是6月23日送到先父手中,次日,他的研究生要答辩,故只匆匆给几本书题了字,便做准备工作了。24日上午、中午是研究生答辩,下午4时,便乘车赴京,从此便魂归天国,长逝于京。书也未能按计划寄出。"并随信寄来《五四以来诗词选》和华先生遗作《华锺彦诗词选》各一册。先生是在过度的操劳中去世的啊!我默默地捧着先生的遗作,打开录音机再次聆听先生的吟唱,想不到这竟是恩师留下的绝唱了。尤其是"思君不见下渝州"一句给人带来了无尽的哀思。于是,我又展开了先生的题诗:"不薄新诗重旧诗,旧诗魂已系于丝。恍如风雨欺华韵,正待东君好护持。"这是先生提倡旧体诗的力作,也是他一生(特别是晚年)奔走呼号、为旧体诗争取一席之地的写照。苍天不负,如今,在"东君"(老诗家,当然也包括华先生)的"护持"下,旧体诗歌的创作大有起色,许多诗社应运而生,不少专门的诗词刊物相继问世。华先生的哲嗣华锋先生子承父业,在河大文学院执教,继先生之绝学,发吟诵之新声,把华调吟诵推向了全国,成为诗坛一道亮丽的风景。旧体诗歌——这一中国优秀文化遗产中的奇葩正开得鲜艳夺目。

谨遵师教,我在教学活动中力推诗词创作,加入了中华诗词学会和中华辞赋学会,联络省内外诗词爱好者成立了王(王国维)门诗群,参加了新疆等地吟诵社团的活动。特别是在偃师杜甫故里举办的纪念诗圣研讨会上,霍松林等大家参会,我当场播放了华先生的吟诵录音,受到与会者的好评。2017年全国首届辞赋大会在洛阳召开,我即席吟诵了多首唐诗,与诗家们共同交流。我先后出版了

《辛成杂咏》《辛成诗文集》，撰写了《辛成诗话》等著作，所作《偃师赋》被多所学校选作教材。以上点滴，是我身体力行践行华先生诗教的结果，先生有知，当含笑于九泉了。

作者简介：刘伯欣，1978级本科生。

古代文学

——我们父子两代坚守的阵地

华 锋

2023年是河南大学文学院建院100周年大喜的日子,回顾我们父子两代与河南大学文学院的关系,感慨万千。父亲华锺彦1955年来到河南大学工作直至1988年离休,凡33年,被誉为文学院四老之一;我是1985年来到文学院至2007年退休,共22年。我们父子在文学院工作合计55年,而且都教过先秦文学,先后都担任过古代文学教研室主任,可以说与文学院的关系非常密切,故想说几句心里话来表达我的心情。

一 父亲的教学

父亲1933年毕业于北京大学,1937年以在商务印书馆出版了《花间集注》《戏曲丛谭》及多篇高质量论文晋升为教授。父亲重视科研,更重视教学,他常说:上好一节课,如同打好一仗,只能胜利不能失败。而要上好每一节课,最关键的是必须有自己的新发现、新创造。他说:"在北京东北大学任教时,有一天气候非常恶劣,漫天的大雪铺天盖地而来。老师们都在教员休息室取暖。上课铃响了以后,父亲要去上课,老师们都说:华先生不用去了,这天没人来上课。父亲说：你们那个班可能没人来上课，我的班不一定没有人来上课。"父亲来到教室，发现全班30多名同学一个也不少，都在等着上课。大家都认为不上华先生的课是一大损失，所以，学生从来都不缺席。我曾经问过父亲，为什么你的课能吸引住学生呢？父亲说："上课最关键的是不能照本宣科，学生手里有教材，你照着教材念一遍，学生会能满意？你讲的课一定要以教材为基础，又高于教材，有自己的观点、自己的创新，才能引起学生们的兴趣。而且你的新观点，扩展起来就是一篇篇学术论文，久而久之，学生不仅喜欢你的课了，而且提高了学术研究的水平，为日后的科研奠定了坚实的基础。"可以说讲课内容丰富和富于创新是父亲讲课的一个突出的特点。

来到河南大学之后，父亲愈加重视课堂教学。当时许多教古代文学的老师，囿于讲课的习惯及有限的知识面，只能讲一部分内容，例如有些人对先秦的内容非常熟悉，但是对汉魏六朝却比较陌生，无法胜任汉魏六朝的教学工作。父亲是文学院古代文学教研室唯一能够从先秦讲到元明清的教师，一讲就是一个学期，受到学生普遍的欢迎，被当时中文系的总支书记付钢誉为"明星教授"。20世纪60年代初期，郑州大学的古代文学教师严重不足，父亲和高文教授等轮流去郑州大学上课，编写教材，亦受到学生的普遍欢迎，有些学生与父亲终生保持着密切的联系。一次郑州大学领导亲自宴请河南大学的领导，希望能把父亲等四位教授调到郑州大学，遭到河南大学领导的严词拒绝，说饭可以吃，但人一个也不能给你。父亲上课非常注重板书，一手漂亮的粉笔字，繁体竖排，自右向左书写。黑板写满了，从右向左一手擦，一手写，许多第一次看到父亲这手"绝技"的学生都鼓起掌来。而且，父亲教学有时候也是充满了诙谐和智慧，例如他在给中文系1978级讲《诗经·豳风·七月》第八章"跻彼公堂，称彼兕觥，万寿无疆"一句时说："万岁之声呱耳，而岁不见一日之增长也。"其中的含义不言而喻，引起全场同学一片笑声。

长期的教学实践，使父亲形成了严谨的课堂教学语言。文学院已故教授白本松先生曾经说过：我来到中文系后把所有老师的课都听了一遍，河大就是河大，每个老师的讲课都很有特点。有的老师讲课喜欢铺张扬厉，讲起课来眉飞色舞，生动异常。有的老师上课情绪高涨，激情澎湃，从教室这头走到教室的那头，边走边讲，口若悬河，滔滔不绝。华先生的课是开门见山，细声慢语，娓娓道来，看似平平淡淡，实际上是内涵极为丰富，句句都有深刻的含义，都有值得学生深思的内容，可以说没有一个"废字"。有毕业生回忆中文系老师讲课的特点时说：有些老师讲课高潮迭起，掌声不断，但是下了课发现笔记本上空空如也，什么也没有。华先生的课平静如水，听华先生的课犹如只身进入宝山，到处都是奇珍异宝。看得学生眼花缭乱，心动目眩，都是忙不迭地记笔记，唯恐漏掉一句话。多少年过去了，学生翻开笔记本，看到华先生当年讲课的内容，仍感觉华先生讲的的确是内容丰富，闪烁着先生智慧的光芒，句句都有适用性和启发性。

父亲几十年来在教学上的特点，除了他的每节课都一定要有新的发现、新的创造，再有一点就是，讲课内容十分丰富。讲课内容富于创造能够启迪学生创造性的思维；丰富的内容能拓展学生的知识面，把基础打牢，他的课深受学生的欢迎也就在情理之中了。例如父亲在讲《诗经·豳风·七月》时，为了让学生们理解《七月》使用的两种不同的历法，在黑板上画了岁星的运行轨道，这样学生对"七月流火，九月授衣"与"一之日觱发，二之日栗烈"就有了清晰的概念。当然，常年奔波在课堂上，自然也就影响了父亲在科研上的投入，以致再也没有像《花间集注》《戏曲丛谭》这样的著作问世。晚年，他也意识到这个问题，决心作一部《诗经汇通》。因为父亲在大学期间已经打通了文字、音韵、训诂，所以做起来得心应手。他把作《诗经汇通》的想法写成一篇文章，《文学遗产》马上予以发表。可惜天不遂人愿，疾病夺去了父亲的生命，未能完成

《诗经汇通》成为父亲最后的遗憾。

二 父亲的科研

父亲在教学中十分重视创新，重视自己的发明创造，在科研上更是如此。没有新的观点，没有成熟的想法，他绝不下笔。

新中国成立初期，东北师大的一位主要领导心血来潮，提出搞社会主义建设主要依靠的是理工科，因此文科的职称一律降一级，教授降为副教授，副教授降为讲师，讲师降为助教。而且取消古代文学这门课程。父亲奉命去教苏联文学的《永不掉队》。父亲没有学过俄语，但还是天天认真备课：葛罗巴副教授是高罗沃依连长的老师，高罗沃依是葛罗巴副教授的连长。正在这时，历史系提出来，历史系不学古代文学，学生读不懂《诗经》《左传》《史记》，要求中文系派教师讲古代文学。那位领导说：历史系不学习古代文学就没法研究古代历史？还有这种说法？那好吧，你们希望谁去给你们上课？历史系的领导早就想好了，马上说：我们就希望华锺彦先生来。于是，我父亲又成了东北师大历史系的副教授。到历史系之后，父亲发现历史系既没有教材，亦没有教学大纲，一切都得从头做起。父亲废寝忘食，昼夜兼程，以极快的速度编写出一本《中国历史文选》，历史系领导非常高兴，第一版就印了3000册，很快就再版了。这部《中国历史文选》最大的特点是内容非常翔实，从殷墟的甲骨文，到《诗经》、《楚辞》、《左传》、诸子百家到近代的经典范文，应有尽有。尤为难得的是，父亲把出土铜器上的铭文、八股文也纳入教材中，这是同期许多历史文选都没有的，表现出父亲对学术的深刻认识和对专业的深刻理解。他十分清楚，学历史的不懂得铜器铭文，等于瘸了一条腿，寸步难行。八股文这一名词可以说是人人皆知，但是真正读过八股文的却寥寥无几，所以父亲编写的《中国历史文选》出版后，很受广大读者的喜爱，被许多高校使用，以至于辽宁人民出版社于 2011 年又再版了一次。

"文革"之前,父亲每天忙于教学,无暇考虑科研工作。"文革"10 年,父亲被诬陷为"资产阶级反动学术权威""牛鬼蛇神",自然没有条件从事科研工作了。粉碎"四人帮"后,父亲才开始进行科研工作。当时有一个非常荒谬的观点,认为"清官"不如"贪官":在他们看来,清官帮助统治阶级缓和阶级矛盾,延长了统治阶级的统治;贪官则是天天搜刮民脂民膏,反而激化了阶级矛盾,促进了农民起义的爆发。父亲写了一篇文章,痛批了"四人帮"的谬论。时任中国社会科学院文学研究所所长的邓绍基先生曾经说过:华先生是全国第一个为清官翻案的人。

三 父亲的诗歌创作

父亲自言在北大读书时期:"颇得良师亲切指导,而以江陵曾浩然先生、瑞安林公铎先生、霸县高阆仙等教益为多。他们面讲面改,析理毫芒;口耳之教,吟咏之音,至今不忘。""于是因时而兴,感悟而动,凡邦家大事,社会珍闻,无不纳于吟咏,见于篇章。"尤其是成为高步瀛先生的入室弟子后,学习诗词创作及其吟诵上了一个新的台阶。高步瀛先生是河北霸县(今河北霸州市)人,自言师从安徽桐城吴汝纶先生。吴汝纶是晚清桐城派四大家之一,亦是曾国藩四大弟子之一。父亲自幼就喜欢诗词,又得名师教导,"由诗至于词曲,以类相从,师友切磋,其业乃进"。1935 年冬曾仿照庾信《哀江南赋》,以"东夷未灭,何以家为"八字为韵,作《望辽东赋》,一时在东北籍老乡中广为流传(详见《侠士行》序)。不知道是不是这个原因,父亲曾经三次受到张学良将军的接见。可惜这首长篇大赋,随同父亲的大部分诗词创造都毁于"丙午浩劫"。

现存的诗词,大部分是父亲后来回忆起来保存下来的,小部分是散见于报纸杂志上的。父亲认为诗词创作一定要有感而发,不能无病呻吟。例如现存的《侠士行》就是写 1932 年朝鲜人尹奉吉刺杀日本白川大将之壮举，此诗发表于 1932 年 5 月 15 日《大公报》。"七七"事变后，父亲失去了工作，每天为衣食四处奔走。曾口占一绝："饥来驱我走风尘，哪惜穷愁久病身。一岭霜花千里月，寒光孤照板桥人。"凡家国大事，父亲多以诗词记之。如 1945 年光复之后，父亲仿杜甫《闻官军收河南河北》作《"八一五"日本投降感赋》："一闻捷报动乾坤，狂喜惊心见泪痕。惩暴方知天有眼，藏奸应恐地无门。也因夜雨添诗兴，好对秋花倒酒樽。无怪妻孥拼共醉，十年酸苦敢轻论。"新中国成立之后，父亲积极参加学习，努力为社会主义建设添砖加瓦。1954 年，应赵纪彬先生之邀，来到河南新乡，旋即来到开封。这些都有诗歌的记载。

父亲的诗歌创作有两个最为突出的特点，一是坚持"诗关国政"，体现出父亲的家国情怀，把国家的利益放在第一位的一贯立场。二是坚持诗歌创作与现实充分结合起来。例如 1979 年以日本汉学泰斗吉川幸次郎先生为团长的访华代表团来到河南，代表团在北京是由邓绍基先生接待，省文化厅提出让父亲负责接待代表团，父亲欣然从命。父亲见到吉川后得知，吉川亦是北大毕业，于是二人回忆了北大学习的情况，共同吟诵了杜甫的《登高》，平仄高低，音韵长短完全一样，吟诵后两人相视一笑。这时吉川先生提出想拜谒杜甫窑，请父亲代为向有关领导请示。有关领导说：杜甫窑是日本人心目中的圣地，但此时杜甫窑还住有农户，院子里鸡飞狗叫猪哼哼的确不宜对外宾开放，请华先生代为婉言谢绝。父亲口占一绝："窑湾春涨路难开，杜老遗踪锁碧苔。领会青云动高兴，明年扫径待君来。"吉川先生知道此行无望，长叹一声说：谁知道我明年能不能来呢？吉川先生于次年与世长辞，没有能拜谒杜甫窑成为他终生的遗憾。父亲作《悼念日本吉川幸次郎教授》表达对日本友人的怀念："闻君归去我心哀，热泪催诗吊夜台。中日论交文会友，京都立教世多才。登临并影成千古，吟咏同声尽一杯。未到窑湾莫惆怅，枫青入梦待君来。"可谓情深意切矣。21世纪初,我以河南省吟诵学会会长的身份,接待了一个日本访华代表团,拜谒了杜甫窑,共同吟诵了杜甫的《登高》,算是对前辈有了一个交代。

再如,父亲在诗歌创作中充分表现出他鲜明的爱憎观念,如1976年4月5日的《"四五"怒潮》,1976年10月填的词《念奴娇·粉碎"四人帮"》都是对"四人帮"的批判。1978年的《怀念朱总、贺帅》《彭大将军》《悼念陈总》等,都是对革命前辈的歌颂与尊敬。即使有些与时政关系不大的生活琐事,也反映出父亲的善恶观念,如《论诗十首》《感遇》等。父亲的诗词很少涉及风花雪月,但这并不是说他不会吟咏风花雪月,相反他对风花雪月也是十分熟稔。例如他有一首歌颂周总理的五言长篇排律,就用了"雪舞梅花俏,风吹松韵清",对仗十分工整,读者无不拍手称赞。

四 父亲的为人处世

我们家原籍是山东,清雍正年间被移民到东北。山东人的性格,在黑土地上又拼了十几代人,我们的先辈逐步养成了勤劳善良、勇敢顽强、见义勇为、乐善好施的精神。父亲是一位书生,但身上仍然有着祖辈流淌的血液。在沈阳时因为看不惯日本人的骄横,把日本人痛揍了一顿,只身来到北京。在长春时,让教苏联文学就教苏联文学,让讲历史文选就讲历史文选,不向困难低头。在为人处世上,父亲坚守做人的底线和良知。"文革"时,造反派批判父亲执行了资产阶级反动的教育路线,父亲承认自己执行了资产阶级反动的教育路线。但是让父亲去检举揭发其他老师的问题,他一个字也没有。父亲和钱天起教授关系甚好,这是源于钱天起教授对父亲工作的认可。钱天起先生主持中文系工作时,父亲最多时担任10件工作,第10件是负责中文系的计划生育工作。恰在这时,钱先生生了二女儿,父亲吃饭时说:我得行使一下负责计划生育工作的职责了,让钱先生注意计划生育。我们都哈哈大笑，说大可不必。1964年钱先生在开封禹王台休养，父亲去看望钱先生，作《满庭芳·吹台访钱天起教授》。"文革"一开始，父亲就被打为"资产阶级反动学术权威"，钱先生则是中文系所有"资产阶级反动学术权威"的总后台。可见父亲与钱先生的关系非同一般。

  提起父亲的为人，有一件事不能不说。1966年的6月3日或者4日，一位中文系的学生来到我家，向父亲借5角钱，现在想想，这个学生可能压根就没有准备还这5角钱。父亲把桌子上的5元钱递给这位学生，说："这是开封日报刚刚送来的稿费，你拿去用吧。"那位学生说："这么多钱，我什么时候能还清呢？"父亲说："我又没有说让你还，你好好学习就可以了。"那个学生千恩万谢地走了。大约过了两三天，就是1966年6月6日，河大的"文化大革命"开始了，这位前天还是千恩万谢的学生，居然在10号楼最显眼的地方贴了一张大字报，题目是"看，资产阶级知识分子是如何腐蚀拉拢我们贫下中农子女的！"改革开放后，家里来了一位学生，父亲请这个学生吃了一顿饭，还住了一夜。父亲问他最近看什么书，这个学生说：就看看《三国演义》。父亲说：看《三国演义》也好啊！可以搞搞元明清文学。那个学生说：哪儿啊？就是看看《三国演义》的连环画。我顿时无语了。学生走后，我问父亲：这是什么人啊？你还请他吃饭？父亲说：就是那个要借5角钱的学生。我一听就火了，说：这样的人你理他干什么？父亲笑着说：他毕竟是学生嘛。我立马又无语了。

五　父亲的吟诵

  在我小的时候，就经常听父亲的吟诵。可惜那时候玩心太重，父亲什么时候得空了，而且我又在他眼前晃荡，才抓住我，教我吟诵一首诗。随着年龄的增长，我也知道吟诵的重要性，开始主动向父亲请教有关吟诵的问题。1982年上半年,父亲去陕西参加唐诗讨论会,父亲在大会上做了重点发言,最后说:学习唐诗不能光念念就行了。学习唐诗一定要学会吟诵,说完就吟诵了几首唐诗。父亲的吟诵犹如一石激起千层浪,整个会场喧闹起来,年长的来到主席台,要吟诵几首得意之作;年轻的彻底蒙了,唐诗还能这样"唱"?1982年下半年唐代文学学会正式成立,父亲出任理事,并担任"唐诗吟咏研究小组"的组长,拨款300元作为活动经费,这是我国历史上第一个有关吟诵的学术组织。自此之后,两年一次的唐代文学学会的年会上,都要把唐诗吟诵作为一个专门的展示项目。父亲利用这个"小组长"的身份,走到哪里都没有忘记搜集各地的吟诵调。中山大学教授康保成先生说:华先生搜集吟诵调的方法就是标准的田野调查的方法。父亲千辛万苦搜集的珍贵的几十盘录音,20世纪末经赵敏俐介绍,徐健顺同志第一次来到开封,我将父亲搜集的录音,全部送给健顺,作为对吟诵事业的支持。许多人都说,这批音响资料是现存最早最宝贵的文献了。

父亲对吟诵事业的贡献不仅仅在于文献资料的搜集整理,更重要的是对吟诵这种传承两千多年的读书方法进行了理论研究,这是一件前无古人的工作。父亲通过个人反复的吟诵,聆听国内其他吟诵大家的录音,与其他吟诵大家的交流,提出吟诵的12字基本规律"平长仄短,节奏鲜明,声情并茂",并写出了多篇文章加以论证,可以说父亲是当代传统吟诵复兴的开山鼻祖。此后虽然有许多人对什么是吟诵,吟诵的主要原则等问题进行了探讨,但都没有脱离父亲对传统吟诵基本认识的框架。尤其是父亲格律诗的吟诵,被誉为格律诗的"八大调",称为海内独步也不为过。华调吟诵最大的特点是,可以举一反三。学会了一首格律诗,那么同一体裁的诗歌都会吟诵了,为之"套调",又称之"一调吟千诗"。目前,国内吟诵圈里基本上认为文的吟诵以唐调为最,诗歌的吟诵以华调为优。而唐调的吟诵与华调的吟诵都是传自吴汝纶,只不过是各有偏重罢了。

父亲患病之后，河大中文系陈信春老师、刘增杰老师、关仁训老师、李春祥老师、李博老师专程赴京探视父亲。父亲去世后，他们主持了父亲的火化工作，在此，我再一次向他们表示感谢。这里面有四点应该说一下：

1. 当时在京的许多学术界的朋友都参加了父亲的遗体告别，如周振甫、徐放等人，他们对父亲的突然去世无不感到惋惜和悲痛。

2. 在举行遗体告别时，晴空万里，阳光灿烂。当遗体推往火化炉时，突然晴空一声霹雳，倾盆大雨自天而降。不知道是谁说了句：泪飞顿作倾盆雨啊！八宝山附近积水达半尺之深，据北京人说，这个时候突然下这么大的雨，是不多见的。

3. 河南大学为父亲的去世举行了隆重的追悼会，挽联挽幛挂满了小礼堂，几乎所有的挽联挽幛都是请河大著名书法家王刘纯先生书写的。王燕曾戏言：这是刘纯的书法展啊！

4. 在追悼会开完的晚上，宋应离先生专门来到我家，深情地说：就开追悼会的规模来说，可能以后超过华先生追悼会规模的还是有的，但是为失去这样一位值得尊敬的师长而发自内心地感到悲伤，恐怕以后就不会有了。

与父亲相比，我的确是乏善可陈。我自1996年起担任古代文学教研室主任，除了精心安排好课程，搞好教研室的团结，唯一可说的是我非常重视选修课的开设。我提出"选修课是通往科研的桥梁"，因为要想开一门选修课，你就必须看书，研究有关的知识。在我的倡导下，古代文学教研室，每学期都开设3门选修课，是中文系开设选修课最多的教研室。此外，在继承、发扬、光大华调吟诵方面做了一定的贡献。

父亲去世后，我整理了父亲对《诗经》、《楚辞》、汉乐府、古诗、歌行体及词的吟诵的基本吟诵方法，并有所发展。例如，父亲喜欢用一个曲调吟诵《诗经》，我则主张把《诗经》的吟诵分为正风正雅、变风变雅，他考虑再三，还是同意了我的意见。由于父亲对古代文学作品十分熟稔，对吟诵把握得十分准确到位，所以任何一首古诗，他拿到手中就能吟诵。我在反复聆听父亲的音频之后，提出将父亲的古诗吟诵分为六种，便于华调古诗吟诵的学习和推广。有人说词是唱的，不能吟诵。我提出这是由于他们没有填过词，不懂得吟诵在诗词创作过程中的作用。父亲每逢新春时都喜欢填一首［浣溪沙］或［金缕曲］以示祝贺。父亲一般都是嘴里吟着，手里写着，写好之后看着吟着改着，感觉差不多了，再抄一遍，再动个别字，一首词就填好了。所以，词的吟诵主要是用于词的创作阶段，吟诵本身就是为了调平仄。至于词的歌唱，是在饮酒作乐时的一种娱乐的形式。不懂得词的吟诵，你就无法从事词的创作；不懂得词的歌唱，你就无法融入文人的娱乐圈，永远是一个局外人。所以词的吟诵与词的歌唱都是文人学子必备的专业技能。进而，我在反复思考之后提出，有声阅读可以分为四种方法，即朗诵、吟诵、吟唱、歌唱。这四种方法各有优长，使用的环境亦各有不同。吟诵是我国传统的读书方法，是按照一定的韵律和节奏充满感情的读书方式，在四种读书方法中有其重要的地位。在长期的实践中，我们发现吟诵对于青少年学习、背诵古诗词极为便捷，青少年尤其是小学生在"唱"的过程中，不知不觉地就学会、理解了古诗词。更重要的是，华调吟诵非常适合课堂上给学生们边讲边吟诵，将华调吟诵归结为适合课堂教学的读书方法一点也不为过。

也正是掌握了韵文基本的吟诵方法，2010年元月中国语文现代化学会吟诵分会成立时，我被推举为副理事长，2013年河南省吟诵学会成立时，被选为首任会长。2013年山东李宁千里迢迢来开封专门学习华调吟诵，之后她提出要拜我为师，犹豫再三，考虑到吟诵为口耳相传之学，如果举行了拜师仪式，他们也有了一个名分，于是我同意李宁的要求，首批收她及其他9名学生为华调吟诵第五代传人，此后又收了几批，共计有130名来自全国16个省、自治区、直辖市的吟诵爱好者成为华调吟诵的第五代传人。据学生们统计，除了西藏、宁夏、澳门等少数地区没有人传习华调吟诵，全国大部分地区都有人传习华调吟诵。听过华调吟诵的达百万之众，学习华调吟诵的有10万人以上。

我先后在北京、上海、天津、辽宁、四川、河南、山东、陕西、江苏、广东、台湾等地做过讲座，其中仅广东省就在广州市、深圳市、湛江市、中山市做过讲座。我在全国各地做讲座，一律是公益的，不收学生一分钱；就是收徒入门，也是不收一分钱。我的理念是：在国家、人民的支持下我的吟诵事业才开展起来，我应该无条件地、全心全意地推广华调吟诵来回报社会，而不是把它作为一种谋利的工具或手段。记得第一次在深圳罗湖区图书馆做讲座时，200多人的报告厅座无虚席，走廊、讲台前都是席地而坐的青年男女听众，还有从香港专门来的听众。主持人许石林先生说：深圳每个周末都有许多场讲座，一般的听众都不多，最少的就几十个人。像这么多人参加的讲座，的确很少见。2017年华调吟诵成为开封市市级非遗项目，2021年华调成为黑龙江省鹤岗市非遗项目，华调吟诵越来越受到国家和人民的重视，成为传承中华优秀传统文化的重要工具。

为了推广华调吟诵，在河南省大象出版社王刘纯社长、赵涵副主编、孙波主任以及编辑袁俊红、邵培松等人的支持下，我先后主持出版了《基础吟诵75首》《中级吟诵61篇》《诗经诠译（增订本）》等著作，其中《基础吟诵75首》已经是第七次印刷了，《诗经诠译》创半年发行9000册的纪录，可见这些书还是很受读者喜爱的。在王社长和郭孟春主任的支持下，我在大象社做了音频版的《格律诗吟诵20讲》，给《诗经》305篇全部配了华调吟诵。今年又在郭孟春主任的支持下，为义务教育一年级至九年级的学生出版了《中华经典——古诗词诵读》1—9册，取得了社会效益和经济效益双丰收。我的许多学生通过学习、推广华调吟诵也取得了可喜的成绩。河南省轻工业大学通过学习、推广华调吟诵获得一个省部级的大奖（全国一共50个），濮阳油田四小通过学习、推广华调吟诵获得河南省10大特色学校，郑州市淮河路小学通过学习、推广华调吟诵获得一个省级项目，并顺利结项。还有许多学生通过学习、推广华调吟诵改变了自身的工作环境和生活条件，甚至有人仅以推广华调吟诵就可以满足生活所需。

父亲去世之后，对我的打击之大是无法用语言描绘的，继承父亲的事业，推广华调吟诵是我唯一的使命。经过几年的努力，在姚小鸥师弟、张云鹏总编等人的帮助下，我完成了《华锺彦文集》的编选，并于2009年正式出版。2016年在河南大学及文学院的大力支持下，成功地召开了"华锺彦先生诞辰110周年"纪念活动，关爱和书记、王文金老师都亲自与会，并做了重要发言。王文金老师还赋诗三首，请书法家王刘纯先生写为卷轴，令我十分感动。父亲来到河南在新乡教过的第一届学生、年过八十的韩玉生先生和曾祥芹先生也参加了会议。

在河南大学文学院的支持下，会后准备出版一部《华锺彦先生纪念文集》，这部书虽然是挂我的名字，实际上完全是耿纪平博士、孔漫春博士两人操作成功的，没有他们的不懈努力，就没有这部著作的今天，在这里我向河南大学文学院表示衷心的感谢，向耿纪平博士、孔漫春博士表示诚挚的谢意。这部书的出版，是我能为父亲做的最后的一件事了。今年我已经满74周岁了，又身患恶疾，但我不准备向病魔屈服，在遵从医嘱，坚持服药的同时，尽可能地把我一生的经历记录下来，这些对于国家、社会可能没有什么大的作用，但对于我的家人、对于我的朋友、对于我的学生可能有一点影响，对于我们父子曾经工作过的河南大学文学院是一份详实的史料。是为此文，以飨读者。

作者简介：华锋，1978级本科生，河南大学文学院教授。

追忆恩师华锺彦先生

马向阳

南国春早,清晨推窗远眺,但见蓝天幽邃,白云浮动,更觉阳光明媚,暖风扑面。晨间闲暇,随手披阅《华锺彦文集》上卷;晚间续接晨课,继续阅读,时有清风叩窗,花树婆娑,惹人无限遐思。

遥记四十年前,余就读于河南大学(原开封师范学院)中文系时,正值改革开放初期,妖雾廓清,乾坤朗照,人人心情舒畅,个个劲头十足,争先恐后,发愤图强,英才频现,学术繁荣。诸多大师名流,方家硕儒,登坛讲学,传道释惑,耳提面命,嘉惠良多。对此,余尝著《渐远的风雅》短文,略有记述,恩师华锺彦先生即其一焉。

先生美丰仪,面白皙,双目炯炯,不怒自威;虽属中等身材,唯腰板笔直,走起路来,昂首挺胸,步履坚实,每给人以英姿挺拔之感。余师白本松教授在《华锺彦文集》"序言"中,曾记述先生于"文革"期间逸事云:"一次,在学校大礼堂学生召开的'批判'大会上,群'牛'被红卫兵揪到台上,严令低头'认罪',只有华先生挺胸昂首,不肯屈服。有两个不知天高地厚的'勇敢分子',上去强捺先生之头,令其弯腰屈背,但刚一松手,先生复挺胸昂首如故。如此反复数次,仍不能屈,只好作罢。先生刚直之性,于此可见,令人十分感佩。"白本松先生亦为河南大学中文系教授,与先生交谊颇厚，过从甚密，此为其亲眼所见者，当确信无疑。

余求学汴京时，先生的主要工作是为古典文学研究生授课，闲暇时亦为本科生开设专题讲座，"古代诗词选读"和"诗词格律与吟诵"课程，即是中文系学生所喜爱选修者。某日，先生讲授杜甫《闻官军收河南河北》一诗，脱口即赞誉其为"杜诗中第一首快意之作"，接着先述其创作背景，再解析诗歌意蕴，继之以深情吟诵，辅之以手势动作，悲喜交加，动人心魄。至今四十年头已过，仍然言犹在耳，每一念及，斯情斯景，历历如在目前。"中国古典诗词宝库中，明珠璀璨，熠熠生辉，先生独钟情于杜甫此诗者何也？"多年之后，余与先生哲嗣华锋教授论及此事时，方知先生于抗战期间，因身体羸弱，不能南下，滞留沦陷区长达数年之久，深受战乱之痛苦，感同身受故也。

对此，先生亦在其《自传》中，有着翔实之记载，云："卢沟桥事变，抗战军兴，京津地区相继沦陷，当时由于我身染重病，喘息不停，爱人又正在生产，无法转移，遂深陷敌区。我病初愈，就钻研《周易》，研究《卜筮正宗》，准备卖卜街头，期以自给。会私立京华美术学院邱石冥院长邀我讲授古文辞，因此，我与画家黄宾虹、蒋兆和、周怀民等，都有往还，课余之暇，我又开设'莳蘅诗文社'，招生讲授诗文，安贫守拙，维持生计。十分难忘的是1945年'八一五'胜利之夜，我与妻子欣然共酌，全家欢畅，率成一律，以见真情实感：'一闻捷报动乾坤，狂喜惊心见泪痕。惩暴方知天有眼，藏奸应恐地无门。也因夜雨添诗兴，好对秋花倒酒樽。无怪妻孥歌且舞，十年酸苦敢轻论！'较比杜甫《闻官军收河南河北》之欢，或尤过之。"（《华锺彦文集》上卷，河南大学出版社2009年5月第1版）将经历了漫漫长夜之后而喜见光明的心情，倾吐殆尽，是锥心之痛，是喜极而泣，是肺腑之言，更是欢忭之歌。

先生名连圃，字锺彦，以字行，辽宁沈阳人，1906年10月出生，因其父亲深感缺少文化之苦，决意举全家之力助其攻读。先生十岁入私塾，凡所读之书，多能成诵，后入新式学堂，八年高小，每试必拔前茅；升学考试时，省立一中、三中、师范，三校皆中，以师范省钱且易谋职位计，故投身省立第一师范读书，毕业后旋又考入东北大学。因"九·一八"变故，转学考入北京大学国文系，师从高亨、曾广源、钱玄同、马裕藻、罗庸、郑奠、俞平伯、许之衡诸位先生，并为高步瀛先生入室弟子。1933年以优异成绩毕业后，经曾广源先生推荐，到天津女子师范学院任教。教学之暇，专注于学术研究，先后出版了《花间集注》和《戏曲丛谭》两部学术著作，顾随教授撰写序言，钱玄同教授、郑奠教授题写书名，褒奖有加，轰动士林，一时传为美谈。其后，先生又辗转执教于东北大学、平原师范学院、河南大学等高等院校。先生之于教学也，兢兢业业，力臻美善。课堂之上，务求清楚明白，常常化朽为奇，能从古典中翻出新意；又注重吸纳当代人的学术成果，且能够结合自己在社会生活磨炼中感悟出来的道理，传道授业，释疑解惑，左右逢源，声情并茂，深受学生爱戴。课堂之下，只要有登门求教者，则有求必应，小扣辄大鸣，或指点学术研究之路径，或斧削学术论文之芜杂，务使来者满意而归。所谓诲人不倦、为人师表、经师人师、立德树人者，先生足以当之。

先生学识渊博，贯通今古，学风谨严，平生所撰文章论著，非有新见而成竹在胸者则不着笔，其《诗经会通》《中国文学通论》《先秦文学》《东京梦华之馆论稿》《苏舜钦诗文选》等，均为其学术研究之代表成果，远播四海，沾溉学林。20世纪80年代，中山大学王季思教授曾到汴京讲学，先生去其下榻宾馆拜访，王季思教授询问道："早年曾读沈阳华连圃著《戏曲丛谭》，受益良多，不识其人，至今抱憾。先生可知其人否？"先生以手自指，笑曰："华连圃者，华锺彦是也。"王季思教授闻听大喜，把臂抵掌，畅谈尽兴，传为佳话。

先生胸怀坦荡，待人真诚，尤喜与青年交往，深受青年敬重，凡是受教于先生者，无不对先生之道德文章，高山仰止。当是时也，余恰逢弱冠之龄，课余随学长亦多有附骥之举。课堂听讲尚不足以解渴时，则窥得先生闲暇，常趋前问安，当庭请教，凡读书不解之处、诗文疑难问题、史事歧义地方，甚至生活中的困惑与矛盾等，不假思索，率然相问。先生亦不愠之，闻听之后，微微一笑，略一思忖，条分缕析，说理透辟，入耳入心，每给人以醍醐灌顶之感，仿佛多日蔽空之阴霾，清风一吹，云开雾散，心头一片清澈焉。某日，我们一群青年学子前往先生家中拜访，来到先生书房，见其书桌上摆放着十数种《老子》版本，笑问道："先生是在备课，准备为我们开设《老子》研究选修课吗？"先生摆了摆手，答："非也。不久前到北京开会，曾去拜见恩师高亨先生，言谈间得知恩师著有《老子注译》书稿，因年事已高，目力衰退，无法校勘整理，此生恐难出版。我当即慨然请命，愿意代为校勘，以便早日付梓，恩师遂以书稿授我。因此，我回到学校后，便抓紧时间，日夜相继，争取早日面世，以慰恩师之愿。"闻听先生一席话后，顿时肃然而生敬意，觉得英姿挺拔、气宇轩昂之先生，其形象愈加高大。当时，先生已届古稀之龄，其体力眼神亦不复如壮年矣，但其仍然念记恩师，劳心效力，不暇他顾。斯人斯举，堪称典范，足以垂于永久，风化后人。

先生逝于1988年7月，享年82岁。斯人已矣，风雅渐远。余以为，对这些渐行渐远的大师们的缅怀，最好的办法就是认真地去研读其文章与著作，汲取其内在的要义与精华，从而创生出催人奋进、砥砺前行的新作品来。李守常先生尝有联语曰："铁肩担道义，妙手著文章。"先贤常以"道德文章"并称，良有以也。因为，这些大师们的平生功业，其本身就是卷帙浩繁且波澜壮阔的雄文宏著，而他们的文章深处，也常常蕴含着深广厚重的道德情怀与文化力量。今晚，余之书桌上，依次摆放着的便是《华锺彦文集》三卷，为先生哲嗣华锋教授的亲笔签赠本，尤弥足珍贵。

作者简介：马向阳，1979级，现任海南中学校长，党委书记。

作为诗人的先生

——我记忆中的华锺彦教授

姚小鸥

1982年至1985年,我在河南大学中文系读研究生,导师是华锺彦教授。先生对我在学业方面的教导及师生间的亲情,我曾有文述及,这篇文章谈一谈我眼中的、作为诗人的先生。

先生的诗作既出自性情,又颇有师承。他曾师从林损、曾广源诸名家学习诗法,后由曾先生介绍为高步瀛先生的入室弟子,"专学唐宋诗词,相从年余,时相唱和"。先生曾对友人诉说自己"从事教学五十八载,课余好为诗词,积二千余首,'文革'中泰半焚失,至烬余与数年所积又有六百多首……"由此可知其诗词创作的历程及苦辛之大略。

一

作为一位酷爱古典诗词的学者,先生希望学生们也能传习此道。刚一入校,先生就要我写一首诗给他看。我平日不写诗,勉为其难,凑了七言八句。写这篇文章时,找出保存的底稿来,看到开头两句是"绿柳黄沙九子铃,重返旧里百思生"。结尾两句是"临窗索句思良久,应命亦须诉衷情"。从作诗的规矩上来说,诗写得不怎么好。

第二句用了一个"思"字,第七句又重出。先生看了,问我"九子铃出于何典?"我回答说,唐诗言六朝事用过,借指铁塔的风铃声。先生略作思索,即言他事。以后问过一两次有无新作,见我无意于此,也就作罢了。其实先生是希望我学诗的,《登小顶山望黄河》这首诗的撰写很能说明这一点。

事情是这样的,1983年,黄河游览区请华先生主持选编一本当代诗人创作的有关黄河的诗歌集,选编工作就在黄河游览区进行。先生让我去帮忙,实际上是想让我开开眼界。我协助先生工作时,说有些入选的诗并不出色。先生笑着说,人家的不行,你来一首?我是个要强的人,被先生将了一军,心有不甘。晚饭后散步,在岸边的山冈上眺望黄河铁桥。主人言,所登的山头名为小顶山,乃毛主席当年登临之地,我闻之心有所动,构思了一首五言八句的《登小顶山望黄河》,回来写出交给先生。开头几句是:"携来登小顶,黄涛带晚风。万壑苍增翠,河水卧双龙。"黄河上原有新旧两座铁桥,故言"双龙"。先生有些惊讶我的手快,接过来仔细看了看,若有所思。没想到,第二天先生见到我说,给你改了一下,收到诗集中吧。师母在旁边递给我一个窄窄的小便条,上面抄写了一首诗:"小顶山头立,黄涛带晚风。桥灯明万火,河水偃长龙。都愿歌神禹,无须美共工。治河千载事,兴替不相同。"这首诗与我的稿子相比,除了用原韵,旨趣相似外,变了个样,差不多应该算是先生的创作了。

我之所以讲这件事,除了记述与先生的诗歌因缘外,还在于此事很能体现先生对晚辈提携的不遗余力。不仅对学生,凡欲学习诗歌者,先生莫不竭力帮助。他主张大学中文系的学生应该学一点诗词写作,因欣赏与创作当互为表里。先生还曾与国内词曲名家王季思先生等书信往还,探究此道。1982年,先生并应毕业班学生之请,讲授《古典诗歌韵律及作法》六周,从而在河大中文系的学生中播下了古典诗歌创作的种子。我在河大读书时,常见先生在双鹤轩中挥毫作书，为相识和不相识的古典诗歌爱好者们答疑解难，修改习作，师母则为先生誊抄回信，忙个不停。先生这样做是有原因的。1982年，先生在给友人的信中说："近年来鉴于古典诗歌（包括词曲）无人提倡，致使光辉传统有断根绝种的危机，甚为我忧。思欲振臂呼吁，与我同道共挽艰危，供青年一代能从创作道路作起，继承诗词遗产，不知我兄以为何如？"面对先生手泽，遥想当年，令人叹息。

二

除诗歌创作外，先生晚年还大力提倡、推广诗歌吟咏，花费了很多精力。中国被称为诗的国度，诗歌是中国文学的代表性文体。在中国古代，诗歌吟咏是一种广受欢迎和高度普及的文学艺术活动，它和诗歌创作相得益彰。新时期以来，诗歌吟咏活动日益受到重视，华先生是这项活动的倡导者和早期领军人物。

1982年，先生受唐代文学学会的委托，负责筹建"唐诗吟咏研究小组"。我读书期间，曾协助先生进行诗歌吟咏方面的田野调查，目睹先生的勤勉与敬业。

1984年春天，我陪先生访问了南京大学、南京师范大学、复旦大学、华东师范大学、杭州大学（现并入浙江大学）、武汉大学等著名高校，对程千帆、唐圭璋、金启华、钱仲联、马茂元、朱东润、王运熙、王蘧常、刘操南、胡国瑞诸先生进行了访谈。其间，我携箱式录音机一架，先生每与诸人切磋吟咏方法，往往命我录下。苏州大学钱仲联先生处，印象尤为深刻。钱先生方言很重，听来吃力。但他吟咏之情感表达，往往能得于字音之外。在钱仲联先生处，我们听到并转录了其所保存的唐文治先生《离骚》吟咏玉音，黄钟大吕，终身受益。考察过程中，华先生还与镇江等地的中学教师们就诗歌吟咏进行了交流。后者反映了先生唐诗吟咏研究工作的周全与踏实。

华先生所主持的"唐诗吟咏研究小组",初有成员 7 人,1984 年秋发展到 15 人。成员来自五湖四海,还有域外成员。除小组成员外,先生还常与诸方家唱和或进行理论探讨,包括日本京都大学吉川幸次郎教授,曾定居加拿大的叶嘉莹女士等。吉川幸次郎教授年轻时曾在北京大学学习,和华先生是校友。他对中国古典文学有深入研究,尤精杜诗。1979 年春,吉川先生率团访华,华先生奉命接待。由郑州前往洛阳的途中,先生和吉川先生曾一同吟诵杜甫的七律《登高》,"自首至尾抑扬顿挫,一字不差,相视而笑"。真可谓咏坛佳话。

1988 年,先生辛劳过度,猝然离世,未得见及诗歌吟咏之兴隆。幸运的是,先生哲嗣华锋教授在唐诗吟咏方面能继承乃父之志。奉读所著《吟咏学概论》,恍见先生音容笑貌。

三

华先生作为一位知名学者和至情的诗人,与同好交往时多以诗作唱和。1982 年,先生与唐圭璋教授时隔三十年首通音问,即以词作陈情。信中说:"久不晤谈,言难尽意。姑寄小词一阕,以见真情。"1986 年 11 月 7 日,先生致唐先生信中说:"犹记前年吾兄吟唱'帘外雨潺潺'时感潸然泪下。昨写《虞美人》二阕,以见心曲,迢遥千里,将以此慰知音也。"1988 年元月 26 日,华先生以《扬州慢》(梁园新岁)一阕,为唐圭璋先生贺岁。信中说:"腊鼓声敲,青阳又近,谨献小词,用以贺岁。"行楷精心书《扬州慢》(梁园新岁)一阕。

前述吉川先生率团访华的主要目的是拜谒杜甫的诞生地——河南巩县(今河南省巩义市)杜甫窑,然而当时的主事者认为杜甫窑的状况不宜对外宾开放,请华先生出面,以交通不便为由婉拒。先生就此吟诗一首赠给吉川先生："窑湾春涨路难开，杜老遗踪锁碧苔。领会青云动高兴，明年扫径待君来。"吉川先生读过此诗，知拜谒杜甫窑无望，遗憾地说："谁知我明年能不能来呢？"回国后，吉川先生回赠华先生五律一首："子美钓游处，土楼尚存庄。心孩勤枣栗，思壮咏凤凰。命驾青泥阻，凝眸绿野苍。明年邀我去，地主意偏长。"华先生收到此诗，又以同韵和七律一首："少陵一笔拔三唐，引得云旗指圣庄。曾托生死歌义马，甘供心血养雏凰。羯胡未靖三巴乱，稷契无成两鬓苍。共诵《登高》洛阳道，论文何日引怀长。"

第二年春天，吉川先生病逝。消息传来，华先生作《悼念日本吉川幸次郎教授》以寄哀思："闻君归去我心哀，热泪催诗吊夜台。中日论交文会友，京都立教世多才。登临并影成千古，吟咏同声尽一杯。未到窑湾莫惆怅，枫青入梦待君来。"

华先生的和诗，尾联上句叙述与吉川先生考察途中共吟杜甫《登高》篇之事，悼诗尾联下句用杜甫《梦李白二首》"魂来枫林青，魂返关塞黑"之典，流露出对吉川先生的深厚情谊，对吉川先生未及拜谒窑湾杜甫故居的遗憾表示了由衷的同情。

四

长期的浸润与熏染，使中国古典诗歌所承载的中国文化传统之精华，凝聚在华先生的身上，形成了先生高尚的品格。这既出自我近距离的观察，也见于第三者的叙述。美国密歇根州立大学李珍华教授是华先生所主持的"唐诗吟咏研究小组"的域外成员，他在《河岳英灵集研究》的后记中，回忆与华先生合作探讨古典诗歌吟咏艺术。书中说："华先生古风高谊，和我作忘年之交。至今回想，尤觉亲切。他有中国传统的学者风度，道德文章都足以为我典范。"华先生与李珍华教授的合作起始于1984年的第二届唐代文学学会（兰州）年会，我只知道两人合作撰写过《唐诗吟咏的研究》一文，发表于《中州学刊》1985年第5期,而先生与唐圭璋先生等交往时的热忱与诚笃,则系我所亲历亲闻。由先生命我为唐圭璋先生代寻《春游琐记》即可见一斑。

1986年,唐圭璋先生得知张伯驹所著《春游琐谈》由中州古籍出版社出版,"由于其中多熟人,故愿购得,留作纪念",遂托请华先生代寻。1986年11月7日,华先生致信唐圭璋教授,告知有关《春游琐谈》,"已嘱数人进行挖掘,尽一切力量,以期满足需求"。1986年10月29日,先生写信给我,嘱为唐先生寻找此书。1986年11月9日,先生再请师母代笔来信敦请。由此可见,先生致唐先生信中所说"嘱人挖掘",绝非虚言。我在各书店遍寻未得,找到中州古籍出版社,自我介绍是郑州大学教师,为南京师大唐圭璋教授寻找此书。出版社领导听闻,指示赠送一本。我即日寄往南京,幸不辱命。

1986年12月4日,先生致书唐先生,信中说:"从书法中知兄身心俱见康复,何乐如之。小鸥已将《春游琐谈》直寄南京,一如弟所嘱咐。小鸥前年随弟南游,亲拜门下,受益良多,至今不忘。今在郑州大学执教,尚能完成教学科研任务,可以放心矣。"是年,先生已八十周岁高龄。其于老友的拳拳之心,对爱徒的舐犊之情,跃然纸上矣。

作者简介:姚小鸥,1982级硕士生,中国传媒大学文学院教授,现任聊城大学文学院教授,博士生导师。

关百益与河南大学关系考论

葛本成

关百益（1883—1956），河南开封人

关百益是20世纪30年代著名的考古学家、书法家，在史学、金石学、甲骨学、方志、书画等领域造诣较深，曾先后两次在河南大学工作：20世纪20年代中期，关百益受聘中州大学，任博物兼国文教员；30年代中期，以特设纂修身份加入附设于省立河南大学的河南省通志馆。1936年11月，河南大学明伦校区南校门竣工。外面横额为"河南大学"四字；里面横额为"止于至善"四字，右书"明德"，左书"新民"。其字古朴雄浑，书法艺术水平极高。然而，近年出版的许多文献均未提及校门内外之校名与校训的题写者。通

过对民国文献的不断爬梳剔抉，这个沉寂已久的谜团逐渐被揭开：1936年校训的题写者是关百益先生，校名字体的选择亦与其有关。同时，通过对这些史料的考证，还可钩沉出关百益与河南大学的密切联系。

一　关百益其人及术业专攻

关百益（1882—1956），原名葆谦（又作保谦），字百益，号益斋，曾用名关益谦。原籍吉林长白县，满族，其先祖于清代康熙年间随军入关，先居北京，后被派往河南开封，居里城大院（今开封龙亭北）。关百益生于开封，1907年毕业于京师大学堂（北京大学前身）速成科师范馆，师从著名学者罗振玉，是该学堂第二届毕业生。初留北京任职，先后任北京第二中学堂校长、北京第一中学堂校长兼八旗高等学堂校长。1912年，新建立的民国政府以故宫太和殿、保和殿、中和殿为基础成立北京内务部古物陈列所，关百益曾任参事。1917年，关百益回开封，历任河南教育厅公署科员、河南优级师范学校校长兼河南省立师范学校校长、河南省立第一中学校长（1918—1920）、河南省省长公署秘书、河南金石志编纂处纂修、中州大学（河南大学）国文教员，1927年至1929年任重修河南省通志处纂修，1930年12月至1935年10月任河南博物馆（原河南民族博物院）馆长。1933年5月，与考古学家顾鼎梅、田玉芝、美术家刘海粟、滕固、王济远等六人倡议，在上海成立了近现代中国第一个全国性考古学会——中国考古会，由时任中央研究院院长的蔡元培出任主席。1935年，民国政府在英国举办"伦敦中国艺术国际展览会"，该年4月，在上海外滩中国银行旧址举办文物出国前展览，河南博物馆是为数不多的参展单位之一。时任河南博物馆馆长的关百益负责将河南博物馆参展的8件文物（均系1923年在新郑出土的青铜器）押运至上海，并参与一部分筹展工作。1936年至1938

年，关百益任河南通志馆纂修等职。1944年，经张钫介绍，关百益被西北大学聘为历史系教授，主讲考古学、先秦文学、民俗学等课程。1956年1月16日，因病在西安逝世。

20世纪二三十年代，西方考古学的引入对中国传统学术开始产生重要影响。王国维"二重证据法"的提出更是刺激了中国学者对金石文物研究的热情。关百益深受这种学术风气的熏陶，对龙门石窟、新郑出土文物、殷墟甲骨文、魏三体石经、南阳汉代画像石等均有较深的研究，在考古学、北碑、方志学及书画等领域俱有很深的造诣，著有《南阳汉画像集》《魏三体石经残石释证》《新郑古器图录》《伊阙魏刻百品释证》《龙门二十品释证》等百余种，被誉为近代考古学先驱、博物馆奠基人之一。他还作为文化名人，被收入1940年出版的《中国文化界人物总鉴》。

鲁迅曾对汉画像颇有兴趣，而关百益所著《南阳汉画像集》即受到其关注和称赞。鲁迅在致台静农的信中就说："南阳石刻，关百益有选印本（中华书局出版）。"关百益的《新郑古器图录》亦为新郑所出青铜器等古物信息的相关传播提供了便利。郭沫若在《新郑古器之一二考核》一文中说："新郑器物余均未见，近有关百益氏编著《新郑古器图录》一书，采收其青铜器九十三事，并别录考释诸事为一卷以附之，始得识其大略。"

关百益对龙门石窟及相关凿刻的调查、踏勘、研究用力甚深，成果亦丰。1913年，他在担任北京内务部古物陈列所参事时就开始利用工作之便从事龙门石窟资料的收集、整理，后还曾多次到龙门考察，著述甚多。他在《伊阙古迹图序》中说："余访察伊阙，自民国三年始，距今已二十有三年矣。曾著有《伊阙石刻志》四十卷，因限于资，未付剞劂，又著《伊阙石刻图表》，于民国二十四年出版问世，其中造像图版，采用清光绪三十年法儒沙畹所摄百十幅，乃伊阙摄影最早而最完备者，又文字之记录，有二千二百余品之多，自来著录伊阙者，未有如是书之详尽者矣。"1936年冬，关百益又亲赴龙门石窟月余，按山逐洞摄影，以求留真，且发现一些新的佛像、唐碑，摄影三百余，比《伊阙石刻图表》所录多出两倍，编成《伊阙古迹图》。

对金石学尤其是熹平石经的搜求、整理，也是关百益用力颇多的方面。东汉熹平四年（公元175年）至光和六年（公元183年），灵帝诏大儒蔡邕等校定《周易》《尚书》等七种经书，用隶书镌刻于石碑上，部分由蔡邕亲自书丹，竖立在京师洛阳的太学讲堂门前，这便是《熹平石经》。后该石经遭到破坏，损毁严重。1931年春，时任河南博物馆馆长的关百益从张钫手中接收百余块熹平石经的残石，皆为当时新近出土，未见各家著录。关百益遂甄选一至九字者，凡六十品，精心捶拓编成《汉熹平石经残字谱》，仅成三十部，流传极罕。河南大学国文系主任邵瑞彭教授曾为之作《关百益属题熹平石经周易残石打本》诗：

> 宋贤能宝熹平石，曾向访秋馆畔求。倘遇中郎残叙在，应知旧本出梁丘。韦编说卦接文言，经翼分行见本原。珍重铁挝三折意，人间一字抵玙璠。高密古文仍汉隶，尚书字与夏侯同。几人补辑爻辰法，未把遗珍托郑公。胸中已负洗心经，损益何妨一例听。拟取龟畴伴鹰卦，笑看太一下苍冥。

诗后，邵瑞彭另撰小序一则，云："郑君尚书古文说，用今文本。六朝时，今尚书三家皆失传，而一字石经尚书，文字与郑本同，隋志因误以熹平石刻有郑本。窃疑郑注与石经，并用小夏侯本。隋志之误，盖由于此。吾乡徐森玉，得石经叙赞残石，至可宝爱，惜其文不全耳。"诗与序指出了《熹平石经》在经学、文字学、文献学、书法等各方面的重要学术价值，探究了《熹平石经》拓本的特点和历史传承，历数了宋代以来学者对《熹平石经》的重视，从一个侧面展示了关百益这一研究工作的重要意义和价值，是对关百益金石文献研究的高度肯定。关百益长期从事金石研究的资料搜集、学术积淀，为他主编河南金石志奠定了基础。

关百益还曾多次亲往安阳参加殷墟考古发掘，依据发现的甲骨，编著了共有八集的《殷墟文字存真》（第六、七集因故未出版），是研究甲骨文字的重要资料。

二 关百益与河南大学

关百益与河南大学的渊源可分为两个阶段，第一个阶段是1924年2月至1926年上半年。

1924年2月，关百益被刚成立的中州大学聘为博物兼国文教员。关百益任职中州大学的经历，诸多史料未有提及，唯《中州大学一览》与《文艺》记载其事。1924年6月，中州大学编印的《中州大学一览》详细记载了当时学校的办学情况，全书共分34章，诸如校历、职员一览、教员一览、缘起、入学、注册、毕业、休学退学、布告、学费及他项费用、免费、图书馆、生物学仪器标本、地质标本及模型、化学仪器及药品、物理仪器、机械室、初级中学手工教室、寄宿舍、周会、医药及卫生、课外作业、学校商店、毕业标准、初级中学学生应修课程、高级中学普通科学生应修课程、大学预科学生应修课程、哲学系学生应修课程、国文系学生应修课程、生物系学生应修课程、化学系学生应修课程、地质系学生应修课程、课程说明、本学年招生简章等。在"教员一览"中，对关百益有介绍：关葆谦，别号百益，河南开封人，41岁，职务为博物兼国文教员，通讯处为开封井胡同东口外路西，到校时间为"（民国）十三年二月"（1924年2月）。同时被聘为国文教员的还有嵇文甫。在中州大学任教期间，关百益积极支持学生社团活动，为中州大学文艺研究会1925年4月创办《文艺》进行捐款，出任文艺研究会指导员（同时出任指导员的还有郭绍虞、董作宾、李雁晴等）。关百益这次在学校工作的时间不长，离开学校的时间应在 1926 年 2 月至 5 月间。国文系王志刚教授 1926 年 5 月 31 日完成《中州大学校址考》一文初稿后，曾经就文章内容与关百益作过探讨。他在该文"附记"中说："此稿脱后，晤前同事关百益君"，说明此时关百益已经离开了学校。

关百益在河南大学工作的第二阶段则是 1934 年至 1937 年河南通志馆附设省立河南大学时期。

1921 年，为了加强修志工作，河南省在省会开封设立了河南通志局，1923 年改称重修河南通志局。通志局设立的同时，还设有河南金石志编纂处（关百益任职中州大学前曾任该处纂修），专门编纂河南金石志。原规定四年，后改为五年编撰成书。但六年内仅完成《河南通志》稿一百二十八卷，金石志四十二卷，编出县志六部。1927 年，河南省政府决定：原重修河南通志局与金石志编纂处合并成立河南省教育厅重修河南通志处，改由河南省教育厅领导，作为厅直辖机构。教育厅厅长兼任处长，下设二部：一为事务部，一为编校部。编校部设纂修三人、协修八人。其组织大纲规定："聘请省内外硕学通儒为特设纂修及协修，酌送车马费，不另支薪。"关百益、河南大学国文系教授王志刚等四人被聘为特设纂修，张邃青、许钧等被聘为协修。虽然规定二年纂修成书，但由于军阀混战，修志时断时续，最终通志编纂未能完成。1930 年，在国民政府颁发《修志事例概要》后，河南省政府在开封设立河南通志馆，归省政府直接领导。通志馆附编《河南金石志》《文征》，与编纂《河南通志》同时进行，关百益被聘为纂修，主编金石志。全书计划编写七百二十九卷，至 1933 年共编成六百二十九卷。《河南金石志》收录有新郑、洛阳的彝器，以及洛阳石经、南阳画像石、北邙一带的墓志，还有伊阙、巩县（今巩义市）的造像等，汇集河南之稀世珍宝，集河南金石之大观。这个时期编纂成果中的《河南金石志图》正编第一集于 1933 年 12 月由河南通志馆珂罗版影印出版，锦面装，选用上等净皮夹贡宣纸，开本较大，印制精良。顾廷龙云："民国以来制纸印书者两人，一为关百益，印《河南金石志图》《伊阙石刻志》。一为郭葆昌，印《中国瓷器图谱》。"因为印制成本较高，仅出版正编第一集。卷首有时任河南省主席刘峙序言及编者自序，次有凡例十三则。该书系从《河南通志稿·金石志》中辑出精印而成，俾与志书相辅而行。在编辑金石志图时，以金石为主，列为正编，而砖、瓦、甲骨等列为附编。明清以来，在地方志的金石志中大多仅列一目，有极少数于个别目下附有图，而民国河南通志稿的编撰者能将金石志图单独印行，与金石志相辅而行，可以说是有相当识见的。该书出版后，赵万里发表书评，称"编者于古志墨本，夙有收集。故此编所载志石特多，且皆其精好者，具见用力之勤"，给予高度评价。此书保存了大量的古代文物资料，是继清代黄叔璥《中州金石考》、毕沅《中州金石记》之后又一部河南金石专志。

关于金石图的后续编印，通志馆附设河南大学后，"本校校长杜岫僧先生，日前奉刘主席面谕，以河南博物馆馆长关百益先生所编辑之金石图第二集，仍需进行；此项编辑费用需洋四千余元，着由通志馆经费项下支用"，于是，学校"仍请关百益先生编制，均需经费四千余元，曾呈请省府由通志馆本年七、八、九等月经费内动支，旋奉令准，唯须另造金石图经费预算书及请款凭单，以凭核发"。

1934年11月20日，河南省政府决定将河南通志馆附设于河南大学，馆长由校长兼任，总纂修为时任河南大学讲座教授的胡汝麟（字石青），办公地点在大礼堂，关百益被聘为主要编纂人员（共六人），郭豫才被聘为助修（共三人）。因为附设于学校，文学院师生经常协助采访、编辑。编志期间，关百益经常做学术讲座。1936年，应河南博物馆晨光读书会邀请，关百益作"考古学大意"学术讲座，他结合自己新参加的二三十年代河南一系列考古发掘，在理论上对考古学的定义、范围、方法等进行了全面系统的论述。1937年年底，

《河南通志稿》完成，计七编、三十六志、七百余万字。时值抗日战争爆发，未及印刷即被运往四川。抗战胜利后运回开封时，书稿已散失大半。

三 关百益题写校训

关百益为民国时期河南书画名家，其绘画颇有宋元之风，人物、山水、花鸟无不精湛，代表作品有《樊楼灯火图》《渑池石窟之图》等。《樊楼灯火图》曾在1934年开封举办的河南省现代书画展览会展出并获河南书画大展最高奖，后刊载于影印的《河南书画展览会书画谱》。20世纪二三十年代，关百益与李敏修、徐钧、靳志、张贞同为河南书法界最具影响力的人物，孙洵《民国书法史》多有记载。其书法宗魏碑，擅行、楷、篆、隶，风格雄厚质朴。楷书师承龙门造像，常以方笔出之。隶书师法汉碑，尤其受《张迁》《礼器》等汉碑影响较大，结字方正，形拙意巧，古朴可爱。传世作品主要是行书，其行书师承北碑，而与帖融合巧妙。位于开封市东郊羊尾铺、修建于1930年的天主教河南开封总修院（2013年5月被批准为国家级文物保护单位），其古典牌坊式大门上有竖立的雕刻"河南总修院"，一旁小字为"北宋大花园故址"（后该雕刻被凿去），即为关百益手笔。洛阳新安县张钫所建的千唐志斋旁有张钫书房，书房的横额"听香读画之室"亦为关百益所书。据说，张钫书房横额两旁的"谁非过客""花是主人"也是关百益所书。关百益的书法作品除博物馆收藏外，在开封铁塔、古吹台等处亦有碑刻存世。

1930年9月，河南中山大学改名为河南大学，许心武校长和李敬斋先生对河南大学校园整体规划作了调整与补充。1931年11月20日大礼堂破土动工，1934年12月28日落成，历时三年，耗资20万元。南大门是1936年刘季洪校长按李敬斋、许心武两位先生1930

年校园规划蓝图与设想而兴建的。南大门位于原校门西侧,于1935年5月动工兴建。兴建期间,"校门迤东迤西,并加筑围墙,仅于旧校门之东留一缺口,以便出入,以俟新校门完工,即将缺口堵实,改由新大门出入……本校拟自新大门至大礼堂接修马路,前秘书处、文书科办公室及注册课后小院,已行拆除。原注册课后小院东边,则加筑新房多间,作办公室及储藏室之用"。1936年11月,河南大学校门竣工,大门上有筒板瓦、花脊走兽,下有斗拱承檐,橡飞起翅,四角如翼,正楼匾写"河南大学"。次楼匾额镶古典花纹,檐下额枋、雀替均作彩绘。大门北面正中上额横书"止于至善"四字,右书"明德",左书"新民"。"从1936年到1953年,它一直挂在河南大学校门上。"

南大门是河南大学明伦校区的主入口,处于河南大学校园中轴线的最南端,南临明伦街,北与中心主体建筑大礼堂遥相呼应。该建筑以中式建筑为主体,融合了西方建筑线脚及券拱装饰手法。门楼既是整个近代建筑群的开端,又是建筑群举足轻重的组成部分,它的烘托使得整个建筑群更加华丽壮观、层次分明。在1936年11月28日上午举行的学校校庆纪念大会上,校长刘季洪在致辞中还对校训作了阐释:"今天将乘此机会,提出一点意见,作为今后努力的方向。本校新校门上题的有'明德''新民''止于至善'几个字,这是从《大学》一书上摘下来的,所以如此的用意,不仅是因它在字面上和大学有关,实际上这几句话,说明大学教育的目的和价值,并且指示大学教育的方法。明德是古代大学教育的目标,迄至今日仍然如此,赫尔巴特说大学教育在完成个人的德性(德性包含仁义礼智信各种美德),可见现在的教育学说,仍与此符合。但只发展个人各种德性至高深程度还不够,必须应用于社会,自觉觉人,此即谓之新民。然而仍不应止于此,而要做到最好的程度,即止于至善,虽说止于至善,却并无停止不进之意。"

关于校门上校名及校训的题写者,《河南大学校史》是这样描述的：" 中门正面上额横书'河南大学'，系魏体，据称是从魏碑拓印而成"，"校大门北面正中上额用柳体金字横书'止于至善'，左书'明德'，右书'新民'。"《河南大学百年纪事》："北门正中横书'止于至善'，左书'明德'，右书'新民'。"《河南大学校园百年建筑史》则称，右书"明德"，左书"新民"。之所以存在左右差异，疑为作者面向或背向大门不同而导致的差别。至于校训题写者，长期以来未有提及者。然彼时出版的《河南大学校刊》对此有明确记载。

《校刊》原文称："本校新校门自暑期动工兴修以来，迄已数月，兹各项工程完全告竣，建筑式样为宫殿式，画栋飞檐，辉煌金碧，极为富丽雄伟。外面横额为'河南大学'四字，字系从河南金石志中摘出放大，不惟古色古香，且属本地风光，里面横额为'止于至善'，旁题'明德新民'四字，为本校校训，系名书家关百益先生手笔云。"新校门落成之时，校长刘季洪兼任河南通志馆馆长，关百益时在通志馆工作，通金石，又是河南著名书法家，选定校训之后，由他题写校训亦属当然人选。因东北沦陷，1934年7月，东北大学农学院教授许振英、林世泽等率学生到河南大学借读，后部分学生转入河南大学农学院。1936年7月，由民国政府教育部协调并经河南省政府同意，东北大学校长臧启芳先生率五百余名师生到河南大学借读。因此，从当时刚落成校门的照片也可以看到，大门左侧悬挂一块"东北大学办事处"牌匾。

长期以来，由于对关百益的研究较少，大众对其知之甚少。近年，有出版社推出了重点出版项目"关百益金石研究"丛书，辑录关百益众多研究成果中未刊金石、古陶研究类手稿十余种。这套丛书的出版，将让更多学者与金石研究者了解关百益先生的学术生涯、学术造诣、学术观点及学术贡献等。收藏市场上，其字画日益看好。开封市也加强了对关百益故居的保护，其位于开封柴火市街22号的寓所艮园，现仅保留一个大门，大门上方有铭牌"关百益故居"，2012年12月被列为开封市不可移动文物。时值河南大学建校110周年之际,挖掘、呈现这一段历史,既是对办学历史的尊重,也是对关百益先生最好的纪念。

作者简介:葛本成,1983级本科生,曾任河南大学文学院党委书记。

严谨朴实淡泊名利的恩师赵天吏

魏清源

赵天吏（1912—1987），河南武陟人

河南大学文学院源于1923年3月3日成立的中州大学文科的中国文学系。一个世纪的风雨征程中，一代又一代文院学者接续奋斗，砥砺前行，铸就了中国语言文学学科今日的辉煌。这些辉煌成就里，既有冯友兰、郭绍虞、董作宾、嵇文甫、刘盼遂、高亨、姜亮夫、朱芳圃、范文澜、李嘉言、任访秋、于安澜、高文、华锺彦、张振犁等一批誉满华夏文史巨星的卓越贡献，也有很多默默耕耘、无私奉献学者的辛勤付出。我的恩师赵天吏就是这样一位教学科研严谨

朴实、学富五车而又淡泊名利、为文学院的发展奉献了自己一生的先生。

一 不凡的成就

赵天吏先生，字理之，1912年9月23日生于河南省武陟县北郭乡东安村的一个农民家庭。他自幼质朴敦厚，酷爱学习。他牢记"非三代两汉之书不敢观，非圣人之志不敢存"的师训，熟读《诗经》《左传》《论语》《孟子》等儒家经典。1932年8月，天吏师初中毕业后，到省会开封考入河南大学附中。1935年8月又以优异成绩考入河南大学文史学系。

1939年7月，天吏师修业期满，时任文学院院长嵇文甫和文史学系主任张邃青知其精于音韵、训诂而请其留校任教，开始了一生的语言学教学研究工作。没有教材，他自己编写了《中国语文学概论》讲义和《说文提纲》一书，1943年8月晋升为讲师。

1949年10月，新中国成立后，先生满怀激情地投入人民的教育事业中。根据工作需要，他承担了本科生"中国语文概论"和"现代汉语"的教学任务。1951年，他被任命为刚刚创立的中国语文学系资料室主任。1968年，担任中文系汉语教研室主任。1979年，古代汉语教研室成立，他担任了教研室的首任主任，并开始招收硕士研究生，成为汉语史专业首批硕士生导师。1982年晋升教授，兼任校、系学术委员会委员，校图书馆顾问，同时被选举为河南省语言学会副会长、中国语言学会理事、中国训诂学会理事。1983年，经国务院学位委员会批准，以先生为牵头人的汉语史专业获得了硕士学位授予权，这是中文系继现当代文学和古代文学之后，第三个获得硕士学位授予权的专业，赵天吏、于安澜、许钦承、张启焕为首批硕士生导师。

赵天吏先生十分热爱教学工作，他认为通过教学为国家培养优秀人才，是人生最大的乐趣。他认真践行"学而不厌，诲人不倦"的优良传统，常年坚守三尺讲坛，先后为本科生讲授现代汉语、古代汉语等课程。招收硕士研究生后，他亲自制订培养计划，为研究生讲授音韵学、文字学、训诂学、汉语史等课程。1985年，中文系开办了古籍整理研究班、古代汉语助教进修班，先生还为两个班的学员讲了目录学和训诂学。在将近半个世纪的教学生涯中，他从未因私事耽误过一次课。即使晚年饱受肺气肿病折磨，他也总是按时出现在教室里。他讲课条理清晰，内容都十分熟悉，教材例句里每一个字词他都能够讲清字形源流和词义演变。学生们不论提出什么问题，他都能给予科学准确的回答，令我们从心底里感到敬佩。

赵天吏先生一生钟爱文字、音韵、训诂之学。在范文澜、嵇文甫、朱芳圃等名师指导下，先生深刻领悟"训诂之旨，本于声音，就古音以求古义，引申触类，不限形体"的训诂宗旨，为他终生从事音韵、文字、训诂教学与研究奠定了坚实的基础。

先生把自己的治学方法概括为四句话：博学慎思，实事求是，重佐证，戒臆说。他常说："做学问就要勤学好问，先做到博，有了广博深厚的基础，才能向专精发展。"他从文字学入手研治小学，逐渐扩大范围，掌握训诂的方法，终成精通音韵的博学者。留校任教不久，他就在潜心研究《说文解字》的基础上，撰写了《说文部首音读》《说文部首音序检字》《说文部首古今音读》《说文解字叙讲疏》《文字蒙求提纲及正字法》《说文音母分并为二十声类初稿》各一册。1946年起，先生陆续在《儒效月刊》等刊物上发表了《晋前尺非周尺考》《说文声类谱叙例》《周度考释》《河洛方言后记》《论语子罕章古义》《媵字古无妾义说》等学术文章，在语言学界产生了一定的影响。

新中国成立后，先生在承担繁重教学任务的同时，以更大的热情投入语言学研究中。他先后编写了《现代汉语语音》《现代汉语文字》《现代汉语词汇》等函授教材，供函授生使用。1955年他出席了全国文字改革会议和现代汉语规范问题学术讨论会，回校后撰写了《北京音系的概况和特点》的论文。1953年后陆续发表了《同义词表解》《毛诗篇第及诗经用韵》《离骚韵读》《诗经的韵例韵部和韵字》《古音通假的条例以及通假字的读音问题》《释"惠"》《说"龙"》等论文，还出版了《古今诗韵说略》《五七言律绝调韵谱》《诗、词、曲的韵律》《古今声韵杂记》等专著。在他古稀之年，仍笔耕不辍，集中精力研究古音韵，撰写了《古韵古声音值》《古今声韵精要》《古韵发明之次第》和《中古的语音系统》。这四册手稿，是赵天吏先生几十年研究音韵学的结晶，由于先生的猝然逝世而没能出版。

赵天吏先生的学术著作见解精到，论证严密，解决了学术界多年的一些疑难，在国内产生了很大的影响。他的《诗经的韵例韵部和韵字》一文，坚持以《诗经》用韵为主的原则，不迁就《说文》谐声及两汉音读，比较切合《诗经》时代的语音实际。他按《诗经》押韵字归类，与黄季刚的古韵二十八部完全相合，证明了古韵的分部，自戴震、段玉裁、孔广森、王念孙至章炳麟、黄季刚，确实是愈来愈精。黄季刚先生是以"沃""冬"配"豪"韵，赵天吏先生根据《诗经》用韵及阴、阳、入对转的音理，改为"沃""冬"配"萧"韵，同时把标目的"沃"字，改成了跟"萧"相承的入声"毒"字。他还把黄季刚先生所用的"灰""齐""先"三个标目字，改成了"推""提""颠"三字，使28部的韵部系统更加完善。在《古音通假的条例以及通假字的读音问题》一文中，赵天吏先生将古音通假的原则概括为同音通假、双声通假、旁纽通假和叠韵通假四种，并认为"通假的原则主要是由于声母相同或相近，不一定非同音不可"。先生的这些研究成果，受到国内音韵学界的广泛关注，使他成为河南省公认的音韵学大家。

先生的治学之道，除了他自己总结的四句话，还有三个显著的特点：一是学风正派，无门户之见。他坚持真理，无派系偏见，尊重科学，以是非为取舍，不谬执师说，所见不合，虽本师亦所不避。他既不盲目推崇吹捧，又不随便贬低否定一切，从不说违心的话。二是治学严谨，重视书证。他常说"孤证不为定说"。他的研究总是详尽地占有材料，选取书证，从中归纳总结出自己的观点。如古音的分部和音值就是从先秦韵文和《说文》谐声偏旁的丰富资料中归纳分析出来的。三是立说平易，不期功名。先生为人平易近人，文章立论也十分平易，不故弄玄虚，不以奇取胜，也不拐弯抹角，间接论证。如《说"龙"》一文，通过对"龙"字形音义的分析，认为其并非神通广大的鳞虫之长，而是雷电之形象，"其声为雷，其光为电，其形为龙"，雷、电、龙本是"三位一体"。这样的立说既平易又令人容易接受。他常说："为学不为一时之名，亦不期后世之名。"他把功利看得很淡泊，从没有名位之争的苦恼。

1975年，周恩来总理亲自下达了对旧《辞源》《辞海》进行修订的任务。《辞源》的修订工作由粤、桂、湘、豫四省承担。国学根底深厚的先生担任《辞源》河南修订组的顾问。4年内他编稿140多条，审稿2433条。结束时党组织给他写的鉴定是："业务熟练，能帮助同志解决疑难，工作勤勤恳恳，为《辞源》修订工作做出了一定的贡献。"

赵天吏先生在学术上造诣很深，然而由于他过于谨慎，过高地看待"创新"，使得他还有很多学术观点没有能及时形成文章，或者写出来而没有发表。他在求学时期深受顾炎武的影响，认为著书立说"必古人之未及就，后世之所不可无，而后为之"。他总觉得自己的认识还没有达到"发前人之所未发"的高度，因而不肯轻易把自己的见解写出来，而一旦形成文字，必是他深思熟虑的结果。这些学术成就，先生自己从不对别人提及，以致只有语言学圈内的人们知道他学富五车，见解深邃，其他专业的老师们鲜有详知其成就和贡献者。

二 难忘的师恩

1974年9月,高等学校因"文革"中断招生而又恢复招生的第三年,我被家乡公社推荐,来到河南大学(当时叫"开封师范学院")中文系学习。当时给我们上课的多是中青年教师,如陈信春、何法周、王宽行、王宗堂、王芸、白本松、程仪、丁恒顺、陈天福、王中安、刘增杰、黄平权、王振铎、张豫林、王怀通、张中义、严铮、冉国选、刘溶、岳耀钦、刘文田、章秀定、张永江、贾占清、王绍令、贾华锋、王文金、张仲良等,德高望重的老先生如任访秋、于安澜、高文、华锺彦、赵天吏、邢治平、王梦隐、牛庸懋、张振犁、赵明等只是偶尔作个报告、开个讲座,很少有机会能与他们深入接触。

在我二年级下学期时,学校开展了"大学生登讲台"的活动。也许是我上学前当过中学民办教师的缘故,系领导指定我给我们年级同学讲一节课,并确定讲王安石的《答司马谏议书》一文。为了备好课,除了到图书馆和系资料室翻阅各种参考资料,我还专门请教了赵天吏先生。那时候学校只有少部分老师住在校西门外的两个家属院,其他老师一部分住在校内,更多的老师散住在市内各处。赵先生的家就在延寿寺街南边一个叫辘轳湾的胡同内。这是我第一次面见先生,生怕就这件与先生不甚相关的事情请教,先生会不耐烦。可当我来到赵先生家里,说明来意后,赵先生非常热情地请我坐下。他先告诉我,给大学生讲古代文学作品,固然需要疏通文义,但更要注重对文章结构、主题思想、时代背景、人物形象等的分析;然后先生又耐心地给我讲解了文中的重点词语如"卤莽"的"卤"、"见恕"的"见"、"非特"的"特"、"改其度"与"度其义"的"度"、"一切不事事"中的两个"事"等,指出讲课时应注意的事项,并祝我讲课成功。由于先生的指点,加上我的认真准备,在系领导和许多老师旁听的情况下，我在十号楼现在的103教室比较顺利地完成了这节课的讲解。

1977年9月，我毕业了。系领导让我留校，承担"古代汉语"这门课程的教学任务，把我安排在古代文学教研室。两年后，为了加强古代汉语的教学与研究，系里决定成立古代汉语教研室。任命赵天吏先生为教研室主任，我离开古代文学教研室，成了古代汉语教研室赵先生手下唯一的下属，名正言顺地成了他的助手。先生也开始毫无保留地带我。先是让我跟堂听他讲课，学习他的讲课技巧；随后让我直接登上讲台，给77级学生上课；开始招收研究生了，他让我和他一起命题，教我命题的方法和技巧，特别嘱咐我试题的内容一定要覆盖到文字、音韵、词汇、语法等各方面；考试结束后，我们一起研究评分标准，评阅试卷。

经过赵先生的努力协调和争取，很快董希谦、王浩然、郑祖同三位老师先后调入教研室；1982年，首届毕业研究生王兴业和77级本科毕业生李建伟也进入古代汉语教研室任教。赵先生卸任教研室主任职务，改任新成立的古代汉语研究室主任，董希谦老师接任教研室主任。但先生仍然关心着我。那时学校大礼堂每周末都放电影，每次发了影票，我都会给先生送到家里。有一次在先生家，我说起王力先生《古代汉语》教材中所举双宾语例句似乎不完全相同，先生就鼓励我认真分析一下究竟有何不同，然后再搜集一些语料，加以证明，以形成一篇论文。论文初稿完成之后，先生又逐字逐句地标注了应该修改的地方，最后发表在《古代汉语研究》上。就这样，在先生的不断指导下，我逐渐掌握了语言学研究的一些方法。

三 高尚的品格

赵天吏先生大学求学在河南大学，毕业后为河南大学奉献出了自己的一生。他不仅为国家培养了一大批人才，留下了不凡的研究成果，还为我们后辈留下了应该继承的无形的精神遗产。

先生孜孜不倦、刻苦学习的精神值得我们学习。大学时期时局动荡，外敌入侵，先生知道作为学生，唯有认真读书、掌握更多的知识和本领，才能报效国家。在朱芳圃先生的影响下，先生对文字、音韵之学产生了浓厚的兴趣，他利用一切时间研读《说文解字》《尔雅》《方言》等语言学著作；工作后他长年累月坚持学习，他的生活里没有节假日，即使是春节，只要没有客人，也照样读书。他读书很认真，从句读、词义到章旨，都仔细钻研推敲，重要的段落，还逐字逐句圈点。他读过的书大都留有批注。到了晚年，虽精力不济，仍长时间伏案读书，常常忘记吃饭，家人要催他多次，才肯离开书房。为了深入了解词义的演变，他甚至连《辞源》都能暗诵如流。我刚留校时工具书很少，有次我读《庄子》时，看到一个"亾"字，不知其音义，在教研室向先生请教，先生开口就说："这是'亡'的异体字，你可以在《辞源》×××页查到。"后去资料室翻查，果如先生所言。

先生不畏艰苦、踏实工作的作风值得我们学习。求学期间，因家贫无力供其生活费用，先生常靠替石印局抄写讲义，挣得微薄酬金，勉强糊口。日寇侵占中原后，学校先后迁徙到鸡公山、镇平、嵩县潭头镇（今属栾川）等地，天吏师在生活极端困苦的条件下，自己编写讲义，奔波于山间小路之上，来往于宿舍教室之间，冒酷暑，沐风雪，为学生上课。担任古代汉语教研室主任后，积极协调，努力争取，使教研室的教师由刚成立时的我们两位快速增加到十二位。1986年，79级本科毕业后在华中师院获得硕士学位的张生汉也来到教研室，教学科研力量大大增强。

先生尊师重道、鼓励后学的精神值得我们学习。上大学时期和留校任教之后，先生对在专业上给他以教益的冯友兰、嵇文甫、朱芳圃等敬重有加。1944年在荆紫关时，冯友兰先生为他写了一张条幅。时隔四十余年，虽已陈旧变色，他仍挂在书桌边的墙上，当作座右铭，激励自己。1973 年，朱芳圃先生不幸病逝，他深夜写了《悼念朱芳圃先生》的纪念文章，说："我亲受先生的教导，学了很多东西，忽听先生与世长辞，内心感到非常悲痛！……要化悲痛为力量，继承并发扬先生艰苦奋斗的作风和实事求是的治学精神。"赵天吏先生未曾受业于训诂学大师章太炎、黄季刚先生，但信奉章太炎和黄季刚先生如同自己的业师。他用工笔小楷抄录了章太炎先生遗著《自述学术次第》一册，注明"民国三十五年八月三十日赵天吏据《制言》半月刊抄录"。他常以章、黄弟子自励，在课堂上常引用章太炎、黄季刚先生的学术观点，热情地称颂他们的治学精神和方法。

随着教研室教师队伍的壮大，先生开始重视对青年教师的培养。为了提高青年教师的课堂教学能力，他为新入职的青年教师制订了随堂听课、辅助教学、撰写教案、室内试讲的培养方案。每位青年教师先要跟老教师听课一个学期，同时作为助教，帮助老教师批改作业并辅导学生；然后要认真撰写教案，并在教研室范围进行试讲，试讲合格后才可正式开课。在科研上，先生鼓励青年教师结合课堂教学和专业学术动态，选择合适的科研题目，并对青年教师写出的文章认真阅读后提出自己的意见和修改建议。先生时刻关注国内语言学动态，支持青年教师参加各种学术会议，使青年教师科研水平得到迅速提高。

先生艰苦朴素、淡泊名利的品格值得我们学习。先生自幼家贫，靠勤工俭学完成大学学业。留校任教时，学校为避战火，已迁至嵩县山区潭头镇，生活条件艰苦、教学设施简陋，先生养成了艰苦朴素的生活习惯。新中国成立后，学校几十年间很少营建教职工宿舍，先生只能住在市里辘轳湾胡同一个四合院内的三间北屋里。1976 年我去先生家向他请教，看到先生家里的陈设，除了两个老旧书架上的书，其他东西让我不敢相信这是一位已有三十多年教龄、令人尊敬的老教师的家：房间正中的旧三斗桌、桌前的一把不知用了多少年的旧藤椅、靠墙摆放的两个方凳等（那时所有人家还都没有电器)。1983年先生被评为教授后,学校给他调到了校南门外新建的教授院。搬家时,我建议先生扔掉旧藤椅,还遭到了先生的批评。全部家当我们用三轮车往返六趟就搬完了。

先生踏踏实实工作,在语言学领域辛勤耕耘几十年,为古代汉语教研室的建立和发展,为文学院语言学事业的发展做出了很大的贡献。他1943年8月就被评为讲师,直到1979年才晋升为副教授,36年职称不变,从没有向组织提出过抱怨;系里评先评优,先生向来不主动参与;不论是生活还是待遇,从没有向领导提出过什么要求。在别人眼里,他就是一名普普通通的教师,就是一名平平凡凡的老人。他只知做好分内的事情,对得起党的培养和人民教师的身份,其他的一切,什么名利、地位、待遇,向来不去争取。先生的品格,诚如七十寿辰时学生们送给他的对联所写:"有松柏之节操,乃季刚之学风",而中堂上的贺词"江汉以濯之,秋阳以暴之,皓皓乎不可尚矣"则充分表现了学生们对他的崇敬之情。

四 深切的怀念

1987年7月初,学校已经放假。高中毕业生正在高考。已经连续五年承担全省高考语文试卷评阅工作的河南大学中文系,向省里提出休整一年的请求。系领导决定组织教师到泰山、济南、青岛等地放松一下身心。我征求了先生的意见后,给先生报上了名。心里想,这次一定要照顾好先生,陪先生度过一个愉快旅程。出发的日期是7月9日。8日下午,我专门到先生家中,帮先生收拾旅途所需物品,约定第二天一早到家中接先生到校门外乘车。9日一早,来到先生家中,客厅中没有看到先生,师母说先生在卧室。到卧室一看,先生正坐在床边,我说:"老师,咱该出发了!"先生一脸歉意地对我说:"清源呀,我可能去不成了。"我急忙询问原因。先生说,他早上起床时,一不小心,胸脯被桌角碰了一下,觉得胸部不太舒服。

我说要带先生赶快去医院,先生看似平静地说:"估计问题不大。快到开车的时候了,要不你只管去吧,别误了车。我休息一下可能就没事了。"我说,我也不去了,咱再等等,如果不行,我陪你去医院。先生说:"好不容易有个出去放松的机会,别耽误了。你去吧,我不要紧。"然后站起来推着我,把我推出了门。我一步一回头,盯着先生的脸,想通过面部表情判断一下先生的病情。先生可能猜出了我的心思,一脸的平静,看不到难受的样子。我只好出门,怀着不安的心情,坐上了东去的汽车。

这次山东之行,60多位教师和家属,分乘两辆客车,先到曲阜,看孔府、孔庙、孔林;再到泰安,"登泰山而小天下";又至济南,观大明湖、趵突泉胜景;后至青岛,游大海,上崂山。别人一路风景一路开心,我却一路风景一路担忧。现在想想,那时候要是有部手机该多好,可以随时打电话了解先生的情况。

7月21日下午5时许,我们终于回到了学校。我顾不上回我当时紧挨铁塔围墙的甲七排平房的家,立即赶到位于十号楼的系办公室。不等我问,办公室的老师就沉痛地告诉我,赵先生因撞伤肋骨,导致肺癌扩散,医治无效,已于下午2时在郑州逝世。系领导都已赶往郑州,处理先生的后事。同时转告系副主任王文金老师的指示,让时任古代汉语教研室副主任的我,立即组织人力,到学校小礼堂布置赵天吏先生的灵堂和追悼会会场。

接下来的一天多时间,我强忍着悲痛的心情,先是列出所有需要办理的事情,然后一件件地落实:在小礼堂进门后的南屋设置接待室,购买笔、墨、纸和花圈,洗印先生遗照;撤除小礼堂的桌椅,把先生遗照摆放在舞台前端正中;买来呢绒绳拴在南北两面墙上,用来悬挂挽联挽幛;请袁喜升老师书写了"赵天吏教授追悼会"的横幅挂在舞台上方,又写了"音容宛在勤奋一生育桃李,神魂离去芳名百世著清风"的挽联悬挂于舞台两边的幕布上,接待来自各地和全校各单位吊唁先生的人们,每来一批,都收下挽幛或花圈,登记上名字，带着人们到先生遗像前，鞠躬致哀。

中文系于安澜先生所写的七言挽诗"悼念理之教授""少年立志苦纯修，自来高校到白头。处世胸中无城府，抒论皮里有阳秋。从游同感春风坐，治学不为名利谋。今后两河桃李树，不胜伤悼过西洲"悬挂于东墙南北两侧；高文教授"悼赵天吏教授"的挽联"鸟迹穷源，终生勤执教，硕学奇文宗许慎；昊天不吊，一陨竟成灾，抱经同字怮侯芭"悬挂于南墙正中；宋景昌先生所写"敬挽同门学兄赵天吏教授"的挽联"先后同门忆昔乐游嵩岭月，死生异路于今怮哭汴河秋"和邢治平先生"悼老友赵理之同志"的挽诗"风雨同舟五十秋，多年往事涌心头。招魂无术肝肠断，哀思滔滔日夜流"分悬北墙东西：人们送的挽幛，从西到东，挂满南北两面墙壁。

7月23日上午9时整，"赵天吏教授追悼会"在肃穆的河南大学小礼堂隆重举行。来自各地的语言学界人士、河南大学和中文系的领导及全体教师参加追悼会，校领导亲致悼词。当主持人宣布"向赵天吏教授肃立默哀"时，我在后台按下播放哀乐的开关。随着哀乐声响起，我再也控制不住自己，两眼紧闭，双泪长流，不能自已。脑子里闪现出先生与我分别时的情景，我感到懊悔万分。我在心里一遍又一遍地责问自己，当时为什么不带先生直接去医院检查，以致贻误病情，造成天人两隔！这种愧疚，直至今日，也没有消解。这也是"我在河大读中文"栏目开办将近两年，才写这篇文章的原因。

先生去世至今，已历三十五载。1992年，古代汉语教研室主任董希谦老师退休，我接任教研室主任职务，直至2012年退休。2015年，文学院领导决定，现代汉语教研室与古代汉语教研室合并，成立语言学教研室。由先生于1979年创立的古代汉语教研室，走过36年的征程后，完成了他的历史使命。这期间先后有赵天吏、于安澜、魏清源、董希谦、王浩然、郑祖同、王兴业、李建伟、曾光平、王复光、张生汉、李谨、张启焕、吴君恒、杨永龙、郭振生、任继昉、杨雪丽、付书灵、陈鹏飞、刘永华、张新俊、丁喜霞、张新艳、刘云、袁莹共 26 位老师在教研室任教，共培养出了 86 名硕士生（其中有 20 人考取博士）和 3 名博士生。其中许多学生和老师如杨永龙、任继昉、王蕴智、李先华、王彩芹、丁喜霞、李义海、蔡英杰、王韶峰、陈鹏飞、车淑娅、刘永华、洪帅等都已成为中国社会科学院、其他高校和本校的教授与知名学者。这些成绩的取得，凝聚着先生和教研室所有老师的心血；这些后辈的茁壮成长，足可告慰先生的在天之灵！

赵天吏先生，我们深切地怀念您！

作者简介：魏清源，1974 级本科生，河南大学文学院教授。

师友情深王梦隐教授

张永江

王梦隐（1911—1994），河南浚县人

    1956年夏，我考入开封师范学院（即河南大学）中国语言文学系。入校前的一年，位于新乡的河南师范学院二院的文科师生合并过来，省政府定位我们学校集中办好文科。两所学校根底都比较雄厚的学科合并，两强联合发挥优势。当时中文系有十多位教授，如李嘉言、王梦隐、任访秋、高文、华锺彦、于安澜、李白凤、万曼、郭光、刘纪泽、吴鹤九等。还有一大批学有专长、执教有术的

讲师，如赵天吏、赵宜人、邢治平、王宽行、吕景先、刘溶、牛庸懋、宋景昌、宋松筠、王吾辰、高耀墀、温绎之、谢励武等。名师荟萃，俊彦硕儒，齐心协力共谋发展。中文系如虎添翼，在国内颇有影响，不少高校的文科选用我们的教材，创造了河大中文系的"神话时代"。

王梦隐教授就是那时随着合校从新乡过来的。他北京大学国文系毕业，师从胡适、俞平伯、冯友兰、钱玄同、范文澜等名师，博览群书，根底深厚，治学严谨，见解新颖，主讲中国古典文学（魏晋南北朝阶段），兼任中国古代文学教研室主任，是最受学生欢迎的师长之一。

王梦隐老师举止文雅，穿着朴素，衣帽整齐，端庄合体；讲课语言清晰、圆润、耐听，富有音乐美。同班同学姚效先对王梦隐教授讲课的"印象"是："西装革履正合身，字正腔圆北京音。说话不多耐寻味，一脸和气人知温。讲课善用启发式，读读讲讲步步深。……"郑州大学教授宋恪震也是我们的同届同学，他在"河大百年校庆"时回母校祝贺，曾有长诗《母校百年忆先师》，其中有专对王梦隐教授的怀念："王（指王梦隐教授——引者注）师驾鹤去，于今颇有年，弟子常思念，音容犹宛然。论人与说诗，深情贯其间，语调铿锵致，气韵悠且圆。聆听详解析，胜似饮甘泉。"记得当年每逢王老师讲课，学生都争先到教室占前几排的座位，即使在大礼堂讲课也座无虚席。听他的课不仅能吸取丰富知识，而且是一种美感享受。下课后回到宿舍仍余味缭绕，七嘴八舌地议论王先生的讲课艺术：有人说，语言耐听；有人说内容丰富，像在"诗化"的"仙境"里观赏游览，心情轻松，精神净化。这些感受都是实情。我的体会是：产生这样效果的更深层原因是王老师对教材钻研得深透。他站得高，思得深，对作家、作品都分析得透彻，有自己的独到见解。以准确的语言阐明深奥的哲理，深入浅出，含义隽永，句句到位，发人深思。他讲课的特点是尽量引用原诗、原文说明当事人的思想感情，原汁原味，听者心悦诚服，愉快舒畅地接受王老师的引导。记得当时许多老师在课堂上照本宣科，把文学讲成政治课。王老师尊重艺术规律，引导学生赏析作品，从不脱离教材空发议论。

听王老师讲课，距今已有半个多世纪。当时的随堂笔记和我自己搜集的许多资料，以及论文、讲稿，在动乱时期都已丢失。改革开放之后重整旧物，发现唯有王老师讲"曹操诗歌创作"一节的课堂记录还裹夹在其他文学名著中幸得保存。这里抄录一段，以复活六十五年前王老师的"教坛留声"。

王老师身着西装，教态轻松自然。他说：

> 我们学习曹操的诗，首先要了解诗人的身世和思想。曹操字孟德，黄巾起义时，他曾起兵镇压，当军阀董卓要废汉献帝时他又起兵讨卓，后来又收编起义军，实力壮大后"挟天子以令诸侯"。这样一个很有手腕的政治家、运筹帷幄的军事家，封建社会里的高端人物，在他的诗歌里却有"白骨露于野，千里无鸡鸣，生民百遗一，念之断人肠"的诗句。根据老曹的地位、身份和劳苦大众之间，思想感情似乎应该有一定的距离，在这里他表达出了社会真情，呼出平民百姓的心声。对于这样的"反差"现象，有人觉得"奇怪"，这正是需要我们深入探究的"题眼"。文学从属于政治，但是文学与政治之间不能画等号。

在座学子已经听惯不少先生曾把文学讲成政治课的套路，此时眼前突然一亮，感到新颖，视野陡然增宽许多。

王老师说着转身在黑板上写出《蒿里行》接着又说：

> 曹操的诗，一部分反映了汉末社会动乱的真实，另一部分表现出他统一天下的雄心和顽强的进取精神。你听："山不厌高，水不厌深，周公吐哺，天下归心"，渴望天下英才人物都集

中到他的身边，协助他完成统一大业的宏伟抱负，这种进取欲望表达得如此强烈。然而事实并不如他所愿，时光流逝，功业未成，慷慨激昂的愤懑情绪，又在同一首诗中流露出来。（随手板书出《短歌行》）听："对酒当歌，人生几何，譬如朝露，去日苦多，慨当以慷，忧思难忘，何以解忧，唯有杜康。"老曹欲要凭借酒力抒发出诗人内心对时光流逝而功业未就的感叹。可是"抽刀断水水更流，举杯消愁愁更愁"。这句诗本来是李白在宣城期间饯别秘书省校书郎李云时的句子，李白送别朋友深感日月不居，时光难驻，功业未就，心意烦乱想借酒消愁结果是"愁更愁"。曹操当时也是功业未就内心愤懑郁结，想要借酒消愁。"酒"成为他们消愁的佳肴珍品。其结果两位诗人都陷入"愁更愁"的苦境。社会矛盾、阶级斗争、人事复杂、坎坷道路"焦聚"在杰出的政治家、军事家身上，他又是一个卓越的诗人、才艺出众的文学家。用深沉悲壮的诗篇披露胸怀，表现得淋漓尽致。这样一个胸怀壮志，雄心勃勃有理想、有抱负的显赫人物，诗也同样"如幽燕老将，气韵沉雄"。曹操诗歌艺术上的突出特征是用质朴的形式披露胸襟。他是一个"外定武功，内兴文学"，汉末杰出的文学家和建安文学新局面的开创者。其诗文极为本色，显著的艺术特点是用质朴的形式披露内心世界，读其诗如见其人。他的诗歌、散文，都有鲜明的个性。对建安文学起着开风气之先的引领作用。对当时和后来都曾产生过重要影响。

在这里我们看到了一个完整的曹操。在座听讲的学子们心目中的曹操已经立体化了。

王梦隐教授每节课的板书，也都是经过精心设计的。一块长方形的黑板中间似乎有一条从上到下无形的线隔开。靠右边：依顺序写人物、事件、作家简介等史料性的文字；靠左边：写作品的题目、名句、名言等；个别生僻的字、词，多种读音，容易误解的字词等，写出之后同学看过立即擦去。整个黑板始终保持着干净、清晰、有条不紊的版面。学生面对黑板得到一种知识丰富、条理清晰和舒适的美感。先生练就的漂亮的行楷挥洒自如，学生记着黑板上的字，时时都有一种想临帖模仿的心意。黑板，既是传播知识的荧屏，也是书法艺术的展示。

1958年春天，记得中文系在制订"红专规划"，选"红旗手"树标兵的活动中。学生们对自己喜爱的老师也都采用各种形式进行表彰，展示他们的教学风采。有个班演出"活报剧"，题目是《王梦隐教授讲曹诗》，开始在丙排房与丁排房之间的道路上演出，因为很受欢迎，后来又到饭厅演出多场。由于演出的成功，大家给饰演王梦隐教授讲课的姓梁的同学起绰号"王教授"，见面就以"王教授"呼唤，甚至忘记其本名，这个绰号一直叫到我们毕业。现在如果谁还存有这幕"活报剧"的脚本，展示出来，已成为传承王梦隐教授讲课艺术的珍贵资料。

1960年我毕业留校，在中国现代文学教研室当助教。王老师也已调到校图书馆，虽不在一个单位了，但他还在中文系兼课，我们还经常有见面的机会。我遇到有关古代文学方面的疑难还是找王老师咨询。特别使我感到恩师情重的是：王老师每次给我答疑，都远远超出我提出的问题。譬如，有一次我读鲁迅的作品《魏晋风度及文章与药及酒之关系》涉及古代文学、文化方面的问题很多，我向王老师请教，他对我问的具体问题一一详细答复之后，又说：你学现代文学专业可不敢放松古代文学啊。现代文学是从古代文学发展过来的，鲁迅、郭沫若、茅盾、巴金、叶圣陶等，这些"大家"的古代文学根底都很深厚，不学好古代文学对他们的作品就理解不深，看不到他们对古代文化的继承。我们教古代文学的也要学现代文学，明白历史上的重要作家、古典名著对后来文学的影响。现代文学的根，古代文学的影响都清楚了，这样才能梳理出中华民族文化发展的来龙去脉，文学艺术的继承发展关系，学术研究才能更上层楼。读书研究做学问可不能停留在就事论事上。这正击中我的"要害"。毕业之后我教现代文学课，一头钻进"五四"以后的文学作品里，把古代文学书籍束之高阁，听到王老师的亲切指导，振聋发聩，深感长者对晚辈的教诲像一盏指路明灯，永远在我前进的路上闪闪发光。

"文革"伊始，我因做学生工作最早受到冲击。几个戴着"造反有理"袖章的学生闯进我的住室，说我写的小说是毒草，在课堂讲课是传播修正主义思想、放毒。以搜查文艺黑线头目给我的黑指示为名，将书籍、讲稿、写好的文章、日记等撕扯一地，我没有经历过这样的场面，很是害怕。几天之后他们把斗争矛头转向校党委和专家、学术权威，以及忙于派与派之间的恶斗，暂时无暇管我了。这时我成为名副其实的"逍遥派"。有一天我从图书馆门前经过，管理图书的老吴把我引进图书馆，说："你爱读书，天天到闭架书库读书吧，想读啥读啥。"两天后他又给我办了一个"入库证"，说"有人问你为啥到闭架书库，你让他看这个就行了"（当时对闭架书管理很严。有些是受政治方面的限制列为"禁书"；有些是已经绝版，成为珍本、孤本，特别保护不外借），让我进"闭架书库"实在是特殊的优惠待遇，我受宠若惊。更没想到的是：我进到闭架书库的第二天，刚坐下来摊开书本，王梦隐老师就推开门进去了，我惊慌失措地掏"入库证"，王老师笑笑说"不用，不用"，他轻轻地摆摆手。顺便坐在我的身边细声说：你在运动中受冲击不要怕，你年轻，历史上、政治上，什么问题都没有，他们抓不住你任何辫子，你就在这里安心读书吧，"躲进小楼成一统"，平心静气做学问，这也算是"因祸得福"吧。当时我是一个被害落水，受别人"歧视"的人，听到王老师公正的评语倍感亲切，想说句感激的话，又语言哽咽，还未张口王老师又进一步指导我：读书要安于寂寞、搜集资料要力求全面，仔细辨析去伪存真。这里条件还是很好的，"五四"以来的期刊咱们馆里比较齐全，研究现代文学够用。如果有些资料查不到你问小李，他在这里专管资料，业务熟悉。我听到王老师的指教心潮涌动，浮想联翩："闭架书库静悄悄，书里藏着无价宝；淘宝乏术正踌躇，恩师及时来指导。"王老师似乎感到我当时心情不宁，继续说：研究学术不要急于事功，不要浅尝辄止，不要人云亦云。结论要建立在资料翔实的基础上，要有自己的独到见解。他还说，他自己热爱文学专业，安于教书做学问，并不想离开中文系来图书馆，"不过组织上执意要我来加强图书馆的工作，我也无条件服从组织的安排，兢兢业业把这里的工作做好。服从党的需要是咱们这代人的基本素质"。"咱们"二字甘甜如饴，令我一震，本有的师生"隔膜""代沟"全都消失。

几十年前的往事，回忆起来历历在目，当年在那如火如荼的政治运动中，兵荒马乱，人人自危，王老师是国内著名的学者专家，当时在某些人的眼里也正属于"横扫"之列、批斗对象。恩师不顾个人风险，为我创造安心读书的环境并及时指导。对晚辈爱护之情可掬。慈祥的面容恳切的语言，永远屹立在我的面前不会消失。

作者简介：张永江，1956级本科生，河南大学文学院教授。

王宽行：至简人生，深情于学

王立群

王宽行（1924—2004），江苏邳县人

王宽行，1924年出生，2004年去世，江苏邳县（今邳州市）人。1948年考入无锡国学专修学校，1949年1月至1950年9月休学，1950年9月到1952年7月在无锡苏南文化教育学院学习，1952年9月至1953年7月在江苏师范学院中文系读本科，毕业后分配到河南师范学院中文系（今河南大学文学院）任教。著有《王宽行文集》。

一

1965 年高中毕业时，我报考了清华大学土木建筑专业，可考前学校分别召集不同家庭出身的毕业生开会布置报考志愿的消息，让我有了不祥之感。果然，虽然我的成绩完全合格，最终却落榜了。

1977 年，停顿多年的高考恢复了，对一直心心念念想上大学的我来说，真是一次历史性机遇，然而，我只能无奈再度止步：未能报上名。1977 年高考只允许 1966 届、1967 届、1968 届的初、高中毕业生报考，如我这样 1965 年参加过高考未被录取的考生是不允许报名的。不久后，国家恢复招收研究生，考研的年龄上限放宽了，而且对于有专业特长和研究才能的在职职工，报考时不受学历限制。我马上明白，这是我读大学的唯一机会了！作为理工男的我，立即自学大学文科课程参加考研，原因很简单，自学理工科无异于"自杀"。

1979 年 9 月，34 岁的我，历经了 14 年小学、中学教书生涯后，考上了河南师范大学中文系（即今河南大学文学院）中国古代文学专业的研究生，师从王宽行先生，成为宽行师的第一位硕士研究生。

面试时第一次见到浓眉大眼、心直口快的宽行师，他爽朗的笑声时时回响在严肃的复试场上。看得出，在座的高文教授（1908—2000 年）、华锺彦教授（1906—1988 年）等老一代学者都非常欣赏宽行师。面试时，华先生问我：荀子是法家还是儒家？为什么？我回答完后，华先生做了点评。宽行师和华先生为此题还有一场小小的辩论，让严肃的考场一下子变得活跃起来。毕业留校后，我参加过多次研究生面试，罕见此种景象。

后来我才知道，宽行师新中国成立前考入无锡国学专修学校（简称"无锡国专"）。无锡国专是中国高等教育史上一张亮丽的名片，"培养的学生绝对数量不多，但却保持了极高的成才率"，有研究中国高等教育史的学者将其与北京大学等名校并称。1953 年宽行师毕业时，该校已改名为"江苏师范学院"，他由江苏师院分配到开封师院工作。宽行师和系里两位德高望重的老先生关系如此融洽，是因为宽行师学问扎实、见解独到而又为人耿直，为中文系的老先生们所认可。

第二次见到宽行师已是开学后，地点是宽行师的家，校内排房中的一间（那些排房现在已经拆除）。当时开封师院中文系许多老师都住在这些平房里。尽管我已有了充分的思想准备，宽行师家的简陋仍然令我大为吃惊：全部家当只有一张单人床，一张破旧的三斗桌，几个小书架和一些放在地上的炊具。

我没有在开封师院读过本科，可我对这所历史悠久的大学并不陌生。1974年到1976年的这三年，我一直在开封师院历史系"工作"。那时，开封空分设备厂"工人理论组"和开封师院历史系共同承担《王安石诗文选注》的工作，我是空分厂"工人理论组"向空分厂中学借调的高中语文教师。因此，我隔三岔五地要从历史系去开封师院的教授院（河南大学明伦校区南门外教授院，现已拆除）拜访中文系高文教授，请他审阅我撰写的初稿。与教授院的住房相比，宽行师的住所实在是太简陋了。这种简陋不仅表现在房屋的面积和结构上，而且还表现在室内的家具上。

作为青年教师，宽行师与当时的开封师院教授相比，工资待遇相差很大。加上师母为农村户口，孩子均在农村，经济的重担让像宽行师这样"一头沉"（特指夫人系农村户口者）的高校教师经济一直很拮据，甚至负债累累。

宽行师一人独居开封26年，直到1979年，师母和小儿子才办完"农转非"（农业户口转为城市户口），来到宽行师身边，实现了家庭的初步团聚，当年的青年教师已成了年近六旬的老人。他的长子1978年考上徐州师范学院，毕业后进入邳县县中教书，直至退休。次子1982年到商丘一所中学当老师，后调入河南大学图书馆。唯一的女儿，因为已婚嫁，不能再办"农转非"，一直留在江苏农村。

师母和小儿子的到来,给宽行师的生活带来了不少欢乐。伴随着师母的到来,20 世纪 80 年代,宽行师告别了平房,搬进了今河南大学明伦校区西门外的家属楼,直到仙逝。在今天看来,宽行师的新居既不宽敞也不豪华,书房仍然只有几个简陋的小书架,一张结实无华的三斗桌,以及一把修补了多次的旧藤椅。我每次到宽行师家中问学,他都是坐在那把破旧的藤椅上谈笑风生。

宽行师的穿戴也相当简单,一套灰色的中山装是他的标配。从我入校至宽行师去世的 25 年,他一直穿着同样颜色、同样款式的中山装,无论在家中,还是在课堂上。作为长子,宽行师要照顾在老家的两个弟弟,作为丈夫和父亲,宽行师要负担妻子和三男一女的生活,因此他自奉甚俭,常年不添置新衣。据说宽行师曾订做过一套米黄色的中山装,只有出席重要会议或拜访前辈、亲友时才舍得穿。

宽行师的忘年交、河南大学文学院张如法教授在他个人博客上写道:"'文革'前毕业的开封师院中文系学生,回忆在母校的学习生活时,都要赞美宽行兄讲课的魅力。如曾任河南省作协副主席、河南省文学院院长的孙荪(孙广举)在《河南大学学报》上撰文说,王宽行老师讲课气势恢宏、情感激越。'文革'后七八十年代的学生,也对宽行兄的讲课佩服得五体投地。我在网上看到一篇文章,作者就是先旁听宽行兄的讲课,心生敬慕之情,最终下决心考上中文系的。"张如法教授还摘录了那篇文章的片段:"我待了一星期,一天不落地听课,真是大开了眼界。印象极深的是王宽行老师讲《孔雀东南飞》,开篇两句'孔雀东南飞,五里一徘徊',讲了两个学时,深入浅出、旁征博引:一唱一咏,手舞足蹈;轻音时,地可听针;豪唱时,晴空霹雳。你的思绪被他调遣,时而泣,继而涕,时而乐,继而笑,时而探首侧耳听山泉叮咚,继而仰天排胸啸大江东去,那是一场难忘的艺术享受。可惜好景不长,第二天,我便要返乡了。我萌生了强烈的上大学的念头。"

二

住得简陋，穿得简单，但是，宽行师却有着一颗"精致的大脑"。这颗"精致的大脑"以善于深刻的分析著称于学界。他是开封师院中文系著名的雄辩家，讲课、发言一向以深刻著称。

在我三年读研期间，宽行师给我讲《史记》，讲汉魏六朝乐府，讲《论语》《孟子》，讲唐诗。特别是一些名家名篇，宽行师讲起来声如洪钟，每每拍案而起。屋中只有我们师生二人，宽行师讲课的气势、声音，丝毫没有因为只有我一个人听课而与他面对数百学生时有任何差别，大气磅礴，挥洒自如，激情四射。

张如法教授曾写过一段非常精彩的文字记述宽行师讲课时的情境，他（指宽行师）往往"先在黑板上简要写出两种观点让同学思考，然后用粉笔在第一种观点上打个大×。那时课堂上允许抽烟，他又有烟瘾，便掏出香烟点上一支猛吸一口，嘶、嘶、嘶，从讲台下来直走到教室后边，又折回来，嘶、嘶、嘶，登上讲台，拿起粉笔在第二种观点上一边打×，一边高声说道：'这种观点也是错误的。'同学们显出惊讶的神色，他于是非常自信地说道：请听听我的正确观点和具体解析"。

宽行师做研究和他讲课一样，非常看重细读文本。一次谈及《古诗为焦仲卿妻作》诗中"十三能织素，十四学裁衣，十五弹箜篌，十六诵诗书"，宽行师告诉我：一定不能理解成为这是写刘兰芝能干！这是写封建礼教的教育！下文写兰芝回家，刘母的"十三教汝织，十四能裁衣，十五弹箜篌，十六知礼仪"，就将"十六诵诗书"改为"十六知礼仪"，可见，"诵诗书"是为了"知礼仪"。宽行师此类耳提面命，给我留下了极为深刻的印象。

宽行师给我讲《史记·项羽本纪》中的《鸿门宴》时，对《鸿门宴》开篇的"项王大怒"中"大怒"二字非常感兴趣。他认为：

"大怒"二字表现了项羽的政治幼稚,表现了项羽入关后没有认识到刘邦已经由昔日战友演变为今日对手的重大转折。因此,项羽的政治幼稚成为解读《鸿门宴》的一把金钥匙。我在《百家讲坛》讲项羽,主要讲了项羽失败的三大原因——政治幼稚、军事被动、性格缺陷。这些认识都是我在宽行师"细读文本"的基础上,在自己长期的教学实践中逐渐清晰起来的。

再如陶渊明的《归去来兮辞》,宽行师非常看重"世与我而相违,复驾言兮焉求"两句。他认为:"世"是什么样的"世","我"是什么样的"我","世"与"我"如何"相违",这是解读陶渊明归隐的关键。讲清楚了这两句,整个陶渊明的归隐就迎刃而解了。

可见,宽行师具有文本解读的非凡功力。这种功力不局限于解读文本,而且还能够通过解读文本解读作家。这是宽行师的独门绝活!细读文本,成了我此后数十年教学和研究的基本功,也成就了我在研究中的多项重要发现。

三

宽行师最钟爱的研究课题有两个:一个是陶渊明研究,另一个是先秦儒家思想研究。

宽行师见解深刻的特点在他的陶渊明研究中表现得非常突出,而且宽行师的研究兴趣,让他很快就有了参与全国陶渊明研究的机会。

新中国成立后,陶渊明研究一直存在较大分歧。

1953年,著名文学评论家、文学史家李长之撰写的《陶渊明传论》出版。此书力主陶渊明受曾祖陶侃、外祖父孟嘉的影响,并不尊崇东晋王朝,"反映了没落的士族意识"。

1954年,阎简弼撰写文章《读〈陶渊明传论〉》,批驳李长之对陶渊明的指责和否定,基本肯定陶渊明倾向人民,和人民的愿望相一致。

多数专家肯定陶渊明的积极一面,认为他"躬耕自资",侍弄桑麻禾黍,不为五斗米向乡里小儿折腰,与农民有深厚情感,在老庄思想和隐逸风气盛行的晋代,殊为难得。

1958年,陈翔鹤主编的《光明日报》副刊《文学遗产》组织了一场全国性的陶渊明大讨论,这场大讨论立即吸引了中国古代文学界众多学者的高度关注。

这场讨论始于1958年12月21日《文学遗产》第240期发表的3篇评陶文章,止于1960年1月3日第294期发表的1篇评陶文章,历时一年余。讨论结束后,《文学遗产》副刊选编了《陶渊明讨论集》(以下简称《讨论集》)作为总结,并由中华书局1961年5月出版。

《讨论集·前言》介绍,从《文学遗产》第240期发表第一批讨论文章起,至1960年3月底止,共收到有关陶渊明的讨论文章251篇。入选《讨论集》的有正文27篇,附录3篇,计30篇。

在这30篇文章中,以个人名义发表的仅21篇。此21篇发表在《光明日报》副刊《文学遗产》者17篇,寄往《文学遗产》副刊未发表最终收入《讨论集》者3篇,发表在其他刊物收入《讨论集》者1篇。王宽行《从辞官归隐看陶渊明》一文是未能在《文学遗产》副刊发表却最终收入《讨论集》的3篇论文之一。

宽行师撰写此文时,36岁。在全国投稿的251篇文章中,能获得出线权,特别是投稿时未刊载,最终能收入《讨论集》,殊为不易。这一切皆缘于他对陶渊明深刻、独到的见解,也表明他的见解在当时已处于时代的前沿。即使在今天,我重读此文,仍然可以感受到内心的悸动。

宽行师在《光明日报》的《文学遗产》副刊发表文章并非偶然。他1953年分配到开封师院,1954年便在《人民文学》3月号发表与权威商榷的文章《关于对〈诗经·将仲子〉一诗的看法》。在专业期刊极其稀缺、专家教授投稿亦不容易被采用的当时，宽行师的科研实力不能不令人心生敬意。

张如法教授生前曾回忆他初识宽行师的一个细节："我于1959年7月从华东师范大学毕业，8月被分配到开封师范学院中文系任教。由于宽行兄在古代文学教研室，我在现代文学教研室，他又长我14岁，所以比较陌生。引起我对他注意的，是系里为提高我们这批新教师的学识水平制定的一个系列讲座。担任导师的有李嘉言、华锺彦、高文、万曼等著名教授，后面赫然有一讲师职称者，此人就是王宽行。人皆有好奇心，我们一些外校毕业的新教师，听说好些教授、副教授都不能为我们开讲座，为何独独这位讲师能名列导师其列？其是'何方神仙'？有何'法道'？经过打听，这才知道王宽行的学术功力非凡。"

我们评价一位学人，往往有两种模式：一是看他发表论文的刊物级别，认为级别越高的刊物，作者的水平就越高；二是看他的代表作处于什么水平，达到什么高度，这就是代表作评价制。两种评价模式各有利弊。刊物级别高，不等于其所发表的文章都是最高水平文章，也不等于其作者都是最高水平的研究者。刊物和刊发的文章之间可能会有不完全协调之处。代表作评价制，是通过一位研究者的代表作，判断他的实际研究能力和他的研究达到的高度和深度。如果以代表作评价制衡量宽行师的陶渊明研究，他可算是一位被学界长期低估的学者。

宽行师的陶渊明研究不仅有《讨论集》收录的《从辞官归隐看陶渊明》，还有收入他个人文集的《试论陶渊明的"质性自然"》《也谈陶渊明的化迁思想与审美创造》《也谈陶渊明的政治倾向》《谈陶渊明作品的思想和艺术》。这些评陶文章，如《从辞官归隐看陶渊明》一样，达到了那个时代评陶文章的较高水平。

在宽行师留下来的不多的遗作中，有5篇同样具有很高水平的陶渊明研究文章，足以说明宽行师对陶渊明研究的钟情。

宽行师的遗作篇数不多，特别是先秦儒家思想研究领域保留下来的文章甚少，这本是宽行师为研究生讲得最多的话题，他自己极少写成文章，而是毫无保留地讲给了自己的研究生，不少观点被他的学生写成论文发表了。为什么一位以雄辩著称的先生著述不多呢？"述而不作"的观点深刻地影响着宽行师那一代人。

宽行师遗作的一个特点是以解析作品为主。新中国成立后，河南大学的许多院系或独立成校，或并入他校，自己则降格为开封师范学院。既然名为"师范学院"，培养中学教师便成了这所大学最重要的任务。中文系负责培养全省的中学语文教师，自然要给中学语文教师讲中学教材，这种"生存状况"导致了大量作品讲析文章占据了宽行师遗作的重要组成部分。

其实，解读古诗文名篇最见文学史家的功力，几乎所有名家都在这方面下过大功夫。北京大学葛晓音教授汇集北大名家林庚先生的多篇文章，选编为《诗的活力与新原质》一书（生活书店2022年版），其中专辟《谈诗稿》一章，收录了林庚先生讲读16篇作品的文章，如《君子于役》《易水歌》《青青河畔草》《步出城东门》《漫谈庾信〈昭君辞应诏〉》《秦时明月汉时关》《谈孟浩然〈过故人庄〉》等。这就不难理解宽行师的文集中为何有不少名作解读的文章。

虽著述不丰，但成文极有分量，朴实无华的文字后面，难掩一代学人的风采。虽然，宽行师对中国古代文学的独到见解已经百不存一了，但是读者从这些有限的存世之作中，仍然可以看到一位独具只眼的学者的锐利眼光。这种眼光是永恒的，这就是宽行师学术生命的价值所在。学术永远不以量取胜，代表性文章是体现一位学者真正价值的标志。

四

宽行师是一位尊师重道的长者，是一位具有文人风骨的学者。

他和他的老师吴奔星先生、廖序东先生的友谊令人动容。

吴奔星、廖序东两位先生是宽行师在无锡国专时的老师。吴先生是诗人兼学者，廖先生是著名语言学家，廖序东先生与黄伯荣先生主编的《现代汉语》是国内高校应用最广的现代汉语教材。宽行师几乎每年寒暑假回江苏老家时，都要到徐州师范学院看望两位老师。一次吃饭时，吴先生对宽行师说："让秉辰（宽行师长子，时在徐州师院中文系读本科）过来一块儿吃，来跟他吴伯伯说说话。"宽行师当即就说："绝不能这样称呼！您是我的恩师，永远不能变。"宽行师在无锡国专上学时，吴先生讲授现代文学课。一次上课时，有学生要求吴先生讲讲《孟子》，吴先生对学生说："若是讲《孟子》，可以请王宽行讲，有关《孟子》的学问是他的专长。"

一次，宽行师因有急事，回老家时路过徐州而未下车。吴先生再次见到宽行师责怪道："我都奇了怪了，你工作在河南，家在邳县，徐州是你飞过去的？"师生之间的眷眷深情流淌在吴奔星先生对宽行师的责问之中，读之令人泪目。

吴奔星先生的儿子在张如法教授的博客上留言："宽行先生尊师重道，我最有感受。他是家父在江苏师范学院的老学生，年龄只比家父小 11 岁，但每次来看望家父，都是毕恭毕敬，对我总是称'心海弟'。记得宽行先生最后一次到南京看望家父，是 2000 年，当时犬子上小学，家父让他喊宽行先生'爷爷'，宽行先生大声说'这怎么行，这怎么行！心海是小老弟，心海的孩子，就是我的侄子！'后来，宽行先生还专门给我儿子买了一支英雄牌的钢笔。""家父卧病后，宽行先生经常电话问安，前后有十多次。起初，父亲还能够接听电话，听到宽行先生的声音，就很激动。在这里，不能不提一句，曾经的很多座上客，在家父卧病后，就再没有了音信，但宽行先生，基本是一个月打一次电话询问病情。古人云：学贵得师，亦贵得友。信乎！"

我留校后，宽行师经常到我家小坐，每次都要谈到陶渊明研究，并邀请我和他一块儿从事该项研究。由于我当时已有了自己的研究课题，只能答应完成手中的课题后再和宽行师合作，可我的课题一个接一个，始终没有来得及和宽行师合作进行陶渊明研究。他生命的最后几年，我去看他，他仍然兴致勃勃地和我商讨陶渊明研究，可惜我最终未能实现宽行师的愿望。"树欲静而风不止，子欲养而亲不待"，悲夫！

回首当年和宽行师促膝交谈的时光，虽历历在目，但俱成往事，不胜嘘唏。

作者简介：王立群，1979级研究生，河南大学文学院教授，博士生导师。

跟春祥老师学戏曲

康保成

李春祥（1930—1993），四川合川人

  1978年夏秋之交，我毕业留校工作，当上了大学教师，不过头上戴着一顶"工农兵学员"的帽子。为了"摘帽"，为了能胜任在大学教书，便发奋考研，翌年被母校开封师范学院（今河南大学）中文系录取，导师就是李春祥老师。

  春祥师当时只有四十几岁年纪，一口四川方言。读"工农兵"时，他和邢治平老师共同教我们元明清文学，邢老师主要教小说，春祥师主要教戏曲。记得有同学曾反映春祥老师的方言难懂。大概是由于当过几年兵，各地方言都略有耳闻吧，我对春祥老师的四川方言不但很适应，而且觉得十分亲切、生动，还略带诙谐。有一次他讲《西厢记·长亭送别》，莺莺的唱词中有"量这些大小车儿如何载得起"一句，一般的解释是"大小"是偏义副词，"大小"就是小的意思，也说得通。春祥老师边比画边用四川方言说，"这些大小"就是"这么大点儿"，给我们留下了极深的印象。

本来，春祥老师的研究重点有两个，一是元杂剧，二是《红楼梦》。一次，我找他请教《红楼梦》的问题，他讲起书中的情节、人物、诗词，侃侃而谈，如数家珍。过后他对我说，我以后暂不准备搞"红学"了，你也学戏曲吧！我唯唯应命。没想到，春祥老师一句话，就决定了我一生的研究方向。

春祥师只带我一个人，所以基本上没有正式授课，而是他为我开书目，指导我读书，我有问题随时去问。他为我开的主要书目是《元曲选》，其中方言、俗语等难解词汇不少，当时的工具书只有张相的《诗词曲语词汇释》，中文系资料室的工具书又不外借。所以每当我遇到问题时，总是到老师那里求教。那时没有电话，很难事先预约，春祥师对我这位"不速之客"从来都是热心接待，有问必答。他对元杂剧非常熟悉，连一些不太有名的作品中的曲词也能背诵，令我敬服。待后来看到他的《元杂剧史稿》一书，涉及的作家40余人，作品120余种，几乎囊括了现存有价值的全部元人杂剧，才知道他在元杂剧上所下的功夫之深。

春祥师写论文很重创新，从不拾人牙慧。我跟他学习的那几年，正是他精力最旺盛、最高产的阶段。他的新作，往往成为我们聊天的话题。我印象最深的几篇论文有：《元剧宾白的作者和评价问题》《钟嗣成〈录鬼簿〉划分元杂剧为"两期"说》《〈陈州粜米〉与河南淮阳流传的包公放粮故事》《元人杂剧反映元代民族关系的几个问题》等。他耐心细致地为我讲解，为什么要选这个题目，前人在这一问题上有过什么研究，本文的观点和根据是什么，等等。就是这样的谈话，一步一步把我领进了学术研究的门径。

关于元杂剧的宾白，有些明代曲家提出来是后来的"乐工""伶人"所撰，春祥师不以为然，他的根据就是元刊杂剧中有的宾白和《元曲选》大体一致。他对我说，元刊杂剧不都是全无宾白，如果把有宾白的作品和《元曲选》比较一下，就知道当时的剧本创作曲和宾白基本上是同步的。他的论文发表后，我读过不止一遍，觉得根据充分，难以推翻。对于这个直到今天还有争议的学术问题，学界同仁不妨看看这篇文章。

记得有一次，春祥师跟我谈起元杂剧《陈州粜米》，说河南淮阳（即古陈州）至今还流传着包公放粮的故事，"我的文章就在这一点上是新的"。他指的是《〈陈州粜米〉与河南淮阳流传的包公放粮故事》一文，文中引用了不少《淮阳县志》中的材料和他实际调查得来的民间故事。这样的论文，在研究方法上迄今还能给人以启发。

关于《元人杂剧反映元代民族关系的几个问题》等论文，王季思老师在他的《〈元杂剧论稿〉序》中已经做了很高的评价，我这里就不饶舌了。

春祥师乐于提携后辈。我的论文《张养浩和他的散曲》，经他推荐发表在河南人民出版社的《文学论丛》。硕士论文《古代岳飞剧简论》，是在春祥师的支持和指导下，由我自己选的题目。他对我说，我这里当然有题目给你做，但我的意图和观点，你能理解能贯彻吗？所以我支持你自己选题。1982年夏我顺利通过论文答辩，继续留在母校工作。一年半以后，我考入中山大学读博，离开了母校和春祥师。然而，彼此间的信件一直不断，寒暑假返豫更是我们师生畅谈的好机会。这些难忘的场面至今记忆犹新。

由于历史的原因，到20世纪80年代以后，春祥师这一辈人开始承担繁重的教学、科研任务，但生活条件却不能及时得到改善，特别是住房问题。他原来住在学校西门外的"军代表院"中。所谓

"军代表院",是"文革"期间为驻校的军代表兴建的住房,在当时属于面积较大、质量较好的房子。军代表撤走后,分给了处级以上干部或有相当职务的"双肩挑"教师。春祥师没有职务,所以只能居住同一个院子中按普通标准盖的一套平房。房子搭建在"军代表院"的角落里,显得低矮而简陋。但春祥师却不以为意,他只是觉得房子太小,书都拿不出来,影响做学问。后来他搬进楼房,房间是大了些,但由于是顶楼,一到夏天,骄阳似火,又没有空调,房子里气温高达三十六七度,连家具都热得烫手。就是在这样的条件下,他照样读书做学问。我至今想起他挥汗如雨、奋笔疾书的样子,都不禁鼻酸。

1993年,听说春祥师病了,我简直不敢相信。他身体一贯很好,生活极有规律,夏天游泳,冬天跑步,不喝酒,不抽烟。记得1983年我们在北京爬景山,他比小他十几岁的学生王世声还先登到山顶,怎么就……

这年10月,我专程回开封看望他,一进门就呆住了。他整个人瘦得只剩下一把骨头,从床上步行到洗手间都要用手扶着墙壁慢慢挪。我极力掩饰着伤感和他聊天,而春祥师更是若无其事地和我谈学术、谈人生,没有流露丝毫的悲观。当时,正赶上我的《中国近代戏剧形式论》和《苏州剧派研究》相继出版,我双手捧着献给他。他翻看了一下两书的目录说:"噢,是青出于蓝了!"一出他的家门,我的泪水便夺眶而出。一个月后,噩耗传来,敬爱的李春祥老师永远离我们而去了。

春祥师生前曾对我寄托着很大期望,希望我从中大毕业后能回河大协助他工作,把河大的古代戏曲研究和古代文学学科搞上去。其实,他过高估计了我的水平和能力。我辜负了他的希望,只能从心底里默默地说一句:春祥师,对不起!不过,对母校的感情,对老师的怀念,一直刻骨铭心,苍天可鉴!中国有句古语说:一日为师,终身为父。我虽未能在他病重期间侍奉左右,但他为人为学的精神品格，足够我受用终生。他一直是我精神上的父亲。

谨以此文，献给敬爱的李春祥老师！

作者简介：康保成，1975级本科生，1981级硕士生，教授，博士生导师。

难得是认真

——回忆赵明先生

解志熙

赵明（1928—2015），河南项城人

快近春节的一天，突然接到河南大学一位老同学的电话，说赵明先生去世了。我深感哀痛，急忙询问葬礼的安排，准备回去送老师最后一程，可是听说家属遵照赵先生的遗嘱，不发讣告、不举行公开悼念仪式，而很快悄然安葬，我回去也赶不上了。事已至此，我非常歉疚，可是也没有办法——这就是赵老师的为人风格，他总是不愿麻烦人，连去世也是如此，就那么悄悄地走了。

今天是 2016 年的正月初十。回想三十三年前，我从甘肃的环县考入河大中文系，跟随任访秋、赵明和刘增杰三位先生攻读中国现代文学，师生相从的点点滴滴，还是那么清晰地保存在记忆中。三位先生的风格各不相同——任先生学问渊博、文史兼通，给我们丰富的学术启示；刘先生宽厚开明、循循善诱，常给我们亲切的开导和创新的鼓励；而赵先生为人为学则一丝不苟、特别认真，给我们严格的学术训练，帮助我们打下了比较扎实的文字功底。

那时的赵先生，将近六十岁了吧，已是满头白发，梳理得一丝不乱，平素穿戴整整齐齐，说话做事从容不迫，给人极为儒雅严整之感。他的教学是非常认真的。他给我们开了一门专业课——鲁迅思想研究，其中并无当时流行的"非常惊奇可怪"之论，而一本鲁迅的思想实际，做出了朴实而且翔实的疏解，把最基本的东西教给了学生，他所讲的至今仍然是我理解鲁迅思想与文学的基础。赵先生那一代学者，外语都不怎么好，记得他在讲课的时候说到达尔文，缓慢地一笔一画板书达尔文的英文名"Darwin"六个字母，写得那么吃力而认真，让我们看了觉得可爱可乐。这门课程的讲稿后来经过整理，即以《鲁迅思想发展论略》为题，由河南大学出版社于 1988 年正式出版。赵先生在该书"后记"里有这样的交代——

> 鲁迅思想是个老的研究课题，也是个没有穷尽的研究课题。对此课题，在前人研究成果的基础上，应该而且可以研究出些新意来。但限于自己的学力，而我没有能够真正做到这一点。堪可告慰的，是我严格从鲁迅作品的实际出发，来论述鲁迅的思想及其发展，尽量把自己的论点牢固地建筑在客观材料，主要是鲁迅自己的有关论述的基础上，努力做到言必有据，力求不说空话，或少说空话。至于是否做到了这一点，以及从材料中抽象、概括出来的观点是否符合鲁迅思想的实际，那只有留

待专家和读者去评说了。

鲁迅思想的分期，也是一个老问题。当前的鲁迅研究早已跨过这个问题向新的领域开拓，向更高的层次攀登。不过，鲁迅研究界对此问题的见解，迄今并不一致，但也不必非取得一致意见不可。学术问题，见仁见智，古往今来，莫不如此。我的意见，是分为早期、前期（或叫中期）和后期。据此，全书的内容相应地分为上、中、下三篇。但鲁迅的改革国民性思想是贯穿早期和前期的。比较起来，前期表现得更为明显和突出，为避免重复和割裂起见，故把此问题放在中篇，即前期思想内统一论述。出于同样原因，前期、后期的文艺思想也没有分别论述，而是统一在下篇，即后期思想内论述，后期的鲁迅对此问题讲得更多更充分一些。这是需要加以说明的。

鲁迅，是现代中国的圣人，是中华民族的骄傲。他的思想博大精深，异常丰富，既像一片汪洋大海，又像一座无尽宝藏。这本小书的所得，如能是从这大海中汲出的一滴小小的水珠和从这宝藏中取回的一块小小的矿石，那我总算在宣传、普及鲁迅思想方面做了一点很微乎其微的工作。这也是我开设这门专题选修课和出版这本书的目的。

这是非常谦虚朴实的学术自白，表达了赵先生严谨认真、实事求是的学术态度。

认真，确实是赵先生教学和研究的本色，而且是一贯认真，这是极不容易的。近日偶然从孔夫子旧书网上搜得赵先生在20世纪七八十年代的《中国现代文学史讲稿》手稿，一章章蓝笔书写、红笔修改的痕迹，历历在目，即使注明"定稿"的曹禺一节，仍然多所修改，反映出赵先生严谨认真、一丝不苟的教学态度，再想想今天许多教师用PPT东拼西凑对付学生，真是不可同日而语了。再看家属保存的先生论文《论"非物质，重个人"——鲁迅思想初探之二》原稿，细心修改，丹蓝灿然，同样可以看出先生为文的认真。

赵先生也将认真手把手地教给学生。80年代中期，我们一帮后生小子受当时学术创新之风的影响，在课程作业中也往往喜欢独标新见。对我们幼稚的新见，赵先生即使不很赞成，也宽厚地表示理解，但对我们行文的逻辑是否合理，以及文字是否通顺恰当，赵先生是绝不马虎放过的，发回的作业都有他认真的修改和疏通。这给予我们师兄弟深刻的教育，让我们不敢对自己的文字再马马虎虎。

那时，随着政治上的拨乱反正和思想上的渐趋解放，过去许多不能看、不能讲的现代作家作品都可以看、可以讲了。与此同时，中文学科的大学自学考试热蓬勃开展，社会上也需要一些文学导读书。于是——记得是我们读研的第二年吧，我向同学袁凯声、李天明及师兄关爱和提议，我们自己不妨编一本《中国现代文学名作提要》，以情节提要和内容题解的方式，介绍现代文学作品，一来可以督促我们自己多读原著，二来集结起来的"提要"出版了，也可供参加文学自学考试的社会人士阅读。这个提议获得了大家的积极认可和热烈响应，袁凯声很快和河南人民出版社的编辑徐豫生兄联系，迅速达成了出版协议，进而扩展为一套包括了"古典""现代""当代"和"外国"四分册的《中外文学名作提要》，其中"现代"分册就由我们师兄弟五人编写，并请赵明先生和王文金先生担任主编和副主编，负责把关。编写这样一本现代文学名作提要，在当时的学界也算是"创举"，所以没有多少先行成果可资借鉴。为此，我们同学五个差不多花了近两年的时间，四处寻觅书籍，认真阅读原著，再撰写提要。有些书当时在河大找不到，如张爱玲和路翎的作品，是我负责编写的，记得还是到老北图设在国子监的旧书库里借出来，就坐在那里的阅览室里匆匆阅读、草草记录下来，回去后再整理提要的。提要草稿写出来了，负责主编的赵老师和王老师再做审订。王老师那时还是年轻教师，对我们同学几个比较宽松，一般不驳我们的面子。赵先生则非常严格，他审订我们的稿子，那真是认真到一个字也不轻易放过,发下来的稿子往往有他亲笔的修改润色和疏通删节,大家看完,心里只有惭愧,于是也就日渐认真仔细起来。应该说,幸亏有赵先生的严格把关,才保证了此书的质量。1987年3月,厚厚一大册、多达四十万字的《中外文学名作提要·中国现代文学分册》率先出版了。书前有这样一段出版说明——

> 《中国现代文学名作提要》分册,选取了"五四"至建国前三十多年间在中国现代文学史上有一定地位和影响的一百二十一位作家的著名作品。入选注重体裁、内容、风格的多样化,并兼及到各流派的代表性,较全面地展现了现代文学创作的基本面貌和发展轨迹。这些被提要的作品,是本分册的执笔人关爱和、李天明、袁凯声、章罗生、解志熙同志,从几百位现代作家的大量作品中遴选出来的。在撰写提要的过程中,他们又反复阅读了原著,几易其稿,花费了巨大的劳动。最后由本书主编赵明同志和副主编王文金同志审阅定稿,其间还得到了河南人民出版社诸位同志的指导和帮助。尽管我们做了这些努力,入选的作品以及内容提要也未必精当,疏漏和错误之处在所难免,恳请广大读者批评指正。

这段说明文字当是出于赵明先生的手笔,写作时间是"一九八六年七月十日",那正是我们刚毕业的时候。赵先生在其中多说我们几个学生"反复阅读了原著,几易其稿,花费了巨大的劳动",而对自己的认真审改之劳则一笔带过。其实,赵先生的认真审改,不仅保证了此书的质量,他一丝不苟的认真作风,也深刻地影响了包括我在内的同学诸子的学术态度,真可谓一生受用。即如我自己,此后为学作文,撇开观点的孬好不论,至少在为文的文献根据上是否可靠、文字的表达上是否文从字妥,从此不敢再马虎,如果发现错误,也一定及时改正声明,绝不会文过饰非。这些都是拜赵先生的示范和教诲，所以至今铭感难忘。

记得有一段毛主席语录，是小时候语文书中的一段，背得很熟的——"世界上怕就怕'认真'二字，共产党就最讲认真。"赵先生是老河大的学生，青年时期就追求进步，执着多年后方始入党，为人为学虽不免拘谨，但认真是一贯的本色，几十年如一日，此所以难能可贵也。正是怀抱着信仰、秉持着认真，赵先生在20世纪七八十年代之际和几个同事一道，毅然承担了中国现代文学资料中最繁难的一种——《抗日战争时期延安及各抗日民主根据地文学运动史料》的编纂任务。这是一项拓荒性的学术工作，为此，赵先生及其同伴东奔西走、躬自抄录，历时数年，终于编成三大册近百万余言的资料，出版后受到学界的好评，为解放区文学研究做出了重大贡献。没有认真的精神和执着的信念，很难设想这项繁难的工作会如期完成。

1990年我回到母校河大工作，此时赵先生已经退休，安度晚年。我有几年和他同住在苹果园老区，几乎每天都能够看到他安步当车、从容闲适的样子，对学术则完全放下了。有时和他聊天，发现他在学术上其实并未停止思考，但面对浮嚣日甚的学风，他自感难以适应——认真理论，无人理会，附和时风，非他所愿，于是也就索性不再着笔了。21世纪之初，我调往清华工作，每回河大，都会去看看他老人家，而眼见先生暮年不免寂寞，心里不禁黯然。说起来，一贯严谨的赵先生是不善于也不好意思表达感情的，但是，暮年的他似乎也容易动怀旧之情。记得有一年，我和一位阔别多年的老同学去看赵先生，此时先生已不良于行，坐在轮椅上，看到我们两个老学生来了，高兴得伸出胳膊与我们拥抱，激动得热泪盈眶，难得地展现了他的性情的另一面，让我们两个老学生感念不已，在心里永远地铭刻下那温暖的一幕。

近日翻检旧书，没想到在书柜底下看到了陈涌先生的《鲁迅论》。此书出版于1984年，我不记得自己曾经买到过，可是怎么会有它呢？于是拿出来翻翻，见扉页上有赵明先生的购书题记，乃想起还是在河大工作的时候，向赵先生借阅的，而忘记归还了，于是与我的书一并带到了北京。去年初冬和冬末，陈涌先生和赵明先生相继去世了，这本赵先生购买的《鲁迅论》，我想请求师母和师妹能允许我不还——我希望保存它在自己手头，作为永远的纪念。

作者简介：解志熙，1983级硕士生，清华大学中文系教授，博士生导师。

张振犁老师和他的中原神话研究

——兼谈对中原神话研究的认识

吴效群

张振犁（1924—2020），河南新密人

北上太行、王屋，南下桐柏、伏牛，西登秦岭夸父之山，东去商丘火星之台，访羲陵于淮阳之丘，谒娲皇于西华之都，考新郑具茨黄帝之墟，察新密云岩之宫，奔孟津、洛内观"龙马负图"之迹，追大禹导洪流之功于嵩岳之麓。神话学家张振犁教授的中原神话调查，为学术史留下了一笔厚重的遗产。本文追忆张先生的工作生活往事，审视他遗产的价值，为中原神话研究的进一步发展而努力。

引　言

著名的民间文艺学家、神话学家、"中国民间文艺山花奖终身成就奖"获得者、原中国民俗学会副会长、河南大学教授张振犁先生于 2020 年 1 月 24 日在开封仙逝，享年 97 岁。张老师离世的时间正值新冠疫情初始社会紧张之时，家属没有通知外地亲友和学生，丧事从简，事后才告知大家。我是两周后才知道消息的，对没能赶往开封送老师最后一程深感遗憾。但安静下来想，张老师一生低调自律，最不愿意给人添麻烦，这不正是他一贯的风格吗？

张老师 97 岁无疾而终。回顾张老师的一生我们发现，他命运多蹇，却一直勇往直前；他不畏艰苦，矢志不渝，终获名垂青史的学术发现；他抱朴守拙，布衣终生，身边却环绕着一批以他为榜样的学生。俗话说：仁者寿，这句话放在他身上真是再恰当不过了。作为张老师培养的唯一的研究生，我深深地怀念与他在一起的美好日子，对于他的离世无限悲痛。这种情感促使我坐下来，认真思考他给我的各种关心帮助、教育培养、学术期待，以更好地继承他的遗志，开拓进取，将他开创的事业发扬光大。

一

1988 年，我从山东师范大学中文系考入河南大学跟随张振犁老师攻读民间文学方向研究生。当年报考者一共 6 个人，张老师希望能招 2 个。但是当国家划的复试分数线公布后，所有人都大吃一惊，分数线竟然一下子比过去高出了 30 分。我们 6 个考生全都没有过线，我的分数最高，但比复试线还差 2 分。张老师费了不少劲，最后也只把我一个人拉进了复试，最后办了破格录取。"改革开放"之初，山东的经济发展水平比河南要高，社会上有着对河南的各种

"妖魔化"说法，我非常害怕将来毕业回不了山东。到河大复试临离开时，我跟张老师说毕业后要回山东。张老师一听就笑了，说："你现在八字还没一撇呢，说这些太早了吧。"后来，听说张老师还找了系主任说这个事情，领导好像也没有什么办法，说先招来吧。

张老师一生爱戴、追随他的老师钟敬文教授，以钟老为事业和生活的榜样，对钟老充满了感情。我们上课中间，他经常给我讲一些在北师大读书的事情。说周末时钟先生经常带着他、张紫晨、乌丙安三位研究生去琉璃厂淘书，说这是他们最感幸福的时候。在他的眼里，老师钟敬文善良、睿智、和蔼、沉静，为学生们所敬仰。张老师是钟先生的大弟子，深得钟先生的信任和喜爱。张老师曾给我讲过一件事情，钟先生经常让学生帮他誊写文章，张老师总是完成得最好。钟先生对张老师的信任是从这些细小的事情逐渐积累起来的。

张老师个性严肃，讲课一板一眼，无论上本科生的大课还是我一个人的小课，他都写有教案，讲课基本不脱离讲稿，难以称得上生动。但选他课的学生却不少，张老师的课以中原神话、民俗、民间文艺立论，让同学们感到亲切。一些学生就是因为听他的课而走上专业或业余民俗学研究道路的。这批人为数不少，研究主题又多集中于中原神话和民俗，以至于被称为"中原神话学派"。其实，这只是一个方面，据我的观察，张老师受学生们欢迎，主要还是因为他朴实的个性，同学们愿意跟他打交道。

最让我感到温暖、难忘的事情是，1991年初夏我硕士论文答辩的当天，早上5点多钟，我刚起床打开房门，就见张老师正伫立在门口。张老师把我拉到一边说："有几个问题，我怕你答不上来，我先问问你。"临离开时，他又专门叮嘱我答辩时不要紧张。送他下楼后，他蹬上代步的小三轮车，一扭一扭地蹬着走了。这时，初升的太阳洒得遍地金黄，我对他的印象长久地定格在这一耀眼的瞬间。那年，张老师已经67岁。

为了让我扩大学术视野，张老师为我争取了赴北京访学的机会，到北师大和中国社科院各学习一门课，费用由河大中文系出。张老师专门给钟老写信安排我的行程，到北京后，我首先拜见了钟老，钟老问了一些张老师和我的情况，嘱我"好好地跟张（振犁）教授学！"安排陈子艾、刘铁梁、李稚田、李德芳老师轮流为我讲授了"中国现代民间文艺学史"课；我又去社科院马昌仪老师家，跟她学了"港台神话研究"课。那段时间，恰逢中国民间文艺家协会成立40周年，钟老嘱人带我去参加了庆祝茶话会。这是我第一次参加这么盛大的学术活动，见到了许多中国文艺界的名人，心中有说不出的激动。在北师大访学期间，无论老师还是研究生，得知我来自河南大学，是张老师的学生，对我都非常热情，有一种一见如故的感觉。我深刻地感知到了张老师在大家心目中的形象。

张老师曾跟我谈过他走上民间文艺研究道路的原因。他父亲和大哥都是心灵手巧的蜡花艺人，每到春节前都会制作蜡花去卖。父亲和大哥技艺高超，制作的蜡花非常漂亮，给予儿童时期的他强烈的美的冲击。现在谈起这件事儿的时候，他的赞美之情仍溢于言表。张老师出生于河南省密县一户普通的农民家庭，从他父亲和大哥掌握精湛的手艺可以知道，他家家风一定不错，家人也是求上进的勤快人。张老师1948年赴北京考大学，同时考上了北京大学哲学系和北京师范大学中文系，因为北师大不收学费还管饭就选择了北师大。一个河南的农家子弟何以有如此雄心和胆量去考北大、北师大？没有家庭的影响是断不可能的。张老师外形虽似木讷，但内心细腻。他的字写得很是秀美，让人难以跟他这个人联系起来，应该说张老师是一个大智若愚的人。

在学术界张老师是以"笨拙"著称的。自20世纪80年代发现中原神话以来，他在中原地区进行了20多年的田野调查。足迹遍及中原大地，用他自己的话说："北上太行、王屋，南下桐柏、伏牛，西登秦岭夸父之山，东去商丘火星之台，访羲陵于淮阳之丘，谒娲皇于西华之都,考新郑具茨黄帝之墟,察新密云岩之宫,奔孟津、洛内观'龙马负图'之迹,追大禹导洪流之功于嵩岳之麓……足迹遍中原。跋山涉水,踏雪履冰。"① 从 1988 年读研究生始,我多次跟随张老师进行中原神话与民俗的田野调查,现在印象比较深刻的有:商丘火神台阏伯神话调查、淮阳和西华洪水后伏羲女娲兄妹婚神话调查、登封大禹神话调查、密县黄帝神话调查、太行山盘古和女娲神话调查。它们短则数天,长则数周。

嵩山的大禹神话调查和密县的黄帝神话调查,辽宁大学乌丙安先生的研究生吴秀杰加入了我们;淮阳、西华、太行山的女娲神话调查,乌先生的另一位研究生杨利慧加入了我们。张老师和乌先生读研究生时是住上下铺的师兄弟,我们两所学校自然联系得紧密一些。现在,吴秀杰、杨利慧早已成为学界翘楚,每当我们回忆起当年的情景,都会觉得特别美好,特别受益,也会由衷地感谢张老师无私的提携。记得在嵩山调查时,我们在山上转悠了一天,又累又饿,好不容易到了一个村子,在一个小饭店点了饺子,谁想到竟然咸得难以下咽。我们还曾走进一户人家歇脚,户主老先生拿出山里产的红枣、核桃、柿饼热情地招待我们,说自己以前在登封当过兵。临告别时,老先生突然问我们:×××走了没?这个×××是解放前驻守登封的国民党军阀,这让我们大为诧异,这个人大概解放后就没有离开过大山。在调查频繁的那几年,张老师已年逾七旬,但他从来没说过累,也不需要别人照顾。

张老师的中原神话研究,取得了丰硕的成果,主要著作有:《中原神话专题资料》(中国民间文艺家协会河南分会,资料本,1987 年)、《中原古典神话流变论考》(上海文艺出版社 1991 年版)、《东方文明的曙光——中原神话论》(东方出版中心 1999 年版)、《中原

---

① 张振犁:《钟敬文与中原神话研究——怀念恩师钟老》,《西北民族研究》2002 年第 2 期。

神话研究》（上海社会科学院出版社2009年版）、《中原神话通鉴》（河南大学出版社2017年版）。尤其是2017年94岁高龄时出版的皇皇四大部的《中原神话通鉴》，是他对一生搜集的中原神话资料的整理荟萃。对于每一篇入选的神话作品，张老师都附上了学术价值评析，相关的考古、民俗、文献、碑文等资料。

张老师的中原神话调查在学术史上具有重要的意义。20世纪80年代，我们国家刚经历了"文化大革命"，民俗学科沉寂多年后逐渐恢复，但前进的道路并不明了。张老师的中原神话调查异军突起，受到学界的广泛关注。中原神话调查强化了民俗学田野调查的风气，对于中国民俗学的发展起到了重要的引领作用。2007年，张老师获得中国民间文艺"山花奖"首届"终身成就奖"。当时，民俗学界尚有数位声望和资历都在他之上的学者，但中国民间文艺家协会选择将这个巨大的荣誉授予他，除了中原神话调查本身意义重大，更加看重的是他几十年如一日，任劳任怨、甘于寂寞，为民族文化事业的进步、民间文艺学学科的发展默默奉献的精神和顽强拼搏的态度。

中原神话的价值越往后越发凸显。20世纪80年代张老师进行中原神话调查时，"改革开放"刚刚开始，民间文化还没有受到现代化发展太大的冲击。张老师的中原神话调查为我们保存了那份难得的"历史面貌"，从中我们能看到民间文化与中国古典神话的联系，看到古老的神话通过信仰、民俗、艺术等延续着、延展着。在今天河南各地的非遗保护、传统文化资源开发过程中，张老师的中原神话提供了关键的支持，发挥了重要的作用。

三年的河大研究生生活，我过得充实而快乐。不仅建立起对学术的热爱和信心，而且拥有了一批志同道合的朋友。答辩后不久，现代文学教研室主任杜运通老师来我宿舍，问我毕业后的去向，说留（校）欢迎，走欢送。我虽然十分不舍，但终难摆脱对河南落后的偏见，不愿意留校。离校前，中文系为我们毕业研究生举办了一个欢送晚会，大家一边吃着水果，一边畅叙友情，轮流表演文艺节目。轮到我时，我说要给大家唱首歌。开唱之前，我首先想对张老师、对河南大学表达我的感激之情。不料话没说完，我心中突然涌出一股无法抑制的情绪，竟然失声痛哭起来。这时我才发现，我是多么舍不得离开河大、离开张老师啊！至于后来，我回到山东不到俩月，又返回河大办了留校手续，因与本文关系不大，不再赘述。

二

张老师跟我应该就是父子的缘分。独根独苗，长相厮守。有父子之间的情谊，也少不了亲密关系而致的摩擦。当然，它们都是围绕中原神话研究产生的。我的研究生方向是中原神话研究，张老师希望我继承他的事业并使之发扬光大。可我接替他的工作后，却迟迟没能开展他期待的研究。

张老师的学术贡献是巨大的。他记录了众多流传在民间的口传神话，发掘整理了相关的民俗、碑刻、考古等材料，发现了不同神话的分布特点，对搜集的所有神话做了扼要的学术评析。林林总总，事无巨细，可以说没有对民众的热爱和为他们奉献牺牲的精神是难以做到的。但是这种情感也多少妨碍了他冷静客观地看待中原神话。

张老师中原神话研究的第一本专著是1991年出版的《中原古典神话流变论考》，在书中，他梳理了从古典神话到当代中原神话的演变过程，指出虽受历史化、宗教化等影响，神话的内核还在。历史化、宗教化是神话流传过程中的正常现象。这本书获得了学术界普遍的肯定。1999年，张老师完成了国家社科基金重点项目《东方文明的曙光——中原神话论》并出版。与第一本书不同，这本书主要是借助新搜集的中原神话去探讨古代中国文明的生成问题，与第一本书论证的方向正好相反。这在学术界引起了不小的争议，被认为方法论不能成立。

张老师研究中出现的问题，与其所处的时代密切相关。张老师之前的汉民族神话研究，主要对古籍中的神话资料进行钩沉校点，由此形成了汉民族神话不发达、汉民族缺乏想象力等观点。中原神话大量发现后，张老师首先想到的是以大量存世的中原神话反驳这个观点，并且想通过对中原神话的研究尽快弥补上过去神话资料缺乏导致的神话学和史学研究的缺失。但张老师显然冒进了，中原神话即便不能证明是书本回流到民间的抑或是后世产生的，但也不能就此证明是原始时代的。这本就不应该是个问题，尊重它的存在状态就好了。

我跟张老师讨论过从民俗学的角度开展中原神话研究的问题。从功能主义的立场看，中原神话中的盘古、伏羲、女娲、黄帝、大禹、阏伯等上古大神，依然被中原地区民众虔诚信仰，他们开天辟地、创造文化的功绩演绎出中原的风尚惯习，他们的足迹遍及中原山川大地，这不就是神话学所言的神话乃"神圣的叙述"吗？但这个时候张老师显然已没有更多的精力思考这方面的事情了。《东方文明的曙光——中原神话论》出版时，他已年近八旬，他把以后的精力放在对巨量的中原神话作品的整理上，他要对一生的学术工作做个完美的总结。

中原神话的民俗学研究，抑或讲把中原神话放在历史及社会中进行探讨，说起来容易但做起来却不易，它需要丰富的多学科知识，以及对这些知识融会贯通的能力。我的硕士论文曾尝试从民俗学的角度对中原开辟创世神话进行研究，但所做到的只是描述了中原神话与民俗中众人皆可看到的关系，远谈不上是研究。从那以后，我再没有做过这类的"研究"。

神话的民俗学研究，早有学者发表过这方面的看法。法国结构主义人类学家列维－施特劳斯（Claude Levi-Strauss，1908—2009）认为，神话表达了一个民族对于人类社会普遍存在的二元对立困境的化解和超越。瑞士的分析心理学家荣格（Carl Gustav Jung，1875—

1961）认为神话是表达"集体无意识"的"原型"，它规范了一个民族社会生活的基本特点。毁灭与重生之间，中原民众是如何获得平衡和实现超越的？作为原型的中原神话是怎样在中原社会呈现的？神话与社会的研究能做到这一步，殊非易事，但却是中原神话研究最具价值的方向。坦率地说，这么多年来，我一直在进行这方面的努力，直到近年才稍有所得。

1998年博士毕业回河南大学后，我在中原地区开始了持续的民间信仰和神话调查、1938年黄泛亲历者生活史调查。在长期的综合性调查过程中，我逐渐发现了近一千年来影响中原社会的关键因素——黄河。北宋以后，黄河失控，曾发生过数次改道和不计其数的决口泛滥。北宋以来的黄（河）泛（滥）区，北抵海河，南到淮河，西至郑州，覆盖了华北的大部分地区。屡屡发生的黄河灾害改变了这一地区的自然形貌，也改变了其社会形态，中原社会陷入持续动荡和贫困中。黄河犹如达摩克利斯之剑，深刻地影响了这一区域人民对于世界、对于生活的看法。

明代中后期，在这个广大的黄泛区域，出现了无生老母"世界毁灭—创始神渡劫"的神话，兴起无数信奉无生老母的民间教派和香会组织。我们知道，"洪水后兄妹婚繁衍人类再造世界"神话是汉民族的一个重要的神话类型，古老且流传范围广泛。明代的无生老母神话只是在这个古老的神话类型里增添了佛教、道教的内容，神话的性质并未改变。我们不应纠缠是否在明代中后期汉民族精神世界里出现了一个新的神话类型，应该做的是去探究什么原因导致一个古老的神话类型在此时又重回社会意识形态的中心。

无生老母救劫神话与古老的"洪水后兄妹婚"神话表达着同样的意识形态，无生老母神话并没有取代洪水后伏羲女娲兄妹婚神话，我们看以下情况：在豫东，古老的"洪水后伏羲女娲兄妹婚"神话和无生老母神话都有流传，因女娲信仰而结的香会组织数量上要超过以无生老母信仰而结成的香会组织；在传统的女娲神话与信仰的兴盛地之一的太行山区，太行山的支脉王屋山被视为无生老母的祖庭。但在这里，无生老母神话和信仰的兴起并没有取代女娲神话和对女娲的信仰，女娲神话和信仰在这一带一直非常兴盛。

因黄河泛滥灾难而盛行的毁灭—救劫意识形态，深刻地改变了这一广大的区域社会。明清以后的华北地区，信奉这一意识形态的民间教派、民间信仰组织大量出现，卡里斯玛（charisma）（原意为"神圣的天赋"，来自早期基督教，初时指得到神帮助的超常人物，引申为具有非凡魅力和能力的领袖）特质的巫婆神汉成为地方社会的骨干。传统的宗族组织、村落共同体名存实亡，儒家意识形态被大大削弱。这种情况尤以中原为重。黄河以北地区，明清以后黄河泛滥灾害逐渐减少，但黄河中下游的中原却是灾难愈加严重。灭顶之灾一次次袭来，苦难的人们不得不在这片土地上一遍遍地重建他们的生活和信心，社会资本消耗殆尽。

在社会重建过程中，我是谁？我来自哪里？我要到哪里去？是每个人都会思考的问题。我们看到，中国传统的创世大神、人类始祖神、文化英雄神一直活在中原人民的生活中，为动荡不安的社会提供最低的社会共识和最基本的信心支持。

我对中原神话研究的这些想法以及研究思路，是近一两年才产生的。这两年张老师的身体越来越差，我已经没有办法跟他汇报交流这些事情了。留校以后，我每隔一段时间便要去他家看看，跟他聊聊工作和生活上的事情。我们的话题总会转到中原神话研究上，他希望我尽快拿出研究成果。但是，近几年我们见面时，他不再提中原神话研究的事情了。我心里非常难过，也非常着急，我感觉我已经让张老师失望了。

假设，我今天能有机会跟张老师交流我的观点和研究思路，他会怎么看呢？我相信他至少能了解我并没有懈怠不敬，也一定会理解并支持我的研究设想。学术的薪火相传，不是简单的复制，而应是在扬长避短基础上的发扬光大。一代学者应有一代学者的思考和贡献。

　　谨以此文，敬献于恩师张振犁教授灵前！

　　作者简介：吴效群，1988级硕士生，河南大学文学院教授，博士生导师。

怀念张振犁先生

梅东伟

2020年1月24日，敬爱的张先生离开了我们。由于新冠疫情的影响，没有办法送先生最后一程，颇为伤感。其实，虽然在距离上我离张先生很近，但得知张先生去世的讯息还是比较晚的。记得那几天我正手忙脚乱地准备新学期的一门研究生课程，常常一整天的时间都不怎么看手机，几乎处于自我封闭状态。突然有一天，河南省社科院的一位朋友打来电话说，东伟，张先生过世了，你们怎么安排的，有没有吊唁仪式？我一头雾水，大概应付了几句。挂掉电话，打开微信，我才发现已有同事和朋友发来相关讯息，朋友圈不少同人已在悼念张先生，霎时间一种愧疚之感涌上心头。

这两年以来，记得除了一次得知张先生生病住院，到医院探望之外，其他时间就没有去看过先生。那次探病是在东京一附院。就张先生的年纪而言，他的身体一向算是不错的，这次住院据家里人说是因为不小心摔跤引起的。那次见张老师跟他说话，他已经不怎么认识我了，给他说了多次名字之后，他才好像略略记起的样子。其实，我和其他老师、朋友往常看张先生的时候，也出现过这种情况，要多次告诉张先生名字，他才能逐渐想起，毕竟他已经是八九十岁的老人了。从师承而言，我算是张先生的再传弟子，我的导师是高有鹏和吴效群两位教授，陈江风和程健君两位老师也给我们开过课，而诸位老师都是张先生的弟子。实际上，张先生也给我们开过课。

我是河南大学民俗学硕士点获批后的第三届学生，同学有姚向奎、李春久、唐霞、贺霞和李姗姗，一共六位，2007年硕士毕业后，大家"风流云散"，各奔前程，我留在了学校，坚守大本营。2004年入校的第一学期主要是公共课程，唯一的专业课便是张先生的"中原神话研究"。当时大家都知道张先生已经是80多岁的老人了，不知道其他同学是什么想法，反正我心里是犯嘀咕的：80多岁的老先生了怎么还上课啊，还能上得成吗？无论心里怎么想，课该上还是要上的，上课的地点是张先生家。这是一个三室一厅的房子，在一楼，课堂就设在客厅。我们到的时候，张老师已经安静地坐在一张圈椅上，他用手招呼我们：都坐吧。大家一边问"老师好"，一边找地方坐，三个女生坐在沙发上，三个男生分别搬凳子，围着张老师坐下来。坐好后，我开始端详老先生：他满头银发，鼻梁上架着一副老花镜，脸色红润，气色很好。张老师似乎也开始观察我们，并让我们一一作了介绍，由于张先生耳朵不大好使，所以我们自我介绍时，名字往往要咬着字说两遍；但老先生的记性却是没的说，当我们一周后第二次来上课的时候，他竟一一叫出了我们的名字。第一次上课的内容，大约是他《中原古典神话流变论考》中《中原古典神话流变鸟瞰》这部分的内容，但相比书中的内容，似乎讲述了更多背景性的知识，其中多次提到了钟敬文先生的《论民族志在古典神话研究上的作用——以〈女娲娘娘补天〉新资料为例证》一文，并告诫我们要多读钟老的著作，言语中透露着对钟老的敬仰之情。张先生的课是两节，上午9：00—11：00，课程中间一般不休息，当然我们常常会开开小差儿，但先生却是自始至终絮絮而谈，并且绝少无关教学内容的题外话。当然，他有时候也会给我们唠唠和学生们之间的一些趣事，比如有一次课堂上讲到中原神话研究中的一个"典故"，他说，有人说中原神话研究就像"西天取经"，我就是

"唐僧"，还有"猪八戒""孙悟空"和"沙僧"。我们当即会意，张先生说的是他的几位得意门生，程健君、陈江风、孟宪明、高有鹏和吴效群等。中原神话的田野考察与研究是张先生的学术志业，因而，每每课堂上提及其间的典故或趣事时，他就满脸笑意，讲到高兴处甚至会哈哈大笑起来。可见，在先生心目中，那是多么值得珍视和幸福的事情。

第一学期很快就过去了，张老师的课也就结束了。课程结束后，是需要提交作业的，为了完成作业，我便找来张先生的《中原古典神话流变论考》一书，细细地读。阅读的具体感受多数已经记不得了，但有一点至今难忘，就是当时感到张先生书中的一些论证方式有些"不通"，并且几乎所有论文的结论都是：较之文献记述的相关材料，今天口头流传的中原神话才是"原始"的，才是民众愿望与意志的表达。所以，也便不以为然，甚至最后还将这种想法写出来作为课程论文提交给了张先生。今天想想，这种做法是年少气盛，过于轻狂了。实际上，张先生的《古典神话流变论考》一书刊印于1991年，在当时有着很大影响，对于促进当时深陷危机的中国民俗学的转型也是发挥了作用的，尤其推动中国神话学面向现实生活中的"口承神话"展开研究的意义，更是不可估量。其实，在20世纪的最后十年正处在中国民俗学自我反思和学科转型的时期，对以往学术研究范式展开反思的学者和著作很多，其中的某些著作也对张先生的研究提出了十分尖锐的批评。然而，学术本身便是在反省中发展的，曾经的反思在特定的时期有其道理，但一种有价值的学术研究及其成果的学术史意义却是不能抹杀的，张先生的中原神话研究便是如此。如中国社科院施爱东、毛巧晖主编，相关专家集体撰著，2019年出版的《新中国民俗学研究70年》认为，20世纪80年代至21世纪初"空前的民间调查与资料搜集，进一步促进了各地神话研究的发展。其中，以张振犁的中原神话研究最有代表性。张振犁重在探讨中原神话所蕴含的古代哲学观念、科学思维和文化模式，代表作有《中原古典神话流变论考》（上海文艺出版社 1991 年版）、《东方文明的曙光——中原神话论》（东方出版中心 1999 年版）。在此之前，神话的搜集与调研多在民族边疆地区进行，中原'活态神话'少有被提及。张振犁认为，在田野中发现和研究神话是一种'文献的回流'，是在田野中检视文献记载的内容，这为神话研究提供了新的思路"。

在学校工作期间，同人们也常到先生家探望，记得某年教师节我们到张先生家，先生很高兴，跟我们聊他的生活，他说每天要走50 步，然后练太极剑，还指着放在一旁的剑让我们看。看到先生身体好、心情好，大家也颇为欣慰。但张先生的退休生活绝不只是练练剑、走走路而已，他始终没有停止工作，在 2015 年的时候他还发表了学术论文《从中原龙神话看"中华第一龙"的文化史价值》（《濮阳职业技术学院学报》2015 年第 2 期）；尤其是他的《中原神话通鉴》，也在反复整理、打磨中付梓刊印了，这是先生多年的学术愿望。

谨以此文怀念敬爱的张先生！

作者简介：梅东伟，2000 级本科生，2004 级硕士生，河南大学文学院副教授。

跟程仪老师学现代汉语语法

吴海峰

程仪（1925—2015），江西资溪人

我是1976级工农兵学员。1976年10月入学。

我们的现代汉语语法课，比起其他课程，学得最扎实。入学时，我们的学制是两年。"文化大革命"结束后，曾有动议改学制为三年（后来没有成功）。这样一来，我们的现代汉语语法课就讲授了两遍。两遍的课程讲授都是由程仪老师完成。

程仪老师当时50来岁，面色红润，常常面带笑容，既儒雅，又可亲。可能是福建人，一口闽南口音。

程仪老师讲课很有特点：

善于提纲挈领。程老师总是把语法规律一一板书，然后再举一反三地列出语法现象加以佐证，就像几何证明一样，加深了大家的理解，在理解的基础上，记忆了语法规律。

循循善诱，不厌其烦。因为语法比较抽象，需要大量的语言现象来说明。程老师讲课板书非常多，总是写了擦，擦了写，一节课下来，衣服上厚厚的一层粉笔末。如今，每每看北京大学陆俭明教授的现代汉语语法研究的课程视频，程老师当年授课的情景就会一幕幕地浮现在我的眼前。

善于课堂提问。因为我们的文化程度参差不齐，为了使大家真正掌握，程老师每节课总会选择不同文化程度的同学回答问题。提问从易到难，被提问者文化程度由低到高。对于程度低的同学，程老师总是从多方面启发，从没有让同学为难。

因人施教。对于文化程度好一些的同学，程老师就从介绍课外读物和语法分析材料两方面给以指导。一是让大家扩大知识面，二是选择课本以外的口语和书面语材料，使大家接触更广泛的语言现象。

跟程老师学习现代汉语语法，使我受益匪浅：

毕业后，我分配到河南农业大学，曾在校长办公室从事文字工作11年，其间起草了多篇文字材料，从一般公文，到计划总结，有领导汇报材料，也有大型活动上级领导的讲话初稿。可能有这样那样的瑕疵，但从没有语法上的错误。

工作以来，从没有离开三尺讲台，特别是为研究生开设语法修辞写作课程，是程老师给我的勇气和胆量。这门课要求在语法、修辞、写作相结合的基础上，进行讲授。好在我为本科生讲授过现代汉语语法和修辞，为本科生讲授了应用文写作。正是有程老师教给我的扎实的语法功底，才受到了学生的好评。

程老师给了我开展科研的信心。毕业后,多次回母校拜访程老师,每次都给我鼓励。有一次,领我到中文系资料室,购买了新出版的整套现代汉语教材,鼓励我在岗学习。在程老师的鼓励下,我参加了河南省逻辑学会,为学生开设了法律逻辑学,并出版了《逻辑与语法修辞散论》专著。

每说起河南大学,就不由想起程仪老师,对他的敬意油然而生;每取得一点进步,追根溯源,还是得益于母校,归功于程仪老师。

作者简介:吴海峰,1976级。

追怀程仪恩师

李善美

河大文学院无数老师的风范深存我心,提到文学院的老师,我的敬佩之心油然而生。其中最令我追思缅怀的是程仪恩师,鬓发染霜、乐观向上、平易近人、治学严谨、无私奉献、普通话中带点儿江西口音的程仪恩师。恩师教我们现代汉语,他对语法的研究造诣颇深。那时还没有统一的教材。我清楚地记得我们用的教材是恩师编写的。恩师不仅授课认真,还面批作业。经常课下带领我们用分组讨论的办法,掌握病句的类型及修改的方法。恩师和我们围坐在一起的场景时常浮现在我的眼前,永远铭记在我的心中。恩师平易近人、富有社会担当的责任感,令我钦佩不已!教学认真细心、不厌其烦的教风令我肃然起敬!特别使我难忘的是1977年开门办学时,程仪恩师带领我们在郑州北站向工人阶级学习的三十多天(1977年4月2日至5月6日)。恩师是我们第三组的带队老师。

在这期间,我们除了接受工人师傅的教育,还要完成一篇歌颂工人师傅好品质的人物通讯。因我自幼受"学会数理化,走遍天下都不怕"理念之影响,重理轻文,写作基础不好。届时,后悔晚矣!再加上没有机会上高中(一生中的大短板),心里没底气,思想有压力。我属于心事外露性格,表现出闷闷不乐、心神不安的情绪!程仪恩师见此,和蔼地跟我聊天,得知我的想法,不但没有一点儿烦感，反而热情勉励！至今我记忆犹新。恩师说，"李善美你是开封市优秀教师！只要坚持认真、肯下功夫，怎么会写不好呢？"我听了大吃一惊！恩师看到我的神情，大概明白了我的心思，接着说："这是我招生时知道的。"对我而言，"优秀教师"这四个字早已清零。但，恩师亲切的态度和话语点亮了我的希望之光。恩师让我重温写先进人物通讯的理论要求。我复习后牢记三点：一是通过写真实事迹表彰先进人物要见事、见人、见思想；二是要形神兼备，以"形"传"神"，有一定的文学色彩，还要巧妙地评、议；三是抓住特点写好细节，因为典型的细节往往能最真实、最有力地显示人物的精神特质和内在美。明白了这三点之后，恩师又让我说说写前要做哪些准备。我说："先观察，确定写作对象；再采访，了解先进人物的事迹，深入他的内心。"恩师说："行动吧！"经恩师这样点拨，我心里有了底气。真是茅塞顿开！很有"柳暗花明又一村"的感觉！写"人物通讯"不是恩师教的课，他能这样主动而热情地指导我理出头绪，并且随时加以指导，难能可贵。于是，我从有思想压力，到轻装上阵；从情绪低落，到信心百倍；从不知如何下手，到思路清晰。我怎能忘记这一切都来自程仪恩师的谆谆教导。

　　按照恩师的指导我认真完成了这些准备工作。确定的写作题目是《十里战区的铁人——李宝玉》。我认真构思，提炼主题，选材，列提纲。写完第一遍，交给恩师看后，他做些修改。对于写作的最基本要求，我心里知道，但写时却没完全做到。于是我就按恩师的指导，反复斟酌，认真修改。

　　程仪恩师不厌其烦地指导，我更愿意精益求精，入迷到废寝忘食的地步。但课堂上学的理论总不能运用自如，往往顾此失彼。为了写好，自己修改，誊好再求指导。恩师和蔼地问："写先进人物要处理的两个关系你知道吗？再补充一些如何处理两个关系的内容。"自己回忆，再查笔记："写先进人物要处理的两个关系：一是先进人物和党的领导的关系。党的领导和共产主义思想的哺育，是先进人物成长的根本条件；二是先进人物与广大群众的关系，广大群众的支持和帮助是先进人物成长的深厚基础。两个关系必须兼备、突出。"当时我就意识到，每个时期的先进人物，就应该是在党的领导下成为人民群众的带头人、时代的楷模，必须与时俱进。按恩师的指点，我在这方面再用笔墨。写完誊好，程仪恩师看后高兴地笑了。我交上了自己满意的人物通讯。

在这个过程中我受益匪浅。恩师改了一遍又一遍，每一遍都一丝不苟，从中找出不足，一一告之，而且态度和蔼亲切。程仪恩师从不因为我是普通农民的孩子，基础又差而轻视我。当我情绪低落时，他尽力鼓励我，给了我自信，让我满腔热忱地百写不厌。那时都是手写，我写了、抄了数遍，没有一点厌倦感，这是恩师指导有方的结果。当年程仪恩师同我父亲年龄相仿，下这么大的功夫，令我非常感动！这些经恩师过目、修改数遍的手抄稿，我视为珍宝！珍藏至今！这些轻轻的手抄稿中凝聚了恩师的时间、精力、心血和无私奉献的精神！在恩师循循善诱、耐心细致的指导下，我不仅提高了写作能力，圆满完成写先进人物通讯的学业任务，自此也使我在工作中，能越来越轻车熟路地多次写自己的先进材料。同时，还能助人为乐，无私奉献。

我毕业后在工作中，以恩师为榜样，传承恩师的师德与教风，也成为工作认真负责、无私奉献的老师。

在中学教书期间（1989年6月），我曾经通宵达旦帮助同乡一位小学民办教师写先进事迹材料，之后参加全乡教师投票竞选，荣得"河南省优秀教师"称号。这是恩师百改不厌、诲人不倦、言传身教的结果；恩师无私奉献的精神已得到传承！我也终身受益。

在毕业后40多年的漫长岁月中，程仪恩师和蔼可亲、平易待人，温良儒雅的教授风范永远定格在我的脑海，令我经常思念。恩师的音容笑貌、挺拔矫健的身影如在眼前；带有江西味儿的普通话常在我耳边响起；教诲永远记在我的心田。他曾对我说过："刚吃过饭就写东西，对胃不好，半小时以后再写。"就是这句话使我有了保健意识，受用一生。程仪恩师教会了我怎样做人，怎样学习，怎样生活，怎样工作。恩师在教育战线严谨治学、无私奉献的精神，一直鼓励着我为党的教育事业赤诚地奋斗，不懈地奋斗，倾注全力地奋斗，令我终生无悔！

在毕业后的四十多年中，我仅见过恩师一面。后来再想面谢恩师，很难。经过多次打听，得知程仪恩师早已回江西老家，而不知近况。后来才想起学习上网，在网上找到河大老干部处负责人的联系电话。2017年3月14日，终于联系到河大老干部处，老师告诉我："程仪老师2015年就去世了。"出乎意料！真是个噩耗！这是我最不愿意听到的消息。我再也忍不住内心的悲伤，哽咽、泣不成声、泪流满面……没有再见恩师一面，成为我终生最大的遗憾！再也不能聆听程仪恩师的教诲了。我最崇敬、常常思念的程仪恩师，我想尽一切办法，找了好长时间仍没找到的恩师——程仪恩师与世长辞了！急切要求老干部处联系程仪恩师的女儿。老干部处的老师告诉我：程老师的女儿就在河大物理学院。我立刻联系，得知程仪恩师2005年就回江西老家了。也没得什么病，90多岁了，是器官衰竭驾鹤西去的……知道了恩师的女儿还在河大西门外程仪恩师的老房住，我更后悔！我后悔至极！后悔得寝食不安！后悔没有早一点从河大老干部处找！我恨自己太笨，太无用！我只能用臧克家的诗句"有的人活着，他已经死了；有的人死了，他还活着"来告慰恩师的在天之灵。这短短的几句诗，以高度凝练的艺术手法，阐述了人的物质生命与精神生命的真谛。程仪恩师，您安息吧！虽然您的物质生命到了尽头，但是，您的精神生命与世长存！与山河同在！与日月同辉！您的精神永远激励着中华儿女，为中华民族的富强而只争朝夕，不负韶华，奋斗不息！

虽然是这样想，但想不到具体告慰恩师的祭奠方法，还是心中纠结不安！最后我把对恩师的敬仰、深情的追怀以书信的形式写出来，交给了恩师的女儿，拜托她回老家时，代我到恩师墓前转告恩师的在天之灵。

我在 2017 年清明节的日记中写下：

清明追怀程仪恩师

慈祥教诲永相伴，多年寻觅终未见。

惊闻噩耗泣哽咽，愿您天堂得安然。

程仪恩师值得我永远追怀！河大文学院是我成长的摇篮！河大文学院是我的母系！情深似海，我永远思念！

作者简介：李善美，1976 级。

风过有声留竹韵

——忆陈信春教授

葛本成

陈信春（1930—2019），河南罗山人

2019年10月1日，正值国庆假期，忽然接到学校党委办公室电话，告知原河南大学副校长陈信春教授9月30日因病在海南去世。随即，我与郭子豪同志（时任文学院办公室主任）乘机赴海南送别陈信春教授。

我与陈信春教授交往并不多。1983年我入校学习时，他刚提任为学校副校长。毕业留校后，我在人事处工作，办公室对面就是他的办公室。虽然知道他是中文系的老师，但刚刚毕业留校工作的年轻人，面对不苟言笑的学校领导，大多不敢主动上前搭话，因此，也就仅仅停留在上下班走廊偶遇时的一声问好。在海南期间，通过他的子女的叙述，我第一次走近了这位长者。

陈信春教授 1930 年出生于河南省罗山县的一个贫寒家庭，小学、初中多次辍学，20 岁才上完初中。1950 年考入信阳高中，因交不起学费转上信阳师范学校。1952 年考入河南大学中文系。他非常珍惜这来之不易的学习机会，学习勤奋刻苦。1956 年以优异的成绩毕业留校任教。留校后他虚心向老教师学习，业务水平提高很快，教学效果良好。1960 年 10 月，由国家借调，他被派往德国洪堡大学东方语学系任教。由于他教学认真负责，耐心细致，深受学生欢迎，原协定工作两年，经中方与德方协调，又延长了一年。1963 年回到学校，仍在中文系任教。1966 年后，先后担任中文系副主任、党总支副书记，为河南大学中文学科发展做了大量富有成效的工作。1983 年被任命为副校长、学校学位委员会主席，分管科研、研究生、外事和出版社工作，直到 1992 年 7 月卸任。他分管学校外事工作期间，多次出访日本、美国等国家，推动了学校的国际交流。"1984 年至 1985 年，是河南大学与国外高校开展实质性校际交流的关键时期"，为此，陈信春副校长付出了大量辛劳。1985 年 2 月，河南大学与日本埼玉县日中友好协会签订协议，举办日本留学生培训班。河南大学的对外汉语教学，从他赴德国洪堡大学东方语学系任教已经开始。他具有的对外汉语教学经验，保证了学校在留学生培训课程设置、留学生管理等方面，一开始就步入较为规范的发展方向。现在汉语国际教育已经调整为一级学科，溯源河南大学这个学科的发展史，陈信春教授是拓荒者。

陈信春教授一直从事现代汉语的教学和研究工作，尤其是在现代汉语语法的教学和研究方面有较深造诣。先后为研究生、本科生、夜大学生讲授《现代汉语》《现代汉语语法及修辞》《单句复句的划分问题》等。课堂上他能够旁征博引，条分缕析，枯燥的语法知识被他讲得津津有味，大大提高了学生的学习兴趣。1985年，他作为现代汉语硕士点的牵头人，主要从事研究生的教学工作，与其他几位老师携手，连续招收硕士研究生10余届，共40余人。在教学中，既教书又育人。在研究生的培养中，他对研究生的"道德、文章"高标准严要求，绝大多数研究生如期完成学业，不少学生还考上博士生。

陈信春教授在搞好管理工作和教学工作的同时，在现代汉语语法的研究领域，辛勤探索，笔耕不辍。独立完成多个科研项目，在国家级和省级刊物发表高质量论文10余篇，先后出版《现代汉语语法》《单句复句划界研究》《介词运用的隐现问题研究》，在语言学界产生了一定影响。其中，主编的大学语文教材《现代汉语语法》（河南教育出版社1985年版）一书，在当时作为河南省18所高等院校公共语文教材，影响较大。专著《单句复句划界研究》1990年由河南大学出版社出版后，提出的新的区分单句复句的标准，理论统率材料，材料验证理论，使他的研究成果令人耳目一新，得到了同行专家、学者的充分肯定。先后担任河南省语言学会副会长、获批国务院政府特殊津贴。

陈信春教授对子女要求极为严格，不允许任何人利用他的职务便利。任郑州师范学院历史文化院老师的二女儿陈今晓回忆，当年下乡在父亲的老家罗山，1977年高考恢复后，在当地报考了大学。因为喜欢文学，就报考了开封师范学院中文系。收到录取通知书后一看，傻眼了。竟被录取到了历史系，父亲背着她偷偷改了她的志愿。当她询问父亲时，父亲说："我在中文系当副主任，分管招生，你到中文系不合适。"然后找了个冠冕堂皇的理由为自己开脱："中文不好学，你妈妈是学历史的，你还是学历史吧。"这个理由让女儿无法再说什么，但是妈妈为此与父亲大吵了一架。克己到不讲亲情，这种事情，在现在看来匪夷所思，但却是陈信春教授那一代人人格光辉的真实影像。回忆起这段往事，陈今晓至今对未能选择喜欢的专业依然充满遗憾，但也对父亲敬畏岗位职责、正直克己的人格满怀敬意。大女儿学医、二女儿与三女儿学历史、儿子陈红雨学了建筑设计，依靠个人的努力，四个子女各有所成。陈今晓说，父亲有句名言："我是一个农家子弟，没靠过谁，你们要靠自己。"晚年的时候，陈信春教授对子女们说："你们四个依靠自己各有所成，这是我最满意的。"

陈信春教授住在学校南大门外的教授院，距离校园很近。退休后，常常看到他在校园散步，或在附近的菜市场买菜。虽然退休，他依然关注文学院语言学科的发展与学术梯队建设。全国斌教授在本学科颇有成就，学院曾一度想作为人才引进。但学校碍于本省高校的发展，拒绝了学院申请。陈信春教授对此颇为遗憾。晚年时，文学院为筹备百年院庆收集史料，魏清源教授曾专门拜访他，对谈话进行了录音录像，为后人保存了珍贵的史料。

2011年5月14日，在学校举行的"纪念李嘉言先生诞辰一百周年学术研讨会"上，陈信春教授发言时说："我是河南大学中文系的一个老兵，1952年考入河南大学中文系，1956年毕业留校至今。"一句"老兵"，凝结了一位学者对河南大学中文学科的深厚情感。他所从事的语言学科，王蕴智教授、辛永芬教授、段亚广教授、丁喜霞教授等在各自领域厚积薄发、各有建树，一批年轻学人崭露头角，学术梯队充满朝气，这应该是他所希望看到的。

作者简介：葛本成，1983级本科生，原河南大学文学院党委书记。

沉痛悼念刘思谦教授

鲁枢元

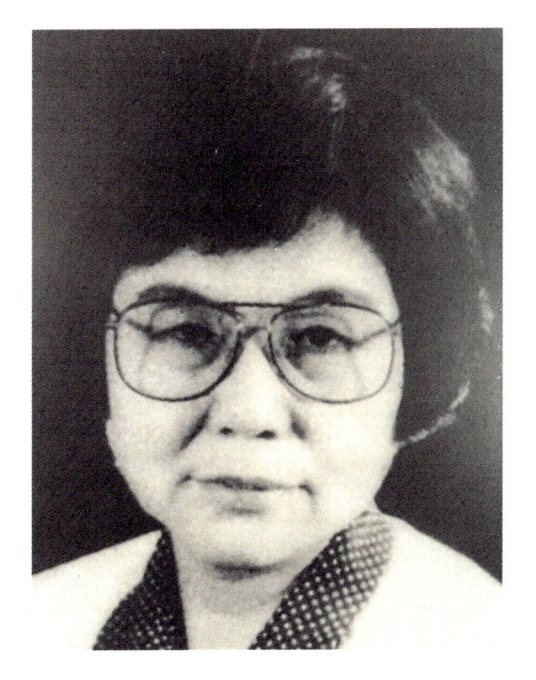

刘思谦（1933—2022），北京人

今天下午6点钟，我的学生张红军教授在短信中告诉我刘思谦先生下午4时辞别人世，到了另一个世界。知道她多年来卧病在床，或许是心有感应，前天我匆匆忙忙将多年前写下的一篇文章整理一下，交给武新军院长，在河大文学院的网站发布，其中就写到我对刘思谦先生的景仰与思念。

尽管说"有生必有死"，思谦先生的去世仍然让我非常难过。这里，我将那篇文章中写到的几个片段摘录如下，以表达我对她的沉痛悼念。

一

在早些年举办的"中原作家群论坛"上，中国作家协会主席铁凝女士曾说到当年河南文坛评论界的"三套车"。"三套车"这个语汇的出处与一首俄罗斯民歌有关："冰雪遮盖着伏尔加河，冰河上跑着三套车。"这里人们说的是20世纪80年代跑在中原文坛上的"三套车"，三匹拉套的马：刘思谦，孙广举，鲁枢元。三匹马都先后毕业于河南大学中文系。

20世纪90年代初河南省文学评论界的三套车：孙广举（左）、刘思谦（中）、鲁枢元（右）

二

刘思谦，出生于1933年，三人中年纪最长，阅历也最丰富，祖籍河南，出生于北京，陕西上小学，杭州读初中，16岁参军供职于海军司令部，22岁考入河南大学中文系，是1960届毕业生。与她同届的"少年作家"张永江先生，是我在河大读书的辅导员，论辈分，她当我老师已绰绰有余，但在一起的时候我总喊她思谦大姐，才觉得亲近。

三

刘思谦在河南大学任教，却执着地致力于当代文学批评。她几乎关注着所有活跃的当代作家，特别是拥抱生活的现实主义作家，一再评论，而且从不粉饰。她的理论位置，处在先锋派与传统派之间，在理论的夹缝或者中间地带奋战。她不苟同先锋派，又叛逆着传统，于是便很苦。她对理论那么真诚，可以说是当代文坛上的苦行僧，不求正果，只管修行。

四

思谦大姐刚强执着、心直口快，基因里似乎流动着魏晋时代嵇康先生的"龙性难驯"，撰文著书，飙发凌厉之气盎然纸上。如今，思谦大姐也已渐入晚境，道德、学问却愈益精粹，回归自身，回归女性，对中国现代文学史中女性作家的回望与反思，使她在当代女性文学研究领域又攀上一座奇峰。

五

一次河南省青年评论家在黄河岸边聚会,与会者有三四十人,刘思谦、孙广举和我算是会上的长者。一天的紧张发言下来,到了晚上,大家兴犹未尽,便又聚在一起,开始是唱歌,把从幼儿园时期到改革开放后所能记得起的歌唱了一遍,不只是唱,简直是吼。歌犹不及,继之手舞足蹈。大家排成一个长龙阵,思谦是老大姐,排头,广举其次,后边是我,然后是一长串河南评论界的新秀,彼此搭肩抚背,踏歌而行。夜色茫茫,河汉迢迢,高歌狂舞中,将多少年被压抑的生命意志尽情张扬,那样的放纵,在我以往的生命中是第一次,在以后的生命中也再没有出现过。

六

"冰雪遮盖着伏尔加河,冰河上跑着三套车",在这苍凉忧郁的旋律中,我身在海南、江南,时常怀念思谦大姐与广举兄。2008年河南大学文学院在开封西郊的金明池举办学术会议,思谦大姐做大会发言,碰巧由我与吴福辉先生主持。她指斥时弊,掷地有声,话锋之犀利仍不减当年。我有些为她担心,她却泰然、坦荡,说一辈子都这样了。

截至今天下午4点钟,思谦大姐的"一辈子"就这样过去了。一个人一辈子能够坚持自己的主张与信仰,能够持守自己的初心与本真,并且能够把自己的信仰与本真用文字的方式留给后人,思谦大姐这一辈子没有虚度,更没有妄度。思谦大姐是一位真正的学者,真正的知识人、文化人。记住思谦大姐的行迹,葆有思谦大姐的精神,是对她的最好的纪念。

思谦先生千古！

鲁枢元

2022 年 7 月 18 日 18 时 40 分，于紫荆山南暮雨楼

作者简介：鲁枢元，1963 级本科生，河南大学文学院讲座教授，中国文艺理论学会副会长。

深切怀念恩师刘思谦教授

谢景和

得知刘思谦老师病故的消息，心情一度十分抑郁。当时匆匆在手机微信上向赵明和先生致以哀思，却由于疫情限制未能参加相关的吊唁，心中始终漫溢着一种莫名的凄凉，母校河南大学文学院又一位明星教授凋谢了。

刘思谦老师1980年调入母校河南师范大学（今河南大学）中文系任教，很快就在《文艺报》等刊物发表了多篇文学评论，她出手快捷，评论文字激情四溢，特别容易打动我们这些正在高校就读的青年学子。尽管没听过她讲课，却从内心深深敬服，认为她是20世纪80年代全国文学评论界当之无愧的新星，引领了河南省文学评论的高潮迭起。

1983年冬我在商丘高等师范专科学校（下简称商丘师专）担任当代文学教师前，曾用寒假到安阳师专、许昌师专调研，了解这些开课早的学校教师是如何进行实际操作的，学生反映教学效果如何。1984年春开学前夕，由79级学弟田锐生引荐，到母校十号楼拜谒了刘思谦老师，向她求教十几分钟，算是与恩师的初次交往。时间太短（她马上要上课），我也得赶回商丘，印象并不深刻。不过我按当时教学大纲要求，参考北京大学出版社张炯等先生编的《当代文学概论》，较好地完成了这个空白课教学。以至调回开封，1985年春到开封师专试讲"现代文学"博得好评后，他们问我还能教什么，我脱口就是"当代文学"（此事并未成功）。1986年，获悉刘思谦老师急需一位协助她在讲台稳阵脚的青年教师，我不揣冒昧大胆向母校报名，却未能如愿。只好蜗居河南省建设银行干部学校从事中专教学多年，2003年春从省行内退，同年6月被王刘纯学长力邀到母校河南大学出版社担任特约编辑，也算是圆梦吧。

2004年秋我经袁喜生老师指导，由王芸、张如法、杨松岐老师保驾护航，用一年时间完成了《师陀全集》八卷本的出版，独立完成了《于赓虞诗文辑存》两卷本的出版，一年成书十本，效率相当惊人，深得刘纯学长倚重。很快又在年底接受了恩师宋景昌先生的终卷之作《宋景昌诗文集》，刘思谦教授及得意弟子郭力、杨珺联手撰写的学术专著《女性生命潮汐——二十世纪九十年代女性散文研究》（下简称《女性生命潮汐·研究》）出版的重任，自觉荣宠至极，却陡升警惕之心。如何严格把关，确保两位恩师学术著作高质量高水平成书，成为面临的又一道难关。

鉴于恩师宋景昌先生年逾九旬，耳聋眼花，不便搅扰恩师清修，我便与其哲嗣宋尔康兄联系相关事宜，对于文稿中存在的问题与他协商解决，并对引文查对典籍细心校订，深得尔康兄信任（详见《九旬词客天应护，为写沧桑意正遒——恩师宋景昌先生印象》）。恩师在世时亲眼看到自己多年心血结晶终于成书，十分欣慰，随性寄赠交好同仁及得意弟子。78级校友范剑克接到恩师赠书，即兴填词《江城子》致贺：

> 我爱吾师宋汝阳，忆游梁，羡昂藏。弦歌不辍，神采看飞扬。咳唾珠玑惊四座，欢乐起，震庭堂。先生须发莽苍苍，鬓如霜，性如钢。犹挥健笔，妙手著华章。师表英名传海内，惟祝愿，寿而康。

与刘思谦老师的交往，首次拜访是2005年春在仁和家属区刘老师家里，我向她转达了王刘纯社长的问候，并说自己是她的忠实粉丝，十分钦佩她如火激情的评论风格，并表达了真诚的上门服务意愿，力争使两位恩师的专著出版达到最好的水平。当她得知《宋景昌诗文集》也由我负责，马上十分惊喜地表示："何德何能，竟与敬爱的宋景昌老师一起出书。"这才得知宋先生是思谦师在开封女高读书时的语文老师，气氛立即变得轻快从容。

思谦师当时正处脑梗康复期，言语急切的她生怕自己表达不准，表情显得有些焦灼，于是我婉言提醒她保重身体，不要影响康复，只有早日康复，出书才有保证，河大出版社就在身边，又不会跑掉，定会及时效劳的，又说了些世人皆知的宽慰话，让坐在她身边旁听的老伴赵明和先生十分欣慰。由是与两位恩师交往长达十几年，不仅当年为思谦师出版了《女性生命潮汐·研究》与《女性生命潮汐——二十世纪九十年代女性散文选读》，还于2007年为她再版了学术专著《"娜拉"言说——中国现代女作家心路纪程》修订本，2012年岁末又为她出版了学术自选集《学理与激情》，真正得到恩师的由衷信任，享受着入室弟子般的优宠。作为第一读者，自己虽未在学术理论上得到发展与提高，却如愿以偿，成了恩师学术出版的得力帮手，实现了真正意义上的圆梦。

后来还为她父亲刘潇然先生出版了学术专著《土地经济学》（2012年10月版），以及由《刘潇然先生纪念集》改成的《刘潇然自述》（2014年3月版，该书按家人所存的复印件收入，对相关分散于不同时间的相同事件内容做了大幅度调整，力求情节连贯，并添加了相关标题，以示显豁）；又在河南人民出版社为她母亲周筱沛先生出版了《洛河岸上的灯光——周筱沛校长百年诞辰纪念专辑》（2016年2月版，下简称《洛河岸上的灯光》）。《洛河岸上的灯光》不仅让我对于先师家庭背景有了深入真切的了解，还得知该书的责任编辑赵向毅是母校79级校友，他当年的毕业论文就是刘思谦老师予以指导的，获得优秀，对他的个人成长起到了极大的促进作用和激励效应（在毕业分配时颇得照顾），故而该书的出版又成了当年弟子得以为恩师效力的最好机遇。

《女性生命潮汐·研究》由思谦师与得意弟子郭力教授、杨珺博士共同精心撰写，是国家1996年哲学社会科学规划项目，列入中国现当代女性文学专业参考用书，属于填补空白之作。提起两位弟子，她就掩抑不住内心的喜悦，眉飞色舞地夸奖郭力如何有本事，表达准确，长于立言，性格耿爽，才学很是出色；赞誉杨珺对于海德格尔的专著精心研读，别有心得，理解深刻，却能从容表达……说得陪在一旁的学术助手沈红芳博士略显尴尬，当我试图打断她的即兴演讲，调节一下气氛，她却又说出更为惊人的言语："红芳不是最好的，但最好的我也留不下来……"闻言大家拊掌大笑，气氛十分热烈欢快。

《女性生命潮汐·研究》选取了大量海内外女作家的散文进行研读，她们师徒三人运用崭新的学术理论对相关作品做了深入的理性分析和学术透视，大量的新术语让人目不暇接，为了做好出版前的准备，我从思谦师手中借了相关的理论书籍进行补课，又从单位图书室存书中找些资料作为借鉴，还从河大社2004年2月版《文学研究：理论方法与实践》中细读刘思谦老师组织的多种学术讨论报告，逐步理解了她们主张的女性文学向内转的原因和依据，对于她老人家的学术转型有了接受的基础。

封底的主题词对该书进行了比较好的介绍：

> 《逝者如斯》针对90年代女性散文不同年龄的女作者共时态的横断面结构，首次将"代"的范畴引入女性散文研究领域，发现"时间中的女人在具体的不同或相同的历史际遇中如何把握、创造、承担生命的意义，如何在自我认同和相互认同，在生存并且超越中实现这只有一次的生命的价值"，为女性散

文研究提供了新的理论场。

《女性之思》从女性散文对于历史、文化、爱情、婚姻、生老病死等一系列问题的思考入手，反思讨论女性作为思维主体对于女性经验的关注与提升，彰显90年代女性散文精神探索所能达到的广度和深度。

《语言的家园》对女性散文文体摆脱单一的形式学研究，强调女性作为话语主体及其话语方式与思维方式的关系，引入"知性思维"对女性散文思维方式进行概括，是研究女性散文文体的有效切入点。

本书打破了以理论注解文本的套路，从散文理论空缺入手，在文本中发现理论的生长点，体现了文学研究的新趋向。

值得庆幸的是，《宋景昌诗文集》《女性生命潮汐·研究》真正实现了师生同时成书的理想，2005年6月两书下厂付印，我也完成了对母校两位恩师学术专著出版的首秀。

《女性生命潮汐——二十世纪九十年代女性散文选读》（下简称《女性生命潮汐·选读》）精选了126位散文作家的作品，河大文学院图书室的复印机那些天几乎不停地转动，当谢玉娥老师把这些烫手的复印件交到我手时，让人由衷地感受到刘思谦老师的精心遴选是在以其晚年生命的血肉之躯全身心投入，是她亲历亲为之作。

与《师陀全集》那种深邃的历史沉淀之作不同，《女性生命潮汐·选读》所选录的作品属于发生在身边行之未远的新作，真切灵动，风格迥异，其取舍判断委实难以抉择，尽管全书页码厚度远远超出《女性生命潮汐·研究》近一倍，思谦师还意犹未足，觉得还有佳制未能收录而深以为憾。

封底的"主编寄语"详尽表述了思谦师的选择宗旨：

现代女人风云际会于20世纪90年代女性散文之树，端的是中国文学史、中国女性文学史上前所未见的盛事。本书力求呈现这一盛事的原生态，让你切实感受到时间之剑在女人身上刻下的生命之轮，感觉到一代人有一代人的经历，一代人有一代人的活法和想法，但是一代人之间的每一个人又是如此不同。这进而使你体悟到该如何对待自己只有一次的生命的选择、承担和救赎——恰如伍尔芙所说："成为你自己比什么都重要！"

编一本别人不曾编过的能够反映20世纪90年代女性散文来龙去脉的和较为完整的女性散文全貌的选本，意在显明这是一次真正女性生命的潮起潮落，是女性身体的起与伏、生命的呼与吸，这既是世纪之交女性文学史上的一件盛事，又是女性话语的狂欢节。

本书力求使读者感受到阅读的快感，切切实实体悟到90年代女性散文是一股只属于女人的生命活水，她以女性经验为根基，以融合了情、理、趣的女性知性为灵魂，以不拘一格自由坦荡的女性生命气息涤荡了散文文坛沉闷的八股气。

该书于2005年9月出版，很快得到有关专家的好评。印象中陈沂先生曾予以激赏，说是他见到过的最好的选本，堪称女性散文大观集成。这两部书也成了当年河南大学文学院主办的第七届全国女性文学研讨会最好的礼品。

印象中的刘思谦老师激情如火，对于自己的学术研究有一种不落人后的追求，言谈之间的这种自信满满颇有一种舍我其谁的英豪之气，让人觉得她的心理很是自尊、自信乃至自强。然而2007年为她与耿占春教授策划再版《"娜拉"言说——中国现代女作家心路纪程》《隐喻》收录于"学术精舍书系"（下简称"学术精舍"）时，曾想用主题词"厚重深邃的学术风范、独具匠心的精妙阐释、别开生面的文本细读"概述两书的学术影响，却被他们齐声拒绝，认为"厚重深邃的学术风范"一句过于夸大，委实不敢领受，必须删去。

对于"学术精舍"的宣传语:"本书系以出版原创性学术专著为宗旨,着力打造传世性名著佳作。"他俩也认为自己的书算不上"传世性名著佳作",必须删去才心安。这让我真正理解了两位教授的才学襟度,委实敬佩,只得从命。两书出版即分别获得河南省出版一等奖、三等奖。

好在 2008 年为资深文艺理论家钱谷融先生出版《钱谷融论学三种》时,才将那两句话"堂而皇之"地加上,《钱谷融论学三种》成了华东师范大学当年为钱先生祝寿的最好礼品书,钱先生欣然把该书列为自己的学术代表作,让与会的张云鹏总编辑广得赞誉。与钱先生一起列入计划而先期成书的先锋小说理论家刘恪的《空声》《复眼》由此沾溉甚深,暗自得意捡了个漏。

2009 年为她的博士生们设计了"娜拉言说书系",先后为杨珺、王萌、张兵娟、赖翅萍四位博士出版了由其博士论义修订的学术专著,以期扩大河南大学文学院近现当代女性文学研究的辐射面,果然收到相当好的效果,被誉为全国女性文学研究的学术重镇。由此也深知刘思谦教授对弟子在学术传承上不遗余力地倾囊以授,在个人生活上无微不至地关爱照顾,颇类慈母哺乳之恩;不过,在学业上她又是严格以求,不留情面,弟子们经常是在大声呵责中战兢兢接受的指导,和着眼泪日夜发奋刻苦攻读才完成的学术论文,当她们论文通过考评后的反应竟然不是充满自豪地放声欢歌,而是痛不欲生地号啕大哭,好像是从人间炼狱中逃生的囚犯获得了自由……思谦师就是这种最严厉的鞭策者和无情训练的教官,促使她们在学术高地上不畏艰难奋勇争先。她自称心里也十分不好受,却不敢在人前表现出来,生怕弟子由此变得懦弱而产生退却心理,所谓的恨铁不成钢无过于此吧,那些杰出的女博士们正是在这座学术高炉的冶炼中百炼成钢,事业有成的!

2012 年我又为她的学术自选集《学理与激情》出版效力,并在《编辑人语》中写下感想:

深切怀念恩师刘思谦教授

大学读书时，刘思谦老师就给我们留下深刻的印象，她在《文艺报》写作培训班中所发表的犀利新鲜的文学评论，配合时代的节奏喷薄而出，就像张抗抗当时的大学生题材小说那样，极富激情和感染力。思谦老师当时风头正健，高论迭出，好评如云；每有新作，我们便争相传阅，可谓粉丝如云矣！

真正领益是二十年后在母校河南大学出版社担任特约编辑，2005年先为她和郭力、杨珺出版了《女性生命潮汐——二十世纪九十年代女性散文研究》，又出版她领衔主编的《女性生命潮汐——二十世纪九十年代女性散文选读》，果然好评如云；2007年为她策划再版了《"娜拉"言说——中国现代女作家心路纪程》；2009年起，以"娜拉言说"命名的书系出版了四本女性文学研究专著，将中国女性文学研究的重镇河南大学之实绩予以彰显。

从当代文学研究转向中国女性文学乃至文化研究，对于刘思谦先生而言，堪称一个成功的转型：她由外在的社会学评述而转向了内在的女性心理乃至文学本身的阐发，由抵抗女性失语所造成的历史断裂而形成了敢说敢言的鲜明个性，不畏惧任何权威的犀利文风……她静心沉潜于女性文本，以其对女性学术思维的深刻理解与个性领悟，进行细致入微乃至精彩纷呈的解读。一位年近八旬的老人，至今仍意气风发、挥斥方遒，甚至笔下还经常出现百字长句来畅叙己见，思维的敏捷，语言的灵动，评点的精妙，意气的风发都不亚于当今的青年，怎不令人肃然起敬？"天行健，君子以自强不息"，思谦老师身体力行。

如今呈现在大家面前的，就是她从事文学评论工作30多年的结集，《学理与激情》是多么恰切的表述与概括，给人的感悟是如此丰富，那些耳熟能详的赞誉放在她身上一点都不过分，宝刀不老，英风不减，甚至有些姜桂之性愈老弥烈之感……台湾高阳先生作品《胡雪岩全传》曾对一位久闯江湖的年迈女杰

发出钟情赞誉：英雌！而我当慨然朗声说：思谦先生真吾师也！

该书精选思谦师多年评论佳制，又是一番难以断定取舍的心理纠结……

全书分为六个方面展现：作家作品论，中篇小说论，创作思潮论，性别视角下的女性与男性，女性文学研究关键词，性别与权力视角下的文本解读……前三部分属于思谦师20世纪七八十年代初出茅庐打天下的成功佳制，却非"小荷才露尖尖角"，而是成竹在胸稳操胜券，"早有蜻蜓立上头"；后三部分是她从事女性文学研究深入探索的实绩显现，诚可谓："庾信文章老更成，凌云健笔意纵横。"

刘思谦老师爱思索，也容易较真儿。遇事易激动而不计后果，乃至以身涉险。沈红芳博士曾向我说过一个惊险事例：她们一起到云南开会，思谦师不顾年迈多病，执意要去女性文明遗存的泸沽湖参观，结果途中发生高原反应，送到当地医院急救，把随行弟子们吓得面无血色。庆幸的是抢救及时方无大碍。沈红芳说到此事就后悔不已，几欲泪下，埋怨自己无力制止老师的任性冲动。

刘思谦老师自尊心很强，得到别人的吹捧表扬就下不来台。我在大象出版社效力时曾多次到她郑州家中探望，有一次见她面色憔悴，精神萎靡，即询问究竟，思谦师略显羞涩，嗫嚅半天才说刚出院不久，致病的原因竟是一个慕名而来的业余作者，非让老师为她的作品写一篇评论，老人被捧场话糊弄得神魂颠倒忘乎所以，就不假思索满口应承。事后费了好大劲儿来完成诺言，文章很长，她记忆力也严重下降，有时忘了前面读过的文字只好从头再读，好不容易花费大半个月时间写出了那篇评论，如释重负，一松劲儿就休克了，被120送进医院抢救。提及此事，赵明和老师深以为恨，而思谦师却觉得这是理所当然应该出手相帮的好事，还扬扬得意引以为豪。不过，自此她生活就不能自理，出行必须由保姆陪着，没多久再去，就得由保姆推着轮椅出行，虽然词锋依旧犀利，思维敏捷不减当年，却不良于行而仰仗于人，这对于那个风风火火干事业，随口咳唾即华章的德高望重的文学评论界老将心理的打击无疑是沉重的，以至于我再去拜望从不敢提及此事，生怕引发思谦师的内心隐痛，念之令人伤感不已、痛惜不已。

2018年6月，我结束了在大象出版社的使命，回开封颐养，偶尔到郑州办理杂务，必然与赵明和先生沟通信息，询问思谦师近时状况，可否有精力接受拜谒。恩师精力虽不如前，但会面时的欢快与欣慰让人感受颇深。不料疫情三年，几乎断绝了正常人际交往，每每有师长友爱弃绝人世的噩耗传来，只能徒唤奈何而无法亲临致祭。壬寅之年，先是78级华锋兄骤然病故，继有思谦师噩耗传来，年末又有刘增杰老师离世的悲讯，真让人苦不堪言，悲情迭发，只能潸然泪雨任滂沱，径自将息奏骊歌……

既有悲歌在前（详见《深切缅怀恩师刘增杰教授》），当有豪气荡胸，毕竟河南大学文学院近现当代学术研究团队在两位恩师的辛勤执教下，弟子如云，学养深邃，已经承担起走向未来的使命。因此卒章，似嫌唐突，还是以我为谢玉娥老师编辑的"女性生命潮汐"书系的开篇之作《智慧的出场——当代人文女学者侧影》撰写的"编辑人语"作为收束吧：

《智慧的出场》能列入"女性生命潮汐"书系顺利出版，除了机缘凑泊，不能不提到为之居中策划且付出了艰巨劳动的几位学人：

首先是谢玉娥女士，以百倍的坚韧和水滴石穿的努力，获得了学界诸多名家信任，纷纷赐稿，集结成了如此丰盛的大宴，堪供饕餮成瘾的读者尽情品读……

其次是著名文学评论家刘思谦教授所形成的强大气场，先生自20世纪90年代以来投身于女性文学研究，著述甚丰，且往往语出惊人，令人过目不忘。由她领衔主编的"娜拉言说"书系（学术专著）已初具规模，这次又以她主编的"女性生命潮汐"命名书系，意在彰显女性学人的个性感悟，可谓名至实归。

此外，我社资深编审刘小敏女士的鼎力举荐，厥功至伟。总编辑张云鹏教授慧眼独具，赏识有加，更为本书的出版增添了理解的同情！

60多位卓然有成的女学者自传，文风迥异，情致盎然，文笔或清新飘逸，或庄重得体，不拘一格，各有千秋，然而对于学风、世风的显现都令人啧啧称羡；更从不同角度展现出一个个真正的女性自我，殊为难得！

端的是：

女性学术视野审视女性写作奥秘，
女性感性话语解读女性生命潮汐。

作者简介：谢景和，1977级本科生，1982年任教于商丘师专中文系。现为河南大学出版社、大象出版社特约编辑。

缅怀刘思谦老师

武新军

7月18日下午，可敬可爱的刘思谦老师永远离开了我们。

文学院很快就收到大量纪念文字：刘思谦老师"自新时期伊始，她在新时期小说研究，现当代女性文学研究等方面，潜心耕耘，努力开拓，取得了丰硕的成果与突出的建树，为中国当代文学研究事业和学科建设做出了自己的重要贡献"（白烨）；"她以深厚的理论素养、敏锐的学术眼光、独具的性别视野，为中国女性文学研究做出了卓越的贡献"（乔以钢）；"她是我敬慕的先辈学者，是中国女性文学研究光荣的拓荒者"（季红真）；刘思谦"是新时期河南文学研究的重要开拓者，为河南在全国文学界地位的确立，为中原作家群的发展壮大贡献卓著"（何弘）；"刘思谦教授的独立人格、治学精神，一直是无数学人的榜样。她在中国女性文学研究方面的开创性工作，更是极大丰富了中国文学研究的生态"（李洱）；"她是激情与学理并重、文坛与讲坛兼长的出色学者，是河南大学文学研究队伍的令人尊敬的师长，是现当代文学学科大树的辛勤培植者"（孙荪、王守国、孙先科）。

我认识刘老师，是在二十几年前的一个下午。那天她正在做一篇关于女性文学的报告，讲的什么内容，现在想不起来了。留在记忆里最深的，只是一个激情澎湃的姿势。富有冲击力的语言，后浪推前浪般地，不停地撞击着你的心田。在场的所有人，都被牢牢抓住。坐在前边的一个女研究生，身体不停地颤抖，想是被唤醒了女性的主体意识。演讲结束后，全场响起异常热烈的掌声，两位女同学献上了很大的两束鲜花。掌声渐渐平息，刘老师也渐渐平静，回到了日常生活中来。

在20世纪80年代，刘思谦老师就是凭着这种激情和锐气，高举着"人的文学"的旗帜冲锋陷阵，既赢得阵阵掌声（"三大女批评家之一"），也遭致不少的质疑和责难。而后，她转向了女性文学研究，为开创女性文学学科付出许多的心血和汗水，成为国内女性文学研究的领军人物之一。她反复说自己是一个坚定的人文主义者和自由主义者，并多方觅取资源，不断在20世纪文学中寻找被压抑的自由之声，通过触摸历史寻找与当代生活对话的可能性。在我向她求学的那些年，她又把目光转向中国"十七年"文学，一部部地重新细读那些尘封已久的作品，发表了许多相关的研究文章。那几年，我多次把自己购买的关于"十七年"文学的专著呈送给刘老师，她在每本书上用红笔、黑笔勾画，标注自己的想法。年高体弱而仍能在学术上孜孜以求，着实让人感佩。

刘老师很单纯，对读书写作很着迷。有好几次，在河南大学仁和小区的路上，看见她慢慢地走着，手里拎一个小袋子，里面通常是一只烤红薯，或两穗熟玉米，好像在思考什么问题。于是赶紧跑过去问好，但谈不了几句话，总会转到某某又发表了一篇什么好文章，某某又发表了什么怪论，某某睁着眼睛说瞎话，我们应该如何如何如何。她谈得很专注，声音很高，过路人驻足观看，她也毫无所知。这种对学术的执迷，使她不屑于通过学术以外的资源获取学术的认可。她的学术影响力，是真正建立在学术的深度和思想的穿透力基础上的，她的文章都有很高的引用率，有很多的共鸣者。这一点，是实实在在、作假不得的。

刘老师对学生很严格，丝毫不讲情面。十多年前研究生扩招，学生水平参差不齐，就业压力很大，要求每个学生心无旁骛地埋头读书写作，是很困难的。刘老师绝不降格以求，她恨不得把每个学生都引到学术前沿去。在开题和答辩中，她的眼里容不得任何非学术性的内容，对于学术价值不高的选题，她会直言不讳地彻底否定掉，经常把学生搞得很难堪，事后学生找到了有价值的选题，又会对刘老师充满感激。

刘老师喜辩论。当你试图质疑她的历史判断和学术思路时，她总会细细地倾听，一言不发地看着你，然后在不经意间突然调动各种资源（她所掌握的史料，她的生活经验，她同辈人的生活遭遇，等等）展开反攻，把用激情、历史细节和人生经验织就的大网向你劈头盖脸地撒过去，然后条分缕析，和你展开辩论，不把你挤到墙角决不罢休——但她又绝不希望你缴械投降，反而鼓励你再去寻找新的论据和她辩论。她说：我有我的人生经验和历史记忆，你们有你们的人生经验和历史记忆，我希望你们尊重我的和我们这代人的生活经验和历史记忆，但不希望你们盲目地跟着我们走，我希望我们能在对话中丰富对于历史、对于当代生活的理解。

我2004年至2006年师从刘老师从事博士后课题研究。我知道，她内心从来就没有认同过我的观点和思路，她一定认为我是个喜欢"使别劲"的学生。坦白地说，我也从来没有认同过她的观点和思路，总以为她思考和阐释问题的路径有点单一，更多靠的是情绪、记忆、观念和逻辑。我一直觉得，以某种理想去批判和清理历史的创面，无论这种理想多么美好，都会成为进入历史的障碍。那些年，刘老师带着研究生阅读了大量西方的哲学、史学著作，她一直在不断地完善对人的理解，完善对女性的理解，并把自己的理解投入对历史的思考中。而我则一直想从制约人制约女性的外部关系进入对历史的思考，想看看在背离老师的路子上究竟可以走多远。那些年，我写的几乎所有文章中，差不多都有一个辩论的对象，那就是敬爱的刘老师，是刘老师的观点从反向激活了我对一些问题的思考。

2005年，第七届全国女性文学研讨会在河南大学召开。刘老师在认真筹备会议的过程中，找我们几个青年教师谈过一次话，希望我能把自己对女性文学的理解写成文章，争取能够在会上引起一点争鸣。我很紧张地投入了阅读与思考，把平时与刘老师辩论的零星想法进行了整合，把所学的马列、西马的理论全部都用上了，全力批驳以刘老师为代表的女性文学研究的思路，最后完成会议论文《近十年女性文学研究思路批判》（后刊《学术月刊》）。4月24日收到刘老师的评阅意见，她很明显感受到了我的"挑衅"，评阅意见也不是十分的冷静：

> 题为"近十年女性文学研究思路批判"，却基本上脱离女性文学实际，从先在的、缺乏合理性的经济决定论、政治决定论思路批评女性文学研究的人文主义思路，对主体性、启蒙、现代性等20世纪中国文学的核心词充满了偏见，而且由于对这些"偏见"缺乏学理上的论证，未能将"偏见"转化为"合理性偏见"，恐怕很难引起"争鸣"。

没想到在会议上，这篇不成熟的文章引发了激烈的争鸣：许多学者纷纷上台发言对我进行批驳，个别学者情绪非常激动地对我进行声讨。也有不少长者安慰我说：讲得有道理，只是有点尖锐了。有的虽然不同意我的观点，但说上帝都允许青年人犯错误。因为这件事，我和许多女性文学研究者保持着多年的联系。刘老师事后又看了我的文章，没有再彻底否定，却到处表扬我，说能引起争论很好，只有在争论中彼此的思考才能往前推进。由此我更为敬爱老师，认识到老师对学生其实是很宽容的，当然前提是学生在认真地思考问题。

刘老师移居郑州之后，我们逢年过节去看望，她最大的苦恼是身体状况不好，反复地说还有许多写作计划没有完成，还想写什么，

还想写什么，并让我们看她在写作中的手稿。有一次，她听说我开始参与学院的管理工作，开玩笑说你怎么也当官了？她在平常的谈话中向来是对"官"没有好感的！最后一次见面，她已经不认识我了，偶尔清醒时，能够感觉到她想起了我是谁。在先生赵明和老师的帮助下，她艰难地在《刘思谦画传》上给我签名，手不停地在颤抖，用了很长的时间才完成。那一刻，一阵悲凉涌上了我的心头，眼睛有点湿润，以后恐怕是很难再与刘老师辩论了。

而今，是永远再也没有机会与刘老师对话了……

作者简介：武新军，1992级本科生，河南大学文学院院长，教授，博士生导师。

2023年11月25日，参加刘增杰、刘思谦先生学术思想研讨会的学者合影

锦绣文章,赤子情怀

——忆刘思谦老师

杨 波

第一次见到刘思谦老师是在研究生面试的考场上。2002年4月,我来河大文学院参加研究生复试,面试的考场设在文学馆二楼现当代文学资料室。资料室外间是层层叠叠的书架,里头是一个小会议室,摆着一张长条办公桌,刘增杰、刘思谦、王文金、关爱和、孙先科、刘景荣、刘涛等几位老师分居两侧,相向而坐。我们十几个学生按次序鱼贯而入,抽题、自我介绍、作答。刘思谦老师戴着眼镜,埋头翻阅面试材料,话不多,表情严肃。我很紧张,短短不到十分钟的口试,手心里的题目都攥湿了。

入校后的第二年春天,刘老师给我们开课,讲述女性文学研究。教室在研究生楼,也就是现在的明伦校区汉学院。一周一次,每次一上午。她极为认真,站在讲台上一口气讲一个多小时,中间休息十分钟,大汗淋漓,喝几口茶,接着讲。她当时已是七十岁的老人,如此投入,让我们肃然起敬。刘老师讲课有激情,思维清晰,掷地有声。她教我们读书之法,强调"不动笔墨不读书",要勤做笔记,不能眼高手低。我的结课作业是评铁凝的小说《永远有多远》。她改得很认真,到处都是红笔批注,错别字也圈出来,打上问号。文末有一段评语,大意是说对人物形象的分析和定位有值得商榷之处,论文叙述过多，阐释不足，"应作分析下的叙述，不能以叙述代分析"，提示我论文写作的基本范式，我一直记得很清楚。

那时我们常旁听博士硕士的开题答辩。刘老师很较真，提问最犀利。她心细如发，任何一点瑕疵都难逃她的法眼，总能一针见血地指出学生论文中存在的问题，观点立场，包括错别字和不恰当的表述都一一罗列出来，学生往往面红耳赤，无言以对。我们都怵她。不过，她也有率性可爱的一面。有一次博士论文答辩，一位院里请来的专家对论文选题提出质疑，话说得有点重，学生招架不住。刘老师站出来，很郑重地说："我完全不同意你的意见。"然后逐条反驳，阐明观点。学生解了围，我们也如释重负，原来刘老师也是"护犊子"的。当然，她的"较真"与"可爱"绝不是内外有别，而是以遵循严谨的学术规范为底线，这一点毫不含糊。

2007年我读博士。刘老师仍然坚持给博士生开课。每周三上午，我们上下两届的博士生七八人，约好在河大东门外碰头，然后一同步行去仁和家属院刘老师家上课。刘老师的家很朴素，布置简单，客厅的东墙上镶着一块玻璃匾额，题了两句诗，出自杜甫《秋兴八首》其四："鱼龙寂寞秋江冷，故国平居有所思。"字体是行楷，用笔不拘小节，疏朗自在，"思"字上窄下宽，心字底的最后一笔纯用枯笔送出，戛然而止又意犹未尽。我很感兴趣，就问她这书法的用意。她说："我最喜欢杜甫这两句诗，有内容，有意境，又含蓄，我有共鸣，这是我请人专门写的。"后来话题岔开，未再深入。上课的气氛很轻松。刘老师的爱人赵明和先生是一位谦谦君子，很细心。每次课前，都提前备好茶水，上课间隙，还端来水果盘。一次课后，刘老师和我们聊天，说起读书工作时和赵老师的青春往事，兴起时，自己咯咯咯地笑出声来，像个天真的孩子。赵老师在一旁有点不好意思，站也不是，坐也不是。她给我们讲文学批评写作，应大家的要求，有两次重点谈博士论文的选题。她备课很认真，特意找来2003年第6期的《黄河》杂志作参考讲义，那期杂志上有许志英先生主持的一组关于博士论文选题的文章。刘老师认为文章谈到的"大题大做""大题小做"和"小题大做"三种选题路径，很有借鉴意义。结课时，她把杂志交给我们，再三叮嘱："这几篇文章很有用，你们拿去传阅一下，好好细读。"这本杂志后来辗转传到我手里。打开一看，一共11页，从头到尾，逐字逐句都是密密麻麻的红蓝两色的圈点批注，观点赞同的圈起来，存疑的打上叉，并在空白处作标记，写评语。这已经不是简单的阅读，而是一个严谨的文本细读和批评思辨的过程。这样一丝不苟的治学精神让我这个后生晚辈心生敬畏。

2010年6月，我博士毕业答辩，刘老师也是答辩委员会专家之一。我第一个陈述，心里忐忑不安。答辩环节，她没有提出具体的批评意见，建议我在宏观论述之外，加强经典文本的个案分析。答辩结束后的谢师宴上，她很认真地对我说："你的论文选题不错，完成度也不错，接下来抓紧修订，早日出版。"惭愧的是，我未能遵从她的教诲，学术不温不火，多年来未有大的进境。

我的研究方向是近代文学，刘老师并非我的论文指导老师。我留校工作后，彼此交集不多。我只是在教师节或中秋节和同门师兄弟一起去家里看过她几次，后来她搬到郑州定居，见面的机会就更少了。我常在祝欣、迎春师姐的微信朋友圈里看到刘老师的身影，她一直坚持学术研究，笔耕不辍，直到2017年仍然有学术成果发表，令人感佩。这几天重读刘老师《娜拉的言说：中国现代女作家心路纪程》的再版后记：

> 我永远庆幸自己在八九十年代之交那样一个政治风云突变的年代里做出了转向女性文学研究的选择，正是这一选择，使我获得了真正属于我的学术生命，使我拒绝了随波逐流人云亦云，使我找到了抗拒失语并发出真正属于自己的声音的学术空间。

她的学术研究是无比真诚的，充满激情。她始终葆有一颗赤子之心，直面温热残酷的人生现实，虽千万人吾往矣，自具高格而探寻不止，这是她一生治学路径的真实写照。她是中国现当代女性文学研究奠基者，学术成就有目共睹，不可复制，但也有时代赋予的旁人难以理解的理想和情怀。也许正是在这一点上，刘老师才会对杜甫的诗句情有独钟吧。

斯人已去，风范犹存。谨以此文表达我对可敬可爱的刘思谦老师的怀念和敬仰。

作者简介：杨波，2007 级博士生，河南大学文学院副院长。

她是灯塔

——怀念刘思谦老师

李 萱

刘思谦老师是我人生和学术的引路人。

1997年，我大哥考入河南大学文学院中国现当代文学专业读研究生，师从刘思谦老师。16岁的我还在县城读高中，混混沌沌地沉浮在题山卷海中。唯一能让我感觉到振奋的是爸爸自豪地向别人讲述我大哥的导师——是位女教授，国内研究女性文学最厉害的专家。"女教授"和"女性文学"就这样在我的心中埋下了种子。

1999年，我如愿以偿地考入河南大学文学院，并有幸近距离地聆听了刘老师给本科生做的讲座。就是这次讲座，让我下定决心一定要从事女性文学研究，要成为一位像刘思谦老师一样独立自主、硕果累累、桃李满天下的"女教授"。这是当时的我能够想象到的人生最圆满的发展方向。她就像一座灯塔，给自卑、愚钝、还未充分建立主体性的我，照亮了一条光明的人生之路。

刘思谦老师热爱女性文学研究，也热爱研究女性文学的后辈们，从考研到读博，她都给出了太多的鼓励和支持。2006年，我考入南开大学文学院，师从乔以钢老师攻读博士学位，按照刘思谦老师的期望，是希望我能博士毕业后回河大文学院工作的，但因为我个人的原因，不得不选择了去上海工作并组建家庭。2015年，又因为两地分居，调回了河南大学文学院。博士毕业一晃 6 年过去了，我很是愧对刘思谦老师的期望，没想到的是，年逾 80 的她听说我想回河大之后激动万分，谈起女性文学研究来更是激情不减，希望我们后辈能够支撑起河南大学女性文学研究的重镇。

回河大之后，和刘老师的交流变得多了起来。每次去她家里，都能近距离地感受到刘老师和赵老师的热情，听她讲和周总理跳舞的往事，在美国做姥姥的经历，指着照片述说她优秀的女儿、女婿、儿子、孙子的故事，看她和赵老师甜蜜地拌嘴……每次道别的时候，刘老师都依依不舍："都别走，都别走，咱们到楼下饭店一起吃饭！"

有件事我从未和别人提起过。2016 年的最后一天，我孤身一人去英国牛津大学访学，到牛津时已是深夜，有朋友帮忙提前预订了牛津市中心的公寓。就在那张窄到不足 70 厘米的单人床上，我辗转难眠，却又在忽然入梦中，收到了刘老师不在了的消息。我在梦里号啕大哭不止，哭了很久很久。醒来后，战战兢兢，再也无法入睡，连续好多天都害怕收到来自国内的任何信息。当时的我，承担着巨大的压力，想要赶快租房子稳定下来，又必须给女儿申请当地小学入学的名额，还担心申请到的学校和租到的房子距离太远，上下学接送不方便……与此同时，我还不断地在思考自己未来的研究方向。访学对年轻学者而言，是一个极佳的吸收多元信息、沉淀自我的机会，但是对一个博士毕业后就不断地在多个学科间跳跃、拉扯的我而言，这种沉淀也意味着不停的自我否定和批判。从 1997 年到 2017 年，有近 20 年的时间，刘老师和女性文学都是我人生奋斗的目标，可是命运总是安排我去做别的事情，先是汉语国际教育，后是语文教育，我在这种拉扯里焦虑不安，找不到自己的位置和方向。我唯恐辜负了刘思谦老师的爱护和期望！

时间是解决问题的良药。记得有一次和刘老师、赵老师聊天，赵老师无意中说："你和刘老师年轻的时候很像。"我把这句话当作一种褒奖，努力像刘老师一样，充满激情地工作、学习、科研和生活，无论是否直接在女性文学领域深耕，我都要和刘老师一样，做一位受学生爱戴、能给学生未来以希望的好老师。怀着这种和刘老师一样不服输的韧劲，当初对我来说陌生又难以攀登的语文教育的大山好像已经不那么难以挑战了，我也在日复一日的学习和思考中，获得了难以拥有的跨学科视野和"跳出学科看学科"的思维方式，对中国现当代文学和女性文学研究有了更开阔的研究视野。我想，这应该是刘老师更愿意看到的吧！

从英国回来之后，刘老师的身体开始大不如从前。一开始去看望她，她还知道我是谁，知道我在做什么研究，知道我去了牛津大学访学，再后来，慢慢地，她开始不记得我了，从做了自我介绍能够想起来，到做了自我介绍也没有什么印象，我就这样消失在了刘老师的认知里。虽然不记得我，她对我仍然是很好的，热情地询问我在做什么研究，我每次都认真地回复她："我也是做女性文学的！"每当这个时候，刘老师都像个孩子发现了宝藏一样，眼睛里迸发出惊喜又开心的目光，大声地告诉我："真是太好了！"

乔以钢老师总是关心、惦记着刘老师，每次通电话和微信联系时，都叮嘱我要多去看看刘老师，一定要带去她的问候。2017年2月18日，乔老师还在春节期间专门赶来郑州，和樊洛平老师、张凌江老师一起去看望了刘老师，希望能够在刘老师较为清醒的时候送上敬意和问候。此后，我每次去看望刘老师，乔老师都会不断地询问刘老师的各种情况，希望刘老师生活幸福、身体健康！

去年春节，是我最后一次见到刘老师，她已经在医院住了很长一段时间，经历了几次危险期，但是气色看起来还不错，我转达了乔老师的关心和问候，她特别开心！那个时候，刘老师的记忆力已经大不如以前了，经常刚说过的事情就忘了，当然也不记得我是谁。临走的时候，她挣扎着要从病床上起来，大声地对我们说："都别走，都别走，咱们到楼下饭店一起吃饭！"

想起这一幕，我都忍不住掉下眼泪。因为疫情防控的原因，再后来每次想要去看望刘老师的时候，都未能如愿。今天傍晚，实际上应该是昨天傍晚了，我正和女儿一起看电影《隐入尘烟》，就在马有铁颤颤巍巍地挂曹桂英的遗像的那个瞬间，我的手机响了……这次刘老师真的不在了……瞬间泪崩。

一直到现在，我都无法平静下来。她是我人生前进的灯塔，对一个从小县城走出来、没有见过什么大世面的女孩子而言，刘思谦老师作为"女教授"的形象是一种熠熠生辉的存在，女性文学研究对我来说是一种人生的启蒙，在我懵懂无知的青年时代，像一道生命的光，照亮了我曾经黑暗混沌的人生。我想，这也是那个年代千千万万喜欢女性文学、喜欢女性文学研究的学生们、学者们共同的感受。

刘老师不仅是我一个人的灯塔，也是千千万万喜欢女性文学、喜欢女性文学研究的学生们、学者们的灯塔，是当代中国女性文学研究的灯塔！

在这个黑暗的夜里，愿您安然长眠！天堂里不再有病痛！

作者简介：李萱，1999级本科生。河南大学文学院副教授。

一位具有文人风范和顽强意志的学者

王立群

佟培基(1944—2021),河南开封人

今天我们在这里举行佟培基先生仙逝一周年的追思会,佟先生的学术成就,刚刚复旦大学陈尚君教授、关爱和教授做了非常精准的概括。我只说我和佟培基交往中的几点印象。

一是一位具有传统文人风范的学者:我和佟先生的相识始于1974年。当时我在开封空分厂学校担任高中语文教师,受厂里宣传科的借调,到开封师院历史系参加《王安石诗文选注》的工作,我负责的是王安石的诗词，审阅我的稿件的是中文系高文先生。历史系负责这项工作的是朱绍侯先生，顾问是孙作云先生；空分厂负责此项工作的是宣传科科长朱保书同志。开封空分厂和开封阀门厂是东郊同属中央一机部的大厂，而且都在厂办工作，朱保书和佟先生是老友，因此我也得以通过朱保书和佟先生相识。

在接触中，我很快发现，佟先生作诗填词、书法（篆、隶、瘦金）样样皆通，样样皆精，这在当代学者中非常少见。他是一位具有文人风范的学者！而且他的代表作《全唐诗重出误收考》《孟浩然诗集笺注》，走的也是传统文人的治学之路。

二是一位意志顽强的学者：1998年，佟先生不幸得了恶疾。手术前，我去淮河医院三次探望他。一般人得此病，大多会精神崩溃。但是，我去看望他，甚至手术头一天，佟先生都表现得非常平静。这种压不垮的精神，使他在病魔面前，毫不畏惧。术后，转入南关某医院放化疗，此时的体能消耗非常之大，但是，佟先生仍然顽强地和病魔斗争，并最终治愈恶疾。他是一位意志顽强的学者。

三是一位对河南大学中文专业博士点建设做出突出贡献的学者：河南大学中文专业中国古典文献学、中国古代文学博士点的创立，道路非常曲折。

第一次我们申报的是中国古代文学，未获成功。第二次，我们认真分析后，决定申报中国古典文献学。佟先生作为牵头导师，负责唐诗文献学，孙克强申领的词学文献，我申领的选学文献。但是，项目要求申报四个方向，这让我们作了难。因为本院已经无人可以领衔第四个方向了。为了此事，我和佟老师反复协商，最后申报了"出土文献"方向。

之所以如此申报，是因为中文专业当时的确无人可领衔第四个专业。我比较熟悉历史专业，率先提出了李振宏教授。他出版过《居延汉简与汉代社会》（中华书局2003年版）的专著，还有一批论文。我提出来后，得到了佟先生的大力支持。最终，由此形成了中国古典文献学的第四个研究方向，而且，出土文献研究从 2006 年至今一直都是文献学最有活力的特色方向。佟老师为中文专业申报中国古典文献学博士点做出了很大贡献。

佟先生是河南大学唐诗研究的一个不可替代的高峰，他的仙逝是河南大学的一大损失。

作者简介：王立群，1979 级硕士研究生。河南大学文学院教授，博士生导师，国家级教学名师。

深切怀念培基兄

魏清源

2021年9月16日下午3时,微信声响起。我打开一看,是文学院党委书记杨萌芽发来的:"佟培基教授于午后一点驾鹤西去。"看着这条信息,我脑子里一片混沌,足足愣了十来分钟,才意识到,亦兄亦友的培基真的离我们而去了。

1977年9月,我在当时的开封师范学院中文系毕业后留校任教,担任"古代汉语"的教学工作。当时的培基兄已在学校车队工作了4年。1979年,深知培基学术爱好和能力的学校领导,为了不让他离开学校,硬是破格把只有高中学历的他调到中文系,安排他到唐诗研究室,从事唐诗文献的整理和研究工作。从唐诗研究室其他老师那里听说,佟培基1963年高中毕业之后,到北京军区直属部队服役,1968年复员后,先在一工厂当司机,1973年来到开封师范学院,做一名小车司机。由于他对古代文献非常喜爱,利用工作之余,刻苦钻研,在唐诗研究领域已有不小成就,心中对他顿生敬佩之情。

到唐诗研究室之后,他一头扎进书海,把所有的精力都用在了唐诗甄别辨伪上,短短几年时间,先后撰写出《高适塞下曲辨伪》《初唐诗重出甄辨》《唐代僧诗重出甄辨》等大批高质量的学术论文,受到专家学者的肯定。

1986年4月,已是讲师职称的培基准备申报副教授职称。别的专业申报副高、正高职称都需要考外语,古典文献专业可以不考外语,但需要考古代汉语。他向我询问古代汉语的重点和应考注意事项。交谈中我惊异地发现,他对古代汉语的基础理论知识已有了很深的理解,特别是对很多金文、大篆的汉字字体已能准确识别。从此我们的交往日渐加深。

1987年,中央新闻纪录电影制片厂来到学校,专为他拍摄了《从司机到副教授》的专题影片,并在全国放映,使更多人知道了佟培基传奇般的经历。

1986年顺利地破格晋升副教授后,佟培基又于1995年晋升教授。此后他埋头书案,钩沉稽异,硕果累累。

其中《孟浩然诗集笺注》是他罹患食道癌做了手术后,在还没有完全康复的情况下完成的,出版后荣获全国古籍整理图书奖二等奖。

这时的佟培基已在全国唐诗研究领域具有了很大影响。2003年,以他为学术带头人的古典文献学专业成功获批博士学位授权点,他也成为全国唯一一位高中学历的博士生导师,并成为享受国务院政府特殊津贴专家。

佟培基1984年成为一名光荣的中国共产党党员。几十年来,他时时牢记党的最高理想,处处发挥党员的先锋模范作用,用自己高尚的品格和勤奋的行为作风,教育学生,影响同人,激励后学,赢得了师生的广泛尊敬和爱戴,在平凡的工作岗位上取得了非凡的成就。2011年7月,他获得了"全国优秀党务工作者"光荣称号。

除了在学术上取得的骄人成绩,佟培基天资聪慧,在书法艺术上也有很高的造诣。读初中时,他与著名书法家桑凡先生住同院,好学的他主动向桑先生学习,临写钟鼎、汉碑及汉简、秦篆。在北京当汽车兵时,佟培基有很多机会外出。每次去天安门广场附近拉货,下了车,他就像着了魔一样,跑到故宫去欣赏书法作品。历经磨砺后，佟培基的书法技艺日臻成熟。他工篆书、隶书，作品雄浑圆润，凝重古朴。其书法作品曾多次入选日本大阪中日书法联展、郑州国际书法展、广州中外书法展等全国性、国际性书法展，荣获国际"现代书画名家教授国际金奖"等大奖，有的作品被刻入四川江油李白纪念馆、岷山黄河碑林、孟津王铎书艺馆、朱仙镇岳飞庙等，众多作品流传至日本、加拿大、美国、新加坡等国家。其书学论著《宋代书法概论》入选中国书协全国首届书学理论会，并收入专著《宋代文化史》，他还为河南大学、中国书画函授大学开设书法课，负责培养书法篆刻硕士研究生，其人其事已被收入《中国当代书法家辞典》《世界当代书画篆刻家大辞典》。

随着佟培基书法作品影响的扩大，有人慕名欲以重金求字，有人向他提议网售其作品，都被他坚决谢绝。平生不好求人的我，虽与培基关系匪浅，但向来不愿开口向他索字，怕因一己之私欲而让他劳心费神。2014年4月的一天，我到学校老年棋牌协会办公室，见培基也在。他站起身来对我说："咱俩相识这么多年，你从来不提让我给你写字的事。今天我写好了一幅，你看看中意不？"看着他写的字，我不知道说什么好，只是连说几句："太好了！"

近几年培基正式退休后，不再像以前那样忙碌，我才主动请他为我家客厅、卧室、书房各写字一幅。分别是客厅里的李白《将进酒》，卧室里的刘邦《鸿鹄歌》，卧室里的《矢志不渝》，书房里的这一幅我还不知道出处。这四幅字培基分别用大篆、小篆、隶书写就。其用力之精，跃然纸上；挚友之情，深藏字中。

佟培基为人敦厚朴实，虽成就非凡，在朋友面前却从不愿提起。2010年3月26日，他67岁的生日，立群、我、怀真、河清和他的几位弟子为他庆生，他欣然前往，尽兴而归。

我承担《河南大学中国语言文学学科史》编写任务和文学院院史馆筹建任务后，多次到培基家进行专访，对他的书房、著作、获奖证书、奖章进行了拍摄，请他提供了他的简介和成果目录。

他写的简介和科研成果,我已照录在《河南大学中国语言文学学科史》中。本想书成之后,再请他过目指正,谁知书稿正在出版社三校之时,他却溘然西归。悲痛之情,盍可言哉!

作者简介:魏清源,1974级本科生,河南大学文学院教授。

我和佟老师的师生缘

焦体检

9月16日早9点，在医院工作的妻子打来电话说，佟老师办理出院了，你赶紧过来吧。正在幼儿园给孩子办理入园演练的我骑上电车，匆匆忙忙赶往医院。我知道，佟老师的时间不多了。中午1时许，噩耗传来，佟老师永远地离开了我们。

在佟老师住院的这段时间里，我到医院看过几次。每次看到躺在病床上瘦骨嶙峋的老师，心里就特别难受，尘封许久的和老师有关的点点滴滴也如电影般在脑海中浮现。

1999年5月，研究生初试成绩出来，我的成绩排在我报考的天津某高校中国古代文学专业的第二名。当年统招计划只有两人，而且已经有了一个推免生，我只能上自费。因为家境困难，我的本科论文指导老师吴河清先生建议我调剂回河南大学。吴老师告诉我，河南大学中国古典文献学专业当年第一年招生，无人上线，而研究生导师、本专业学术带头人佟培基先生是国内唐诗研究专家，国内外都很有影响。对佟老师这样一位河南大学的传奇教授，我也是早有耳闻，也曾向吴河清先生请教本科毕业论文的时候在唐诗研究室见过这位身材高大的先生。就这样，我幸运地成了河南大学文学院中国古典文献学专业的第一位研究生。

还记得研究生复试的时候，几位老师随意地坐在唐诗研究室，佟老师给我一张 A4 大小的印有"唐诗研究室"字样的稿纸，上面正楷书写的考题，那是佟老师亲笔写的。第一题是写繁体字，第二题是名词解释，其中有一个"淮南西路"。当时我不解其意，就随便编了一个"唐代长安城的某条以淮南命名的道路，应该是条花街柳巷"。写完交给佟老师，佟老师戴上眼镜一一细看。当看到"淮南西路"的时候，老师说："不懂不要乱写，你这是闹了多大的笑话。"老师是用平和的语气说出来的，但我感受到的是老师的威严。后来我给学生讲课的时候，每每会把我当年这段糗事讲给学生，告诫学生以我为戒，做学问的时候要老实，不要不懂装懂。

当年9月开学之后，佟老师告诉我，他因为大病初愈，身体欠佳，以后不带硕士了，让齐文榜老师带我。我当时曾以为佟老师是对我不满意不愿意带我，为此心里郁闷了好久。虽说不亲自带，但佟老师首先给我开设了课程唐诗整理，后来又开设了古籍标点。就是在佟老师的课上，我才了解了历代编纂的唐人别集、总集，清康熙年间《全唐诗》的编纂过程及其不足，河南大学唐诗研究室与《全唐诗》的渊源，以及古籍整理的规范。研究生第一年也是我最幸福的时光，因为只有我一个学生，得到教研室诸位先生的"专宠"。开题报告完成之后，我第一时间交给了佟老师，一天后在老师家中，佟老师把批改的开题报告拿给我，密密麻麻的批注，大到论文结构的调整，小到错别字，以及学术规范问题，佟老师一一给我指出。论文定稿之时，经与齐老师商量，我在论文封面写上第一导师佟老师，第二导师齐老师。佟老师看到后给我说，这三年主要是齐老师在带我，他不能"掠人之美"。就这样，我第一次和成为佟老师的入门弟子失之交臂。但是，当年答辩，佟老师非常重视，亲自邀请了著名唐诗研究专家陶敏先生来主持我的论文答辩。

作为学科点牵头导师和唐诗研究室主任，佟老师也多次给我们提供学习和锻炼的机会。1999年的最后一天，也即我读研的第一个元旦前一天，南京大学周勋初、复旦大学陈尚君两位先生来汴和佟老师商议《新编全唐五代诗》工作事宜，佟老师特意通知了我和刚留校的郑慧霞师姐，让我们到唐诗研究室旁听。读研期间，佟老师也多次让我们参与《新编全唐五代诗》的校稿和核对工作。2005年春，佟老师让我带着当年还在读研现在已经是文学院副院长的白金，赴西安商讨《新编全唐五代诗》出版相关工作。

2002年7月研究生毕业之后，佟老师给学校打了申请，我得以留在唐诗研究室工作。河南大学文学院古典文献学专业已经在2003年获批了博士学位授权点，2004年佟老师招收了第一位博士研究生。我当时心里非常着急，找到佟老师，说要报考他的博士研究生，成为他名副其实的学生。佟老师表示了欢迎，但他又说："体检，我建议你还是往外考。你看你和慧霞，都是在这里读了本科和硕士，不能一直在河大读，要出去开开眼界，长长见识。如果外边考不上，再回来读。"当年我报考了四川大学和河南大学两所高校，非常幸运地接到了四川大学的拟录取电话，几乎同时又得到了在报考佟老师的所有学生中我成绩排名第一的消息。我第一时间告诉了佟老师，佟老师对我表示了祝贺，还是建议我出去读。我说老师我想成为您名正言顺的学生，佟老师说我给你开了两门课，你就是我的学生啊。你出去读，把名额留给他们吧（当年报考佟老师博士的第二名和第三名都是唐诗研究室的学生）。就这样，我又一次和成为佟老师真正意义上的弟子擦肩而过。

2008年6月，我博士毕业后返校，继续在唐诗研究室工作。可能是一种执念，或是一种情结，我觉得我一定要找机会真正地走入佟门，心安理得地做佟老师的学生。这种情绪一直困扰着我，直到2009年春，机会终于来了。我找到佟老师，告诉他我想进博士后流动站，做他名正言顺的弟子。这一次老师真的是满脸含笑地答应了下来。我至今记得我和郑慧霞师姐找老师的那个下午，记得在河南大学附小对面老师家四楼的书房里，阳光透过窗户和阳台门射进来，记得他的那个笑容，很温暖。在佟老师的指导下，2012年我和郑师姐顺利完成了博士后的出站报告，同时出了站。这一次，我真正成了老师的亲学生！

2015年后，我受命接手唐诗研究室的工作。我深知河南大学的唐诗整理工作承载着校、院及诸位前辈的太多期望，内心常常惴惴不安。由于自己的惰性，学术上一直成就不大，而内心每每以"家事太忙"寻求平衡。今年春，关爱和老师在为《河南大学中国语言文学学科史》写的《序》中谈及河南大学文学院唐诗整理与研究时指出："唐诗的整理与研究，仍然是文学院的学科优势，如何将这种优势巩固下去，发扬开去，需要新的一代有远大的学术理想和本领，在唐诗的整理与研究的路上，走得更好更远。"读到这里，作为唐诗研究室主任，我一是激励，但更多的是愧疚。我也多次向佟老师请教唐诗研究室工作。今年春，我在佟老师家向佟老师说及唐诗研究室的藏书，谈到近些年图书有遗失情况，老先生忽然间泪流满面。佟老师哽咽着对我说："体检，现在你负责唐诗研究室工作，丢失的这些书你一定要给我找回来！在唐诗研究室这么多年，我就留下来这么些图书和材料，不能到你手里给我弄丢了，你一定给我找回来！"写到这里，我不禁失声痛哭。老师，您已经走了，您放心，丢失的书我一定尽力给您找回来！请老师放心！我一定谨记老师教诲，和同门弟子及院系相关老师一起尽力做好唐诗整理与研究工作，再次打造"唐诗研究室"这张名片！

佟老师不仅关心着我的学业和工作，还关心着我的家庭。2003年冬，作为证婚人，佟老师参加了我的婚礼。在婚礼上，佟老师对我们表达了祝贺，还绘声绘色地讲起了我曾经告诉他的我和我爱人相识的经过。最后，佟老师说："最后，我用童话故事里的一句话来结束我的讲话：从此，他们过上了幸福的生活。"大概我结婚前几天，佟老师打电话把我叫到家里，拿给我一个标有"河南大学中文系唐诗研究室"的棕色档案袋，说："体检，你要结婚了，我给你写了一幅字，你打开看看。"我惊喜异常，因为早就想得到老师墨宝，但一直羞于开口。打开档案袋，墨香扑鼻而来。展开后，是大篆书写的唐代诗人王维的《相思》。佟老师说："艳荣现在还在商丘工作，你们虽然要结婚了，但还是两地分居。王维的这首《相思》对你们挺合适的。"接着又给我一一讲解上面钤印的七枚印章。我临走之际，佟老师又从口袋里掏出200元钱，一手拿一张递给我说："我一张，你师母一张，拿着。"

在佟老师最后的日子里，我的医生妻子基本每天都会进到重症监护室看望老师，和老师说话；每天晚上下班回到家之后，第一件事就是跟我详细说佟老师的情况。在佟老师最后的一段时间，她受佟老师儿女的嘱托，还一直在老师身旁。老师走的那天晚上，她一个人躲在卧室默默流泪。我拉着她的手告诉她："媳妇，你尽力了，谢谢你这段时间替我为老师尽孝。"

在这样一个仲秋的深夜里，我毫无睡意。想起过往和佟老师的点点滴滴，我不禁潸然泪下。我决定写些什么，于是起身在家寻找留有佟老师记忆的物件，梳理过往和佟老师的相处，用文字记下和佟老师的这份师生情缘，以告慰老师的在天之灵。

作者简介：焦体检，1995级本科生，1999级硕士生，河南大学文学院副教授。

在佟老师身边的日子

白 金

9月16日上午,在学院开完会,焦体检师兄给我打电话,说佟老师已经出院回家,让我再来看老师一眼。我们都知道那个时刻即将到来,饱受病痛折磨的佟老师正处于弥留之际。我匆忙驱车赶到22号家属院,家里一片悲戚。佟老师躺在病床上,我握着佟老师的手,不断喊着:"老师,我是白金,我来看您了,您能听见吗?"老师已经无法回应我。到了中午,噩耗传来,佟老师去世了。这一个月来,眼看着佟老师一天天病重,各种医疗手段用尽却依然束手无策,这种无力感让人心痛。一瞬间,二十年来与老师的点点滴滴涌上心头。

今年是我认识佟老师的第二十个年头。我第一次见到佟老师是在大四上学期。因为选了辛弃疾作为研究对象,我被分到了唐诗研究室,其中的原因我后来才知道——佟老师对于辛弃疾也有深入的研究。初冬的一个下午,全体学生集中在八号楼门口,等着学院根据自己的选题分配指导老师。在走来的一干老师中,有一位个子很高,面容清瘦,步伐稳健,面带笑容的中年教师就是佟老师。这是我第一次看到佟老师,虽然没敢打招呼,没敢说话,但这不妨碍我们此后二十年的师生情缘。只是佟老师真正成为我的导师则要等到2009年我考上博士以后了。稍后,我们根据自己的选题方向被分配到各个教研室,我跟几位同学来到了唐诗研究室。2002年时唐诗研究室在八号楼一楼,进门右转先是三间房的书库,常年不开,再往里走就是唐诗研究室。第一次走进这间教研室的屋子,看到昏暗屋子里摆了一排排书架。两间房打通,中间被书架隔成内外两间。窗外两棵古柏是造成室内昏暗的"元凶"。十几年来,八号楼辗转几个单位,门口环境发生了翻天覆地的变化,但那几棵古柏依然伫立在那里,成为我路过时寻找唐诗研究室的重要参照物。教研室的西墙是一大块黑板,右上角有非常漂亮的粉笔字写了几个人名,依稀记得有王浩然老师的名字,其他已经都忘却了。里间四张普通的三斗桌,赫然坐着四位老师,坐在最里面、面朝西的就是佟老师,在佟老师对面的是齐文榜老师,佟老师旁边坐的是年轻的郑慧霞老师,她对面则是吴河清老师。引人注目的是桌子旁边摆了一个茶几,上面放了一个象棋盘。几位老师对我们点头一笑,接下来主要是吴河清老师跟我讲。吴老师一向快人快语,直接对我说:"你要考研,就先好好准备考试,得空考虑一下论文的事,过些天考试完再来跟我们细谈。"吴老师还问我要写什么,我说想写辛弃疾。吴老师马上说:"佟老师是研究辛弃疾的专家,本来你可以跟佟老师写,但佟老师身体不太好,大病初愈,你跟着我写吧。"我自然是听话的,也不敢问佟老师什么病。吴老师又说:"你可以看看佟老师的《辛弃疾选集》。"这时,佟老师问:"你知道辛弃疾词集哪个最好吗?"这时的我对于版本没有任何概念,就老实说不知道。佟老师就说:"你去找找邓广铭的《稼轩词编年笺注》,那个注本最权威。"这是佟老师第一次直接指导我,虽然已经过去近二十年,但依然记忆犹新。读研以后我才慢慢知道,佟老师在辛弃疾的研究上深得邓广铭先生认可。在他还是一名汽车司机时就完成了《辛弃疾选集》。当年邓先生来校讲学,还点名要见佟老师,此已成为一段学林佳话。此后佟老师诸多的传奇故事我也慢慢了解了。

后来我侥幸通过了研究生初试,于是,很快我就在研究生复试中迎来了跟佟老师的第二次见面。那时研究生复试是上午笔试,下午就是面试。上午笔试的内容很简单,给《三国志》里的一段话加标点。下午面试,依然是佟老师、齐老师、吴老师、郑老师四位老师在列。这次佟老师首先发问:"你觉得你上午笔试加标点怎么样?"我想着自己上午的表现,小心翼翼地说:"应该还行吧,我觉得都断对了。"这时,佟老师推过来一张卷子说:"你自己看看吧。"我一看,脑袋轰的一下要炸了,上面到处都是红笔批的错误地方,呆坐着不敢说话了。佟老师说:"古籍标点,不能光断对,还得标准确。你这只点了个句读,专名号、书名号都没用,离规范的古籍标点差得还多呢。"我脑子想的只有俩字:"完了。"后来老师再问什么,我都是糊糊涂涂地回答了,怎么从教研室走出来的也不清楚。不过最后还是有惊无险地考上了中国古典文献学研究生。

2002年夏秋,同窗四年的大学同学各奔东西,剩下十几个人留在本校读研。我们那一届古典文献学一共五个学生,是本专业获批硕士点以来招生规模最大的一届。三个男生跟随齐老师,两位女生跟着吴老师,佟老师则利用上课统一指导我们几个。从这时起,我开始跟随佟老师走上了唐诗文献整理与研究的学术道路。古柏树荫下的两间陋室,成为我此后数年待得最多的地方。

研究生入学后,第一课是佟老师跟我们讲的,突然没有了本科上课时那种规范化课堂,而是变成了师生围在桌子前亲密交流,我们多少有些不适应。但很快佟老师对河南大学唐诗研究室和河南大学唐诗研究史的叙述就激起我们强烈的兴趣和自豪感。从佟老师这里,我第一次了解到河南大学的唐诗整理研究在全国的领先地位,了解到从闻一多到李嘉言再到高文再到佟老师这样一条学术脉络,了解到河南大学首倡《全唐诗》整理与研究的重要功绩。数年以后,我也曾为了新编《全唐五代诗》的事情奔波,自己也一直把唐诗整理与研究作为一个研究方向。我们心中时刻有一个信念:老一代学者的唐诗文献学传统,河南大学唐诗文献学的优势地位,不能在我们这一代人手中断掉。

佟老师在学院是大佬级的人物。他从汽车司机变为唐诗研究大家，其经历一直是河南大学的传奇。他给我们开设了古籍标点、唐诗整理两门主要课程，这是唐诗文献整理方向的重要课程。那时候 PPT 还没普及，古籍标点课是一门非常辛苦的课程，佟老师往往把大段的文字抄写在黑板上，然后一点点地给我们讲应该怎么标。一节课只讲一个标点。古籍标点课应该是在秋季学期上，第一次上课时佟老师说，现在还穿着半截袖，等讲完这个课，咱都穿上大棉袄了。秋季的教研室比较有意境。午后的阳光照在窗外的古柏之上，斑驳的树影投射在黑板、课桌和我们师生的脸上，佟老师娓娓而谈，我们时而冥思苦想，时而恍然大悟。一派其乐融融，颇有世外桃源之感。

佟老师上课，常常会带很多"道具"。印象最深刻的有两次，其中一次是带来一把青铜剑，当然是把赝品。那几年佟老师给艺术学院书法专业的同学开设书法史课，我们也常去蹭课听。那节课佟老师讲金文，那把青铜剑上就镌刻了一些铭文，以此为据，佟老师给我们讲了很多的金文知识。虽然授课内容已经忘得干净，但青铜剑上那几个金文，至今依稀还有印象。而且那次，我们纷纷上手，第一次真正握住了古青铜剑，顿有穿越先秦之感。另外一次，应该也是书法史课。佟老师带来一枚青铜印章，还颇为神秘地告诉我们，这是他从开封"鬼市"淘来的宝贝，是南宋"建康府将军印"。那会儿已经跟佟老师学了辨认印章，多少能认出来一些，大家很激动，有人还搬来古代印谱，找资料印证，还真从一本印谱中找到了，粗略比较，文字真是一模一样。我们纷纷感叹，老师花了 350 块钱就淘到宝了。结果佟老师揭破谜底，告诉我们说："这是仿制的，赝品。"然后他开始从印文上给我们讲真品与赝品之间的差别，顿时让我们佩服得五体投地。

佟老师讲课时间不长，一般控制在两个小时之内。下午四点我们的课基本就结束了。但老师并不走，常留下来与我们闲谈，前后届的同学们都知道老师的这个习惯，往往会在这时跑到教研室跟老师聊天。佟老师在唐诗学界影响很大，交游亦广，对学界典故知之甚多，这也是我们最喜欢听的。那会儿虽然极少参加学术会议，但对唐诗研究领域的大家与学林逸闻也都有所耳闻。也是在这种场合，我对于河南大学自1960年以来的唐诗研究历史逐渐有了清晰的认识，对于从李嘉言先生倡议，到高文先生着手，一直到佟老师这里终于初成的《全唐五代诗》项目有了了解。我也认识到河南大学这样一所地方院校争取到这样学界最顶尖、最前沿项目是何其的艰难。我也能理解当时的校领导为什么说《全唐五代诗》是我们河南大学的核心利益。

佟老师的课后还有一件非常重要的活动——下象棋。教研室那个茶几的核心功能就是放棋盘。来唐诗研究室下象棋的人很多，王宛磐老师和王利锁老师是教师中的高级别棋手，我们常隐没在他俩的烟雾缭绕中看棋。这种教研室的对局佟老师一般是不参与的，偶尔下场一次，往往就是大胜。佟老师是棋力颇强，那些年，他还经常代表河南大学参加开封市的象棋比赛，成绩斐然。直到退休以后，我去找老师时，如果家里没人，多半会在离退休活动中心的某个棋室。

我在读研期间，教研室发生了一件大事。2003年，以佟老师为牵头人的中国古典文献学的博士点批下来了。当年河南大学一共只有9个二级学科博士授权点，文学院在此之前仅有现当代文学一个博士点。古典文献学博士点的获得，对于我们在读学生来说也是一件值得向其他专业同学炫耀的喜事。在博士点申报期间，佟老师再一次展现出一个传统文士的傲人风骨。博士点申报过程中，各种材料自然要填写个人履历。负责此项工作的老师曾经建议佟老师不要填写自己的高中学历，至少要填个研究生。佟老师坚决不同意。他后来跟我提及此事时说："当时，国务院学位办学术评审委员有一半人都认识我，这些博士生导师，很多都是我学术界的朋友。我说我要不填没问题，他们知道我是高中生，我要一填这都假了，我不想造假。大不了这辈子我不当博导，我本来就是个汽车司机，真不行我回去开车。"其实对于佟老师来讲，虽然是高中学历，但他的国学根底极为深厚。少年时他曾跟随光绪年间的进士、时任河南文史馆馆员的靳志学习诗律、词律、书法；跟随李白凤先生学习书法、诗文、篆刻；跟随开封著名书法家桑凡学习大篆等。2017年出版的诗集《萤雪吟草》中，就收录了他四十余年来诗歌创作的主要作品。其书法作品更是名扬海内外。但佟老师一直将书法作为陶冶性情之爱好，从未以此谋利。社会上高价求字之人往往败兴而回，反而我们这些弟子，常能受老师眷顾，得其墨宝。2012年，我博士毕业之际，佟老师专门给我写过一副对联："居近识远处今知古，研经赏理敷文奏怀。"对此，我欣喜之余极为惶恐，只能将其视为对我的一种勉励。

其实，一直让我心耿耿的正是自己的学术方向与老师期待的异向而行。佟老师、齐老师、吴老师三位授业恩师的主要学术方向都是唐诗文献整理与研究。在读研阶段，我选择了唐诗别集的版本源流考进行研究，尚属于唐诗文献之范畴。但此后，我由唐诗版本而至版本学，又从版本学转而目录学，其间又对宋诗颇感兴趣，从而愈加偏离唐诗文献整理与研究，可谓忘记了初心。佟老师虽然希望我们继承河南大学唐诗文献整理研究的优秀传统，但对我们个人学术兴趣并不干涉。他的第一个博士杨亮，选择元代文学进行研究。他曾风趣地说："我是个打拳的，我学生却要来耍刀。"因此，当我以目录学作为博士论文选题方向时，内心颇为踌躇。在忐忑中跟佟老师汇报选题时，老师居然一下应允了。在指导之余，还特别提醒我，你去找李景文老师多问问，他对这方面更熟悉。李老师当时是学校图书馆馆长，也是文学院1978级的老前辈，一直以来从事版本目录学的研究。我大着胆子直接跑到李老师办公室，谈了我的论文想法。这次请教也让我与李老师结下了不解之缘。后来我的论文写作、修改、答辩乃至后来的以论文为基础的项目申报，都得到了李老师的大力协助。论文初稿完成之后，我把论文打印了四份，分别交给佟、齐、李、吴四位老师。令人感动的是，不仅作为导师的佟老师给我认真修改了论文，其他三位老师也都认真地审读了我的论文，给我提出了非常多的宝贵意见。让我再次感受到唐诗研究室的团结与协作精神。直到十年后的今天，带有几位老师批语的论文初稿，我还一直妥善保存着。虽然后来论文顺利通过答辩，但没有选择唐诗文献作为研究方向，让我心里一直觉得亏欠老师，亏欠唐诗研究室。我在博士论文的后记中说："此题与唐诗文献整理研究关系不大，三年来每次面对佟师，都深感愧疚。唯有不断鞭策自己在今后的研究中仍以唐诗文献的整理与研究为重，不负师恩，以期略减心中不安。"迄今，虽然主要研究方向在目录学，但我仍未放弃在唐诗文献整理方面的研究与探索。

2005年，我硕士毕业留在了文学院任教，从学生变成了一名青年教师。很快为了准备第二年的教育部本科教学水平评估，学院成立了评估办公室。我作为当时学院最年轻的一批教师中的一员，第一个被派到学院评估办公室工作。这项工作任务特别琐碎繁重，晚上还要经常加班。很快我就发现自己的时间几乎完全被占据，毕业前几位老师给自己指明的科研工作，几乎无法开展，一时间感到很苦闷。我跟佟老师聊这个问题，佟老师首先告诉我年轻人为学院服务是应该的。接着他跟我讲了《辛弃疾选集》成书的过程。在第一次上课时，佟老师曾经送给我们每个人三本书：《辛弃疾选集》《全唐诗重出误收考》《孟浩然诗集笺注》。这三部著作每部都书写着佟老师的传奇。《全唐诗重出误收考》是国内唐诗重出误收研究的扛鼎之作，奠定了佟老师在学界的重要地位。《孟浩然诗集笺注》则获得了全国古籍图书整理二等奖，是古往今来最完备的整理本。对这两部书我一直比较重视，加之自己当时研究方向还主要是唐诗，所以读得比较多。但《辛弃疾选集》，佟老师自己也很少向我们提及，我关注得不是很多，佟老师这次提起这部著作我感到有点意外。佟老师说，《辛弃疾选集》虽然是20世纪90年代中期出版的，但他对辛弃疾的研究在他还是一名汽车司机的时候就开始了。他曾将驾驶席座位下腾空，放上各种书籍。在出车任务的间隙，他就见缝插针地把书拿出来读。《辛弃疾选集》就是这样一点点积累起来的。他跟我讲高文先生在八十高龄之际，还又立下了一个宏伟的研究计划。这番谈话其实是告诉我要充分利用一切时间进行科学研究。我还知道《孟浩然诗集》完成之前，佟老师已经身患食道癌，他硬是坚持把书稿完成后才去就诊。当时上海古籍出版社的赵昌平先生，对佟老师在重病中如此高质量地完成书稿深感惊讶。这种言传身教对我坚持从事学术研究产生了很大的影响。

佟老师在1998年重病之后，很少再出门参加学术会议，但在各种会议上，学者们往往都会向河大的人问及佟老师。一些来河大交流访问的学者也都会抽空与佟老师聚会。就在今年暑假，薛天维、海滨二位先生来学院讲学，那时身体已经非常虚弱的佟老师听说了，专门让我们带他到学院与二位先生见面。三位老先生畅谈了半个小时。我开车送佟老师回家的路上，老师还一直念叨，好久没见，人都老了。2018年，河南大学召开韩愈国际学术研讨会。唐代文学学会会长陈尚君教授莅临河大。会议期间，佟老师与陈老师抽空专门见了个面，两人从1992年召开《全唐五代诗》编纂会议聊起，一直谈到当下唐诗整理与研究工作的飞速进展以及他们老熟人的境遇，时而爽朗大笑，时而唏嘘长叹。

佟老师自幼喜爱书法，又曾得桑凡、李白凤的指点，钟鼎、汉碑、汉简、籀文皆曾深习，尤其大篆可谓一绝。后来虽潜心学术研究，然书法未曾一日间辍，其作品在书法界、收藏界名声极大。坊间曾有不少人重金求购佟老师墨宝，甚至有人提出要当佟老师的经纪人帮佟老师经营书画作品。但佟老师从未以此获利，往往有人求字，即慨然同意，数日后即可取字。周边同事、朋友、学生，乃至朋友的朋友，都曾免费获得佟老师真迹。佟老师家中的春联也都是老师亲自书写，辞旧迎新之际，也有人会将上年对联取走。后来佟老师饱受颈椎病袭扰，创作渐少，仍有抹不开面子，赠人字画之举。作为学生，我深爱老师书法，但考虑到老师年事已高，书法创作又颇为费神，因此从未向老师要过一次字。我手中保存的两幅作品，都是佟老师在我人生重要节点上赠予的。其一是博士毕业时，佟老师赠我的那副对联，前已提及。其二则是我结婚时的赠礼。那天我去给佟老师送喜帖，老师非常高兴，在问我婚礼准备情况之后，突然说，家里墙上是不是还缺幅字？我一听，赶紧说："太缺了。老师能不能给我写一幅？"佟老师呵呵一笑，说："要什么字？把内容给我，我给你写。"我踌躇了半晌，既要跟喜事搭边，又不能太贪心，让老师过于费神。想了又想，我就说："老师您还是给我写王维的《相思》吧，红豆生南国这诗挺应景的。"佟老师说："你跟体检一样，就要这么个绝句？人家都要律诗，你就要这二十个字？"我说，这诗比较符合结婚场合。老师答应了，告诉我，过几天来拿字就行了。隔了两三天，接到佟老师电话，让我去拿字。我飞奔到佟老师家里，展卷欣赏，洒金宣上漂亮的大篆，令人爱不释手。佟老师还告诉我，去延庆观那里装裱，那里质量高。我欣喜若狂，从老师家里出来直接拿去装裱了。后来这幅字就一直挂在我家中。

今天，老师仙去，睹物思人，奈何已物是人非。二十年来，在老师的悉心指导下，我完成了学业，初窥学术门径，却仅得老师学问之九牛一毛，深感惭愧。但这二十年，我在唐诗研究室，在唐诗整理，在老师身边，已是人生大幸。在没有老师的日子里，唯有更加发奋，继承老师遗志，与诸同门做好唐诗整理与研究工作，将河南大学唐诗研究的光荣传统发扬光大，以告慰老师在天之灵。

作者简介：白金，1998级本科生，2002级硕士生，河南大学文学院副教授，曾任文学院副院长。

精诚所至,金石为开:佟培基教授印象

张廷可

河南大学建校105周年时,学校开展"感动河大"人物评选活动,最后确定了23位"感动河大"人物,这是河大历史上第一次设立此奖项,我的老师佟培基名列其中。我深为老师的先进事迹和崇高精神所感动,听到组委会给佟培基先生的颁奖词是:从司机到博士生导师,他将人生演绎成一段传奇。潜心唐诗,自学成才,终成唐诗研究的权威;自我砥砺,严于律己,凭着毅力战胜病魔。精诚所至,金石为开;朴素为人,莫能争美。他的言传身教深深地激励着我,我为有这样的老师感到骄傲和自豪。他是一位富有传奇色彩的人物,虽然只有高中学历,但他通过顽强的毅力自学成才,当上了河南大学的博士生导师,这一步来之不易。

一 经历

佟培基1944年3月出生,满族,1962年高中毕业后因家境贫寒辍学,后当兵,在部队上成为一名司机,工作上经常受到上级表彰,连续四年荣获"五好战士"称号,被北京军区直属部队评为优秀共青团员,曾受到毛主席接见,复员后先后在高压阀门厂、河南大学继续开车，其间刻苦自学了古典文学、古代史、古代汉语、哲学、政治经济学、日语等，并利用业余时间，系统研究了南宋爱国词人辛弃疾的生平及作品，写出《辛弃疾年表》《历任职官表》《稼轩词辑评》等几十万字的手稿。

1984年加入中国共产党，曾任河南大学文学院教工第一党支部书记，河南大学古籍整理研究所所长、书画院院长，教授、中国古典文献学博士生导师，河南省教育界书画家协会名誉主席，《书法导报》顾问，宣和印社顾问，中国博士后科学基金会学术评审委员，河南省政府决策咨询专家，《全唐五代诗》主编，中国唐代文学学会理事等，享受国务院政府特殊津贴。主要著作有《全唐诗重出误收考》《孟浩然诗集笺注》《辛弃疾选集》等，在中国共产党成立90周年大会上被表彰为"全国优秀党务工作者"。

记得早在1977年佟培基就被北京大学著名教授邓广铭称赞，当时他还只是一名青年汽车司机。他刻苦钻研，成绩显著，在国家级刊物《文史》《文学遗产》上发表学术论文十余篇，对唐诗的整理辨伪取得突破性成果，多次获得河南大学优秀科研奖，出版有《全唐诗简编》132万字（任副主编，上海古籍出版社1993年版），完成了500余家诗人作品的编纂。佟培基的姓名和生平已被刊入英国剑桥《世界名人录》和《国际名人传记辞典》及《中国当代书法家辞典》《当代中青年社会科学家辞典》等。由于贡献突出，1982年，他被河南大学破格评定为讲师。这一破格不打紧，他似乎又与"破格"有了不解之缘。1986年，他被河南大学破格提拔为副教授；1995年，他被河南大学破格晋升为教授；2002年，他被定为河南大学中国古典文献学申报博士学位点第一学术带头人，获国务院学位办批准。如今他是河南大学中国古典文献学的博士生导师，享受国务院政府特殊津贴，恐怕这在全国也为数不多，他还是中国政协开封市委员会第五、六、七届委员等。

二 书　缘

我与培基在不认识的情况下曾有过"书缘",受家庭的影响,我幼年喜欢书画,经常到新华书店买一些有关书画方面的书。1979年,我在新华书店买书时,看到河南省书法家协会主席陈天然题写的《书法作品选》中有佟培基的篆书,一下子被他那与众不同的风格吸引住了。也许是对篆书情有独钟,我就买了一本经常临习、揣摩,深感培基的字不但功底深厚,而且充满着意趣和金石气。从这时起我在观看书法展览时就特别注意,每当看到培基作品时,总要长时间驻足观望,每当在书报杂志上看到佟培基的字时,我都要剪下来收藏、学习。也许是"缘分",1980年9月我在河南大学上夜大时有幸认识了佟培基老师,从此与佟老师朝夕相处并有了进一步的了解。佟老师自幼喜爱书法,主要临习大盂鼎、毛公鼎、静簋、石鼓文、张迁碑、景君碑、峄山碑及汉简等,每天用功至勤,无论酷暑严寒从未间断。佟老师用笔擅用中锋,笔酣墨饱,力透纸背,而且刚柔相济,极见功力和才气,他的字绝不逞怪弄险,能寓趣美于点画之中,蕴神情于点画之外,于平正规矩中见其神采。他对书法艺术,特别是碑帖研究至深,有很多精辟的见解,他认为碑学、帖学都在推动着书法艺术的发展,不应该尊此贬彼,而文字的创始和书法的意象更在碑帖之前,不论哪家,各有其长,在学字过程中只要能避其所短,真正把长处学到手,熔碑帖于一炉就好。如金文字体,字形大小不一,笔道有粗有细之变化,这是金文字体的本来面目,也就是这种字体的韵味所在之处,必须牢牢把握住,然后再熔铸自己的风格和特点显示自己的面貌。佟老师的大篆点画精到而布局变化多端,能入古出化、遒劲酣畅,整幅婀娜多姿,颇有金石意趣。楷书瘦金而又不完全瘦金,严谨端庄为体,用笔流畅,隶书掺入汉简一气呵成,足见他能博采众长取精用宏,在书法上形成了自己独有的艺术风格。1984年我曾收藏了一幅佟老师的篆书条幅，起笔似大篆，收笔如同金文，掺入白石笔意和字形结体，具有疏能走马、密不透风、纵横跌宕之势，观后令人清新、回味、叫绝。这件作品反映出佟老师凝重博大、雄浑圆润、质朴无华的个人气质和完美的艺术修养。1987年书写的卢纶《塞下曲》"月黑雁飞高，单于夜遁逃。欲将轻骑逐，大雪满弓刀"更具有不同风格的韵律，神完气足。他的书法能熔古今碑帖于一炉，形成了结体森秀宽博，运笔沉稳之风格。记得一次政协书画展上，著名书法家桑凡先生曾经对我说："培基的字得益于孜孜不倦地读书，有书卷气，越变越好，虽变亦不离法度，清秀之中寓古朴，具有独特的艺术风格和个性。"

记得一次活动，佟老师带着《楹联墨迹选集》翻阅，我一看想到了我也是前两天刚刚在新华书店买到，这种"书缘"邂逅，使我一阵欣喜。佟老师的诗词令人赏心悦目，纪念毛泽东一百周年诞辰，我曾请教佟老师如何作诗和撰联之事，他对我说，作诗需要广泛收蓄许多门类的知识，作书也要有十分深邃的艺术内涵，既诗又书就可以在更加广阔的基础上提高文化素质，就能够不断提高诗书的艺术水平，一席话使我受益匪浅。佟老师用词牌填写的对联"北戴河上浪淘沙，黄鹤楼下满江红"很有意思，我很喜欢也很欣赏，曾当面请教，他的诗与他的勤奋钻研、广泛涉猎、博览群书是分不开的，能够欣赏培基老师的作品和诗词是很高雅的艺术享受。

佟老师之所以能在文学、诗词、书法有如此高的造诣，一方面固属天资颖悟，另一方面则得力于后天勤奋。他更注重后者"勤奋"二字。记得有一次，培基老师患病住进河大医院，我曾几次去探未遇，只见病床上仍有书，医生、同事劝他，可他一天也没离开书，也没闲过。佟老师最放心不下的仍然是课题、论文、学生，在他身上我学到了那种水滴石穿的学习毅力和绳锯木断的钻研精神，使我终身受益。他经常讲，当过兵的人就会明白：什么是纪律？什么是韧性？什么是坚持？什么是至死不悔？他用生命与时间赛跑，终于完成了许多有价值的论著,其事迹及学术成就受到全国总工会的表彰,中央新闻纪录电影制片厂曾拍摄专题片在全国放映。

培基老师从事文学专业研究工作,耗去了绝大部分的精力与时间,但他仍坚持临池,笔耕不辍,他这种对书法艺术执着追求与寸阴是竞的学习精神是值得学习的。他在书法艺术天地里,怀着自己的追求,以自己独特的风格和面貌,先后在书坛上取得了一个个可喜的成绩。作品曾参加黄河流域十省展,中日书法联展,国际书法展,广州中外书法展,荣获中国现代书画大赛优秀奖,中华侨光杯书画展优秀奖,河南科技书展二等奖,河南纪念毛泽东百年诞辰书展二等奖。作品被刻入四川江油李白纪念馆,邙山黄河碑林,孟津王铎书艺馆,朱仙镇岳飞庙。书学论著《宋代书法概论》入选全国首届书学理论会,并收入《宋代文化史》专著,出版有《通用书法教程》(河南人民出版社 1988 年版)。

2018 年 6 月开封市委宣传部、市社科联联合举办习近平用典书画展览,当时由我负责,我邀请佟老师用大篆书写了"人间正道是沧桑"几个遒劲有力的大字,悬挂在展览大厅的中央,市领导、专家学者、广大读者无不交口称赞。

佟老师现在仍然辛勤耕耘,不断创新,不断探索,我坚信,再过几年,佟老师还会有更多的书法作品、学术论著问世,他用心血浇灌、精心培养的"花朵"定会结出一串串的丰收硕果。

作者简介:张廷可,河南大学夜大学生,现为冯玉祥河南诗书画院院长,开封古都书画院院长兼秘书长。

吴福辉先生与河南大学

武新军

吴福辉(1939—2021),浙江镇海人

今天上午9点半左右,最早看到洪子诚老师在一个学术圈里转发信息:吴福辉老师今日凌晨逝世。我感到非常震惊、难过,有点手足无措,不知该为老师做点什么。前些天填报学科点代表性毕业生信息时,我们还在讨论哪位博士生是吴福辉老师指导的,哪位博士生是刘增杰、刘思谦、关爱和、孙先科老师指导的,哪位老师是吴老师指导的博士后……几位老师共同参加的几届博士生招生、开题、答辩等场景犹在眼前,而这样的场面,以后是再也不能看到了。

几分钟后关老师打来电话，让安排近代文学研究公众号尽快推出吴老师前年来河大的讲稿《我与现代文学史六十年》，并为搞好纪念文集做些准备。文章推送出来后，历届研究生都在圈里转发以表示悼念，接着又看到几位博士生在群里发表纪念文章，其中蕴含着同学们对吴老师深厚的感情。

河南大学中国现当代文学专业1998年开始设置博士点，是与中国现代文学馆联合申请获批的，舒乙、吴福辉、李今老师，都曾参与过本专业的博士生指导工作，而吴福辉老师则是持续时间最长的。从1998年起，他几乎每年、每学期都要到开封来，对开封产生了浓厚的情感。他曾多次说：除了上海、鞍山、北京，他来开封的次数最多，停留的时间最长，开封也应该是他的故乡。吴老师观察生活很细致，对开封人的生活方式很熟悉，对开封的小吃津津乐道，谈得出穆斯林胡辣汤与杨孝业胡辣汤的区别，开封小笼包与杭州小笼包的区别。

除了每年博士研究生招生、开题、答辩等常规工作，吴老师还经常以讲座、专题课程等方式，与研究生交流研究心得：如2003年2月主讲"20世纪：中国的双城记和四种文学形态"；2004年5月主讲"老舍小说的市民性与国民性批判"；2004年10月参加由河南大学文学院、《文学评论》编辑部等联合召开的"中国现代文学文献问题学术研讨会"，与杨义、孙玉石、钱理群、朱德发等先生分别做了关于现代文学文献问题的报告；2016年11月为研究生做"专题周"系列讲座；2017年12月12—24日做"论文选题：为何研究京海派""加强阅读：怎样使用文学史""写作不止：我的文学生涯"等系列讲座；2019年7月给学院主办"中国近代文学第一届暑期青年讲习班"讲授"我与现代文学史六十年"。河南大学多数现当代文学专业研究生，都是吴老师课程的受益者。

河南大学中国现当代文学专业，一向重视研究课题的文献史料基础，重视培养学生的历史意识和历史分析能力，鼓励学生在广泛研读原始史料的基础上展开文学史的研究。因此，某些研究生也难免会深陷碎片化的史料之中，而不善于从中发现问题、提出问题。作为资深的文学史研究者，吴福辉老师每每以洞穿历史的眼光，帮助同学们从陷入绝境的选题中走出来。吴老师重视文学史研究的整体性，重视文学发生、传播和影响的过程，重视文学现象之间的联系，认为学科化、专业化打破了世界的整体性，只有在回归整体结构和相互联系中，才能在一地鸡毛的、碎片化的史料中找到历史的联系。在某次讲座中，他向研究生讲解《五十年来之中国文学》《中国新文学的源流》《中国新文学大系》《中国新文学史稿》等十一本文学史著作，其意图也在于提高同学们的历史整合能力。

往返开封的二十多年中，吴老师与教研室的多数老师都有深入的交流，深度地融入了这个集体之中，我们学科点的许多老师，与吴老师无话不谈，有时还会开些无伤大雅的玩笑。吴老师对指导研究生很尽心，他不仅关注研究生培养的质量，而且更为关注研究生的发展，许多博士生毕业多年后都一直与老师保持着密切的联系。2019年8月17日，为庆祝吴老师八十寿辰，文学院召开吴福辉学术思想研讨会，来自全国高校的三十余名毕业生参加会议。会后吴老师前往加拿大，几个月后疫情蔓延开来，这应该是多数同学最后一次与吴老师面对面交流。

我与吴福辉老师交往，有一个逐渐熟悉的过程。第一次见到吴老师，大概是2000年的秋天，他与刘纳老师来河南大学做讲座，由刘增杰老师主持。经过激烈的心理斗争，我在讲座结束后，把一篇打磨了许多遍的稿件交给了吴老师，想看看能否在《中国现代文学研究丛刊》上发表。作为一名硕士研究生，这样莽撞的投稿方式是很不合适的，有点不自量力，也给吴老师出了难题。好在文章很快在《河南大学学报》刊出了，写信给吴老师告知情况，算是与吴老师认识了。

2004年,我从复旦大学博士毕业,回到河南大学工作。7月中旬,赶回安阳往开封运送相关物品。某天下午接到同学杨萌芽的电话,说他陪同舒乙、吴福辉、李今、刘增杰老师来安阳文化考察,刘增杰老师让我第二天一同参加,于是有了与吴老师的第二次见面。当时日光强烈,吴老师身材高大,戴黑色墨镜,令人敬畏,不敢主动上前搭讪找话题。我们一起游览了红旗渠、太行大峡谷。舒乙老师行动不便,由杨萌芽和我照顾,仰望着半山腰上的刘增杰、吴福辉、李今老师,杨萌芽说刘老师、吴老师身体真好!舒乙老师听着我们的谈话,笑着。

2006年,我们到山西长治参加赵树理100年诞辰研讨会,奉刘增杰老师之命,会议结束后把吴福辉老师接回开封来。会上陪吴老师一起参观赵树理故居,一同在赵树理墓碑前鞠了躬。回开封前,吴老师拉着我们到处找书报亭,想要买一份长治市的地图,他说每到一地自己都要购买当地的地图。在返回开封的路上,他谈起延安的地图地形地貌,从延安男女性别比例的失衡,讲述沙汀离开延安的原因。为引起吴老师谈话的兴趣,我提起了刘白羽的《从富拉尔基到齐齐哈尔》,果然吴老师开始专注讲谈东北的地理、人情。汽车穿过一个隧道又一个隧道,距离开封越来越近,我们与吴老师的心理距离也越来越小。

2011年,因处理一件急务,我到北京拜访吴老师,得以进入他的石斋。他家的住房不大,书架上摆放了许多从各地搜集来的石头,他是石头爱好者与搜藏者,因此在《汉语言文学研究》上开设"石斋语痕"专栏,并先后出版了《石斋语痕》《石斋语痕二集》(河南大学出版社)。在吴老师的石斋里,我们谈到玛拉沁夫、郑伯农等先生,好像是邻居什么的。朱老师没在家,出去买菜了。刘进才师兄也有搜集奇石的嗜好,有一次一起出差,他们两个还在一起讨论某种石头品相的好坏。这一年我遭遇到一些不顺心的事:坚定地追求某种学术的、做人的理想，难免会遭到庸俗社会学的干扰和破坏，年轻人性格执拗认死理，很容易使自己陷入僵局之中。吴老师劝我说：人要有自己的理想，但理想总是和好的、不好的现实相纠缠的，很多事情需要"风物长宜放眼量"。这句话让我一直铭记在心。

吴老师喜欢旅游，他想要走遍中国所有的地方，他和我们谈论最多的，也是这个问题，有一次他绘声绘色地讲起了安顺场和大渡河。私自揣测，他也许始终在关注着地理环境与历史，与文学的关系，到各地去走访，也是他学术研究系统中的一个非常重要的因素。有一次关老师问他河南还有哪个地方没有去过，回答说是还有不少地方。此后几年，吴老师抓住来开封授课的时机，逐渐地填补了这些"空白"，而每次外出，都是刘涛师兄自告奋勇地担任导游。

最近几年吴福辉老师到开封来，我们也明显地感觉到他的身体状况大不如前。有一次他谈起自己吃药的情况，有点不好意思地让刘涛师兄到家里熬中药。他的思维依然像过去那样敏锐，谈锋甚健，不过很少听他谈文学问题，他所谈的问题更多是回忆性的，比如五六十年代工人家庭的生活状况，三年饥荒时期知识分子的吃食，东北老工业基地的今昔，上海人如何掐头去尾择豆芽，等等。有一次，他很专注地讲起妈妈在深夜里一点点地剔取蟹黄，给他蒸蟹黄包子吃，让我们感觉很温馨、很遥远。这也许就是他所说的"我喜欢衣食住行的平常生活"。

好像是最近一次见面时，吴老师讲起他在上海新闸路西区小学、鞍山实验小学读书的经历，回忆他与小学同学的合唱活动，这就是后来发表出来的《少年时代的音乐生活》。在这篇文章中没有提及的是：他说在上海读小学时，曾参加过一个名为什么的少儿组织，这个组织是怎么开展活动，怎么表演歌舞的。现在我怎么也回忆不起这个组织的名称了，可惜在网上怎么也找不到放心的答案……而更令人遗憾的是，现在和将来，我是再也无法向吴老师求证这个问题了。

作者简介：武新军，1992级本科生，河南大学文学院院长，教授，博士生导师。

那个爱生活的人走了

刘　涛

2021年1月15日，突接吴福广师叔发来短信："刘涛，我接侄子电告，我哥在加拿大卡尔加里时间14日凌晨突发心梗去世了。"随信还发来吴福辉老师生前发给他的最后一张照片：加拿大卡尔加里住所外的雪景，厚厚的大雪覆盖大地，覆盖着吴老师的住房。除了这张照片，还有吴老师最后一次的生日照。照片上的吴老师立在那里，双臂呈十字交于胸前，面带微笑，目光透过镜片，微带落寞，隔着无限的时空，隔着大洋，静静望着我，又似乎望着另一个地方。照片上的吴老师，身体明显消瘦许多。吴老师瘦了，这我知道。吴老师晚年饱受肠病困扰，曾为此动过多次手术。但他每次都挺了过来，精神依然矍铄，无颓唐之气。他的学生，包括我，都坚信他能长寿。他有长寿基因，他的母亲、祖母及家族的其他长者，多有活到九十多岁的。这是他引以为傲的一点，闲谈中时有提及。他也相信自己的身体。是的，他的身体那么好，精气神那么足！谁能想到突然就走了呢？他那么爱生活，还有许多未完成的工作要做。他曾计划在学术工作结束后，开始写散文，他肚子里装了那么多货，他说能写五百篇。这项工作是他加拿大居家生活的主要内容，应该已经开始着手了。他还说若身体允许，疫情结束，他每年计划回国至少两次，与他的学生们欢聚畅游。然而，这一切，随着他远去，都是不可能了。

　　清华大学解志熙先生所拟挽联，颇能概括吴师一生："学术无偏至，京海雅俗齐物论，鉴赏最中肯，名著岂止'三十年'；生活有趣味，东西南北逍遥游，人情真练达，快意曾经八十载。"上联是对他学术的总结，下联是对他生活的概括。吴老师的学术成就，学人多有论及。这篇小文，仅就他热爱生活的那一面，聊记一些片段，稍作一点评断，作为对他的一点缅怀和纪念。

　　吴老师热爱生活，体现在许多方面，如爱旅行，爱美食，爱品茶，爱收藏，爱摄影，爱记日记。这么多爱好中，以爱旅行为主干和中心。就我有限的交往圈子来看，还很少见到像他那样狂热地投入旅游生活中去的。吴老师对旅游有过一个庞大计划，做过非常精细的谋划。说庞大，是他的旅行目的地遍及全球五大洲，欧洲、北美、亚洲的许多国家，俄罗斯、日本、韩国、印度、新加坡、泰国、缅甸、越南等，他都去过，有的地方还不止一次。至于国内，他去的地方就更多了。他手头有一本很厚的国家重点文物保护单位旅游地图册，上面详细标记出国务院历次通过的国家重点文物保护单位，吴老师认为这些地方都是值得一看的。每次旅行，他都带着这本地图册，以作导游。

　　吴老师的旅游属于典型的文化之旅，他的旅游不但重在文化考察，而且，每到一处，往往会举办讲座活动。由于吴老师的学术成就和影响，每至一处，照例会受到当地高校邀请而进行学术讲演，盛情难却之下，若无身体原因，吴老师皆会慨然允诺。吴老师爱讲且善讲，讲演中间在黑板上随手写出的行草亦潇洒漂亮。他的激情往往会很快点燃听众，而听众的热情，又会进一步让他释放激情。讲到动情之处，吴老师甚至会放声歌唱，他的浑厚的男中音颇富磁性和穿透力，听众往往会报以热烈的回应和掌声，讲演现场气氛之热烈，可以想见。吴老师讲演，很重视与听众的情感交流与互动，时时关注台下听众的反应。一般情况下，他的饱含激情和趣味的讲演内容在听众间会引起一定反响,这种反响会像波浪一样,推动着他,讲演就这样轻松进行下去。他很享受这个过程,但偶尔也有例外发生。记得有一次陪吴老师到河南南部的一个城市旅行,他受邀到当地一所高校讲演。讲演大厅内座无虚席,秩序井然,吴老师开始像往常一样讲。可能是该校纪律要求较严,学生被规训得中规中矩,吴老师富于激情的讲演,在台下学生中间,并没得到有效回应。讲到有趣处,本应掌声响起,笑声朗朗,但这次台下的反应却有点反常,照样是静无声——"波浪"没有出现。我坐在台下第一排,从讲席上吴老师的神色中,明显能看到他的失望和尴尬,之后他的讲演状态就不是太好,讲演结束,人也显得非常疲惫。之后又过两天,他到平顶山学院,给文学院师生做过一次讲演,而这次学生的表现却出乎意料的好,反应非常迅捷和热情,吴老师的激情又一次被调动起来,歌声又一次在台上响起。这次讲过之后,两校学生素质和精神状态所产生的鲜明对比,令吴老师非常感慨。我也由此认识到优秀的有灵性的听众,对于教师的重要性。教师授课,亦如匠人运斤,是双向度而非单向度,台上人口吐莲花,台下人呆如木石,该是多么尴尬、无趣、反讽的场景!

  吴老师的爱旅游,是他爱生活、爱世界的外化。他想把整个世界装入他自己的世界。他太爱这个世界,太爱生活,太珍惜生命,他想以空间换时间,通过多看多走,来提升生命的浓度、厚度和广度,使生命变得更立体、更有味、更多彩。除了读书,旅游是他感知世界、扩展自我、获得知识的另一主要方式,是他沟通书本世界与生活世界的桥梁。通过旅游,他由现实生活进入深广悠远的历史世界。他注意考察对象的每一个细节,非浮光掠影、来去匆匆者可比。由于爱旅游,吴老师自然就有了另一爱好:摄影。吴老师并非摄影发烧友,不追求相机品牌和价位,用的只是普通的傻瓜相机。但他善于构图,曾指出我拍摄相片构图存在的问题。不过,也仅此而已。摄影,是他记录生活、观看世界、留存生命的一种方式。人生如雪泥鸿爪。为留存生命之微痕,在摄影外,他还有记日记的习惯。这个习惯,从少年时期已经形成,此后,几十年如一日,从无间断。他记日记的时间,通常为每天睡觉之前。旅行中间,由于有时过于疲累,该日日记未记,第二天起床后一定补齐。吴老师精力过人,自言每天睡眠时间很短,四五个小时即可。每天凌晨三四点即起,起来简单洗漱后就开始工作。若当日日记未记,第二天早起第一件事就是补昨日之未记。他补日记的情形,我曾亲眼见过。一次旅行途中,由于房源紧张,未能订到单间,我只好与他住一套间,他住室内,我住客厅。第二天早晨四点刚过,他已起身。我见他起床,于是不敢懈怠,便也起来。有事进入他房间,见他穿着白色浴衣,银白色的头发一丝不乱,显见是刚洗过澡的样子,坐在书桌前,台灯发出温和的光亮,照着摊开的日记本——他正专心一意地记日记。他的日记本为大开本,非常精致,所写之字亦颇为工整秀媚。这样的瞬间一瞥,使我认识到他是把记日记作为一件非常严肃的工作来做的。他自言所写日记非常详尽,与《鲁迅日记》的账单式不同。我曾对他开玩笑,说自己应该已经被他记入日记了。他的日记所记如此详尽且系统,当会作为重要文献留存下来,整理出版之后,必将为后代学人所重视。他的日记不朽,我也将不朽了。吴师听后一笑。现在想来,他坚持每日记日记,并非仅仅为了备忘,更出自强烈的生命意识。他想通过日记,来留存生命,留住人生的雪泥鸿爪。每到一处,大量摄影,同样为此。他说他留下了海量的电子相片(电子版),为此用了多个大容量硬盘。有时旅行途中,非常普通的场景,比如饭馆的外观和招牌,他也会拍摄。我问他原因,他说是为了作日记的素材,因为年龄大,记忆力衰退,拍下来,晚上记日记时就能回忆起来。

  吴老师喜欢收藏,藏书不说了,书之外,他还喜欢收集石头、砚台、紫砂壶、纪念章、邮票、信封等。他的住所名为"小石居",即与石有关。我到过潘家园附近华威北里他的住所,书房窗台上就放着不少石头,由于多,没地方放,有些只好堆在床下。北京居大不易,住房紧张,吴老师的住房虽然大一些,为两套两室一厅住宅拼合而成,但也并不宽裕。于是,石头只能为人让路,他的这项收藏最后只能无疾而终。吴老师还懂砚台,一次师生结伴作皖南自驾游,整个过程其乐融融。到了安徽徽州,吴老师说此地是端砚的产地,机会不可错过,应该选副砚台带回去,于是亲自为我挑了两副砚台。现在它们还放在我家客厅的博古架上,与我每日相伴。至于紫砂壶,吴老师同样是行家。一次到京,吴老师带我逛潘家园,亲自为我挑了一副宜兴紫砂壶,不到三百元,可谓物美价廉。紫砂壶携至家中以后,由于具有纪念意义,不舍得用,便置于盒子中藏了起来。一次打开,发现该壶形状怪异,细瞧才发现紫砂壶盖子与壶身不般配,是另一粗制紫砂壶的盖子。追问之下,孩子承认是他出于顽皮和好奇,拿着壶在窗台边玩,不小心壶盖掉于窗外,为怕我发现后惩罚,于是就把另一壶的盖子放了上去。孩子的顽劣和异想天开的补过行为令我哭笑不得。壶虽然残缺,但我依然留着,作为对吴师的纪念。吴老师的另一爱好是收藏纪念章。不过,他所收藏的纪念章有明确范围,大多为与他或家人学习工作的地方或单位有关,例如,他收藏有自己在上海读书时学校的纪念章,他父亲在鞍山工作过单位的纪念章等。每每得到这类纪念章,他都会非常珍视和激动。他晚年有写系列散文的计划,其中一个系列即为"纪念章系列"。他打算从自己收藏的纪念章中,选出有特色和纪念价值较大的,为每个写一篇文章。这说明他对纪念章的收藏,与他的摄影、记日记等爱好一样,是出自一种生命意识,出自对过往生命留痕的珍爱与重视。

吴老师还下棋,象棋。围棋可能也懂。这倒说不上喜欢或热爱。不过,为研究棋道,还从潘家园旧书摊淘来几本象棋棋谱,其中一本是各种残棋的棋局,这本书平时就放在他书房的一个小书桌上,我曾亲眼见到。我喜欢淘书,一次在潘家园淘过旧书后,到他家中小坐，见他正在研究棋谱。我自言对象棋是门外汉，虽然会下，但处在非常初级的水平。他于是拿出棋盘，摆开棋局，与我对弈，教我怎么进攻，怎么防守。记得这盘棋下了很长时间，下完，也就到吃饭时间，于是我们一道，和师母朱珩青、师姐吴晨下楼，到附近的温州菜馆吃饭。说起吴老师下象棋，不知为什么突然想到"闲敲棋子落灯花"这句诗。当然，这里所谓的"棋子"指的不一定是象棋。该诗给我留下印象的主要是一"闲"字。我由此想到吴老师生活的另一面——他的书斋生活。吴老师是个学人，大部分时间在书斋中度过，长时间伏案写作，是很辛苦的。读书写作之余，自己一个人下下棋，琢磨琢磨棋路，研究研究棋理，可调节神志，放松身心。他自创的此种书斋休息法，何尝不是出自对生活的热爱呢？！

爱生活的吴老师虽然去了，但爱生活的吴老师留下的精神滋养，已经渗入当代文化的诸多层面，他的面影，将会永远留存于师友心底。精神的吴福辉是永远不死的！

作者简介：刘涛，1993级硕士生，河南大学文学院教授，博士生导师。

碧海青天乘风去，山高水长任翱翔

——怀念我的导师吴福辉先生

刘铁群

2021年1月15日，吴福辉老师病逝于加拿大卡尔加里。动画片《寻梦环游记》中有这样一句台词："死亡不是生命终点，遗忘才是。我不会忘记你，因为我会一直爱着你。"我相信，2021年1月15日不是吴老师生命的终点，他只是潇洒远行，不再回来，他依然活在学生和朋友的心里。

我和吴福辉先生的师生缘分从1999年开始。1999年春天，是我在兰州大学攻读硕士研究生的最后一个学期。我的同学或者为找工作而四处奔走，或者为考博而刻苦复习，等待毕业论文答辩的我成了无所事事的闲人。我当时是定向到广西师范大学工作，在那个年代，硕士毕业能到高校任教已经是不错的归宿，而广西师范大学对我是否考博也没有任何约束。因此，我对工作和考博的感觉是无可也无不可，近乎一种麻木混沌的状态。为了打发时间，我看闲书，重读了不少武侠小说，学术著作就读得很少，因为斗志涣散的我没有定力读下去，但有一本著作例外，那就是吴福辉先生的《都市漩流中的海派小说》。我居然在懒散的心境中读完了这本书，因为它实在有趣，同时我也在想，这位未曾谋面的吴福辉先生会是一位多可爱的学者呀？之后我无意中在校园报刊栏里看到《光明日报》上刊登的河南大学招收首届博士生的广告，导师队伍中有吴福辉先生，我就决定碰碰运气，报考吴福辉老师的博士生。我对考试本来就没敢抱多大希望，面试的时候发现同考者都是有多年工作经验的高校老师，还有不少副教授，我是唯一一个应届硕士毕业生，看着他们高谈阔论，我一个人胆怯地坐在角落不敢说话，心想彻底没戏了，走完流程就打道回府吧。因为不抱希望，内心倒是极其平静坦然，当几位老师问我报考近现代文学的优势是什么的时候，我向几位老师坦白："我硕士阶段的研究方向是当代文学，毕业论文写的是金庸小说研究，临时决定报考近现代文学方向，没有充分的准备，而且在所有考生中我的资历最浅，的确没有优势。因此，我已经做好了考不上的准备，计划明年再来考。"我刚说完，头发花白笑容可掬的吴福辉先生就温和地对我说："怎么能这么没自信？不要随便看轻自己。"回答完几个问题，我麻木地离开考场，心里留下深刻印象的就是吴福辉先生温暖的微笑。回到学校不久，就收到了河南大学的录取通知，我想不到自己如此幸运，居然成了著名学者吴福辉先生的第一个博士生。

后来，吴老师也经常提起我"开门弟子"的身份，他曾特别交代几个年龄稍大的师弟，说先入门为大，刘铁群虽然年纪小一点，但你们还是要叫师姐。吴老师在给我的第一本专著作序时，开头这样写道："在我的学生当中，刘铁群是年龄偏小可'辈分'却并不低的一位。她的书读得太顺，好像读完本科读硕士，读完硕士读博士，连一眨眼的工夫都没耽搁过。这样，就成了我所在的那个博士点的第一届学生，以下的哪怕是比她大五岁、大十岁的同学也都变作了师弟、师妹。"

我曾经是个懒散而缺少自信的人，敏锐的吴老师一眼看穿了我，我第一次正式以开门弟子的身份与吴老师见面的时候，他郑重地对我说："你是我第一个学生，我是王瑶先生的弟子，王瑶先生是朱自清先生的弟子。说起来你也算是朱自清的第三代弟子。你要有自信，不要过度谦虚。"我是幸运的，吴老师对我的指导不仅有学术上的提点，还包括精神与心理上的调整。从当代文学转入近现代文学研究后，我茫然无措，看着同年级两位博士生迅速定下选题，摸不到边际的我陷入了慌乱。吴老师安慰我不要着急，他说研究近现代文学一定要有扎实的文献基础，让我到图书馆看民国的报纸杂志，当我一头扎进故纸堆，那些发黄的旧报刊让我慌乱又浮躁的心平静了下来。后来在吴老师的指导下，我把论文选题确定为"《礼拜六》杂志研究"。我写博士论文的过程并不顺利，慌乱与恐惧时时袭来。对于我的愚钝，吴老师从来没有一点严厉的批评，他一直在给我启发、给我鼓励，并且帮我解压，我也因此放松下来。很多博士生都体验过面对导师的紧张，而我在面对吴老师的时候，常常感觉是在面对父亲。温和睿智、幽默豁达的吴老师让我感到心安，看到他我就相信在写博士论文的过程中没有过不去的坎。

为了更好地完成论文，吴老师为我设计了查资料的路线，第一站北京，第二站苏州，第三站上海，而且每一站都找人帮我预订好宾馆并且安排朋友带我到图书馆看文献，陈子善老师、汤哲声老师、季进老师都是受吴老师之托给我查阅资料提供了很多便利。到北京那天我直奔中国现代文学馆，吴老师让我先在他办公室屏风后的沙发上休息，然后给师母朱老师打电话，说："铁群来了，小姑娘挺孤单的，今晚我们带她去吃烤鸭吧。"午饭前，吴老师带我参观文学馆，亲自给我讲解。吴老师还带我看文学馆二期建筑的两个设计模型，说最终用哪个设计还没确定，问我喜欢哪种设计。之后的一个多月我每天在文学馆看书，中午经常跟吴老师聊天，阳光灿烂的时候，吴老师还拿着馒头带我去湖边，一边晒太阳一边喂鱼。吴老师说写论文也要张弛有度，适当休息。为了让我缓解一下绷紧的神经，吴老师周末带我去逛潘家园旧货市场，让我看看他淘纪念章和石头的小摊子。在苏州和上海的时候，我也经常跟吴老师通电话，随时交流看资料的感受，吴老师在跟我谈论文的同时总是提醒我，除了看资料，也抽空去逛逛街，感受一下苏州和上海的城市特色，对鸳鸯蝴蝶派研究有好处。为了按时完成毕业论文，不让老师担心，在河南大学期间我基本是闭户读书，附近的景点也无心游玩。

2002年6月，我顺利通过了博士毕业论文答辩，答辩结束时吴老师让我午休后到宾馆门口等他。当我如约到达，吴老师已经拿着相机站在宾馆门口，他身边还有我的师弟阎开振、师妹李楠。我们坐上吴老师提前安排好的一辆商务车，路上司机听我们谈论上午的博士论文答辩就问，这车上有博士？吴老师高兴地说："这三位年轻人都是博士生，其中有一位上午已经通过答辩，即将成为博士！"吴老师那口气与神气，就像一位老父亲为自己的女儿即将获得博士学位而感到由衷的骄傲。那天下午，吴老师带我们游了几个景点，看了黄河，拍了很多照片。吴老师说这些景点他早已游过，知道我没游过，想陪我玩玩。我忘不了，2002年6月的一个下午，我拥有导师吴福辉先生亲自给我安排的毕业旅游，也享受了吴老师父亲般的宠爱。

我在河南大学攻读博士学位的三年，就像跌跌撞撞地穿越沼泽的过程，我之所以能安全穿越，是因为吴老师一直拉着我的手，引导我勇敢前行。而且，吴老师的手从来没放开过我，毕业之后，我依然时时感觉到那只手的存在。不管是生活上的变化、工作上的难题，还是学术研究的思考，我都经常跟吴老师联系，吴老师也不厌其烦地给我出主意。毕业一年后，女儿出世，我抱着女儿回家不到一小时就打电话向吴老师汇报，我带着歉意告诉吴老师，博士论文的修改和出版要暂缓，我需要照顾女儿。电话中传来吴老师爽朗的笑声，他说："太好了！可惜我们离得太远，不然我一定买漂亮的小裙子去看你。先照顾女儿，专著晚点出版没关系。"专著出版之后，我打电话跟吴老师商量研究方向的转变，我说在桂林研究鸳鸯蝴蝶派文学没有优势，因为不方便到苏州和上海查资料，想转向桂林文化城文学研究。吴老师很支持我，同时也提示我，抗战时期桂林出版了大量的报纸杂志,想深入研究桂林文化城文学必须回到原典文献。建议我把研究鸳鸯蝴蝶派期刊的经验延续到桂林文化城文学研究中。

按照吴老师的提示,我开始阅读桂林文化城的报纸杂志,2013年,我申报的课题"抗战时期桂林文化城文艺期刊研究"获得国家社科基金立项。在完成这个课题的过程中,我严格从原始文献出发,发现了一些值得研究的史料问题。当我发现茅盾的"雨天杂写"系列杂文在收录过程中标题与内容被张冠李戴,同时还有很多其他硬伤的时候,我写了文章请吴老师指正。吴老师看后肯定了文章的价值,也提出了要注意的问题,他在微信中给我留言:"'雨天杂写'系列杂文会出现问题源于第一入集时茅盾自改,第二后来的编辑者与引用者没有弄清情况,而抗战期刊本身不易得,研究得很肤浅。按理以《茅盾全集》为界限,此前错误不难理解,包括最初的集子和《文集》都是茅盾亲自参与编辑的,是权威的,大家不疑。而《全集》体例是注清创作时间和最初发表时间的,这些时间一般都查了原报刊,出错是不应该的。有意思的是《全集》16卷正是我吴某人编的!你此文要认真地核对材料,核对时要想到抗战环境的复杂情况,比如你说茅盾书的出版地错了,不是贵阳而是桂林,如果你看到桂林出的书了那不算完,还要查查贵阳是否也出了一本一色一样的书。编《茅盾全集》时我记得都是对了原始材料,是不允许抄来抄去的。现在我的《茅盾全集》及其他茅盾的书已捐给了文学馆,我在家无法查,另《全集》原始档案均在人民文学出版社,最好能翻出档案看错误如何造成。总之,此义能批评全集及编者我,发表很有必要,但对全文的资料和写法要做进一步的研究。"之后,吴老师专门帮我联系了《新文学史料》主编郭娟和原《茅盾全集》编辑室人文社负责人张小鼎,想让他们为我查阅编辑档案提供帮助。但可惜当年《茅盾全集》编完后档案没有留存下来,只能作罢。我按吴老师的意见重新核实史料,认真修改完善了论文《关于茅盾"雨天杂写"系列杂文的史料问题》，该文最后发表于《中国现代文学研究丛刊》。

茅盾史料文章完成后吴老师就提醒我，茅盾这个史料现象绝不是孤例，建议我利用熟悉桂林文化城原始期刊的优势继续深挖史料。果然，我沿此思路又找出了不少重要作家的史料问题，当我写完《沈从文〈芸庐纪事〉的相关史料问题》并很快发表之后，内心欢喜，忍不住发信息向远在加拿大的吴老师汇报，同时也跟吴老师说，自己毕业快20年了，还为发篇小文章开心，真有点没出息。吴老师在微信中给我留言："铁群，毕业20年还能写文章，还能为一篇小文被录用而欣喜，这就是好学生了！我最近刚完成一篇追念文字，完稿后的喜欢感觉仍存。希望我们都保持住这个心态呵！"吴老师的留言让我感动，年逾80的老师还在用激情写作，我怎么能停止思考和前行？吴老师不仅一直关心我，还关心我的学生。我推荐李雪梅报考吴老师的博士生，吴老师也很欣赏李雪梅的硕士论文，希望她能考上，但结果不如人愿，吴老师就把李雪梅当作私淑弟子，经常邀请她参加活动。我的学生崔金丽、宋扬到北京考博，吴老师亲自帮她们联系导师。崔金丽在社科院攻读博士毕业后留在北京工作，与吴老师联系最多，吴老师多次在电话里说："你那个学生崔金丽，我可是一直帮你照顾着呢！"

现在回想刚入吴老师门下的时候，他已经是满头白发的花甲之年，但没有一点衰老之气。吴老师个子高、嗓门大，腰背笔直，喜欢穿颜色鲜艳的衣服，总是精神抖擞、生气淋漓、笑声朗朗。他每次从北京到开封与我们见面，晚饭后都要去河南大学的游泳池游泳。只要有一点时间，他就安排旅游，他说旅游不仅长见识，还是锻炼身体的机会。2015年2月，我和先生带着女儿到北京，吴老师为我准备好了三张地铁卡，他说不许拒绝，这才叫尊重老师，这才不至于让他不高兴。吴老师陪我们游玩了一整天也未露疲惫之色，当时我真觉得离吴老师衰老的日子应该还很远。

2016年7月底，纪念《中国现代文学三十年》出版三十年的研讨会在北京召开，吴老师的多数弟子都参加了。7月31日中午会议结束后，我们师生一起到香山聚会。晚餐的时候，吴老师说要宣布一件重要的事情。我们期待地望着吴老师，吴老师却平静地说，他要宣布与遗嘱有关的事。看到两位学生惊恐得变了脸色，吴老师笑了，他说怕什么，这是他该面对的事情。吴老师跟我们说的"与遗嘱有关的事"是关于他的藏书的处理，他说他的书一部分捐给中国现代文学馆，一部分留给子女作纪念，一部分送给学生，还有一部分留给自己阅读。吴老师跟我们约定每年找时间聚会一两次，他会分批把签名的书送给我们，我们想要哪一类书可以提前跟他说。因为提到遗嘱，晚餐的气氛有点沉重。晚餐后吴老师带我们散步到山顶的一座小亭子，建议大家唱歌。我知道吴老师爱唱歌，一唱歌吴老师就高兴。为了让吴老师高兴，那天晚上，已经几年没唱歌的我对着月亮放开嗓子唱，从儿歌唱到情歌，从邓丽君的《甜蜜蜜》唱到加拿大民歌《红河谷》。听我们唱歌，吴老师笑得像个孩子。我们唱到深夜才回宾馆休息，吴老师开心地说："你们先睡，我要写日记。"香山聚会之后，我听说吴老师肠胃不舒服，还容易犯咳嗽。我意识到，吴老师也要开始面对病痛和衰老。慈父般的吴老师曾经牵着我的手，陪我克服求学过程中的茫然与焦虑，现在应该轮到我牵着他的手，像女儿一样陪陪他。

这一年的秋天，我请吴老师到桂林，让他住在我漓江边的一套闲置的房子里。那真是一段幸福的时光，我经常陪吴老师买菜做饭，带他看桂林的抗战文化遗址。吴老师游兴很浓，曾经被他写进《中国现代文学发展史（插图本）》的广西省立艺术馆（西南剧展的开幕地和主会场），我们去看了三次，他每次都要摸一摸艺术馆墙外破损的红砖。那段时间，桂林正值满城桂花香，吴老师住的那个小院子每天清晨都是落花满地，一片金黄，吴老师总是说连衣服都香了。吴老师喜欢桂林，他说刚到桂林的几日，散步归来在日记中写"回到住处",之后就不自觉地写成"回家",他对桂林的临时住处已经有了"家"的感觉。某日,我和先生突然袭击,悄悄准备好笔墨,把吴老师拉进书房,让他写字。吴老师说没练过毛笔字,写不好,但还是开心地拿起笔,他即兴写下的第一幅字是:"桂林多佳日,皆因桂林多好友也。"我跟吴老师约定,以后有合适的时间再到桂林来小住。

近五年来,我真切地感受到吴老师身体的变化,也真切地感受到他在坦然地面对病痛与生死的同时还在努力抗争。在桂林期间,有几次我大声地敲门没有回应,当我用钥匙打开门,看到吴老师正坐在沙发上边看电视边打瞌睡。我不想打击吴老师,就没告诉他我敲过门。为了不让吴老师太辛苦,我和师妹鹿义霞选择带他到黄姚古镇游玩。我没多想就跟吴老师说,黄姚古镇适合老人旅游,交通便利,又不用爬山。吴老师马上说:"铁群,这样跟我说是不对的。我对旅游还是有野心的,我想去的是崇左和百色。"2017年端午节之前,吴老师因肠病住院,他向我们隐瞒了病情,还幽默地说自己到大人国小人国里转了一圈。病情好转后吴老师才解密"大人国小人国"指的是大肠小肠。6月7日,他在微信群里给我们留言:"这次患病虽无生死般的体验,也尝到了痛与不痛的生命区别。有五天黑色的日子,有十天不准吃喝(连一丁点水都不能喝,只能用药棉蘸水揩拭嘴唇)的日子,真正体悟到日常生命之可贵。所以,望大家更珍惜年青的时代!"

2017年是吴老师身体状况发生转变的关键的一年,但吴老师并没有因此消沉退缩,他依然坚持写作和旅游。吴老师这一年生日写的自寿诗就是他一年经历的写照:"七九将临窥八旬,春华夏木秋草鸣。顽石百炼吴哥窟,丽水千姿红杏峰。柔肠低吟曲离乡,病眸极眺雾满庭。冬来丹鹤已南去,梦里几回见友朋。(照例有中外游但已减少,丽水是写红杏的古诗人家乡。肠病眼病缠身,眼前已起薄雾,均是实写。本年写追思文已多篇矣。)"2018年9月,吴老师手术后身体没完全恢复就打起精神参加曾在东北任教的中学师生聚会和研究生入校 40 周年聚会，活动后颇感疲倦。10 月 16 日上海方面要举办一个小型的会议，为洪子诚、李欧梵和吴老师祝 80 寿辰。10 月底，我们跟吴老师相约一起参加重庆的茅盾年会。吴老师估计自己的体力只能参加一个会议，为了与我们这几个学生见面，吴老师就放弃了上海的会议。在重庆，我们一起看了嘉陵江、老舍故居和梁实秋的雅舍。这些地方吴老师早已游过，但能和我们同游他就满心欢喜。那天中午回房休息的时候，我看到走廊尽头，吴老师蹲在地上，把帆布包里的东西都倒在地上翻找，他忘了房卡放在哪儿，我看着一阵心酸，想起了我那位总是忘记东西放在哪里的老父亲。傍晚回房，吴老师还是在门前找房卡。第二天早上，我提前等在吴老师门前，帮他收好房卡。会议结束那天晚上，我们喝了香甜的话梅煮黄酒，吴老师在微醺的状态下给我们读了为这一年写的自寿诗："七九将临好个秋，丰歉自知伴心头。石室二卷拈之轻，史译三章识其羞。立伎讲堂山崖疾，围炉雅舍话语稠。燕园霜染少年鬓，细数谁人未登舟？"

2019 年 4 月 23 日，吴老师离京赴加拿大。在加拿大期间吴老师依然病痛缠身，但他还是很有兴致地观赏异国风光，不断给我们发来图片。吴老师热爱生活，喜欢美食。而肠病对食品有严格限制，吴老师该有多无奈呀，但他还是幽默地自我调侃，在微信群中给我们留言："诸位，我只能望洋兴叹把酒张望！给儿子带了茅台和五粮液自己不能尝；端午看别人吃肉粽馋得流口水心直慌；吃虾吃肉是减了又减只差用虾皮肉皮擦口腔；黏食油炸食品禁吃，豆制品长纤维蔬菜要煮烂成浆；已忘了大米干饭什么味道，只认了个面食天天面条面片面疙瘩成了假河南人还不像！（下场）"因为吴老师需要吃面食，我们就计划把下一次聚会安排在河南，名称就叫"面条聚会"。7 月 28 日，吴老师回到北京。8 月 17 日，河南大学关爱和（我的另一位导师）老师牵头举办"吴福辉先生学术思想研讨会"，

"面条聚会"得以升级。那一天，关爱和老师、解志熙老师、孙先科老师以及河南大学现当代文学学科的一批师生和我们一起参加了研讨会。晚上，我们喝着吴老师从加拿大带来的红酒，一起唱歌，无比欢喜，却没想到那是我们的最后一次师生聚会。10月6日，吴老师再次抵达加拿大卡尔加里。12月，吴老师在卡尔加里最好的医院连做了三个手术。手术后吴老师依然乐观地给我们发信息："我最担心术后导管排泄，但醒来后一摸身上没有任何管子，便欣然接受了圣诞老人的这份礼物。调养至少要三个月，因为我是圣诞老人的父亲！祝各位新年快乐！"这一年的生日，吴老师写了一首《八十述怀》："八十越洋窥世间，织女牛仔两相猜（牛仔西方文化）。回看漩流千里沫，近思松榆百尺材。神矢无计响林莽，狡兔有窟驰雪台。卡尔加里碧空净，莎托鲁沈天门开。"

2020年春节，新冠疫情突起，吴老师一直在为我们担忧，提醒我们戴口罩。3月8日，卡尔加里出现第一例新冠患者，吴老师在祝我们几位女同学节日快乐的同时幽默地说："我离此病也近了一步，和大家平等了。"吴老师曾说2020年4月一定回国，要与我们在湖北恩施聚会。但因为疫情的影响，回国计划取消。吴老师依然不断发来旅游的图片和他新发表的散文随笔，12月还跟我们分享他刚学会烹饪的红烧肉炖蛋和虾仁豆腐。吴老师在12月9日生日那天拍的照片，虽然有些消瘦，笑容依然灿烂。12月12日前后，吴老师一直与我联系，询问我承办的第十二届茅盾年会是否顺利。年底，吴老师照例发来本年度的自寿诗，但与往年相比，这首诗显然多了一丝落寞："八旬伊始困卡城，遍叩新冠万户门。雪岭松直正二度，平屋笔闲又一村。窗前狗吠车马稀，月下兔奔星空沉。壁火如丝冬意暖，犹念旧日芳满庭。"吴老师喜欢热闹，因为新冠疫情被困在卡尔加里，他内心会感到寂寞。当他独自守在壁炉旁取暖时一定在想，何时才能回国与弟子们相聚？

2021年1月14日至15日，我经历了有生以来最疼痛的两天。

14日凌晨，病危的母亲已经呼吸衰竭，我紧紧握着母亲的手，感受着她的体温由高烧到温热再到冰冷，在黑夜的寒风中送走了她。天明后回家整理母亲的遗物，发现了一个鲁迅博物馆的帆布袋。这是2016年我在吴老师家看到的，当时觉得好看就向吴老师讨要。看着这个袋子，我心里就想，不知吴老师是否安好？心里一阵莫名的不安。15日清晨，一夜未眠的我打开手机就看到陈啸师弟发来的信息，吴老师在加拿大卡尔加里病逝。那一瞬间，我心痛到难以呼吸。我去年专门学会了吴老师喜欢的苏联歌曲《山楂树》，想下次聚会唱给他听，没机会了；我想再请吴老师到桂林小住，带他吃桂林米粉，没机会了；我还计划带吴老师去崇左和百色，弥补他在广西旅游留下的遗憾，也没机会了。碧海青天，山高水长，我何处去找寻老师的身影？

如今，我守在年迈的老父亲身边，追忆着待我如慈父的吴老师，断断续续写下了这篇流水账似的文字。细想20多年来与吴老师相处的点点滴滴，都是温暖和欢喜。我决定不再沉溺在悲痛里，吴老师幽默风趣、率性洒脱，他一定希望我收起眼泪，与他从容告别。吴老师酷爱旅游，年迈和病痛都没有阻止他远行的脚步。我愿意相信，吴老师只是碧海青天乘风去，从此，山高水长任翱翔。去加拿大之前，吴老师曾对我说他有个心愿，他一定要养好精神体力，然后从卡尔加里北上，去看极光。我想，吴老师潇洒远行的第一站就是北极，也许此刻，他正在欣赏绚烂绮丽的极光，他的相机里已经增加了新的美图。

2021年1月25日

作者简介：刘铁群，1999级博士生，广西师范大学教授，硕士研究生导师。

饱满的生命和学术：吴福辉先生及其海派文学研究

李 楠

本文从学术界同人对吴先生的评价中，概括吴先生的品格特征，宽厚仁慈、大气包容、与人为善，富有同情心，始终保持纯粹的学者本色。吴先生从个人生命体验出发，探究中国文学和文化的历史脉络及其发展方向，思考中国文化重建的可能性。作为海派文学研究重要的开拓者，吴先生奉献了一系列优秀学术成果，建立了独具特色的海派文学研究体系。如今享誉海内外的个人独立撰写的《中国现代文学发展史》（插图本）是海派文学研究启发下的成功试验。吴先生的一生有价值、有意义，饱满、充实、生动，乐观进取但不盲目，值得后辈学习。

2021年1月15日清晨，噩耗从冰天雪地的加拿大卡尔加里传来：我的恩师吴福辉先生突然病逝。用"晴天霹雳"形容听到此消息时的感受实不为过，因为之前不久还在跟老师微信联络，听老师兴致勃勃地介绍他的新居，规划即将开始的域外新生活。看到镜头中老师一如既往的开朗和阳光，由衷地佩服老师惊人的适应能力和不服老的乐观精神，哪里会想到这竟然是最后一面！如果按照民间说法，82岁倒也算高寿，而且老师是在睡梦中悄然离去，不曾遭受病痛折磨，实乃福报不浅。但是，对于深爱老师的家人和亲朋好友而言，内心的悲伤必将长存，难以释怀。毕竟老师走得太突然，令人猝不及防，没有任何心理准备。老师最终选择那个遥远而陌生的卡尔加里作为长眠之地，致使这么多热爱他的亲戚、朋友、同事和学生们失去了为他送行和日后看望他的机会，不免留下遗憾。也许，依老师豁达的性格，即使远离故土，也不会感到冷清和寂寞，但愿如此，望老师安息。

一

记得老师病逝的那天，同事们告诉我："各个微信群里都在感叹'吴老师好人啊！'能够在身后被学术界同事一致评价为'好人'者，其实并不多。"如今社会急功近利，名和利的"成功"几乎成为考量人价值的唯一标杆，为追逐"成功"而不惜突破道德底线者倒是不在少数。因此，当下社会成功人士常有，好人却不常有，尤其在身后被业内同行集体称赞为"好人"者更是微乎其微。此生有幸成为德高望重的好人吴老师的学生，心中的自豪感不言而喻。我想，老师之所以能够在生前身后赢得尊重，原因在于他那宽厚仁慈、豁达通透的人格魅力。实事求是地讲，在做老师的学生这二十年间，从未听老师议论过牵涉到人事的是非短长。老师对于他认可的人或事儿，往往不吝赞誉。而对于他不认可的，轻轻带过，不予置评。老师常教导我们："做学问和做人一样，要宽大。"宽大和厚道成就了老师的好性情和好人缘儿，凡是认识老师的人都会说："吴老师平易近人，没有一点儿架子，温和又温暖。"即使遭逢势利小人，老师也从不计较，甚至以德报怨。用老师的话说："我专注于现代文学研究，不会让那些无聊的人和事儿来打扰我，影响我的情绪，转移我的注意力。"老师视现代文学研究为生命，所有不利于做学问的因素都会被他轻易化解或者忽略不计。孙郁老师是吴老师相识多年的朋友，其评价一语中的，他说，吴老师是"超然中看文坛风雨，独思里觅人间诗魂","精神通达,笔趣温润"。是的,老师为人处世像他的文章一样,通透晓畅、温润平和,不纠结、不奋激,既宽大包容,又坚守底线。即使批评,也是同情的批评,绝非赶尽杀绝、不留余地。这就是老师赢得了"好人吴老师"赞誉的原因所在。跟吴老师相知相交四十多年的同窗好友温儒敏老师和赵园老师分别称赞他是"坚实而睿智"[1]"大度""有兄长范儿"[2]。可见,老师留给学术界同人的印象是老大哥一般的存在,宽厚仁慈、大度大气,有担当,也不缺乏智慧。

老师的宽厚仁慈、大度大气还在于他常怀同情弱者之心。老师长期负责《中国现代文学研究丛刊》(后简称《丛刊》),发现和帮助了不少优秀的青年学者或身处边缘的大学教师。老师曾经说过:"位高权重者往往不会体谅小人物的生存不易。即使他们也经历过艰难的爬坡阶段,但是,一旦掌握了权力之后,很少有人会记起小人物的困境。稍有不合自己的心意,就会动用权力,毫不留情地施行打压。他们的一句话、一个轻轻的举动,压在小人物身上,就是足以致命的大山。压得人十几年、几十年,甚至一辈子难以翻身。"虽然老师也曾经属于所谓的"位高权重"者,但是,非常难得的是,老师能够设身处地为弱势群体考虑,理解小人物的处境,从来不曾横加责备和埋怨,更不会落井下石。

很少有人知道老师除了学者身份,还是一位厅局级领导干部。可是,老师完全没有掌控权力的欲望,他从不把自己当作领导,不摆架子,不要威风,不欺负弱势小人物,不利用手中的权力牟取个人利益,更不会拉帮结派经营江湖势力。学术界从来没有人把"吴老师"和"厅局级领导干部"联系起来,这是因为老师始终保持着纯粹的学者本色。老师常常自豪地说:"我的同学、同事、朋友们对

---

[1] 温儒敏:《坚实而睿智的文学史家吴福辉》,《中华读书报》2021年1月20日。
[2] 赵园:《悼吴福辉兄》,《中华读书报》2021年1月27日。

我的评价是：'老吴不像个当官的，完全没有官气和官派。'"在官本位的中国，有官职却无官架子，又同情弱势群体的官员少之又少，只有那些拥有悲悯之心、本质良善的人才会如此，老师就是这极少数中的一位。

总之，老师的人格魅力有目共睹，单是看这来自四面八方的唁电和悼念文章即可窥见一斑，大家一边惋惜老师的突然离世，一边追忆过往的点点滴滴，万般不舍之情跃然纸上。凡是跟老师交往过的同事、同学、朋友和学生，都会由衷地敬佩老师出色的学术成就和端方、温厚的人品美德，还有那积极的生活态度，以及出色的行政管理能力。

有些悼念文章讲到老师喜欢文化旅游、美食、收藏、下棋。我的学生读了这类内容的文章之后，不解地问我："吴老师这么爱'玩儿'，为什么学问还做得那么好？老人家莫非是天才？"老师是一位能够从生活中发现美的人，但说不上"爱玩儿"。老师一生的追求是为现代文学研究贡献出更好的成果，永远在为下一本著作辛勤耕耘着，其实，老师非常用功，有那么多优秀的学术成果作证。但是，老师并不认为学者必须足不出户、日日待在书斋里才算是勤奋努力。他所身体力行的理念是，在完成阶段性工作任务之后，应该多出去走走，去亲近大自然、了解社会生活、发现和享受生活的乐趣，开阔视野，丰富人生经历。文学研究关乎人生，只有将学术和现实联系起来，才能做出有温度、有诗意、有价值的成果。当然，如果没有老师那样的天赋和才干，无法兼顾学问、行政事务、家庭生活和业余爱好，也就不可能像老师那样把平凡的日子过成诗歌。

老师读书、写作、处理行政事务的效率奇高，是一位时间管理高手。老师身兼数职，担任文学馆副馆长、负责《丛刊》和学会工作、指导博士生、讲课、兼任各种评审委员、参与社会活动等。如此繁杂的工作，丝毫没有影响老师做学问的质和量。而反过来看，做学问也没有耽搁其他工作。面对各种工作任务，老师永远能够做到举重若轻、游刃有余，从容淡定，有条不紊。这是老师的天赋，也是长期磨炼的结果。老师在一些回忆性散文中讲过，他是家中的长子，下面有四个妹妹和一个弟弟，从小就帮助母亲料理家务、带孩子。经常是一边帮妈妈撑毛线，一边管理弟弟妹妹；一边剥毛豆，一边照看灶台上烧饭的锅。小小年纪协助母亲把一个八口之家管理得井井有条。老师小学毕业之际，和母亲、弟弟妹妹们一起，跟随父亲告别了上海，响应祖国号召去支援东北，搬家到了鞍山。在这座北方钢都，老师读中学、读师范、做中学教师和中学教务主任，直到1978年考入北京大学。老师谈起在鞍山的中学教书经历时，除了语文教学方法和读书写作，对于如何做好班主任，颇有心得体会。老师认为，只要方法得当，不需要花费很多精力和时间，一样能把班级治理得井然有序。老师说，一般人的想法是，中学班主任最辛苦，起早贪黑，一刻也不敢放松。他做班主任时，告诉学生的最重要的事情却是："非工作时间，不准去打扰老师。老师要读书、写作、备课、做家务，不可能把所有时间都奉献给班级。"虽然没有每时每刻紧盯着班级，老师却能做到最好，每一个最差的班级经老师调教，均能奇迹般逆袭为优秀班集体。不得不佩服老师的管理才能，颇有四两拨千斤之风范。时间过去半个多世纪了，老师当年教过的中学生早已步入暮年，每每回忆起那段岁月，依然对老师钦佩不已。记得老师不止一次说过："我能够同时做几件事情，得益于小时候的家务劳动和做过中学教师的经历。在学者中，像我这样既能做事情，又能做学问的人，并不太多。有些学术表现很优秀的学者一次只能做一件事儿，任务一多就乱了阵脚。一来二去，逐渐产生畏惧情绪，于是，干脆放弃所有事务性工作，专心读书、写作。"可见，家庭成长环境和日后的历练不仅造就了老师宽厚、豁达的好性格，也培养了老师出色的才干。老师从来不曾抱怨过事务性工作和家务劳动侵占了他做学问的时间和精力，原因是，他擅长合理分配时间和精力，应付裕如，做学问和做事情两不误，不会落入手忙脚乱的境地。

今天，老师已经远行。回望老师的一生，追忆老师走过的路、做过的事，敬意和感佩充溢于心。老师一生中的前四十年，从上海到东北，经历了从都市繁华坠入关外荒原的落差，遭逢各种政治运动，虽然没有遇上大的灾难，但也并非顺风顺水。天生乐观豁达的老师无论面对怎样的困境，总能在风雨中找到安身立命的角落，时刻不忘埋藏在心底的文学梦。即使在"读书无用论"横扫天下之时，也不曾放松读书和写作，从未虚度光阴。终于在39周岁时候，迎来了"科学的春天"，跻身学术界，做上了准备半生的现代文学研究工作。由于前半生的磨炼和积累，加上老师的天赋和勤奋，在后四十年的学术生涯中，无论是做学问，还是办杂志、做领导，都有杰出的表现，为中国现代文学研究和现代文学学科做出了重要贡献。有同学说，老师的一生没有一刻是碌碌无为，很圆满，很有成就。是的，如果说，性格决定命运是事实，那么老师事业上的成就与他心胸开阔、善良淳厚、乐观开朗的性格有直接关系。老师自我要求高，但从不苛责别人，总能设身处地为他人着想，一生没有敌人，避免了陷入人事斗争的漩涡而影响学术研究。老师具有老上海人的专业精神，认真对待学术事业，无论外界环境如何变化，都不曾忘记孜孜以求钻研业务，力求在学术上日日精进，这是不变的奋斗目标。老师从小受父母影响，热爱生活，注重生活品质，但不追求奢华，在做学问和爱生活之间找到平衡点，把文学之美和生活之美结合在一起。老师虽然在陪伴家人、旅游、收藏、下棋上花费了时间，但并没有影响到做学问，反而有助于加深对学术问题的理解和认识。老师认为，文学是人学，生活也是艺术，做文学和文化研究离不开生活。老师认真对待生命和事业，不虚度、不彷徨，一步一个脚印，不追求完美，但尽力为之，把生活和学术之路走得越来越开阔。

二

老师这一代学者有一个共同的特点，那就是学术研究所关注的议题与生命经验密切相关，因此，他们的研究鲜活而充满生机，包含着感情、责任和担当。老师曾经谆谆教导我们："要融入你的研究对象。"在谈起为何钟情于海派文学研究时，老师说："跟着父母家人离开上海的时候我年仅11岁，上海对于我却有着浸透骨血一般的余痕，并种下了我日后研究'文学上海'、研究'海派文学'的根子。"[①] 1995年，第一部海派文学研究的奠基之作《都市漩流中的海派小说》出版时，老师在后记中深情地写道："海派研究于我，就如同踏上一次返乡的路途，这是圆我一个残缺的梦。""我谨以此书献给我的出生地（上海）。虽然出生地并非我的故乡，而且她可能早已辨识不出我的模样，无法接纳我（我也背离了她），但我们之间还是存在着一份先天的亲情。这是人与土地的一种深深的维系。""我的土地既不是黄土地，也不是红土地，甚或大漠荒原，却是水门汀！我的童年回忆便是雨后洁净如洗的方格子人行道，以及酷暑天滚烫的，柔软的柏油马路。"[②] 童年和少年的上海记忆成为老师一生的"乡愁"，也是老师研究海派文学取之不尽的灵感和内在动力。

1981年，当海派文学尚未被看好时，老师在没有任何依傍的情况下，独立认定《春阳》是施蛰存先生的代表作之一，给予充分肯定。那篇发在《十月》上的《中国心理小说向现实主义的归依——兼评施蛰存的〈春阳〉》[③] 一文，引起了学界的关注。1986年，老师

[①] 吴福辉：《中国文学城市与我的四城记忆》，《石斋语痕》，河南大学出版社2014年版，第29页。

[②] 吴福辉：《都市漩流中的海派小说》，湖南教育出版社1995年版，第347页。

[③] 吴福辉：《中国心理小说向现实主义的归依——兼评施蛰存的〈春阳〉》，《春润集》，复旦大学出版社2012年版，第18页。

在当年《日本文学》上发表《中国新感觉派的沉浮和日本文学》，为新感觉派追根溯源。1989年，老师在经历京派文学研究之后，对海派研究有了更为成熟的理解和认识。8月，在《文艺报》发表《为海派文学正名》，旗帜鲜明地指认海派文学是中国城市现代化的产物，具有"现代质素"，不可简单归入等而下之文学而了之。10月，力作《大陆文学的京海冲突构造》发表于《上海文学》，此文荣获年度上海文学奖。1994年，在《文学评论》发表《老中国土地上的新兴神话》，论述海派小说的文化风貌。1995年，《都市漩流中的海派小说》问世，此书首次对"海派文学"进行定义，系统梳理海派文学发生发展的历史过程，归纳和分析海派作家和作品的审美特征，介绍海派文学报纸杂志。熟悉海派文学的另一位海派文学研究大家陈子善老师曾给予高度评价："福辉兄爬梳剔抉，抉微发幽，发掘了不少'海派'作家和作品。尽管这些作家的小说成就有高有低，文坛影响有大有小，但他们如何各自在人的主题尤其'现代人格'的文学表现上进行开掘、如何各自在小说文体先锋性上进行实验、如何各自在大众趣味和开放姿态的结合上进行探索，福辉兄对此都作了细致而又独到的分析，给予了不同程度的肯定。"① 至此，曾经被长期遮蔽的海派文学终于得以整体呈现，中国现代文学研究增添了新的生长点，京海派研究的热潮来临。

《都市漩流中的海派小说》奠定了老师作为海派文学研究重要开拓者的学术地位，"至今仍被当作海派文学的入门书来读"②，除了合著的《中国现代文学三十年》，也是老师所有著作中收到书评最多的一本。此书每十年再版一次，先后由三家出版社出版。此书出版之后，老师没有停下脚步，而是作为又一个起点，继续有关海派文学和文化的探索。1997年和1998年出版的论文集《京海晚眺》和

---

① 陈子善：《吴福辉的"海派文学"研究》，《博览群书》2010年第11期。
② 吴福辉：《〈都市漩流中的海派小说〉新版前言》，《石斋语痕二集》，河南大学出版社2018年版，第184页。

《游走双城》，仍是关乎"京"和"海"的思考。在合著的《中国现代文学三十年》的上海初版和北京修订版中，老师第一次将叶灵凤、穆时英、张爱玲、徐訏、无名氏等人归入海派来叙述。之后，老师将先锋杂志、通俗画报及小报纳入视野，把镜头延伸至晚清小说、鸳鸯蝴蝶派小说，力图在一个更大的视野里重新审视"海派"，将"海派"研究引向深入。1998—2003年，老师编辑出版了《予且代表作》《张爱玲代表作》《施蛰存短篇小说集》《施蛰存作品新编》等海派作家作品资料。除此之外，先后发表了与"海派"相关联的理论文章数篇，其中有影响力的包括：《中国自由主义文学的评价》（1998年6月，发表于香港中文大学中国现代文学研讨会）、《中国左翼文学、京海派文学及其在当下的意义》（1999年8月，发表于韩国第19届中国学国际学术会议）、《海派的文化位置及与中国现代通俗文学之关系》（2000年12月，发表于韩国第6届中国现代文学学会国际学术会议）、《阴影下的学步——晚清小说中的上海》（载《报告文学》2003年第1期）、《多棱镜下有关现代上海的想象——都市文学笔记》（载《湖北大学学报》2003年第4期）、《海派文学与现代媒体：先锋杂志、通俗画刊及小报》（2003年11月，发表于台湾中正大学"文学传媒与文化视域"研讨会）、《关于都市、都市文化和都市文学》（载《上海师范大学学报》2007年第2期）等。

老师经过对海派文学、都市文化、现代媒体、晚清文学和通俗文学之关系的考辨，对于现有的中国现代文学史有了更为深刻的认识。2006年发表在《中国现代文学研究丛刊》第1期的《"五四"白话之前的多元准备》，是对当时学术界存在的要求重新规定现代文学史起点的声音所做出的回应。2007年7月至2008年3月，老师在《文艺争鸣》发表系列文章，参与又一轮的"重写文学史"讨论。这四篇文章分别是：《寻找多个起点，何妨返回转折点——现代文学质疑之一》《消除对市民文学的漠视与贬斥——现代文学史质疑之二》《"主流型"的文学史写作是否走到了尽头？——现代文学史质疑之三》《为真正的教材型文学史一辩——现代文学史质疑之四》。距离这些文章的发表时间,已经过去十三年,今日读来仍然深受启发,不失为探讨文学史写作的重要参考文献。至于具体内容,在此暂不赘述,单是看题目,想必能够明白老师的核心观点。

作为创造了文学史奇迹的《中国现代文学三十年》的作者之一,老师对于文学史的观念和书写策略有深入的了解。在谈到海派文学研究带给"文学史"写作的影响时,老师有切身的体会:"海派文学的研究视野一旦打开,我们就能清楚地看到非主流文学和主流文学相向而行的文化态势。更多的非主流作家和主流强势的左翼作家一样,得到了注目。现代文学史上一时间独尊现实主义,而忽视甚至排斥现代主义(一整打的形形色色现代派)的流弊,提到我们受到的外国文学影响单单指向19世纪的欧美而不愿看到20世纪欧美的偏见,都由此发生微妙的转变。其他如文学与电影等艺术的关联,与通俗文学,与大众化的联系,也都相继引起注意。商业化不再是单纯的罪恶之渊薮。海派研究牵一发而动全身,在一个方面带动了文学研究的整体变动。"[1] 可以说,是因为受到海派文学研究的启发,老师有了更多更新的文学史写作思路,中国现代文学史的结构在老师的脑海中变得更为开放和立体化。2010年1月,北京大学出版社隆重推出《中国现代文学发展史》(插图本),这是老师以一己之力完成的一部大书,也是一次文学史写作的大胆探索,是老师进入海派文学研究之后,十几年积累的围绕文学史思考的结果。

"插图本"因其结构新颖和资料翔实,甫一面世,即迎来好评如潮,钱理群老师称赞此著"是集大成,又是新的开拓"[2]。此书体现了老师所倡导的"合力型"文学史新见,消解了以一种理念统摄全局

---

[1] 吴福辉:《〈都市漩流中的海派小说〉新版前言》,《石斋语痕二集》,河南大学出版社2018年版,第184页。
[2] 钱理群:《是集大成,又是新的开拓——我读吴福辉〈中国现代文学发展史〉(插图本)》,《文学争鸣》2010年第13期。

的"主流型"文学史认知和书写模式,把过去线性的视点转化为空间的、开放的、网状的文学景观。而且,"不仅仅有文学视角,也有广阔的文化视角——出版文化、教育文化、政治文化、市民文化、乡土文化,等等;文学视角与文化视角紧密交织在一起","图像、图表、地图、文字、数字等联袂互动,构成了一个立体化的文学史叙述模式,真实而全面地反映出现代文学的历史复杂性"①。总之,这是一本全新面貌的中国现代文学史,其创新性、丰富性、流动性和多元性赢得了海内外同行的高度评价,目前已被翻译成英文、韩文、俄文、越南文、哈萨克斯坦文、吉尔吉斯文六种文字,未来将会陆续被翻译成更多种文字、在更多个国家出版。英文版由英国剑桥大学出版社出版,哈佛大学王德威教授为之作序。平心而论,《中国现代文学发展史》(插图本)之所以能够从数以百计的中国现代文学史著作中脱颖而出,受到海内外同行的重视,原因在于它打破了早已僵化的传统文学史写作模式,将文学看作充满了文本内外因素的文化生产场域和生态场域,视现代文学的发展为各种话语、媒介领域、政治立场之间持续相互作用的过程。这种文化研究观照下的文学史写作思路其来有自,可以追溯到1995年老师出版的《都市漩流中的海派小说》。"漩流"一书正是从产生了海派的大马路(南京路)开始论述,在都市中观察海派文学,不是单纯地围绕文学文本论述,而是将文化环境、媒体运作、读者市场等多种因素纳入视野。正如陈子善老师所言:"可以毫不夸张地说,老吴的海派文学研究在海内外现代文学研究界处于领先地位,也是他的现代文学史研究必要的准备、补充和深化。"②

  以上是对老师的海派文学研究的简单回顾,老师的海派文学研究动因来自生命体验和对民国时期上海文化的切身感受。海派文学研究带给了老师对文学史的再认识,从与钱老师、温老师合著《中

---

① 秦弓:《走进历史的深处——评〈中国现代文学发展史〉(插图本)》,《文艺争鸣》2010年第13期。

② 陈子善:《文学史家老吴》,《南方论坛》2018年第3期。

国现代文学三十年》，到老师独立写作《中国现代文学发展史》（插图本），中间因为经历了海派文学研究，两部文学史的面貌全然不同。如果说前者是传统文学史写作模式的典范，那么后者则是开放式文学史的成功尝试，就目前海内外的评价来看，二者都是中国现代文学史写作历史上的美丽的收获。老师的一生著述丰厚，且不论其他成果，单是《中国现代文学三十年》（合著）《都市漩流中的海派小说》和《中国现代文学发展史》（插图本）这三本书，已经是了不起的成就，担得起学界送给老师的称号："文学史专家""海派文学研究开拓者""海派文学研究专家"。的确如此，名副其实。

三

如今，"海派"已是一门显学，自 20 世纪 90 年代以来，在中国现代文学研究领域，有关海派文学和文化研究的学术成果层出不穷、蔚为大观。当然，对于"海派文学"的定义也是见仁见智、丰富多样，不同人有不同的理解和定义，其中以吴老师给出的"海派文学"的解释接受度最高。老师早在 1989 年发表《为海派正名》这篇文章时，已经有了自己的界定："所谓海派文学，第一，它应当最多地'转运'新的外来的文化，而在 20 世纪之初，它特别是把上一世纪末与本世纪初之交的世界最近代的文学，吸摄进来，在文学上具有某种前卫的先锋性质。第二，迎合读书市场，是现代商业文化的产物。第三，它是站在现代都市工业文明的立场上来看待中国的现实生活与文化的。第四，所以，它是新文学，而非充满遗老遗少气味的旧文学。这四个方面合在一起，就是海派的现代质。符合这样品格的海派，只能在 20 年代末期以后发生。那就是叶灵凤、刘呐鸥、穆时英、张爱玲、苏青、予且诸人。"[①] 虽然他们的文学流品，有高

---

① 吴福辉：《都市漩流中的海派小说》，湖南教育出版社 1995 年版，第 3 页。

下之分，但都具备了上述定义的海派属性，是海派文学。显然，海派文学不是晚清小说，也不是以鸳鸯蝴蝶派为主体的通俗文学，是五四以后成长起来的、接受过新式教育的现代都市儿女所创作的文学，具有现代都市的性格、习惯和情绪，保持开放的文化态度。

老师定义下的"海派文学"不包括晚清小说和通俗文学，仿佛跟早已约定俗成的"海派"有所出入。为此，老师在不止一篇文章中对海派文学和通俗文学的区隔与关联做过详细而精到的分析，明确指出："鸳鸯蝴蝶派文学同海派文学，不是源与流的关系。就像民国旧文学不能自然过渡为新文学，鸳鸯蝴蝶派也不能自然延伸出海派来。"[①] 原因是，"鸳鸯蝴蝶派的小说不肯与明清小说作彻底的决裂"，"而'五四'新小说是彻底移植西洋小说的结果"，海派文学属于"五四"和"五四"之后的新文艺范畴，所以，海派文学不包括通俗文学。这样的观点也许会引起质疑，因为通俗文学中有一些作品在艺术技巧上有对西方小说的模仿和搬用，而且，通俗文学所表达的某些主题看起来也有"现代性"。那是因为民国社会风俗接受了西方文化的影响，而通俗文学描述的主要内容就是社会风俗。社会风俗是通俗文学和西方文化发生关系的中间环节。[②] 至于通俗文学作家模仿和搬用西方小说艺术形式，的确是事实，但与海派文学的移植不同，仅流于表面而未接受其内在的精神。

老师在区隔海派文学和通俗文学时，所依据的另一个重要事实是，这两种文学形态发生的都市空间不同。上海既有华界又有租界，二者的文化氛围不同，华界和华洋过渡地区是鸳鸯蝴蝶派赖以生存之地，以二三十年代的南京路和霞飞路（今淮海路）为代表的租界中心则是海派文学的诞生地。不同的生存环境和生活方式，带给它们对都市文化的感知是不同的。海派文学"注重和张扬个性，领会

---

① 吴福辉编著：《海派的文化位置及与中国现代通俗文学之关系》，《多棱镜下》，河南大学出版社2010年版，第18页。
② 见张赣生《民国通俗小说论稿》，重庆出版社1991年版，第5页。

都市的声光影色，感受物质进化带来的精神困惑与重压，进而提出人对自我的质疑，等等。鸳鸯蝴蝶派的现代感觉大大落伍，慢了不是一个两个节拍，它们是不能混同的"①。

老师从中国都市文化的特殊性出发辨析通俗文学和海派文学差异，其意义在于，由此看清了通俗文学和海派文学不同的出身、审美趣味、读者接受群体、生产方式和市场机制，进而建立了不同的价值评判体系，为那个长期悬而未决的如何评价通俗文学和通俗文学如何进入现代文学史的问题，提供了有价值的思考路向。当然，这也是以"五四"新文学为主线的中国现代文学史观的体现。

以上是老师对于海派文学的界定，除此之外，老师关于海派文学研究的其他显著特征还包括：从生命经验出发，将个人的认知和感悟融入研究对象；从海派文化的历史变迁切入，在都市空间中审视海派文学，从而发现"京海冲突结构"是中国现代文学和文化发展变化的内在动因。

前面已经讲过，研究海派文学对老师而言，是一次返乡的旅程，是童年和少年生活的回忆。老师无论是解读海派文学作品、搭建论述框架，还是升华主题，都会情不自禁地把自己的人生经历和感悟带入其中。比如，老师小时候在上海的家多次搬迁，随着父亲薪水的变化，从"上只角"逐次下降，直到落入"下只角"。在这个搬迁过程中，老师见识了上海不同区域市民的不同生活面貌，了解到中国都市文化空间和市民社会形态是多元的、分层的现实。② 由此提出，考察都市文化，自上而下或是自下而上，观察点不同，得出的结论是不同的。这是有关研究方法的重要提示。再比如，老师分析张爱玲作品时，对照自己的民国上海经验，发现"张爱玲谈吃不灵

---

① 吴福辉编著：《海派的文化位置及与中国现代通俗文学之关系》，《多棱镜下》，河南大学出版社2010年版，第20页。
② 吴福辉编著：《关于都市、都市文化和都市文学》，《多棱镜下》，河南大学出版社2010年版，第69页。

光",不了解上海普通市民餐桌上本土性和开放性兼具、"海纳百川"的特征,有以偏概全之嫌。谈吃不灵光的张爱玲却是一位名副其实的服装专家,对穿衣着装的理解颇为到位,张爱玲的审美眼光不俗。① 另外,老师认为张爱玲擅长写婚事,能够把一场婚礼牵涉的男女二人、两家以及姻亲们在钱财、门户地位、人与人的关系的种种变动,写得深长微妙。联系中国人的婚事和婚礼内含有的价值观、时代感、社会风俗等丰富内容,老师看到了张爱玲的社会批评力度并不弱。② 类似的例子,还有很多,不再一一列举。总之,老师这种将生命体验融入研究对象的解读,少了不少隔膜,多了许多真切,有实感、有温度,提升了说服力,增加了历史感,不失为一种有情的学术书写。

　　同样是拜人生经历所赐,老师年纪很轻时就深切感受到了中国南北、城乡之间所存在的巨大差异。对这种差异的观察和思考,构成了海派文学研究的重要理论依据,被老师称作"京海冲突构造"。老师说:"'京海冲突构造'的概念,来源于长期对中国经济文化不平衡性的感受,是自少年时期冷丁离开繁华沪地到了严寒东北市镇就一直隐隐环绕我灵魂的实际生活体验,在强烈接触了京海派文学之后自然提升出来了。"③ 老师开始海派文学研究的切入点是上海近现代都市文化形成和变迁的历史过程,这是海派文学赖以生存的文化环境。而这个文化环境本身则充满着可以用"京海冲突构造"来概括的新与旧、传统与现代、中与西、南与北、城市与乡村、沿海与内陆等几对矛盾,它们相互交织、融合、纠结、共存,构成了近现代上海这座中国都市的文化底子,经由海派文学呈现出来。因此,

---

① 见吴福辉《旧时上海文化地图:"看张"读书笔记之一》,《石斋语痕二集》,河南大学出版社 2018 年版,第 72—75 页。
② 见吴福辉《旧时上海文化地图:"看张"读书笔记之一》,《石斋语痕二集》,河南大学出版社 2018 年版,第 79 页。
③ 吴福辉:《大陆文学的京海冲突构造》,《春润集》,复旦大学出版社 2012 年版,第 59 页。

认识到这个层面，就可以顺理成章地理解海派文学的精神特征，也明白了为什么张爱玲能代表海派文学最高成就的原因。接着，老师由海派继续推进："京海冲突构造"不仅限于京派文学和海派文学，它"包含了中国基本的文化冲突内容，如传统与现代、西方与东方、革新与保守、都市与乡村、正变与歧变，等等"。① 这是中国社会发展不平衡的现实，也是中国文化的特征。至此，"京海冲突构造"作为一个事实、一个观察视角、一种研究方法，获得了提升，从京海派文学研究扩大至中国现当代文学。这就是发现"京海冲突构造"的价值和意义。

综上所述，老师的海派文学研究所彰显的特征集中体现在三个方面：1. 研究对象锁定在20世纪20年代至40年代上海的部分文学和作家；2. 把个体生命经验带入研究对象，学术研究因此而变得鲜活、生动，富有触手可及的质感和人文气息；3. 引入"京海冲突构造"，揭示"中西杂糅、新旧交错"是中国都市文化的本质，由此发现海派文学的精神特征，并将海派文学研究生发开去，扩大至中国现代文学和文化，从而升华了海派文学研究的价值和意义。"发端于上一世纪末、本世纪初的中国大陆的京海冲突，并由此提出的文化重建的命题，是中国几代文学家为之感奋，并有其历史正确性的。海派存在的价值，正是由它来提醒我们，现代文明在中国只能经过京海冲突的曲折历程，才能逐渐建立。"②

通过梳理老师的海派文学研究成果，分析研究特征，看到了老师寄托其中的文化重建的思考和期待。老师在《都市漩流中的海派小说》的结束语令人感动，抄录如下，与诸位老师和同学共勉："我不认为现在有必要去消解海派和京派。相反，或许倒应该继续独立地发展中国的区域文化，使它们不断检验自己文化的现代品质，加

---

① 吴福辉：《大陆文学的京海冲突构造》，《春润集》，复旦大学出版社2012年版，第60页。
② 吴福辉：《都市漩流中的海派小说》，湖南教育出版社1995年版，第318页。

强引进,加强渗透,激发内部的矛盾冲突,包括由海派的存在而挑起的各种冲突。只有这样,中国文化、中国文学的现代'重建',庶几有望。如果一代人两代人做不到,至少我们应当肩起沉重的闸门,放 21 世纪的后代去光明的地方去吧?!"① 老师写下这段话的时间是二十七年前的 1994 年,今天读来仍然发人深省。21 世纪来到了第二个年头,老师已经离去,留下的问题将长久存在,值得我们去思考、去努力。

时间过得飞快,转眼间,老师病逝已是两个月前的事了。两个月中,我重新拿起老师的书,从头至尾认真阅读、仔细品味,思索老师走过的道路,领会老师的学术思想。老师这一代学者,与生俱来就有知识分子的责任和担当,对他们而言,做学问是在寻找个人关于人类、国家、民族、文化的思考答案,寄托着理想、梦想和情感,与生命经验紧密结合,跟当下单纯为适应管理体制的"做项目"完全不同。他们各自因人生经历和审美追求不同,关注的具体问题不同。有的关注国民性改造,有的关注知识分子问题,有的关注传统文化的命运,等等。吴老师所关注的是中国文化的建设和重建。老师的海派文学研究表面上看是乡愁,其实是对中国文化的深度思考。老师期冀透过研究中国都市文化的历史,发现当下的问题,找到未来的出路。老师留给我们的那本颇具"海派"色彩的《中国现代文学发展史》(插图本)仿佛是一个隐喻,它所展示的文学史面貌是开放的、立体的、多元的,文化原本就该是这样,只有如此,才能永远保持勃勃生机。

吴老师走了,这是事实,每个人终究都将离开这个世界,早和晚而已。我们常说,生命的价值不在于长度,而在于宽度。但是,对于人文学者来说,长度跟宽度一样重要,因为做学问需要积累。老师在这世上待了八十一年零一个月,留下了美好的声誉和学术论

---

① 吴福辉:《都市漩流中的海派小说》,湖南教育出版社 1995 年版,第 320 页。

著，可以说，是圆满的。至于太多学界同行遗憾老师的突然离去，那是出于对老师的热爱，好人总是被希望活得更久一些，吴老师是好人，也是好学者。老师拥有一颗宽厚仁慈的悲悯之心，温暖对待世界，对待世界中的家人、同事、同学、朋友和学生。老师坦然面对现实，从不计较个人的挫折和苦难，永远保持着乐观但不盲目的进取精神。老师的生命样态像他的文字一样，饱满、充实、温润、生动。吴老师走了，再也听不到他那爽朗的笑声了，如果想寻找老师的影子，那就认真阅读老师的书吧，那是老师留给世界最好的礼物。

作者简介：李楠，2001级博士生，复旦大学中文系教授，博士生导师。

我的老师何甦先生

古绍庆

何甦（1931—2018），河南开封人

大学一年级，我们开设了《文学概论》，给我们教授《文学概论》的是何甦老师。何老师是电影《战上海》的编剧，教我们《文学概论》，同学们都很高兴。何老师身材高大，上课时喜欢将外衣脱下，挎在椅背上，着白衬衣，坐着讲课。《文学概论》课会涉及许多文学作品，他讲课常常处于沉醉状态，讲到开心处，会情不自禁爽朗地笑起来。记忆深刻的是他讲到《西厢记》对红娘的刻画，妙趣横生。他不太喜欢同学们做详细笔记，希望同学们好好听，根据课程内容去理解去领悟。他一再强调要有一定的创作经验，有创作经验的人听课和毫无创作经验的人听课，感受和领悟会有天壤之别。何老师还给我们普及了豫剧的一些常识，什么是豫东调，什么是豫西调，有哪些代表性大师级人物，尤其讲到了豫剧表演艺术家陈素贞。每当她有演出，河大同学就都去捧场。因她小名叫狗妞，时间长了，喜欢陈素贞大师的人们就被戏称为"捧狗团"。说到高兴处，何老师自豪地说："陈素贞就是被我们这些捧狗团捧红的！"爽朗的笑声里，老师多么开心。

何老师住在学 11 楼南边那几排低矮的房子里，他不教我们课后，也能常常见到他。每当见到他，我都会问候一声："何老师好！"他总是高兴地笑笑点点头算作回答。

1984 年春天，我因病在河大医院住了半个月，就在出院前几天的一个早上，我下楼，在一楼的楼道里见到了何老师。我问好："何老师好！"他一贯的左手提着一个小黑皮包，右手招手，满面笑容，说："好，好。"我问："您怎么了？"他说："没事，小毛病，住几天院就好了。"他手里拿有医院的物品清单，领取被褥枕头暖瓶等住院用品。我说："我来吧。"我接过单子，在走廊西尽头的屋子帮他领了住院用品，给他抱到二楼他的病房。我出院那天，还专门去看他，他侧卧在病床上正与朋友交谈。我说："何老师，我出院了，你好好养病。"他看见我，很高兴，满面笑容，说："好，好。"

最后一个学年，每个人都要报选修课，我选了何老师的《电影艺术：理论与欣赏》。他讲道：电影是一门新兴的集文学、表演、摄影、音响、剪辑等于一体的综合性艺术，最早产生于西方，历经无声、有声、黑白、彩色等发展过程。中国最早的电影是于 1905 年拍摄的一部戏剧片，叫《定军山》。他讲到了《凯恩号》，讲到卓别林的贡献，讲到人如何变成机器，讲到了"含泪的笑"，讲到了《理发师》，讲到《独裁者》和《大独裁者》版权的区别，讲到我国的电影《白毛女》，等等。电影最突出的艺术特征是蒙太奇艺术手法的运用。电影剪辑艺术奇妙无比，不同的剪辑可以让同一部电影产生两种完全不同的表现主题。我们专场欣赏了卓别林从无声到有声，从黑白到彩色等多部影片，领略到卓别林卓越的喜剧表演艺术魅力。

何老师在给我们授课的同时也教给我们如何做人："无瑕的荣誉是纯粹的珍珠。"老师的话犹如人生的座右铭，深深影响了我的人生，指导我如何去走好人生之路。

然后，我就毕业了，被分配到沁阳师范学校。我曾去文艺理论教研室找他，希望他能给我写句毕业留言，然而，我没能见到他。我是《文学概论》课代表，他是我接触比较多的任课老师，我喜欢听他的课，欣赏他的教学风格，然而毕业之际却未能与他见上一面；何老师走南闯北，人生阅历丰富，临别之际一定会有话要说，然而，遗憾。无奈，我给何老师写了一封信，告诉他我被分配到沁阳师范学校了，并写了一些感恩的话。我没想过老师能回信，只是了却自己的心中遗憾。没想到很快就收到了何老师的回信，他说信收到了，鼓励我报考电影文学研究生，并给我开列了学习书单，主要是四川大学朱丹编写的著作，并告诉我还可以与王德颖同学联系，他已嘱咐过王德颖。我买了很多朱丹的书，也曾努力，然而，现实是残酷的，我参加工作的第一年就被任命为班主任，教语文基础知识课、文选和写作课，每周16节课，备课，改作业，作为班主任有操不尽的心。当时的条件不如现在可以通过网络看到许多中外经典电影，唯一的方法就是读剧本，朱丹编写的经典电影剧本集子。按当时的情况，如果考电影专业课，或许还能成功，因为老师给的书单很全面，朱丹的书知识分类也很系统。可是英语却是无法凑合的。我买有《新概念英语》4本的全英文版，还买有《新概念英语》的英汉对照版。但英语不是临时抱佛脚就能一蹴而就的。何老师还给我写过一封信，鼓励我写电影评论，并给我介绍了一本《如何写电影评论》的书。

我知难而退，深感对不起老师的嘱咐和期望，在遥远的他乡随遇而安，生根发芽开花成家。生活的激流随时能改变一个人的人生轨迹，之后就是我从偏僻的沁阳调到焦作从事工商行政管理工作，人生轨迹走向了另一个方向，更多地去接触社会。有时静坐，会想起往事，想起何老师，想起他的关心，心里默默祝他生活幸福安康。

　　20年毕业聚会，我没见到何老师参加，问其他同学，也是不知道。

　　何老师，谢谢您，在遥远的他乡，有一个您的学生在默默地祝福您。

作者简介：古绍庆，1981级本科生。

追忆高洁脱俗的樊骏先生

刘 涛

樊骏(1930—2011),浙江宁波人

整理硕士学位论文《论中国现当代系列小说的结构》时,不禁想起给我上过课、指导过我论文的樊骏先生。樊先生2011年1月离世,距今已有十年。每想起他,内心就涌起一股暖流。樊先生一生自律甚严,拒斥名利,不当导师,更不肯到其他大学挂名当导师,但他为刘增杰师盛情所感,从1991年起慨然应允加盟河南大学,作为河南大学中国现当代文学学科点的兼职导师,每年皆抽出一定时间到开封给研究生上课,参与学位论文指导、开题和答辩工作,为学科发展建言献策，一直坚持到 1998 年学科点获得博士学位授权点为止。樊先生去世后，刘增杰、关爱和、解志熙诸师，皆撰文深情回忆自己与樊先生的交往，高度评价樊先生的人格、学术和对河南大学中国现当代文学学科点做出的巨大贡献。作为聆听过他教诲、接受过他指导的学生，在这里聊记与他交往的几个片段，以表达对恩师的感谢和怀念。

与樊先生交往当中，感受最深的是他的极简生活，这从穿着上可以看出，夏天，身上永远是白衬衣或白短袖，黑西裤，脚上永远是一双老北京布鞋。这身装束，从没见他变过。樊先生为人有赤子之心，遇到问题总是设身处地为对方考虑，从不顾及自己。听刘增杰老师回忆，樊先生害怕给学科点增加经济负担，每次从北京到开封，皆要求乘火车，不坐飞机；由于路途远、时间长、乘车时间往往又在夜晚，一个老人坐硬座明显不现实，但他每次皆强调要给他买硬卧，因为软卧票价太高。他对吃住要求亦极低，印象中每次来都是住在老校区南门的明园或南门外的水上宾馆。宾馆虽干净整洁，但由于时间长设备老化，住起来某些方面不够舒适，但他却安之若素，似乎这样已经够好。对吃的方面也从不提任何要求。只是有一次吃外面的饭吃的时间太长，感觉过于油腻，他才主动提出到刘老师家中蹭饭。刘老师害怕慢待他，特意邀请系里一位擅长烹调的青年教师主勺，做了两荤两素一汤。据刘老师回忆："樊骏一见，知道其中可能有诈，望着妻子调侃地说：'嫂夫人真是高手，你们天天就做四个菜，这么麻烦吗？我们的刘老师真有福分呀。'眼看蒙混不过去，妻子爽快供认：'我哪有这样的手艺，是某某来献艺，招待樊先生。'樊骏知晓真相后，也没有再进一步追究。"[1] 樊先生不苟言笑，不怒而威，其"严峻"称号久为大家所知，因而，我们这些后生晚辈见到这位大学者，内心不免总会有点忐忑不安。但与他交往一段

---

[1] 刘增杰：《一尊镌刻于心头的精神雕像——怀念樊骏》，见中国社会科学院文学研究所编《告别一个学术时代——樊骏先生纪念文集》，社会科学文献出版社 2013 年版，第 31 页。

时间，会发现他在"峻急""严厉"的外表下，其实还有幽默有趣、单纯可爱的一面。他给我们研究生上课的地点在老校区科技馆，与他所住的南门水上宾馆还有段距离，考虑到他不熟悉校内环境，从水上宾馆进入校园要穿过车水马龙的明伦街，很不安全，而且为了表示学生对老师的敬重，每次皆由我们学生到宾馆，一路引领着他到达教室。一次，进才兄负责接送任务，时间大概是6月份，天气非常炎热，由于已经临近上课时间，为节省时间，主要是为了让樊先生免去日晒之苦，他借了辆加重自行车，想用它带樊先生到教室。樊先生手指自行车，脸色非常严肃，一本正经地对他说道："你就用它带我去上课？万一把你的樊老师从上面摔下了，那可怎么办?!"一句幽默的话吓住了进才兄，结果可想而知，樊先生依然是安步当车，进才兄推着车护送先生一路过马路进校园，就这样优哉游哉地到了教室。

  樊先生给我们这一届研究生开的课为"认识老舍"，其中一个专题为"老舍之死"。他从性格层面、文学层面、社会层面，条分缕析，层层剥笋一般，深入细致地分析了老舍之死的多种成因。其中，他认为老舍外圆内方的性格和他自杀之间，有着一定关联。这种分析显示出他对老舍生活和性格的深入理解，所以，给我留下鲜明印象，以致到现在还没忘记。他的讲稿是手写的一张张便条，便条上的字不大，密密麻麻挤在那里，字的颜色不太一致，说明他对自己写的讲稿，在不同时段进行了反复修改。樊先生做事、做学问之仔细认真，从这一张张便条即可看出。他的上课风格非常独特，讲话的语调平稳低沉，不以激情见长，但条理清晰，逻辑严密，分析细致透辟，题无剩义。听他课，获得学术方面的教益还是其次，最重要的是能近距离感受到他特有的人格风范，这一点通过单纯的阅读是得不到的。

  为保证论文写作质量，刘增杰老师还要求我们在开题后到北京国家图书馆新馆（当时还叫"北京图书馆"）查资料，并特别提出在京期间要拜访樊先生，听取他对我们论文写作的意见。那次拜访的时间是1995年10月15日上午，星期天，北京的天气到中午还相当炎热。樊先生当时住在安贞桥外胜古南里中国社会科学院家属院。由于我们住的地方离樊先生家稍远一点，再加上对北京不熟，当时这段线路好像地铁也未通，因此，路上乘车用了不少时间，当我们一行六人挤公交到了他安贞桥附近的家时，已经中午十二点多了。樊先生一个人住在一栋高层公寓的十三层，记得那天小区突然停电，我们一行六人怀着朝圣般的心情，一级级拾级而上，当爬到樊先生所住的那一层时，樊先生早已在门前等候多时。之前对他生活的简朴早有耳闻，但乍见之下，其室内布置之清简寒素，还是大大出乎我们意料。他说时间已晚，该吃饭了，吃完饭，再进行论文汇报。我们一致认为学生应该请老师，哪有老师请学生的道理。但他不顾我们再三推辞，一定要带我们到他家附近的餐馆就餐。他请客的理由很别致：他说自己工资高，但生活要求低，钱对他几乎没有什么用处，工资到手后往往花不出去，他请我们吃饭，其实是让我们帮忙花钱。听他这样说，大家也就不好意思再加推辞。由于电梯无法使用，樊先生和我们一样，在光线暗淡的楼梯间慢慢摸索着下了楼，然后由他一路带着到了附近一家饭馆就餐。这顿饭吃得让大家既感动又感慨。樊先生严肃深沉，但外冷内热，对人古道热肠，仁厚亲切。大家赶赴饭馆途中，走在樊先生身旁，我印象最深的还是他脚上蹬的那一双老北京布鞋，不禁想起他给我们说的话：他选择简之又简的生活，只不过是为了闲散偷懒，因为只有这样，生活才不会有过多负累。现在想来，他的"苛"和"简"只是对准自己，对别人，尤其是我们这些后学晚辈，他毋宁是不厌其"繁"的。比如，指导我们论文，细而又细，一丝不苟，这是"繁"；不顾年老体衰，爬楼梯亲自带领我们到饭店，请大家吃饭，这也是"繁"。他自奉甚俭，但对人却慷慨大方，无私奉献。他后来把继承的遗产全部捐献出去，设立"王瑶学术奖"和"勤英奖学金"，就是这种奉献精神的自然体现。事后回想,那次我们的拜访在礼数上是不周的,六个人全是空手而来,没给先生带任何礼物。但樊先生却没有流露出任何不悦之色。在他的世界里,"物"的问题早已不是问题,精神与学术才是他的全部追求。

现在能回忆起来的还有论文答辩当日的紧张和无措。对于研究生培养的每一环节包括学位论文答辩,刘增杰老师都很重视,我们这一届虽然只有6个学生(当时已是比较多的了),他却分两场,安排一天时间进行答辩,上午一组由河南省社会科学院文学所的王广西先生主持,下午一组由樊骏先生主持。答辩时间是1996年6月10日,我被安排在下午,恰好是樊先生主持答辩的这一组。经过北京之行,对樊先生虽有了更深了解,但答辩会上,由于根深蒂固的自卑心理,对自己论文颇不自信,面对严格较真的樊先生,内心很慌乱,加之普通话不过关,语言表达能力欠缺,所以,那次的自我陈述很不理想。陈述完之后,内心非常紧张,心想这下完了。果不其然,樊先生对我的陈述提出了批评,直接爽利地指出我的问题,大意是"语言表达能力不行,若以后做教师,这方面还是要注意的"。这句话之后,樊先生却突然话锋一转,笑着说道:"刘涛,我说这些你也不要有心理负担,总体上看,你的论文写得还是不错的,比你陈述的要好。"这句话风趣幽默,语气上大为缓和,把前面几句话的批评力度大大降低了,用心可谓良苦。他应该是看出了我性格内向和心理自卑,害怕直截了当的当众批评会增加我的心理负担,于是,便用这些话来给我解围和解压。先生这几句话我一直没有忘记,每每想起先生,就想起答辩当日他说的这些话,想起他对学生的体贴和善意。

那次答辩会之后,我到上海读书,自此与樊先生再无交往。但从刘增杰老师那里知道,樊先生一直在关注着我们的成长。他的《中国现代文学论集》(上、下册)出版后,特意通过刘老师给我寄了一套。这说明樊先生并没忘记我。2009年12月,刘增杰老师到京参加《中国现代文学研究丛刊》创刊三十周年纪念会，樊先生见到刘老师，特意询问河南大学几位青年教师的近况，其中也包括我。这说明樊先生一直关心学科点及他的学生们的发展情况。惭愧的是，由于自卑心理作怪，认为自己才力有限，学术成果太少，愧对先生之谆谆教诲，因此每次到京查资料或开学术会议，从不敢和他联系，害怕打扰他宁静的生活，也害怕他问起自己的学术情况。2011年1月，先生去世的消息传到开封，感觉非常突然，无限哀痛之下，本想写篇小文以作纪念，但又感觉自己与先生交往无多，先生对我的爱护和教诲，与他对其他晚生后辈的关爱一样，出自学术公心和大爱，既伟大又平凡，无多少故事和戏剧性可言。于是，对先生的感念一直压在心底，没有形诸笔墨。

现在，先生去世已整整十年，但心底对先生的想念却与日俱增。先生把自己一生奉献给学术事业，以致影响了他自己学术的发展，因之，先生之学术成就或可超越，也许已经被超越，但先生人格之光明俊伟、高洁脱俗，并世能有几人？正如其朋友所说，先生可置于古代的高人逸士之林而无愧。现在每想起先生，就会想起他对我的鼓励和鞭策，庆幸人生路、学术路上能遇到先生，既有幸得到过他善意的批评，也有幸得到过他仁厚的垂顾。怀着对先生的满腔敬意，聊记数语，以表达一个后学对他的无尽追思和怀念。

作者简介：刘涛，1993级硕士生，河南大学文学院教授，博士生导师。

"导师"的意义

——庆祝刘增杰师八十华诞感言

解志熙

刘增杰（1934—2022），河南滑县人

整整三十年前的1983年9月，我从偏僻的西北乡村来到河南师范大学也即后来恢复校名的河南大学中文系，师从任访秋先生、赵明先生和刘增杰先生攻读硕士学位。任先生的博通、赵先生的严谨，当然都给我们一帮学生非常深刻的影响。刘先生那时年当四五十之间，按当时的说法他还是"中青年学者"，实际上代任先生主持系务，而为人宽厚和蔼，所以在三先生中，我们这些学生请教较多而

且觉得比较亲近的还是刘先生。我们那一届研究生，李天明兄、章罗生兄来自湖南，我来自甘肃，出自河南本省兼本校的只有袁凯声兄一个，再加上一个来自天津的进修生张宜雷兄。我们毕业后，三人回原籍工作，留校的是凯声兄和我，凯声兄后来调到郑州，我则在外念书四年后又回到河大工作了十年，于2000年调走。回想在河大的十三年间，我在学习、工作和生活上受刘老师的教诲、鼓励和关照之多，难以一一尽述，此处摘叙一二亲历故事，从中亦约略可见吾师宽和仁厚、属意高远的为师为人之道。

"推着"学生前行的老师

从读硕士到读博士，我其实是被刘先生"推着"一步一步走向学术"前沿"的。

大概是1985年的第一学期吧，我们该准备硕士论文了。对每个研究生来说，毕业论文无疑是最大最难的关卡。当时的我也不例外，所以很担心，生怕选题不妥、论述不慎，过不了答辩关。起初为保险起见，我曾想做一个作家论，比如师陀或者沙汀，觉得这样的选题比较好处理一些，也比较稳妥而少危险。可是刘先生却再三鼓励我说："不要那么谨小慎微啊。现在学术方法正在更新，你们师兄弟总得有人尝试做一个比较大的、比较新的题目，哪怕做得不很成功、不算成熟，也比走老路、轻易完成一个老套题目有出息啊。你何不试一试呢？"

正是在刘先生的鼓励和推动下，我才选取了中国现代抒情小说的艺术特征作为毕业论文的题目。应该说，这是一个比较大的课题，而且也是当时公认的一个艺术难题——唐弢先生当年在香港演讲，曾经公开点将，希望有人能够解决它。那时的学术界人士普遍地比较习惯于对文学现象的社会政治思想分析，在艺术的把握分析上则大都不知从何下手。所以我所能依赖的其实也就是自己平时喜欢乱读书，对中外美学思想、外国文学稍为熟悉，加上1985年前后学术界正兴起方法论热，视野渐趋开阔、思想渐趋活跃，那些讨论也给了我不少启发，于是鼓足勇气，自己开动脑筋"瞎琢磨"，东拉西扯地开始"论"这个问题。由于一时拿不准，所以在开题报告的时候，看到四位师兄都胸有成竹、侃侃而谈，轮到我，我却对刘先生说："我就不说了吧，我写好提纲给您看，可以吗？"这除了胆怯，也暗藏了我的小小的狡猾，就是不愿在师兄弟之间争胜。刘先生欣然同意了。会后我把提纲交给刘先生。提纲有两万多字，刘先生认真审阅了，并于1986年元旦写了《读解志熙论文的断想》，让系办的秘书张福民兄送给我。这份"断想"既给我很大的鼓励，也提出了中肯的批评和建议，我一直珍藏着，现在就转录于此，从中可以看出刘先生当年是如何鼓励学生、因材施教的——

读解志熙论文的断想

（此意见供参考，并转任先生、赵老师参阅，修改时请以任、赵的意见为准）

一、本文已是基础比较好的初稿了，希望在修改一、二部分的时候，把三、四部分补出来。

二、论文试用了新的研究方法。我不能说你对新武器的使用已经纯熟精良，不是的，破绽仍可看出，漏洞也时有所见；但是，重要的是，新武器已显然表现出了比旧武器更大的威力，它对现象的解释已从表层向内在层次延伸。

三、论文本身也初步构成了一个系统。就像作者对于抒情小说的分析那样，论文似也不是线性因果关系，而是试图以多重因果关系或非因果关系来诠释。你的努力应该受到鼓励。

四、论文的语言犀利。语言的犀利反映了论文作者思维的敏捷、理论的厚度和认识的深入。当然，语言上的追求不应该只是犀利，决定论文质量的还在语言表述的准确性。新的术语的引进，如果不是对读者故意设置的障眼法，就是找到了表达自己的见解、深层思想和意蕴的新词汇、新构架了。你的语言显然属于后者。

五、我赞赏本文的成功绝不是说它完美无缺。相反，论文的某些缺陷仍是显而易见的。以下问题，就是我读时偶然想到，希望作者进一步思考的：

（1）要正确评价情节叙事小说、社会分析小说和抒情小说，不要为了强调后者而把前者说得一无是处。事实是，它们共同构成了我国现代小说的繁荣；它们本身的不同特征使它们得以相互区别，它们的相互吸收、渗透、借鉴又使它们分别受益。不适当的过分强调有时会适得其反。

（2）作为一个新的品种，抒情小说本身要克服什么障碍才能前进？这一品种在现代小说中的影响为什么长期并不理想，论文有时对此类问题应有所论及。

（3）如果说论文的语言水平处于同一水平线上，那是不客观的。我鼓励你在论文语言抒情化方面的尝试。语言的匆促之处折射了作者赶任务交卷的心态。语言的进一步提炼和净化，将是你面临的一项并不轻松的任务。

1986年元旦

回想那时的刘先生放下节日不过，却坐在那里认真诚恳地给一个年轻学生的论文提纲写"读后感"，真让人感慨万千。刘先生的"断想"在热忱的肯定和鼓励之余，又委婉地提出了三条批评和建议，实在是切中肯綮、点中要害之言，及时点拨我不要因为偏爱自己的研究对象而走向偏颇独断，而应力求全面地、辩证地看问题，更为深入地分析一个文学现象发展或受阻的深层原因，以及更准确、更仔细、更客观地使用学术语言，等等。而今手泽如新，重读拜读一过，我想说这篇"断想"对我的影响不止于一时一地，而是终生难忘的，不仅仅关乎如何为学为文的问题，而且事关如何为人待人的问题。我日后亦为人师，每当不自觉地想有所懈怠或马虎之时，就会想起刘先生以及严家炎先生等老师当日待我的认真和热忱，是他们端正了我的为文以至为人的态度。前几天一位即将结业的博士后和我聊天——她在清华中文系的三年，一直兼为现当代文学、比较文学和文艺学三个专业研究生毕业论文的答辩秘书——她感叹说："解老师，在所有的老师中，你给所有的研究生所写的评语都是最认真、最全面的。"对她的这个表扬，我是愿意承认的，但我说，"我之所以这样做，是因为我的老师对我的言传身教啊，我能还给学生的，其实远远不及我的老师之待我"。这是我的真心话。

此后的二稿、三稿呈交刘先生后，他仍然认真地在1986年3月30日和1986年4月24日两次写出了阅读意见给我，此处不赘述。正是在刘先生耐心和细心的指导下，我的论文得以逐步完善，最后在6月20日下午顺利答辩通过（这个答辩时间是最近看任访秋师的日记才记起的）。答辩是在河大老十号楼的一个大教室进行的，那个下午就剩我一个人做最后的答辩，所以时间颇从容，答辩气氛也很轻松，记得在答辩中间，刘先生还开玩笑地提议说，"给解志熙一支烟吧，让他过过瘾再讲"。答辩委员会的老师们都给这篇论文以较好的评价，但最让我觉得知心的还是刘先生的一句话——他说："我觉得解志熙在这个题目上找到了他自己。"这话的意思，不仅是说我找到了适合自己的题目，而且也点明了我之所以对这些现代作家的抒情小说感兴趣，归根结底是因为他们表现在其抒情小说里的那些徘徊在新与旧、传统与现代、城与乡之间的矛盾情结，在我自己也感同身受，所以我解说起来也就情不自禁地融入了自己的生活体验。刘先生敏锐地看出了这一点，所以他的这句话要比其他老师的赞扬更让我感动和感激。

可能因为这个论文的选题、方法和观点比较新颖吧，所以答辩不久，论文的核心部分被《文学评论》采用，那在当时算是一件不大不小的喜事。其实就我个人来说，硕士论文的意义不仅在于完成、发表了一篇比较像样的论文，而且在于通过整个选题、写作、修改的过程，让我学会了怎样从事学术工作，找到了学术上的自我、获得了学术上的自信。而这一切都与刘先生息息相关——没有他的鼓励，我不会选那样的难题做毕业论文的，而没有他的点拨，我也未必能够顺利完成它。而差不多同时，我也考取了北京大学严家炎先生的博士生，算是"双喜临门"，记得关爱和师兄在为我高兴之余还善意地提醒我"不要被胜利冲昏了头脑"。

其实说到考博，那也非我所自愿，而同样是被刘先生"勉强"所致。我的个性是比较被动的、保守的、知足的，并没有什么学术上的雄心壮志，而且特别恋家，所以在硕士的最后一个学期伊始，就拜托我的现代文学启蒙老师支克坚先生，请他问问兰州大学和西北师范大学是否要人，很快得到消息说，两个学校都愿意接受我。想到从此能够在家乡的高校工作，可以就近照顾家庭、帮助妹妹们上学，这在我实在是于愿已足而别无他求了。可是就在临近毕业的前夕，刘老师却恳切地对我说："解志熙，你能不能留校工作，就算帮我三年忙，行不行？"这让我很为难，然而想想如果不是河大的几位老师的优容和培养，我恐怕还在乡下当孩子王呢，所以我还是同意了留校。而随后——记得是1986年的6月末吧，此时已决定我留校工作，而毕业论文也已完成并且答辩了，心里颇觉轻松，不料有一天刘先生却叫我去，要我报考北京大学严家炎先生的博士生，并且说他早已把推荐书寄去了。这完全出乎我的意料，并且也毫无准备，所以我心里并不情愿。见我犹豫为难，刘先生便激励我说："你还年轻，来日方长，千万不要以我们这些当老师的水平为准，甚至不要以河南的水平为准，要向全国最好的水平看齐，到北京去读读书、见见世面吧！"我就是这样被刘老师"逼迫"着、推动着去读博士的。不待说，这一步对我在学术上的长远发展，确是至关重要的，而倘若没有刘先生当日的激励和督促，我其实是不会走出这一步的，那也就未必会有后来的发展了。

"幸遇名师"这句话早成滥调了，所谓"名师"似乎也被人们望文生义地仅仅理解为"有名之师"了。其实，"名头大"的先生未必就一定是名师——有不少有名之师倒往往只把学生束缚在自己的学术范围之内，使学生不能别有开拓和发展，而像刘先生这样自觉地督促和激励学生超越自己的老师，那需要何等的胸襟和气度啊，这才是无愧为名师的导师！而正因为有刘先生以及任访秋先生、赵明先生给我打下的这个基础，所以我到北大之初，也就没有一般从外地考入北大的硕士生、博士生初来乍到时常有的那种张皇失措的不自信状态，而对一些北大自产的才子才女之妄诞自是、夸夸其谈，也不免暗自好笑。当然，北大的学术条件和北京的学术环境自是不错，严家炎师之严谨求实的学术态度对我的影响也至为深刻，而他也同样宽容地鼓励我在学术上自由探索。让我不喜欢的乃是那里的一些师与生之沽名钓誉、竞赶时髦、热衷虚荣的做派，其实不过尔尔。所以我很快就搬到校外去住，静心地做自己应做之事，既不参与任何热闹，也不去拜访任何名人，而安心地收视反听、独立思考感兴趣的学术问题。感谢刘先生等河大老师给我的底气，使我能够在北大保持一点清醒和从容。

见义勇为风骨凛然的老师

按照预定计划，我在北京的学习期限是三年，即从1986年9月到1989年6月。我在征得刘先生的同意后，向北大研究生院提出延长半年学习时间的要求，将毕业推迟到年底。当时正式提出的理由是希望有更充足的时间来做好毕业论文，而没有说出真正

"导师"的意义

的想法。5月，我搬到严家炎老师在双榆树借住的小公寓里陪伴他。严先生是个认准理想就一往无前的人，所以白天我们师徒相伴着骑车到北大，他忙他的事去了；而我则上图书馆阅读旧报刊，全图书馆就我一个人在看书，看累了就站在三楼的窗户边看看下边的热闹。晚上回到双榆树，严先生则给我们俩做一顿"科学"餐，倒也不失清淡绵长的味道，然后师徒俩聊聊天，就各做自己的事情，第二天又重复如此，算是平安无事地度过了一个月。后来，一位关心着严先生的北大中文系老师给我打电话，叮嘱我带严老师出去走一走，我便与严先生商议，他提议去东北找他的一个老学生——一个工农兵学员，可是也有一段时间不联系了，具体情况不明，我所以提议说："为今之计，您还是听我安排吧。而我能去的地方无非是甘肃的兰州和河南的开封。兰州，我已离开多年，没有把握，有把握的还是开封，咱们就去开封吧！"严先生同意了，于是我们俩便连夜直奔开封，在次日的早晨敲开了刘先生的家门。

在陪着严老师悄悄出行途中，我觉得能够接纳我们这两个不速之客的，也就只有我的另一位老师刘增杰先生了，这在我可以说是无须考虑且自然而然的选择，那自然是基于我对刘先生为人的信任，我自信这种信任是不会有错的。而事情当然也正如所料，当我敲开刘先生在河大西门外的那所平房宅院，刘先生和潘师母毫不犹豫地而且热忱亲切地接纳了严先生和我，立刻动手收拾屋中的一间小小隔间，于是严先生就在那间小屋中悄悄住了整整一个礼拜，饮食起居得到了悉心的照顾。晚饭后我也常去看看两位老师，陪他们两个老朋友聊聊时局、谈谈学术……直到一个礼拜后，我们才重返北京。

这件事过去二十多年了，此后我也没有再与两位导师重提此事，但每当想起此事，两位导师的风度和风骨都让我敬佩不已。刘先生不愧为见义勇为的仁人君子。那时他身为河大中文系主任，也是焦头烂额、身心疲惫不堪，而仍然当仁不让地收留了远方来客，表现出仁人君子的风度和风骨，这实非常人所可及。而我当年也没有事先给他打招呼就贸然地去了，去了和离去的时候也没有向他和潘师母说任何感谢的话，此后多年来刘先生也从未提及此事，那在他可以说是不容思索也无须思索的当然之行吧，刘先生可谓有当矣。严先生则安之若素，居然安心地在刘先生家的那个小小隔间里撰写了一篇论文——《二十世纪中国小说理论资料》第二卷"前言"的初稿；而当重返北京之际，严先生坚持不说些违心之言，其凛凛风骨让全系师生佩服不已，以至我去系里办事，办公人员多次截住我，纷纷表达对严先生的敬意……

"首先是做人，然后才是做学问"——我从刘先生和严先生两位老师身上可谓亲见之矣。

主动"放飞"学生的老师

1989年年末我完成了博士学位论文，次年1月答辩通过后，即给刘先生电话汇报、准备回开封，而刘先生为了让我稍为喘口气，说1990年的前半年就不给我安排教学任务了。这不啻给我了一个额外的机会，所以我决定继续留在北京，乘机再补看半年文献资料，为今后的研究多做点准备。就在那年盛夏的一个中午，我和刘先生居然在北京图书馆不期而遇。那天中午我抱着一大摞期刊穿过北图的大阅览室去复印台，根本没有注意别人，突然听见有人低声招呼我，回头一看是刘先生，原来他是乘暑假之机来北图查资料的。如此意外相逢，自然很高兴，但我们只简短说了几句话，就各自忙自己的事了。而我的补看资料几乎欲罢不能，快到预定上课的时候了，我才在9月末匆匆返回开封，从此开始了在开封的十年从教生涯。

重返开封之后的十年间，我无论在工作上还是生活上，都一如既往地得到刘先生的悉心关照。即如我的婚姻问题，就是在刘先生的暗中关照下解决的。工作负担也不重——我在近现代文学研究室工作，担负的教学任务并不多，课余主要帮着带研究生。至于职称问题更近乎意外地在1991年年底"一揽子"地解决了——那既得益于省里刚开始实行的"特批"政策和学校领导特意让我去"钻空子"的命令，当然，同时也肯定得到了刘先生的关照。而那时在刘先生的开明的领导下和精心的引导下，系里的人事关系相当和谐，学术气氛颇为浓厚，而学校对一些拔尖的青年教师，尤其是陆续学成归来的博士们的待遇，也可谓爱护有加、竭尽所能。我自己因为归来较早、学术上略有成绩，所以确是很受照顾、占了很多便宜的一位。

不过，深受照顾的我也常常有所不安和焦虑。那不安和焦虑并非对生活和待遇有什么不满足，而是惶惑于今后的学术研究究竟何去何从。就我自己而言，已经形成了一种学术习惯，喜欢在充分占有原始文献的基础上，做一些原创性的研究工作，而问题恰在于，开封和河大什么都不少，独缺现代文献——当年的战乱，使原始的现代文学文献几乎荡然无存，新购的书籍根本无法弥补这个巨大的缺憾，那时的网络上也没有任何旧期刊。虽然按河大领导的说法，只要我待在河大就可以，写什么不写什么都不要紧。可是想想自己才刚刚三十出头，从此原地踏步甚或退步回去，实在难以安心和甘心。即如那时我正在从事唯美—颓废主义文学思潮研究，几乎全凭过去在北京的读刊笔记，而笔记毕竟不可能详尽无遗，并且引用时还需要找原刊核对，有些资料手头没有，只能拜托北京上海的师友复印，所以进展缓慢，自然不免焦急。如此情况短期内是无法改变的，然则长此以往，何以处之？所以心里颇为纠结。

因为不愿让老师为难，所以我的这些焦虑，当时并没有对刘先生说。然而就在1993年春初，我要出版一本论文集《风中芦苇在思索——中国现代文学的现代性片论》，循礼请刘先生写序，而让我惊讶莫名的是，刘先生的序在表彰我的"信守合同"、回河大工作之余，竟然主动提出了在适当的时候还给我"自由"的想法——

> 无论如何说，河南与北京相比，学术环境总还是相差一大截。志熙回河南，分明有着对河南、对师友情谊的报偿。但愿这一感情因素不会成为对他的束缚。就长远来说，我还是希望还给他充分的学术自由，让他走自己愿走的路。

刘先生还特意把这篇序复印了一份给我留念。老师为了学生的前途而想"放飞"学生的这份情谊、胸襟和气度，让我非常感动和震动。次年夏天，在西安召开的现代文学研究会年会上，清华中文系主任徐葆耕先生邀我去清华工作，有感于他的诚意，我答应了，但我后来却一直拖着未办，甚至不好开口与刘先生说此事，因为那时河大正在用人之际，我实在不好"独善其身"。这事被北京的一些师友听说了，不免为我焦急。最近翻检旧物，找到樊骏先生给我的一些书信，其中1994年11月12日的一封就是专门敦促我尽快办理调动的——

> 我一再听钱理群同志说，你将调清华任教。前一阵，我还在打听你来了北京没有呢。现在知道你仍在开封。不知调动的事进行得怎么样了？
> ……
> 为了你，更为了学科，我赞成你调清华。……
> 我能理解你在去留问题上的踌躇（如果换了我，也会这样考虑的）。贵校、贵系都有值得赞美之处。前年在你们那里开会，对贵校重视青年人才、贵系的融洽气氛，都留下很深印象。这些，自然都有利于工作，也让人感到温暖。但这些仍难以从根本上改变上述的不利状况。我读了刘增杰同志为你的那本书

写的前言（读了三遍），很受感动，觉得他虽然很矛盾，舍不得你离开，但也决不会阻拦你。当然，也可能正因为如此，你更为难。……总之，这件事早解决比迟解决好，拖着不办，最糟！

应该说，樊骏先生很准确地抓住了我当时踌躇不决的矛盾心态，而这矛盾其实是难免的甚至是必然的——老师待我以仁义，作为学生的我岂能掉头不顾而去啊。所以，1995年年底我致电徐葆耕先生，决意不去清华了。做出这个决断，虽然对清华颇感抱歉，而在我自己倒也感到一身轻松了。后来，清华中文系又第二次约我，而河大现代文学学科的博士点也于1997年获批了，所以我在次年遂向刘先生第一次提出了调动的要求，刘先生慨然同意，学校则希望我再坚持两年，我也同意了。这样到了2000年年初，我也就如约调赴清华中文系。

当然，我个人虽然离开了河大，但与刘先生及河大的精神联系、学术关联并没有断。而刘先生对我到清华以后的学术工作，也给予积极的支持和持续的呼应。记得2003年后半年，钱理群先生和我有感于现代文学研究界一些人喜欢搬弄话语、游谈无根的学风，想从文献史料研究入手多少有所匡正，于是决意该年年末在清华中文系召开一次小型的"中国现代文学文献问题座谈会"，刘先生闻讯后积极赶来参加，给予了很大的支持。而就在那次座谈会上与会同人商定，在今后几年间召开三五次文献史料专题讨论会，持续予以推进。此后，北大召开了一次小会，中国现代文学馆召开了一次大会，而河南大学文学院则在刘先生的倡议下，举办了两次规模不小、反响颇大的学术研讨会——"史料的新发现与文学史的再审视——中国现代文学文献问题学术研讨会"（2004年10月）、"史料问题与百年中国文学转捩点学术研讨会"（2006年9月），那无疑是最为"给力"的。而刘先生自己则率先垂范，独自精心编校了《师陀全集》（2004年），此后他又深思熟虑，编撰出版了发凡起例、取精用宏的

《中国现代文学史料学》（2012 年），出版后很快就成为中国现代文学学科必备的专业参考书。"先生文章老更成"，最近偶然读到刘先生在今年《文史哲》第 1 期上发表的长文《论现代作家日记的文学史价值——兼析研究中存在的两个问题》，其视野之广阔、眼光之独到、议论之中肯，洵属现代文学文献史料研究的典范之作，令我既佩且欣、感叹不已。

最感欣慰的是在先生的晚年，我们师生俩竟不期而然地有了一次愉快的学术合作。盖先生自编校出版了《师陀全集》之后，即自感时间仓促、有所遗漏，所以常思有以补之，正好我和我的学生裴春芳在那之后也陆续发现了师陀的一些长篇短篇小说及其他佚文，也曾报告给先生。待到去年年初《中国现代文学史料学》脱稿后，刘先生决意开编《师陀全集续编》，2 月间乃来函征询于我。对先生再接再厉的精神，我深为感动，遂尽一月之力，校录出手头的师陀佚文交给他，而厚道的先生收到校勘稿后，于 3 月 19 日来函说："这是一次难忘的合作，就署刘增杰解志熙合编吧。"其实在我自己，能够襄助先生完成夙愿，则于愿已足，何须列名呢，所以复函恳辞，然而刘先生又来函解释说，他如此提议乃是为了纪念师生合作的缘分，所以要我"遵命！"明白了老师的心意，我也就只好"遵命勿违"了。当《师陀全集续编》于今年 6 月出版后，刘先生又来函说："感谢师陀让我们有了这次愉快的合作。"的确，师生在学术上能够如此有缘合作，其实是不易幸遇之事。就此而言，我和刘先生一样都应感谢师陀的。

是的，人间难得是缘分。犹记年轻时的我曾经困执于人生，乃遍读古今中外哲人的著作以求解惑，不料惑未得解而疑又丛生，不免感到一切合理化的解释其实都不过强作解人而已，唯觉大乘佛学的哲学基础因缘论差可慰心耳。因缘论略谓，世间万事万物皆无自性，一切都不过因缘和合而生而有。这简古的说法足以解释一切有缘之有及其因果逻辑，即善故有善缘，恶必有恶缘。我之得遇刘先生，诚然是幸而有缘，而刘先生之待我，当然是善而善缘。而让我感愧莫名的是，去年年末的一天与刘先生通话，偶然向他说起当日催促我报考北大、后来又主动"放飞"我的往事，先生乃于12月18日的来函中做了这样的解释——

  人生是缘。当你从西部高原迈进中原，也许最初只是一种朦胧，从你的背景，读书经历，见识，天资，悟性，我感觉到，你完全可以走自己的路。你所需要的只是提醒。比如，你需要在适当的时候进京，打开眼界。除此之外，你的内蕴，你的勇气，智慧，都够用，不需别人挽扶……

先生的"人生是缘"说，诚然于我心有戚戚也，但他以为我不需要别人的扶持，则是他一贯低调自持的谦辞。其实，我自二十二岁认识刘先生而至于今，整整三十年了，这三十年如果没有先生始终如一的善意扶持，则我肯定不会这么平安顺利地度过，那是可以断言的。

或许正因为浮世难凭吧，所以人生的因缘才弥觉珍贵。尝记周作人氏早年译介日本俳人小林一茶的一首俳句，乃有感于人生终于难以断念的，正是这人间因缘的系恋，所以有句云："露水的世，虽然是露水的世，虽然是如此。"这虽然是消极的说法，而正不妨从积极的意义上来理解——人生既然还有可珍贵的因缘，则纵使浮世又何必消极呢！其实，世间事大抵都可做两解。即如李商隐感叹年华之逝去而有诗云："夕阳无限好，只是近黄昏。"可朱自清先生却反其意而用之，欣然改为："但得夕阳无限好，何须惆怅近黄昏！"此诚所谓仁勇通达之言。我敢肯定，一向乐观豁达的刘先生一定会首肯朱自清的改写。古语云"仁者寿"。今当吾师八十华诞之庆，而仁厚如吾师者，其实是无须我来祝福的，而我禁不住的乃是对师生因缘、从学往事的回忆，所谓抚今追昔，委实感怀良多、不胜依依，所以谨撰这篇小文，既为师道仁道之存证，亦为个人生命因缘之存念焉。

　　作者简介：解志熙，1983级硕士生，清华大学中文系教授，博士生导师。

望之俨然,触之也温

——深切缅怀恩师刘增杰先生

谢景和

惊悉刘增杰老师不幸病故,是从李建伟师兄在同学圈发的微信得知的,情难自抑,独自坐在沙发上黯然落泪。从2003年夏接手《师陀全集》八卷本的编辑,到2013年5月完成《师陀全集续编》两卷本的出版,经历了十年光阴。增杰老师对我从最初的严格考验,到充分信任放手使用,荣享了入室弟子般的优待,知遇之恩没齿难忘。

2008年出版的《徐玉诺诗文辑存·编辑人语》对此有着真切记述:

> 2003年春,我从建设银行河南省分行隐退……时任母校河南大学出版社社长的王刘纯兄得知后,力荐我作特约编辑,接手就是重大学术项目《师陀全集》,不啻一种重大考验。没想到恩师刘增杰先生对于我精心撰写的审稿意见不置一词,却非要看审稿修改记录;我不明就里,就实话实说:字迹潦草有辱师目,况且厚达几百页……增杰师不由分辩:"给你一周时间总可以誊清吧!"虽然莫名其妙,平日温和慈祥的恩师怎么突然间那么严肃,却马上说:"三天交卷!"当我如期交上,增杰师恢复

了平日的和蔼，不无赞许地说："没想到你还是个快手嘛！"过几天来到出版社，称赞我看得很仔细，对于确保成书质量大有裨益，让我受宠若惊；随后又一起到刘纯办公室说定了出版要求，就满面春风地离去了……刘纯兄夸赞我：考试合格了！有一个细节当时没写，刘老师质问我："师陀的文章你发现了那么多问题，我的稿子怎么没有改错标志？"我把社里同事的好意告诫全盘托出："怕您生气，就用了没改的校样。"不料他真生气了："我觉得你为人实诚，怎么也弄虚作假糊弄人呢？快把改的校样拿来！"我立马回社找到改过的校样，忐忑地交给他，等待发落。他信手翻了一下说："这就对了嘛，你发现的有些是硬伤啊，好了，以后读我的文字一定要大胆挑错，帮我把好关。"说得我十分惭愧，低头不敢吱声。他见状笑了，让我把稿子留下，待回家细看再做决定。结果只留了一个没改，自谓意有所指，保留着作为纪念！消息传到王刘纯师兄耳中，十分高兴，说："社里的老编辑都不太敢接增杰老师的书稿，担心学力浅难胜任，这下好了，文学院的出书大门被你撞开了！"

还有一个细节，增杰师在审稿记录中借用了一些数据，写成一篇研究师陀版本变化的论文，却十分谦虚地感谢我，说帮他提供了翔实的依据。当我读到那篇论文，立即为恩师的精湛分析和深入骨髓的考证折服，深感多年脱离学术研究造成的认知局限已经无法从事精深的学术研究，只能把恩师的深情期许当成动力，认真完成眼下的编辑校勘作为回报。

《师陀全集》卷帙浩繁，种类繁多。当我做完一审，提交社方批准下厂排版时，后续速度明显加快，我才发现骑到老虎背上下不来了。增杰师及时打消我的顾虑，把我叫到他的办公室（近现当代文学资料室），说已与王芸、张如法老师说定，担任相关部分的校对。让我如释重负，由衷感激恩师用心良苦，为我保驾护航。王芸老师是我们读书时特别尊敬的师长，谦和娴静，举止文雅，治学严谨，待人亲和，没想到还是编辑高手。张如法老师每逢校方举行重大学术会议，就举着照相机在会场前后逡巡，不停拍照，不料竟是校对名家。后来又找了李顺祥学弟负责第七卷的校对。为了确保质量，王、张二位老师还把自己负责的部分进行互校，我领悟到这是他们密切协作多年所形成的默契。就请增杰师缓颊，让两位老师把我看的稿子进行二校，恩师听后满口答应。由此我深知他在同事间享有极高的号召力和学术影响力。后来还请了杨松岐老师细校顺祥学弟负责的部分，我也与三位老师结下了极深的因缘。

增杰师处事果断，却是谋定而动。他把自己获得的河南大学重大学术项目基金转到出版社后并没有一次用完，而与刘纯师兄锱铢必较地讨价还价，让刘纯兄哭笑不得（原想是个重大利好，没想到会对折打半），后来文学院为刘思谦老师出版的《女性生命潮汐》（两本），"明伦学术书系"（八本）都是从中支出的。以至到了《师陀全集续编》编校时，他还与云鹏学弟故技重施，云鹏尊师重道，让他放心回府。接着就与孙先科学弟联系，讲明出版社现状，让他负责相关资金的落实，先科闻言立即答复："张老师放心，这事我一定负责到底！"这才知道云鹏留校时当过82级的辅导员，从中也体现了河南大学的尊师重道之风。说实话，当我看到恩师笑嘻嘻地向学生哭穷，千方百计地讨价还价时，不免好笑，一向温良恭俭让的谦和师长，在讲台威风八面，怎么变成了叫苦不迭一再砍价降价的买主呢，估计云鹏对此早有领教，才会明修栈道暗度陈仓，真是聪明过人！

《师陀全集》八卷本一校核红退厂重排之后，增杰师十分高兴，立即嘱咐我与业师王文金校长联系，接手《于赓虞诗文辑存》的文稿出版。我惊呆了，赶忙回话："师陀八卷本虽有几位老师协助校对，但作为责任编辑必须对出现的问题作出判断，并拿给您过目才敢执行下厂，精力与体力都在超负荷运转，实在不敢懈怠。再接手于赓虞真是力不从心。还是由出版社袁喜生老师负责落实,我专干这一摊……"增杰师便说那就让王社长安排吧,说完冲我神秘地一笑,起身走了。很快就接到刘纯师兄的电话,不由分说交代了王文金老师的联系方式,我只能硬着头皮接受,费了好大功夫,才将《师陀全集》八卷本与《于赓虞诗文辑存》两卷本赶出来一并下厂付印,总算不辱师命。从此我成为河南大学文学院近现当代文学研究团队的指定编辑,不仅为刘思谦老师出版了《女性生命潮汐——二十世纪九十年代女性散文研究》《女性生命潮汐——二十世纪九十年代女性散文选读》,重版了《娜拉言说——中国现代女作家心路纪程》,还完成了"明伦学术书系"8位优秀青年博士的专著出版,策划出版了"娜拉言说书系"4位女博士学术专著,并与这批优秀的青年学者保持了良好的交往,真切体验到河南大学文学院近现当代文学研究团队强大的整体实力,深刻领悟了两位刘老师亲手创建的浓厚学术氛围,作为第一读者,我也得到了理论补课和见识提高的机遇,真是一种幸运!这些成绩的取得离不开增杰师的大力提携与深情期许,使我得以报效母校恩师教诲。饮水思源,这就是恩师刘增杰教授亲手铺就的黄金之路呀。

从师悟道校师陀,旧纸圈批费琢磨。再看鸿篇整十册,泪雨纷飞任滂沱。

正像刘纯师兄所说,增杰师交来的书稿质量极高,几大纸箱复印件都按出版时间先后顺序分列整齐,分类明晰准确,还不断补充新添的材料(这与出版要求的"齐清定"原则不符,向刘纯师兄请示,他说现在电子排版不费事,可以添加。不过定稿下厂印刷了就不要再加了。这种灵活变通使我思路更加明晰,对此后出现的相关问题也不再局限于狭隘的教科书认知,而把资料的及时补充放在首要位置上衡量,以确保出版质量)。有次我感觉新材料好像读过,就按照分类核查,发现是作者一稿两投,当然篇名变了。刘老师将两篇文章放在一起细读,很是欣慰,夸我尽心尽力了,谆谆告诫我:

"不管读谁的稿子——名头再大也不要害怕——都要这样细致地校对,这是锦上添花,不是给人抹黑找麻烦,当编辑的要敢于挑眼找错,你具有这种实力嘛!"言者谆谆深情期许,聆者诺诺会然于心,这真切的告诫被我铭记在心,并在多年的编辑实践中身体力行,果然得到了诸多名家认可。在为张大明先生出版《中国象征主义百年史》时,我按照文学院档案室收藏的原件进行核对(当然是增杰师给开的绿灯),发现了复印件的不少错舛,并写信告知了中国社会科学院的张大明先生,大明先生十分高兴,不仅来信表示感谢,并对到他府上探视的社领导当面夸奖:说自己在中国社会科学院素以严格认真闻名,没想到景和还在书稿发现这么多问题,况且源来有自,查有出处,很好很好,感谢感谢。时任出版社社长的马小泉教授对我青眼有加,当与此相关吧。成书后,按张先生嘱托,我将样书送到增杰师手上,恩师十分高兴,说这是大家之作啊,厚重翔实,景和又有出息了!

增杰师对师陀作品了然于心,编校细致,给人印象很深的是对于版本的交代和相关篇目变化的说明,言简意赅,使人受益良多。后来我在许多重要典籍的出版中都借鉴了其处理方式,屡试不爽,收到极好的效果,深得编著者认可。可谓是出版一套书,学会了一种编辑方法,获得了一种独具只眼的学术视野。

增杰师对自己主持编校的《师陀全集》倾注了大量心血,对于资料的大量搜集更是竭尽全力,我对解志熙教授、王鹏飞博士印象深刻,就是他俩分别负责的相关资料留下的印象(解志熙教授在北京发现了师陀在许多不知名的刊物发表的大量文稿,王鹏飞利用在沪读博的优势,多次到师陀家中访问,得到了大批一手珍贵资料)。增杰师提到这二位弟子总是掩抑不了由衷的喜悦,认为帮自己解决了天大的困难。

增杰师尊师重道,我在河大社本版书中就读到他对李嘉言先生(《在中文系系主任的位置上》)、徐士年、万曼、任访秋、王瑶诸先生（《师缘》），孙作云先生（《时光拂不去的记忆》），任访秋先生（《那一片火红的枫叶》《中原播绿》）的回忆，他生动的描述使那些名家在我眼前真切地行走，十分感人。尤其是对李嘉言先生、孙作云先生的回忆纪念文字言真意切，细节生动感人，不仅深切缅怀了师生之间融洽的交往，也使人看到了这些学术名家身上精邃治学的底蕴，对孙作云先生的描述更使人感觉到这种神奇惊艳的精神默契。云鹏总编辑曾对我说：刘老师是文学院的活档案，接触的学者名家很多，交集也广，感悟独到，表达真切，待人宽厚，重情重义。找时间应该与刘老师建议一下，写出这些真切灵动的大家风貌，编一本书出来，绝对会火的。当我向恩师提及此事，他说最想写的还是1942年，并说师母潘国新老师家地处要冲，家境也好，当时曾接济过不少路过的难民，但向西而去的大多死到逃难路上，少见生还者。他就亲眼见过死在路边的难民尸体无人掩埋的惨状。恩师意不在此，我就别寻话题不再唠叨。

我在为业师温绎之先生出版《文心雕龙选讲》时，恰与恩师《师陀全集续编》出版同步。得知温先生遗著出版，他肃然起敬，郑重叮嘱我与家属商议，尽量找到先生尚存的遗作，并提供了相关出处（好像是"文革"前出版的《函授通讯》），但家属身在许昌无力搜求，我已在大象出版社效力，无法像过去那样亲到档案室查对，引为憾事，有愧师长重托啊。

其实，我们进校时，为我们讲现代文学课程的是黄平权老师带领的学术团队，对于增杰师只是在科研大会听他做学术报告，在相关学术刊物读他的研究论文获得的印象。刘老师面目清秀，教姿端庄大方，正值壮年，是我们心中仰慕的偶像级教师。给我们留下真切印象的是他在77级同学毕业20周年返校纪念会上的讲演，高屋建瓴的视野，精辟独到的论断，深入浅出的比喻深深打动了我们，由衷地庆幸自己作为河大人所拥有的荣耀与自豪。随后这篇讲演就流行于全体同学，百读不厌，常读常新。

倪论嘉言誉七七，同年长幼叹参差。求学问道齐奋力，共冶夷门合金时。

不过记忆中印象最深的是他提及自己的颓唐情绪，忧虑家里子女高中毕业会下乡务农，荒废大好青春，即使留城也担心如何就业，说最大的奢望就是让孩子到商业部门工作，哪怕是卖菜呢？正是这种设身处地推心置腹真切的话语，对我们寄寓了父亲一样的期盼。他的两位子女也在恢复高考之后考上大学，给我们讲演时正在国外就业，早就学有所成……然而对于"文革"时局变幻不定形成的压力，沉重的失落感曾积郁在每个爱思索的智识者身上，我们作为经历者感同身受，自然会产生强烈的共鸣。

刘增杰老师家庭和睦，儿女双全，又事业有成。师母潘国新主掌中馈，退休后还帮增杰师誊写书稿，既是家中的定盘星，也是他的好帮手。这不仅让增杰师能静下心来钻研学理，还定时定点去游泳馆锻炼身体，以保证体力充沛，精力旺盛。从他对李嘉言、孙作云先生的回忆里，我看到了德高望重的大学者对后起之秀的由衷期待。不料师母潘国新的骤然病故，让增杰老师心境受到强烈刺激，以至精神恍惚，难以自已。只能到儿女工作之处接受照料。前几年曾在微信中看到他的照片，与印象中帅气自在的状态已判若两人，让我十分伤感。每逢年节，我照例会向几位恩师发短信祝福，却一直未接到增杰师回信。只能在心中祈祷先生福寿绵长，早日康复。不料先生未能战胜疫情，以米寿之年辞世于南京公子家中。让人备感伤怀，不胜嘘唏。

赞曰：

古滑牛屯，刘家故里。英才辈出，史册铭记。吾师增杰，卓然不群，求学河大，英年而立。受教名师，献身教育。潜心于学，精研文理。广搜资料，深耕文史；专论鲁迅，思精体大；立足中原，考证精密。论由史发，文无闲笔。撰著严谨，颂解放区：发人未发，不落言筌；新人眼目，开人心扉。恩师暮年，壮心不已。深研师陀，校勘典籍。搜求甚广，披删如意。卷帙浩繁，整理严密。逸文尽收，不遗余力。《师陀全集》，兼有续编，保留原貌，版本珍稀。皇皇十册，四百万字。读者倾心，学者感佩。家属感动，学界赞誉。吾师功德，诚与天齐。

哀曰：

壬寅终年久伤怀，惊心噩耗又传来：恩师二刘竟凋谢，挚友同门萎尘埃。把盏难欢自垂泪，无眠昼夜暗徘徊。新冠恶疫催人老，大恸招魂唤英才。

作者简介：谢景和，1977级本科生，1982年任教于商丘师专中文系。现为河南大学出版社、大象出版社特约编辑。

亦严亦慈的恩师刘增杰先生

刘进才

1月1日下午两点多,我接到解志熙老师转来的信息,信息是刘增杰先生的儿子刘耕发给解老师的:"志熙兄,我父亲于2022年12月29日9时10分因新冠肺炎感染去世,享年88岁。"这个消息太突然了,如晴天霹雳,让我一时缓不过神,眼泪却顿时夺眶而出,心中感念:刘老师,您走得太凄凉、太匆忙了!

这段时间,在微信朋友圈中不时看到大龄学人因感染新冠而病逝的沉痛消息,我还一直想着在南京跟着儿子一起生活的刘老师,现在身体怎样,生活怎样?不承想,刘老师还是没有躲过这一劫难。我们这些做学生的在第一时间都不知道这一噩耗,未能尽心,未能送刘老师一程,真是惭愧得很!

自从师母潘国新老师前些年去世以后,刘老师的精神就大不比以前了,刘老师与潘老师相亲相爱、相敬如宾,师母的去世对于刘老师的精神和生活的影响很大。有一次我和教研室的武新军一起去看望刘老师,刘老师仿佛还没有从失去潘老师的悲痛中走出来,口中还念叨潘老师的病情。看到刘老师这样的精神状况,我们做学生的很是心疼和无奈!为了让刘老师从悲伤的情感中尽快走出来,我们商量,让刘老师在家里给研究生授课,有学生在身边,谈论学术,兴许会冲淡刘老师失去潘老师的悲哀吧。但刘老师年事已高,一个人生活毕竟有诸多不便，后来就和儿子一起在南京生活了。刘老师在南京生活的这几年，正赶上疫情肆虐，我和教研室的同事也一直想去到南京看望一下刘老师，却最终没能成行，真是抱愧遗憾呀！

回想刘老师多年以来对我学业的鼓励、帮助与关心，在深怀感恩和悲痛的同时又更加感到对老师的惭愧与汗颜！

我1993年到河南大学中文系攻读中国现当代文学专业研究生，也正是在这一年4月底的复试时第一次见到刘老师。在我和刘老师认识与交往的近三十年间，我对刘老师一直充满敬畏之情，这种敬畏不仅仅是刘老师那种不苟言笑的严肃外表，更重要的是源于他做事认真、以身作则、克己自守的严谨学风和为人风范。身边有这样的老师，是学生的福分！也正是出于对刘老师的敬畏之心，本来基础知识相对薄弱的我，在读研的三年中，学业上一直补课，不敢有丝毫懈怠。记得研究生第二学年，刘老师给我们上"文学思潮史"研究课，一、二两个年级一起合上，课程结业时我很认真地写了一篇课程论文《论施蛰存小说中的反讽》，刘老师在作业批语上的鼓励之词让学业上自卑的我鼓起了投稿的勇气，文章在《开封大学学报》1994年第4期刊载，这是我第一篇见诸铅字的文章，刘老师的鼓励让我在学业上树立了信心！

我1996年研究生毕业留在教研室工作后，与刘老师的接触渐渐多了起来，深深体会到刘老师对学生学业和工作上威严中有提醒和鼓励，生活上则更多是慈爱和帮助。我留校的事情刚一办妥，刘老师就叮嘱我留校以后首先要把课上好，在我上讲台之前，他专门找个时间与教研室的杜运通老师、解志熙老师一起听我的试讲课，对我上课中存在的问题一一指出，正是得益于刘老师严谨的要求，我很快适应了大学的课堂教学。那时间，教研室老师除了校内的本科教学，还承担校外一年两次的自学考试培训和辅导，当时文学院在全省各地市办的辅导点有很多，每次一站接着一站的辅导需要一个多月的时间，尽管辛苦，但有些讲课的收入，尤其是对于刚毕业参加工作的我而言，忙在其中，也乐在其中，几乎荒芜了学术。记得有一次教研室活动，刘老师得知了这一情况，深感忧虑地说："年轻人，念书很重要，要趁年轻多念些书。"刘老师的这番话点醒了我，研究生毕业以来，过着优哉游哉的生活，忘记了读书和学业。于是，我便一边工作，一边考虑准备攻读博士问题。当刘老师得知我准备报考博士时，非常高兴地给我写了报考推荐信。1999年，我很幸运地考入了中山大学中文系师从黄修己先生攻读博士学位。中秋前夕，我给刘老师写信报告初到广州的感受，我当时很不适应广州的天气和生活，很快，就得到刘老师给我的信，刘老师对我的鼓励之情让我感动：

进才：

中秋节时读到了你的来信，感到一种格外的亲切和温馨。谢谢你。

这些年来，你的进步是让人尊敬的，对于每一位读书人来说，进步都意味着汗水，辛苦。你很不容易，很累，但也很充实。我祝贺你在新的学习生活中，把自己的脚步迈得更为实在。

人要有成，首先要有创造欲，创造自己。你的强烈的求知欲，将会把你带进佳境。面对如山如潮的专业书，盼你在导师指引下，通过精心安排，选择，逐步走向自己的目的地。

近些天来，这里一直阴天，多雨，节日的气氛大约不如京、穗。但人也不是为热闹活着，想到这里，我们也就心安理得了。我仍在力所能及地做一些事，主要是为北京人家的项目帮忙。年纪是每个人无法更易的。可以把握的是在有限时日，做自己可能做到的事。

在努力拼搏的紧张时刻，莫忘了身体锻炼，人，只有到了老年才能更清醒地意识到这一点。你似乎是个例外。

匆匆简复，即颂学安

刘增杰 99.10.10

这是我存放的我和刘老师之间的唯一通信，现在读起来，仍让我感动流泪。

刘老师在工作和学术上严谨不苟，在生活中对我们学生则宽厚慈祥，关爱有加。我2002年博士研究生毕业以后，重回河南大学文学院工作，与刘老师住在同一个小区，与刘老师接触的机会更多了。每次到刘老师家里聊天，刘老师总是非常高兴地从书房里走出来，很有兴致地谈论他正在看的一本新书，或者谈论他正在写的一篇文章，潘师母要么往我手里不停地塞糖果，要么很熟练地给我削只大苹果，有时临走还要将糖果塞满我的口袋，说是给我家儿子捎回去吃。我有了孩子之后，与刘老师和潘师母的谈话又多了一些孩子教育的话题，刘老师和潘师母教子有方，他们的儿女不但都非常优秀，外孙、孙子也一个个都品学兼优。有一次，潘师母专门抄写了她精心挑选的适合幼儿背诵的篇目交给我。这些生活中的点点滴滴，现在回想起来，依然温馨而感人。在刘老师面前，我是个学生，又像个孩子。有刘老师在，就有一双睿智而严谨的目光盯着我，让我学术研究不敢有丝毫的放松和懈怠，有刘老师在，就有一副伟岸的身躯助推我们、鼓励我们！

2013年，我的国家后期资助项目结项，准备在北京大学出版社出版，我把书稿打印装订后送给刘老师，想请刘老师作个序，也是为师生之间的缘分做一个纪念吧，我当时内心很忐忑不安，担心给刘老师增加工作量，毕竟是已经八十高龄了。刘老师欣然应允，不久，刘老师就给我打电话，说序言已经写好，让我到他家中拿回书稿。二十六万字的书稿交给我时，我见到书稿中夹了很多张小纸条，刘老师在书稿上做了密密麻麻的批注。这篇序言，倾注了刘老师多大的心血啊！序言中更多的是老师对学生的鼓励之情："'主动向自己挑战'，也许是刘进才在学术研究中逐渐形成的一个重要理念"，"一些年来，他对现代文学史料的收集、整理与研究，有着近乎痴迷的嗜好"。刘老师，我想对您说，学生在史料方面的点滴进步，也都是在您的不断鼓励和学术影响下取得的。

刘老师是我们学科的灵魂式人物,刘老师的离去,是我们学科的重大损失,也是中国现当代文学学科的重大损失,我失去了一位父亲般的好导师,也失去了一个时时提醒我、鼓励我的精神上的引路人。刘老师虽然离我们而去,但他的严谨和无私的工作和学术作风,宽厚仁爱、坦荡为人的君子情怀,依然是一道穿透时空的强光,照亮着我们前行的路,我们沐浴在这光辉中,永远不会迷失……

作者简介:刘进才,1993级硕士生。河南大学文学院教授,博士生导师,曾任文学院副院长。

2011年,现当代文学教研室全体老师合影

精神之父

——缅怀刘增杰先生

刘 涛

不幸的消息总是不期而至。2023年1月1日中午午休起来，打开手机，蓦然看到解志熙老师发来的信息——刘增杰师于12月29日走了。这消息于我太突然，因为我一直还想着能再见到他。大疫三年，现在终于看到希望，终于可以到南京去见见他了。四年了，刘老师一直在南京儿子处，作为学生的我们，虽很想念他，但由于封控，由于工作，由于各种原因，见一面却成奢望。记得前年，关爱和老师、解志熙老师、沈卫威老师曾与春超等人一起去看望他，他们拍了照片，发到微信群，这才终于又一次见到久违而稍显陌生的先生。照片中的先生，已为一纯然老者，谦和、慈蔼依然，但那种睿智，那种精悍之气却已不在，人显得有点木然，茫然。看了之后，欣慰高兴中难免夹杂辛酸。我突然意识到，那个大家都熟悉的刘增杰先生，其实正在与我们渐行渐远。但当时的我还是没有意识到遥远有多远。现在意识到，但却晚了。

我们每个人受父母孕育而生，但我们精神的成长，还须要得到"精神之父"的指引。这里的"精神之父"可以是一本书，一个人，一种观念，一个大学，或一个群体，一种学脉或学统（学术传承与传统）。对于我来说，我的"精神之父"，应该就是河南大学中国现当代文学学科的学脉学统和以刘增杰师为代表的诸位先生。1993年9月，我由河南师范大学中文系进入河南大学中文系攻读中国现当代文学硕士学位。虽然河南师范大学与河南大学亲如一家兄弟，素有"南院北院"之称，但由于历史原因，在文史学科的学术积淀和传承上，"北院"还是无法与"南院"相比。正是在河南大学中国现当代文学学科点，亲炙于诸位先生，我这才有了一点学术意识和专业观念。在为硕士生开设的各门课程里，刘增杰师的"中国现代文学史料学"对我影响很大，由于这门课，以及其他老师课上课下的耳提面命，这才稍稍有一点史料意识，自己之后的学术之路之所以一直能够围绕史料研究的路子走，与河南大学中国现当代文学学科对史料的重视分不开，与刘增杰等诸位先生对史料意识的反复强调分不开。这么多年一直从事于学术，虽无大成，但终还算是一名学术从业人员，在自己学术路上，河南大学中国现当代文学学科的学统，刘增杰师与其他诸位先生，无疑是我的"精神之父"，是我学术之路、人生之路的引领者和陪伴者。我很庆幸自己的学术路上，能遇到刘增杰师这样人品学品俱佳的精神之父的帮助与指引。

　　刘老师不但给予学生学术方法的指导，同时在人生的关键节点，还给予学生实实在在的帮助和鼓励。解志熙老师中称他为"'推着'学生前行的老师"，信哉此言。我也是被他"推着"前行的学生之一。大概是1996年7月，硕士学位论文答辩刚结束不久，刘老师突然把我叫到他河大西门的家中，告诉我论文的其中一部分他感觉还可以，已经帮我推荐到《河南师范大学学报》，让我尽快修改后交给他。此文后以《论中国现当代系列小说的结构》为题，发表于《河南师范大学学报》1997年第1期。这是我公开发表的第一篇学术论文。作为硕士学位论文的一部分，能够发表于大学学报这样高级别的刊物，无疑是对我硕士阶段学习的一个肯定。而没有刘老师的推荐，这篇论文是很难发表的。可以说，我的学术之路是由刘老师推着而开始的。

2000年6月,在复旦大学中文系完成博士阶段的学习,再次回到河南大学中文系,这一次,与刘老师由师生而成了同事。虽然成为同事,但我依然在恩师面前恭谨执弟子之礼,而刘老师依然在默默关注着学生的每一步发展。知弟子者莫如师。刘老师知道我性格拘谨老实内向,害怕我把控不了大学课堂。而我之前也确实没有从教的经历和经验,对于第一次走向课堂难免存在畏难情绪。清楚记得我第一次上课之前,刘老师曾反复给我指导,让我注意每一个细节,并且在我第一次上课时,亲自到课堂听我上课,课后再次给我细心指导,指出需要改进之处,且不忘记给我鼓励。现在想来,刘老师之所以对我的第一次课这么用心尽心,是担心我无法在大学课堂立足,从而影响我在学校以后的发展。

刘老师是推着学生前行的导师,当然,这"推着"也并非纯粹"帮忙",有时则是善意的"提醒"和"敲打"。2000年从复旦大学回到母校后,我曾有过一段非常懈怠的时期。这"懈怠",也并非无所事事。记得那段时间,上课之余就是读书,读文史哲方面的各类闲书,很少写文章,更不申请项目,甚至连本该早就申请的讲师职称也全然忘在脑后,没有去及时申报。而且,教研室内存在这种状态的尚不止我一人。在这种散淡的生活中,我们师兄弟优哉游哉,得其所哉,但刘老师看在眼里却急在心里。有一天应该是周四下午政治学习时间吧,学习结束后,刘老师把教研室同人特意召集起来开一小会,会议的内容就是要求每人草拟出本人的年度写作计划,撰写论文几篇,是否有专著出版,若有,请写上专著名称。在刘老师的要求下,我草拟了自己的年度写作计划,同时也读懂了他的微言大义。在这些年轻的教研室同事面前,他虽然是每个人的老师,但他又怕直言批评伤了这些"学生同事"的自尊,于是,采用这种"自拟写作规划"的方式,来委婉地提醒大家,敲打大家。我就是经过那次提醒和敲打才认识到阅读积累与学术写作之间的关系,开始慢慢地进行调整,逐渐从坚持学术论文写作和不懈申报项目中找到学术自信，形成学术发表、项目申报与阅读积累间的良性循环。刘老师默默关注整个教研室同人的学术状态，不间断地对大家进行善意的提醒，在此意义上，他称得上是教研室同人的"精神之父"，在他的指引和提醒下，大家团结一致，在学术之路上一步一个脚印，坚持前行。

刘老师推着我们前行，这"推着"也包含对于弟子的每一点点进步，从不忘记给予及时的点赞和鼓励。2008年，我给张大明先生的《中国象征主义百年史》写了一篇书评，发表在《文学评论》第2期。这篇文章刘老师读到了。这时他已搬到苹果园河南大学新区家属院居住，我们同在一个小区，相距很近，所以，我经常会把寄到学校的刘老师的信件顺手带回去送给他。当我这次把信件送到他家后，他没有让我立马走，而是一起坐在客厅沙发上，谈起了我刚发表的这篇文章，在充分肯定了之后，还不忘引用里面的句子，说"任何一个条目时间上的微小错误，都会使作者精心编制的时间链条断裂"，这句话很形象生动。我没有想到他对我刚发表的文章读得这么仔细，感动和不好意思之余，当然也有被老师肯定后的喜悦。现在想来，刘老师是用这种肯定和鼓励为学生找到学术的自信和勇气。他了解我的性格，深知我的自卑、内向和怯懦。

从1993年秋季进入河大算起，与刘增杰师的交往竟然有近三十年之久。这三十年中，从"精神之父"到"生活之父"，从开始的畏之惧之敬之，到后来的亲之爱之扶之，刘老师慢慢从学术走入生活，他的形象也在我们学生眼中慢慢改变。曾有一度，见到他高大挺拔的身影走在前面，我会放慢脚步，害怕与他同行。但他的随和，幽默，宽容，逐渐赶走了我的自闭与胆怯。我们这些学生渐渐发现刘老师日常的一面，生活的一面，甚至是只能属于他们那代人的富于激情的一面。刘老师其实是颇富有激情的，他在散文或论著的后记中偶一为之的放笔抒情，闪露了他的这一面，而这一点，他是不会轻易展示给学生的。刘老师对饮食很注意，听说师母从自己的专业角度，对他这方面的饮食细节也有严格规定，从中又可看出刘老师强烈的生命意识。但他的生命意识，他的注意饮食和养生，又是与他对学术的执着与热爱融为一体的。他的注意身体，是为了可以好好读书，好好作文。他们那一代人对学术的热情和执着，后来的年轻人很难理解。对他们而言，生活即学术，学术即生活。记得每年春节到他家拜年，他都会介绍自己的读书和写作情况。这时他年龄已近八十，但依然坚持读书和写作不辍，这每每令我们这些晚生后辈感到汗颜和压力。不过，在他八十岁以后的一年春节，到他家拜年，在参观他书房时，他突然说自己已经不再读书，过目即忘，因此不如不读。我们听了颇为震惊。他是以学术安身立命的，说出此话时内心该有多么痛苦。当然，也许这时的刘老师已经达到人生的更高阶段，他能说出此话，说明他已经把一切看开，包括他心爱的学术研究工作，和他的大量宝贝书籍。

  刘增杰、刘思谦等诸位先生的相继离世，使我更加深切地认识到"传承"这个词的含义。从物质的肉身的意义上说，我们每个人都是生命链条上的一环，子女是我们生命的继承，作为个体的生命终将消逝，但生命之流却将永远绵延下去。从精神文化的意义上说，我们每个人又是文化传承链条上的一环，学生是老师精神、思想、观念、人格的继承。老师终将远去，但老师老去之时，学生在老师的呵护下也已成为老师，接过老师的衣钵，站在老师的位置，开始燃烧自己。老师已去而新师已来，生命虽逝而文化永存。我们的文化、我们的精神、我们的思想、我们的学脉和学统，就是这样传承下来的。从这个意义上说，刘增杰、刘思谦等诸位先生虽然远行，但他们的精神、思想、人格，他们等身的著作，已经留存下来，留在河南大学中国现当代文学学科的学脉里，留在他们教过的三千弟子的内心里，永远陪伴大家继续前行。最后，聊作杂诗一首，以表达对先生的忆念之情：

先生如铁塔，
矗立大河滨。
执鞭五十载，
弟子众如云。
任师辟榛莽，
肇基学科魂。
先生承端序，
前薪积后薪。
曾掌中文系，
谦然待后昆。
究心现当代，
从容以布阵。
京沪名师聚，
四海一家亲。
广开学术宴，
高谈论古今。
纵联文学馆，
再使学科新。
学术成重镇，
中原起昆仑。
忆昔相游处，
难忘吾师恩。
一旦遽远逝，
能不泪沾襟？

作者简介：刘涛，1993级硕士生，河南大学文学院教授，博士生导师。

师　　魂
——忆刘增杰老师
张舟子

一

知道刘增杰老师很早，1989年9月，我开始在河南大学中文系读书时，刘增杰老师就是河南大学中文系主任。但真正接受刘增杰老师的教诲，并且感受到刘增杰老师的精神魅力，则要等到2002年重回母校参加中国现当代文学研究生班的学习了。

1999年，我工作的豫西师范学校和三门峡工学院合并，升格为三门峡职业技术学院。几年之间，原来的大专、中专院校纷纷合并、升格。教育层次提升了，教师的学术素养并没有得到相应提升，为此，省教育厅决定依托省内郑州大学、河南大学、河南师范大学几所学校举办研究生班，提高新升格院校的师资水平，我因此得以到河南大学文学院攻读中国现当代文学硕士学位，有幸聆听刘老师的教诲，并因此和刘老师有了一些交往。那时候，刘老师年近七十，依然高大挺拔，声音洪亮，笑声爽朗。刘老师给我们开设的课程是现代文学史料学，教我们如何在研究中运用资料。刘老师很是强调研究要对相关资料一网打尽，要回到研究对象所处的历史现场，对研究对象要保持平视，这样才能对研究对象有更丰富和更深切的了解，才可能有新的发现。我们那个班的同学大多和我情况类似，都是工作了一段时间才又重新学习，已经错失了求学的最佳年龄，学习潜力不大。尽管如此，刘老师在教学上仍然如此兢兢业业，真的是希望我们能够有所提高，在今后的工作中更好地培养学生。在我的印象中，刘增杰老师特别喜欢表扬他的学生和文学院的年轻教师。有一次，我们正上课，他当时的博士生曹禧修去送博士论文，曹禧修离开后，刘老师拿着曹禧修的论文，称赞有足足五分钟之多。给我们讲硕士论文选题的时候，又举出左怀建的硕士论文，让我们学习和借鉴。此外，刘进才、刘涛、胡全章、武新军等河大年轻教师的名字，也时时挂在刘老师嘴边，刘老师称赞他们的成绩，勉励我们向他们学习。现在，体会刘老师的用意，老师不仅仅是在教我们如何学习和研究，也是殷切希望我们能够热爱学习和研究，并且有所成就。刘老师去世后，许多师、友撰文纪念，从解志熙老师、张来民老师及刘涛、刘进才等人的文章中知悉，在他们成长的道路上，无不得到过刘老师的大力帮助和扶持。韩愈在《师说》中将老师区分为"授之书而习其句读"的"童子之师"和"传道授业解惑"的真正老师。其实，除了这两种老师，还有一种老师，不仅传道授业解惑，而且能够为学生指明方向，激发他们前进的动力，并推动他们奋发向上。这样的老师，大概就是所谓的"名师"或"大师"吧？在我心里，刘增杰老师就是这样的一位名师、大师！

　　幸运的是，我不久也得到了刘老师的眷顾。在我们交了课程作业之后，有一天，刘老师突然跑到我们教室，说是想认识一下我和我们班的另一位潘玉尚同学，称赞我们俩的作业写得不错。尴尬的是，那一天我恰好因事不在学校。知道此事后，我立即给刘老师打电话，表达了想要登门拜访的意愿。刘老师拒绝了我登门的要求，约我在文学馆现当代文学资料室见面。一天下午，在现当代文学资料室，我终于隔着一张书桌坐在了刘老师对面。那天，刘老师勉励我要勤读书，多读书，教我要会读书。不知不觉，时间过去了两个多小时。二十年过去了，有时候，我一个人还会想起那个下午，想起我像一个小孩一样坐在老师对面，想起老师的音容笑貌。其实，那时候，我在学业上并没有什么基础，老师之所以愿意花费时间、精力对我耳提面命，无非是"恐恐然惟惧其人之不得为善之利"，对每一个学生，都给予鼓励，树立信心，促其向上，古君子之心，可推而知！

硕士学习结束，和刘老师告别的时候，刘老师鼓励我考博士，并表示愿意帮我推荐。临走，刘老师又说下半年河大有一个很重要的学术会议，问我能不能来学习，说是会议名额有限，我如果能来的话，可以为我留一个名额，我立即表示一定要来。9月，我就坐在宽敞明亮的会议室里，听到了来自全国各地专家的精彩发言，第一次享受了一场学术盛宴，看到了一个绚烂多彩的世界。之前，我和这个世界之间隔着一道厚厚的大门，这道厚重的大门，是刘增杰老师用他那双宽厚有力的大手，为我推开的。

二

2006年9月，我到河南大学文学院攻读现当代文学博士，和刘增杰老师见面的次数更多了。虽然我的导师是孙先科老师，但是，由于之前刘老师的鼓励和帮助，心里对刘老师自然多了几分亲近。每次见到刘老师，也总是感到有一份沉甸甸的收获。

去刘老师家闲坐，刘老师最喜欢谈的是文学院几个年轻老师最近又取得了什么成果，刘涛、刘进才、武新军、胡全章又发了什么文章、出了什么书，这些文章和书产生了什么样的反响。看得出，刘老师对河南大学文学院现当代文学学科后继有人感到很是欣慰，当然，也能感觉出来，这是老师在给我树立一个又一个榜样，希望我能像这些青年教师一样潜心向学。有时候，临别之际，刘老师还会拿出一本他最近的新书相赠。刘老师总是在赠书上认认真真地签上名字。看着老师认真签名的样子，会让人觉得，认真，就是老师一贯的人生态度。的确，无论是治学、教学还是日常生活，都能感觉到刘增杰老师的严肃、认真和热诚。博士论文开题时，我遇到一点挫折。导师组的老师们觉得我的选题偏大，恐怕难以按时完成论文，建议重新选题。那一段，我不停找孙老师商议选题的事情，弄得孙老师也和我一样焦虑。有一天，不知不觉就走到了刘老师家里。看着我心事重重的样子，刘老师说："怎么就愁成这个样子？不要压力太大，对你，我还是有信心的。放松一点，也许一切都好了。"看着老师爽朗的笑容，我沉重了好几天的心情，突然就感到一点点轻松，好像终于能够透出一口气来。博士论文答辩的时候，我由衷表达了对每一个老师的感谢。我清楚记得，对于刘增杰老师、关爱和老师、耿占春老师、张云鹏老师以及我的导师孙先科老师，我感激他们对我的关爱和指导，对于刘思谦老师、梁工老师，我感激他们对我的批评和指导。那天，我很真诚地对老师们说："阳光雨露，都是师恩。在我成长的过程中，关爱和批评一样，都是推动我前行的力量。"那天，刘思谦老师曾对我的说法提出一点质疑，刘思谦老师问："我批评过你吗？我怎么没有印象？"老师当然批评过我，甚至是严厉批评过我。由于我的作业不够认真，受到过刘思谦老师直言不讳的批评。那一次批评，促使我对自己的学习进行了很严肃的总结和反思，当然也使我取得了一点进步。对刘思谦老师的质疑，我想，很可能，其他老师也不记得他们对我有过什么关爱或者批评，他们出于一片爱心和公心，用自己独特的方式，对学生认真雕刻，至于这种雕刻是关心、关爱还是批评、指责，他们甚至可能全然没有意识到。在他们看来，那也许只是极平常的日常工作，只是一次偶尔的相遇，一个善意的提醒，但是，就是这样一个个平常的上午或者下午，无数学子在他们的耳提面命中，得到了滋养和成长。

近年来，不知什么原因，网络上关于老师们的负面新闻越来越多，常常，因为一个老师的行为，老师这个群体就会受到莫名其妙的攻击和抹黑。每当这个时候，我就会想起我的老师们，想起刘增杰老师，想起和老师们一次次的相对和谈话，我就忍不住想对谁说："不，老师们不是这个样子的。至少，在我漫长的求学生涯中，遇到的大都是学识渊博、人格峻洁的好老师！"

三

得到刘老师辞世的消息，是在2023年元旦过后。看到消息，我立即和在河南大学文学院工作的老同学联系，询问如何参加刘老师的吊唁。同学告诉我，刘老师的丧事已经处理完毕，家属是在处理完所有的事情后才告诉单位的。"疫情防控期间，家属不想给大家添麻烦。"电话那头，我听见同学这样说。我有点恍惚，心想，这也许也是刘增杰老师本人的意思。惠人者甚多，所求者甚少，刘老师不从来就是这样吗？

前一段，孙先科老师来我们学校开讲座，我自告奋勇去郑州接老师。路上，我们很自然地又聊到刘增杰老师。孙老师说，刘老师病重期间，学校领导曾去探望刘老师，他看到过那时候刘老师的一张照片。孙老师说，也许是拍照的角度不对，那么高大的一个人，显得那么瘦、那么小。说着说着，孙老师的眼泪几乎都要下来了。我无法想象高高大大、声音洪亮、笑声爽朗的刘增杰老师瘦小的样子，但我知道，刘老师就像一团熊熊大火，照亮过、温暖过、也点燃过一些学生的心灵。如今，刘老师这团大火熄灭了，作为学生，我们有义务也熊熊燃烧，也照亮、温暖、点亮一些东西。可惜，学问上我至今未能窥老师门径，所谓高山仰止，虽心向往之，而力实不能至。幸运的是，我和老师一样是一位教师，如果我能像老师一

师　魂

样在一些学生身上唤醒一些东西,也许,我还可以无愧地说我是刘增杰老师的学生吧。

呜呼,谨以此文,献于吾师之前。

作者简介:张舟子,1989级本科生,2006级博士生。

2009年7月1日,刘增杰(前排右2)、刘思谦(前排左2)、关爱和(前排右1)、孙先科(前排左1)四位导师与毕业博士生合影

回忆恩师刘增杰先生

曹禧修

先生的大名,我早就熟悉,因为先生是学界屈指可数的著名教授。但先生对我的生命产生深刻影响却始于1999年,那一年的春季,我报考了河南大学博士生。我的考博之路崎岖坎坷,此前已经报考了两所大学,均因英语连破格分数线都没有达到而受阻。报考河大,只是抱着聊且一试的心态。这一试可好,专业考得怎样,我不知道,但是英语却考得出奇的好。然而即便如此,我的录取依然没有希望。当年河大现当代文学专业首次招收博士生,近代、现代、当代三个方向各招1名,在我所报考的当代文学方向,我排名并非第一,其他方向也各有上线考生。时值1999年,博士生招生尚未扩招,然而河大却为我专门打报告通过河南省教育厅上报到教育部,最终居然成功地把我"扩"了进去。仅此一点,我内心中一直把当年河大现当代文学专业博士点的所有导师视作我恩重如山的先生,这其中自然包括了刘增杰先生。

先生给我第一部专著《中国现代文学形式批评理论与实践》撰写序言时,记录了当年复试的场景:

> 记忆把我带到了一次略带几分严肃气氛的博士生复试考试现场。复试之前,导师组正在紧张地审查考生的初试成绩,传

阅考生送来的背景材料,包括打印好的简历、曾经获得过的奖状、证书以及已经发表的论文,等等。在传阅过程中,曹禧修的论文《〈寒夜〉:消耗性结构的悲剧》引起了所有导师的注意。论文运用结构主义方法,对《寒夜》研究中一向被人涉及较少的内容作了颇具新意的开掘。……曹禧修的这些议论,在当时的确发前人所未发,甚至说对已有的《寒夜》研究构成了一种明白无误的挑战,颇有点耸人听闻。导师们对论文的议论一直朝着有利于曹禧修的方向发展。吴福辉先生甚至说,这论文发表得急了,亏了,刊物的档次低了,应该在适宜的刊物上发表,以期引起学界的重视。复试之后,曹禧修顺理成章地开始了他为期三年的博士生学习生活。

博士生入学考试后,我从开封回到家,很快收到刘思谦先生的来信,她在信中安慰我:尊重知识,尊重知识分子是河大的传统。这传统果然不虚,它能落实到与河大发生关系的莘莘学子身上,我便是其中的见证者,也是其中直接的受益者。入学后,原来录取现代文学方向的博士生去了武汉大学读博,我于是从当代文学方向转到现代文学方向,从刘思谦先生门下转到刘增杰先生门下。

二

三年读博,我们首届三位博士生得到了河大现当代文学学科异乎寻常的厚待,几乎所有到访河大该学科的校外专家学者,我们无不"敬陪末座"。这异乎寻常的待遇,固然有首届博士生等多重机缘,但私以为主导因素还是缘于以先生为首的学科团队全体成员的仁慈、宽厚以及错爱。

与这厚遇极不相称的是,我三年读博期间的平庸表现。河大现当代在读硕士生在 C 刊发表论文的并不少,卓越如解志熙老师等,当年读研期间的习作早已刊发在《文学评论》等权威期刊上，而我作为河大的博士生，直至毕业竟然从没有在 C 刊上发表过论文。期间亦隐隐传来了导师组的担忧，认为我缺乏问题意识，博士论文堪忧。然而这担忧并没有引起我的慌乱，我依然不紧不慢、不疾不徐地做我的博士论文选题及开题准备。仔细想来，我的不慌不乱，并非我的心理素质有多好，而是先生虽然内心中不免为我的博士论文担忧，然而却从没有当面表露过这种担忧。

先生深耕的学术领域有四：一是解放区文学，二是现代文学思潮，三是中原区域文学，四是现代文学史料学；而我最终选定的博士论文选题却是鲁迅研究方向，并不在先生心仪的学术领域，然而先生却从始至终没有表示过任何反对意见。开题前，我专程到先生家里做了一整个上午的汇报。过程中，先生不时插话予以质疑。有趣的是，潘师母是物理学的退休教授，每当先生质疑时，师母也不时插话进来，给先生的质疑以质疑，给我以支援。那是一个特别愉快的上午。午餐是在先生家里吃的，师母精心制作的打卤面，美味至极。自那以后，每次吃打卤面，吃前无限期待，吃后总觉得不是那么一回事，总觉得与师母做的打卤面相差十万八千里。真的，自那以后，我再也没有吃过那么美味可口的打卤面了。

开题会场上，先生一如当年博士生招生复试的考场，仿佛一尊弥勒佛，静静地坐着，不动声色地听着。至今记忆深刻的是吴福辉老师的一句话，他说，曹禧修的拳头是打出去了。言外之意是，成效如何，那就只能到时候看毕业论文了。

三

博士论文的写作过程还算顺利，初稿大约 18 万字。打印稿送给先生时，先生正在给在职研究生上课。不久就收到先生郑重其事的审读意见：

毕业论文《抵达深度的叙述》在继承前人研究成果的基础上，试图走出既有理论、既定理论范式的边界线，走出既有内外部研究模式的边界线，发出自己较为独特的声音。这种努力是值得鼓励的。

整体上说，此文具有较高的学术质量。这是作者三年努力（严格地讲应该说是作者对此课题多年阅读、积累和思索）的成果。我对小说修辞学知之不多。参照前几年我读王富仁、汪晖诸人有关叙事学的著作，感觉本文对这一问题的阐释颇多新意，自成一家之言。尤以对隐含作者和隐含读者的分析，能够做到深入浅出、学而能通、用而能化，少有生吞活剥的僵硬现象。就叙述风格而论，行文不慌不忙，从容道来，有着一种年轻人不多见的沉稳、大气和自信。

由于赶着毕业答辩，论文明显地存在着缺乏锤炼的匆促。如能沉下来，假以时日，在多方听取意见的基础上，进一步充实调整，磨炼，质量一定会得到较大的提高。我建议，可以选出一个相对独立的部分（约1万—2万字），寄送文评编辑部王保生先生、胡明先生。他们也许以编辑家的独到眼光，会给你提出更为切实中肯的修改意见。

刘增杰
2002 年 4 月 30 日

先生特别用心之处是把"六点具体修改意见"以附录形式附在这份颇多褒扬之辞的审读意见之后。我猜测，他没有言明的意思是：关于论文的具体修改意见只是针对我个人的言说，是不必公之于众的，所以以附录形式附在正式审读意见之后；而正式署名的审读意见不仅是对我个人的鼓励，也是面对我之外的大家的言说，是可以公之于众的。可惜，我并不是一个自信的人，我并没有遵照先生的意思，既没有信心把这份审读意见公之于众，也没有精选部分文字寄送文评王保生先生或胡明先生。

　　武汉大学的易竹贤先生是我硕士论文的答辩主席，曾希望我报考武大博士生并答应要为我争取破格资格。因此，我原本计划博士毕业后去武汉大学追随易竹贤先生进博士后流动站，进一步完成博士论文的后续部分。于是，先生又不辞辛劳为我撰写博士后入站推荐书。该推荐书由潘师母精心誊写并加盖了先生的篆刻私章：

推荐书

　　我是在1999年博士生考试考场上认识曹熙修的。他提交的论文《〈寒夜〉是消耗性结构的悲剧》，当时就吸引了我。论文提出《寒夜》的悲剧是结构功能上的，善善相加不是善等命题，极富有创新意义，把《寒夜》的研究明显地向前推进了一步。

　　入校以来，曹熙修勤于钻研，专业水平日有所进。他借鉴西方叙事学理论研究中国现当代文学作品和文学现象，学而能化，屡有所获，所发表的《修辞学：文学批评新思维》《任访秋先生的鲁迅研究》《周大新小说的盆地意识》诸论文，在精读作品的基础上，新见迭出，让人耳目一新。博士学位论文《抵达深度的叙述》，探讨鲁迅怎样创造性地运用修辞技巧抵达意义的深度这一过去很少有人做过的研究课题。阅读他已经写出的初稿（近10万字），给我的印象极深。论文出手不凡，思维缜密，论证心平气和，步步深入，从容道来，有一种强烈的自信与文字上的练达和宽容，透出游刃有余的学术潜力。如能毕业之后，在名师指导下进一步深入研读鲁迅小说，全部完成课题，曹熙修也许能够建立起鲁迅小说研究新的理论框架，为鲁迅研究奉献出一部较为厚重的研究著作（约40万字）。

　　曹熙修的为人、学养、理论储备、个性气质，适宜于完成上述学术工作。作为导师，我期望他有进一步深造的机会。

河南大学文学院刘增杰
2002年元月10日

推荐书中，我的名字一律被误植为"曹熙修"。这是先生书写我的名字时经常出现的一个笔误，我也一直不曾为此正误过。事情后面的发展是，我辜负了先生的厚望，我并没有进武汉大学博士后流动站。如果要进站，我的档案亦须进站，为此我得向河大缴纳三万元违约金，正是这笔违约金把我挡在了站外。

四

如果我的博士论文做得好，我是愿意留在河大工作的。我曾向先生明确表达过这层意思，先生也在一定范围内转述过我这层意思。我毕业后离开河大，其中一个重要原因就是，我的博士论文远没有达到我自己的心理预期。表面看来，我的博士论文确乎得到了一些好评。比如北师大王富仁先生说："在我接触到的试图用西方现代新的方法论探讨鲁迅小说的著作中，该论文是最有新意、最有突破性的一篇。"武汉大学陆耀东先生评价道："这是一个有重要意义而又难度很大的论题。……对《伤逝》，特别是对涓生的论说，特别精彩。"河南省社科院王广西先生则认为："这是一篇相当出色的学术论文。……论文相当深刻地揭示了鲁迅的作家意识，特别是其中的读者意识，将鲁迅研究引向新的高度。或许该论文本身就标志着鲁迅研究的一个新的制高点。"然而事情并不如此简单，诸如此类的评价并非全部，其中的负面评价大多集中在文字表达上的艰涩造成了阅读上的困难。比如有专家一方面认为拙论"一定程度上颠覆了我们对于鲁迅小说的定见或成见……有可能从整体上推动鲁迅研究"，但另一方面又认为"阅读此文是一个挑战……进入本文的理论逻辑过程是一个挑战"。吴福辉老师甚至在答辩现场公开为我辩护，他认为拙稿阅读上没有难度，他自己答辩前的两个月内一直在阅读我的博士论文，读后感觉鲁迅的确还有较大的阐释空间。——这也就表明，不仅外审专家认为我的论文语言表达上存在问题，答辩组专家中也有此议。这也就决定了我的博士论文修改的方向，就是如何深入浅出地把其中有一定新意的观点阐述明白。而默默给我以最大支持和帮助的还是先生。

2004年年底，我颇为意外地收到《文学评论》编辑部寄来的一个邮包，打开一看是《文学评论》2004年度青年学者专号的样刊两本，再打开样刊一看，其中赫然刊发我的一篇论文——《〈伤逝〉三层悲剧结构意蕴及其叙事策略》，这篇论文是我从博士论文中摘录出来并提交给华中师范大学学术会议的一篇习作，先生也参加了这个会议。我很快明白，是先生向文评推荐了拙稿。受此鼓舞，我的博士论文从此以后便以比较缓慢的速度在《文学评论》《中国现代文学研究丛刊》《学术月刊》《暨南学报》《鲁迅研究月刊》《北方论丛》《西南民族大学学报》等重要期刊陆续发表论文21篇，其中《文学评论》4篇，而且《文学评论》编辑部屡屡在编后记中对拙稿附有几句话的评介和推荐。

五

2013年9月，我去河大参加"《任访秋文集》出版首发式暨任访秋学术思想研讨会"，会务组为免除先生和潘师母家里宾馆来回奔波，也为他俩在宾馆开了一个房间。然而，先生和潘师母却坚持要在会议期间设家宴招待我一次，无论怎样推辞都不成。我心里明白，这大概是因为前年先生和潘师母在浙师大讲学时，我邀请他俩在家里吃了一个便餐，这是要还我的人情。他俩从不认为学生招待老师是天经地义的事情。

2014年，我再赴河大参加"刘增杰、刘思谦先生八十寿庆学术座谈会"，曾在心里隐隐为潘师母的身体担一份忧。前几年传来潘师母仙逝的消息，而先生的精神也陡然垮了，在美国女儿那儿待了一阵子后又回到国内，住在南京，由儿子一家照顾。据说精神状态时好时坏，大多处于失语状态。现在先生也随潘师母驾鹤西去。

我在自己第一部专著的后记中，曾写下这样一段话：

> 我的博士生导师刘增杰教授教育他的学生从来不用长篇大论。他的三言两语，每每蕴含了极为丰富的潜台词，需要我相当长的一段时间来消化。一旦消化，便觉终生受用。在我看来，他本身便是一部经典的大书，其中蕴含了我终身取之不尽的精神资源。其实，先生在我心目中的形象早已定格：如弥勒佛一样，身子微微后仰，言语不多，然而目光却静静地投注于我。先生这静静的目光在外人眼目中或许有几分不怒而威，但在我心中却永远是亲切，是温暖，是鼓励，是期许……

如今虽然阴阳两隔，但是先生这份亲切、这份温暖、这份鼓励和期许却没有走远，也永远不会走远。

作者简介：曹禧修，1999级博士生。

潜心育人的刘增杰老师

武新军

融洽的师生关系，是学生健康成长的前提。在研究生培养中，偶尔还会出现一些不正常的现象，譬如有的导师不合适地使唤学生，而不关心学生的成长；有的导师指导学生不尽心，致使学生反复更换论文选题。对于我们来说，研究生招生指标是极为珍贵的，每一位研究生都是协助导师进行科研的重要力量，如何把导师、项目、成果与研究生指标的分配统合起来，产生最大效益：完成好项目，培养出好人才，产生出好成果；如何调整师生关系，把师生合作的潜力充分发挥出来，把每一位研究生都锻造成才。这些问题都值得我们认真思考。

由此想到了著名的文学史家刘增杰先生。我一直认为，在如何帮助学生成长，如何处理师生关系，如何指导学生写作论文等方面，刘老师都是值得我们认真学习的榜样。我现在带研究生的许多方法，都或多或少地受到刘老师的影响。

1995年，我们选修了刘增杰老师的鲁迅研究的课程，听了几次课后，刘老师就成了我满心崇拜的对象，决定要考研究生。那一年，刘老师61岁，而我刚刚21岁。在很长一段时间里，刘老师在我们眼中都是带着光环的。他的课把我带入一个陌生的精神空间，和我们在农村面对的人、事完全不同。来自农村的孩子没见过世面，自卑感严重，经过很长时间的思想斗争，我才鼓足勇气到八号楼门口等待刘老师，终于与刘老师搭上话，结结巴巴地表达了考研的想法，刘老师很耐心，热情鼓励我认真备考，但我不知该怎么接话，谈话很快就结束了。

结果可想而知，第一次考研失败了。我回到一所高中工作了两年，两年中一边教书，一边偷偷地备考，读了很多专业书，把杨义老师的小说史抄写了好几个笔记本，这次考试就从容了许多，后来知道笔试成绩是第二名，在同届考生中算是很优秀的，后来复试成绩也很好，几位过线的同学全部录取。不过，复试前还是很紧张的，曾想过直接找刘老师毛遂自荐，也因为自卑和怯弱，没有敢这样做。当时我在安阳师专读书时的一位老师，因为欣赏我的逻辑思辨能力，还写了一封热情洋溢的推荐信给关爱和老师。跟着刘增杰、刘思谦、关爱和、解志熙、沈卫威、孙先科老师读书三年，我慢慢对文学研究有了一些理解，人也渐渐地自信起来。

刘增杰老师指导研究生非常尽心，无论是在课堂上授课，还是日常生活中与学生交往，他集中关注的都是如何帮助学生成长。解志熙老师在谈到"导师"的意义时，曾高度肯定刘老师是"推着"学生前行的老师，"从读硕士到读博士，我其实是被刘先生'推着'一步一步走向学术'前沿'的"（解志熙《"导师"的意义——庆祝刘增杰师八十华诞感言》）。我们那几届研究生，也都深深地感受到刘增杰老师潜心育人的热情，感受到导师组推着我们向上攀登的力量。

刘增杰老师的授课，除了讲学术研究的方法，还重视对学生进行人生观的引导。譬如，讲胡风的文艺思想，他重点讲胡风的人格与追求，讲王实味的文学观，他侧重于王实味的个性与环境的矛盾。他以其他文艺理论家为例，告诫我们为人要远离名缰利锁，为文要忠实于自己的思考。刘老师很看重散文写作，我写的第一篇散文，就是为了完成他布置的作业。这篇散文今天重读让我脸红，过度重视音乐性和画面感，以充满雕饰性的语言表达对自然、朴素的向往，刘老师的批语对此有所不满，"也不能完全崇拜自然，人工的有时候也是好的"，他要求我们写内心真实的情感，写对生活真切的感悟，大约是感觉我的思路有点偏激了。

读研究生的第二年，上完关爱和老师的课，我写了一篇《刘增杰和他的文学思潮研究》的课程论文，论文批阅后返还给我们，我很激动地发现在批阅意见之后，关老师要我"与刘老师联系，修改后送《河南大学学报》"。刘增杰老师认为文章准确地概述出他多年来学术追求，对他的学术研究的整体评价是客观的，并删掉一些溢美之词，由我送给学报编辑刘剑涛老师，很快就刊出了。

2001年5月底，在沈卫威老师的推荐下，南京大学的许志英老师拟录取我攻读博士研究生（后来我还是选择了到复旦大学读博），同时接到刘老师交给我的写作任务，希望我和他一起完成一篇书评，评论许志英老师的新著《中国现代文学主潮》，完稿后由《中国现代文学研究丛刊》刊出。交给我这个任务，是刘老师在有意培养我。他拟定了提纲和主要思路，并写出一些重要段落，让我认真研读书稿，完成论文的主要内容。那个暑假，我从他的书房里带回十几种相关论著，在安阳老家一边研读思考，一边在树荫下挥汗如雨地写作。大约十几天的时间，给刘老师寄出初稿后，我如释重负，开始抱着刚两个月的孩子在村子里转悠。

没想到很快就收到刘老师的回信，要求我对文章进行修改。在初稿中，我笔无藏锋地提出许多商榷性的意见，认为《中国现代文学主潮》从"启蒙""个人主体性"等角度梳理现代文学主潮，会造成许多遮蔽，在评价五四新文学与左翼文学、前期延安文学和后期延安文学的关系时，会出现某些偏差。刘老师认为这些表述太尖锐了，观点需要平和一些，思路需要开放一些，在文学史研究中，从不同角度进入历史，都会有独特的发现。还有一句耐人寻味的话："不要放火烧别人，也不要引火烧身。"这是对我进行思维方式的指导,同时提醒我要注意文字表达的分寸。在回信中他还特意说,可以"多使用短句",我后来喜欢使用准确、简短的句子,可能就是受了刘老师的影响。

值得特别一提的是,刘老师在回信末尾签名"增杰"二字(刘思谦老师不同,她习惯只签一个"刘"字),这让我受宠若惊,感到无比的幸福。后来才知道,刘老师给很多师友的信,都是如此签名的,这是他尊重学生的表现,他期待的是和学生平等对话,是把学生作为和导师平等的人来对待的,他鼓励学生勇于表达自己,经常说的一句话是"小狗也要大声叫,也要发出自己的声音"。

那年9月份,我成为复旦大学的博士生,师从吴立昌老师。当时生活拮据,一心想着尽快完成学业、争取早点就业,刚入学就提前确定了论文选题:一知半解地阅读了几本清代学术史,阅读章学诚、戴震、梁启超、胡适等人的一些著作,还有意选修了陈允吉老师的佛学课程,想选择文学与学术的关系作为毕业论文选题,根本不知道这里面的水有多深,并且直接写信向刘老师请教,汇报自己幼稚的想法。我那时候喜欢写很长的信件,也没有考虑会不会因此浪费老师的时间和精力。我很快就收到刘老师的回信,从这封信中可看出刘老师是如何指导研究生选题的,更可以看出他对学生成长的殷切期待,这里将信件复制如下:

新军:

来信收读,颇觉温暖。信中所谈的思想波动,我均能理解。因为人时刻都在因环境的变化而作出精神上的反应,老年人也是如此。此也并非坏事,思虑,甚至忧虑,是前行的动力。试想,当一切都感觉过于良好时,哪里还需要追求呢?

几年来,我对你的印象很好,就品德讲,纯朴、真诚;就学业论,虽有家室之累,仍孜孜以求,不是混文凭之人,而有自己的抱负和理想,总想在学问上做成一件事。且几年来进步颇大，思考问题比较深入，文字能力提高很快。就我的感觉看，你在学术上是会有成就的。只是，毕业论文也不能急，毕业论文选题要审慎，怎样使选题既有全局的意义，又相对小一些，做起来比较容易些。你关注的学术和文学的问题，先读书打点基础很好。但学术难度极大，任先生只是草创，……关爱和倒是先走了一步，而我则望而却步。忌贪大贪全。《文学报》10月18日载学术增长点信息，可以参看。但如果大家都认为是学术生长点，又会一拥而上。学术研究是走自己的路，但也还是给我们启示：选题很重要。文评胡明来讲学，有句名言：好的选题是成功的70%，我对此有同感。

刘剑涛回家了，我昨日去学报，他们答应学报和稿酬同时寄出。

又读了你的那篇文章，虽说对我的评价仍有溢美之词，但我觉得你是知我之人。对你还是感激的。

师母潘国新问候你。我11月可能去上海大学开会，届时再联系。

祝好。

增杰　10月24日

很显然，刘老师认为我的选题是不可行的，但他并没有直接否定我读书和问学的热情，只是委婉地指出"学术难度极大""忌贪大贪全"。他不赞成过早地确定选题，"毕业论文也不能急""先读书打点基础很好"。他指导学生选题的基本思路是很明确的，"选题既有全局的意义，又相对小一些，做起来比较容易些"，他还认真地引导我靠近本学科的"学术增长点"。给我写这封信的2001年，是刘老师学术研究最为活跃的时期，也是他的研究成果集中涌现的一个高峰期。刘老师后来还强调，要通过写作学位论文找到自己，融入自己的生活体验，提高自己的学术能力。可能是受到老师潜移默化的影响，这些年我一直坚持研究生选题应该具有生长性，研究者要和研究课题共同成长，只有这样，研究者才能够在思想和情感上全部投入，而不是把写毕业论文当成外在的任务。

2002年5月，又接到刘老师一封信，谈的还是研究生论文如何选题：

> 新军：
> 近好。
> 评《主潮》文总算在第二期刊出。现在出版周期很长，主要是稿挤。收到他们寄来的丛刊之后当寄去一册。你写的徐玉诺的稿子，6月份可望出来。《精神中原》一书，也是拖厉害。
> 我和师母身体尚好，只是工作效率已经减缓，做起事来力不从心。文评2期解放区文，算是去年我两个月的心血。文评每年都刊有青年学者专号。2001年的专号不错，一些研究现代文学的文章，从思路到选题都值得研究、学习。一般人作文，要么材料堆砌，要么空对空。这些文章，在观点与材料的处理上，比较得当。
> 我们计划暑假到加拿大探亲，不知行程有无困难。如经过上海，届时将会约你见面。
> 祝好。
>
> 增杰 2002年5月10日

刘增杰老师的历史意识非常强，信中所谈的"文评2期解放区文"，是指刊发在《文学评论》上的《静悄悄的行进——论90年代的解放区文学研究》一文。从这篇文章以及此文前后发表的《进展中的缺憾——略谈文学史建构中的史料缺憾》（《文艺理论与批评》2000年第1期）、《一个被遮蔽的文学世界——解放区另类作品考察》（《文学评论》2003年第6期），可以看出这两年刘增杰老师正

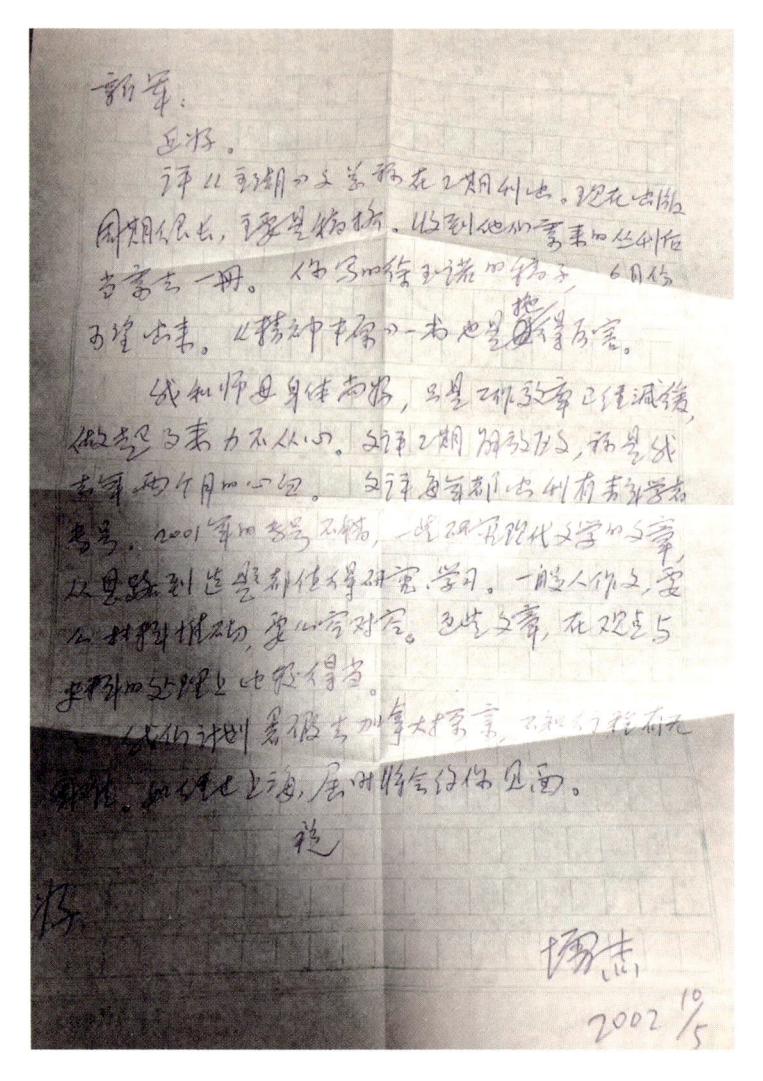

2002年5月10日，刘增杰致武新军函

在致力于建构现代文学史料学的路径。他反对材料堆砌，反对空对空，主张"得当"地处理观点与材料的关系，或者说史料与阐释的关系。并以写信的方式把自己的想法及时传递给学生。从行文来看，他是期待着我能够选择历史化的研究路径：在大量史料工作的基础上，得出"有价值"的历史观点。遗憾的是，在当时我未能透彻地理解老师的深意，直到我做了好多年报刊史料之后，才明白刘老师浅显的话中，存在着一般人很难理解的奥秘。在绵阳召开的关于文学史料问题的研讨会上，陈子善老师的一句话点醒了我，"河南大学的刘增杰老师是唯一的在认真建构现代文学史料学的学者"，史料而能成为"学"，需要思考太多太多的问题，"得当"地处理观点与材料的关系，也是刘老师所说的"一般人"很难做到的，没有长期史料整理和历史研究的经验，很难理解其中的奥妙与复杂性。

2004年毕业，我开始四处求职，在吴立昌老师的帮助下，上海社科院文学所愿意接纳，苏州和厦门两所大学也同意录用。我当时曾写信给刘老师汇报情况，他的回信很及时，还是以朋友的口吻帮我分析利弊，说河南大学可以提供良好的工作条件，最重要的是，河南大学刚刚成立第一个博士后流动站，希望我能够入站，这样更有利于学术的发展。他最关心的，依然是学生的成长问题。

听从刘老师的召唤，我回到了开封。那些年，刘老师策划了好几次重要的学术会议，让我们更深刻地感受到他对青年学生的期待，他要求我们认真写作参会论文，学会组织学术会议，学会与专家们交往。在文学馆二楼召开的小会上，他经常问我们最近读什么书，有什么研究计划，并针对每个人提出很好的建议。刘老师最看重锻炼身体，他是把我列为 couch potato 一类人的。同学们上门拜访，他习惯回赠小礼物，他特意挑了一块普洱茶，说这个很适合我。每次路上相见他都要说：你要加强锻炼了。在游泳池见到我他很高兴，鼓励我要坚持下去。

刘老师多年来对学生的引导，让我们如坐春风。在我们求学和工作的道路上，他在关键时刻的指点，在日常生活中的启发，让我们内心时常充满了感动，让我们向上攀登的动力更为充足。刘老师曾写作万字长文"中原播绿六十年"，肯定他的老师任访秋先生潜心育人的痴迷，实际上这正是刘老师对自己的期待，也是他对自己的学生的期待。我们从关爱和、解志熙、沈卫威、孙先科老师们身上，也深深感受到他们培育青年人的热情。立德树人的理想，就是这样通过师生关系传承下来的。刘老师的学术追求、育人理念与方法，延续了人文精神的灯火，对我们这一辈50岁上下的学生来说，是一笔至为宝贵的财富。

感谢刘老师，祝您身体健康！

2022 年 6 月 28 日

作者简介：武新军，1992 级本科生，1996 级硕士生，河南大学文学院院长，教授，博士生导师。

永远的先生

——痛悼刘增杰老师

杨萌芽

2023年元旦中午,听到刘增杰老师已于2022年12月29日去世的消息,不禁悲从中来。刘老师视学问如生命,视学生若子女。在刘老师身上,不仅有着山高海阔的"大学术",还有着情深意绵的"大情怀"。

2022年4月,在外封闭学习,偶然从资料室见到一本《赵毅敏纪念文集》,里面有刘老师两篇文章。认真翻阅后方知刘老师家族和河南大学有着难以言尽的"不解之缘"。他的大伯父赵毅敏毕业于河南留学欧美预备学校,后来参加革命工作,到延安后担任"鲁迅艺术学院"副校长,新中国成立后任北京市委宣传部长、中纪委副书记等,成为新中国优秀的政治家。二伯父尹达,毕业于河南大学国文系,是著名的历史学家。两位伯父对河南大学都饱含深情,刘老师在文章中谈道:"河南大学以优良的校风、先进的思想和知识培育了刘氏兄妹,刘氏兄妹从河南大学走向社会之后,又以他们独特的奉献为河南大学增添了光彩。他们壮丽的人生,从一个侧面显示了河南大学蓬勃向上的生命力。"

追随长辈们的足迹,刘老师日后也来到河南大学读书,1956年大学毕业后留校任教。自此,他数十年如一日在美丽古朴的河大园潜心治学、教书育人，将自己的一生奉献给了河南大学。读过这两篇文章，才更加了解刘老师为何致力于解放区文学研究，也对刘老师的学术理想和教育情怀有了更深刻的认识。

刘老师有大格局大情怀，是一位当之无愧的"大先生"。他挚爱学术，一生"以学术为志业"，是河南大学中国现当代文学学科承前启后的重要引领者。河南大学中国现当代文学学科奠基于任访秋先生，经刘增杰、刘思谦、王文金、关爱和、解志熙、沈卫威、孙先科诸位先生和教研室同人的接续奋斗，终成国内学术重镇。在担任学科点负责人期间，刘老师始终对学科发展充满高度责任感，既殚精竭虑谋划学科发展，又身体力行、老当益壮，终于桃李芬芳、硕果累累。刘老师的解放区文学研究、现代文学思潮研究、现代文学史料文献研究在国内独树一帜，其学术锐气和独到眼光始终凛然超绝。

刘老师还有着卓越的领导才华和独特的人格魅力。他是学科的"塑造者"之一，其精神气质、学术风范已内化为学科的精魂。他谋划学科发展有大格局大视野，始终站在学科发展前沿来思考河南大学现当代文学学科发展的特色和优势。他曾到北京大学跟随著名文学史家王瑶先生访学，长期与国内著名学者保持着密切交往，樊骏、严家炎、钱理群、吴福辉、王富仁、赵园、刘纳、陈平原、黄修己等一大批知名学者被其矢志不渝在中原大地起高峰、育英才的真诚打动，不遗余力支持河南大学学科建设，或到校开设讲座指导学生，或参与论文答辩学术活动，使得青年教师和研究生眼界开阔、追求卓越，保持着良好的成长性。

刘老师具有知人善用的大气魄。他既有尊才爱才之量，又有惜才扶才之法，善于为年轻人成长搭建平台。长期担任中文系主任和中国现当代文学学科点的负责人，他倾注极大精力于团队建设。在他的鞭策激励下，一批年轻教师或到国内外名校读博访学，或积极参与国内学术活动，或发表高质量学术成果，这些今天已步入中年的教师已成长为学院和学科的中坚力量。

我们大学时代就选修刘老师的"解放区文学研究",在十号楼上课,刘老师身材高大,声若洪钟,思维缜密,印象至深。本科毕业后读现当代文学的研究生,和孟庆澍、张新华、韩德星、王军伟等一起在老文学院(现武术学院)二楼现代文学教研室上刘老师课的情景历历在目、仿佛如昨。

刘老师既善于运筹帷幄、前瞻规划又事必躬亲、心细如发。研究生毕业后,我留在教研室工作,有一次教研室有重要学术活动,刘老师召集我们几个年轻人在文学馆二楼资料室布置工作。只见他从兜里掏出一张纸,上面密密麻麻列了几十条要做的事情,每条后面都有一个名字。然后他开始从容不迫地调兵遣将。刘老师的认真负责、严谨笃实给我们留下了深刻的印象。

这些年做行政管理工作,学术上有所松懈。每次去看望刘老师,都会被或直接或婉转方式提醒,不能忘记学术。每每想到刘老师,仿佛感到有双眼睛在盯着自己,提醒你永远不能懈怠。

增杰师属于典型的"自燃型"人格,自带光与热,以先知觉后知,立人达人,孜孜不倦,其人格、学术、事功均是我一生学习的榜样。

2022年,河南大学中国语言文学学科被省委和学校列入"一流学科倍增计划",学院也即将跨越百年,走向新的征程,将刘老师和其他前辈们为之奋斗一生的学院、学科发扬光大,将是我们纪念刘老师的最好方式。

作者简介:杨萌芽,1992级本科生,1996级硕士生,曾任河南大学文学院党委书记,现任河南大学党委副书记。

2004年，刘增杰（左2）与孙先科（左1）、杨萌芽（右2）、武新军（右1）合影

追忆刘增杰先生二三事

胡全章

自 2023 年 1 月 1 日惊闻刘增杰先生因新冠在南京去世的噩耗，时光又逝去了 50 多天；其间，先生的音容笑貌，时常映现在脑海，想写一点追思的文字，却总是千言万语，不知从何说起。昨天晚上，翻看旧书信，重温八九年前刘增杰先生对我的一部书稿写下的两页鲜活滚烫的文字，眼泪止不住簌簌地往下流。二十年前在刘老师和潘师母家中吃蒸卤面的温馨场景，十多年前先生为我的一本小书一丝不苟地写序的感人往事，清晰地浮现在眼前。

2003 年大年初六，离开学还有十多天，我就从淮阳家里返回开封河大校园。那个年关前后，我正因学业艰难而陷入焦虑状态。我从中师考入河南大学中文系，毕业后回淮阳师范执教数年后，被单位推荐上了河大的研究生班。没有脱产学习的机会，只在寒暑假听过几门课。没有经历研究生阶段的正规学术训练，凭着无知者无畏的闯劲和强烈的求知欲，2002 年侥幸考取了中国现当代文学专业的博士研究生，攻读的还是颇有难度的近代文学方向，导师关爱和校长又是以治学严谨著称的知名学者；导师组对学科点最初几届博士生寄予的厚望与自己专业基础相对薄弱之间形成的巨大落差，致使我在读博第一学期经历了一个心理迷茫期和精神焦虑阶段。来到学校后的那天晚上，走在空荡荡的研究生楼里，心里备感孤独无助，于是打电话给平日接触较多的刘增杰老师。第二天，我傻乎乎地空着手，应约到刘老师家里吃午饭。潘师母一见面就拉着我的手嘘寒问暖，抓了一把糖果塞在我手里，亲自下厨房做了几道菜，摆了一桌子。印象最深的，还是她拿手的蒸卤面，油分足、香；那一阶段一直食欲不振的我，在两位年届古稀的老人的热情招待下，竟然一连吃了两碗。

那天，平日看起来颇为威严的刘增杰先生，始终和蔼可亲，一直语重心长地开导我。当他询问我报考近代文学方向的初心时，我只好实话实说。2000年硕士学位论文答辩通过后，曾向导师孙先科老师流露过报考博士的心愿，并就专业方向征询过他的意见。孙老师根据当时对我的了解，建议我报考近代方向；因为我性格沉稳，坐得住冷板凳，而从事当代文学则需要点灵气和理论思辨意识。对孙老师的看法，我深以为然；自己笨功夫肯下，灵气则一点儿也没有。经过两年努力，承蒙老师们不弃，得以重返母校读书。孰料从当代转到近代，本就半路出家，何况又存在缺少硕士阶段学术训练的短板，攻读近代文学甚感吃力。苦读半年，不得要领。自信心没有了，精神焦虑了。虽经师友和家人多方疏导，但横亘在心里的那道坎儿，年关前后依然感觉难以逾越。那天，刘增杰先生对我"动之以情，晓之以理"，从思想上和学业上为我减压，从底线思维上做出分析与承诺，从学术方向上指点迷津，从治学方法上指示门径，从做人做事上循循善诱。一番安慰鼓励开导后，我心里的阴霾，透进缕缕阳光，隐约看到了曙光。尽管当时我对刘先生的话，听得似懂非懂，内心将信将疑；但自此以后，自信心逐渐恢复，学业得以顺利完成，毕业后幸运地留校任教。

2010年年底，我把七八年来积攒的20余篇论文汇集成册，想出一本专书，征询刘增杰先生的意见，先生大力支持。2011年大年初一登门拜年时，我把编排好的打印稿顺便带给了刘先生，请他批评指正。不久，刘先生就通过电子邮件回复，对书名和章节编排提出了建议，并对出版经费表达了关心。于是，我又斗胆请他写几句"批评和勉励的话"，刘先生欣然答应。在书序中，刘先生对我确实是既"勉励"又"批评"；不过，勉励的话语热情洋溢，批评的话则点到为止。他肯定作者重视转折年代文学的研究，显示了胸怀全局的学术视野，却又提醒，孤立地把某年看作"关键性年份"或"不可忽视的年份"进行分析，则不免有些拘谨和机械；他肯定近代文学学人研究，让作者既获取了宝贵的学术经验，又梳理了自己的思路，找到了迈向新的学术高地的门径，却又指出本书的学术视野仍"略显狭窄"，希望作者的目光更为"宏远"，早日成长为一个成熟的"近代文学研究家"，并以诗一般的语言指示了目标和方向——"像他的导师所实践、所要求的那样，把眼光上溯至嘉道之际，那里才是伟岸壮阔的近代文学澎湃的源头；同样，研究还应下移至五四之后的二三十年，在那里，仍然能够感受到近代文学的余波与踪影。研究大视野的背后，有常人不易发现的新风光。"刘先生在序中袒露的既"惊喜"又有点"忐忑不安"的心情，寄托着前辈学者对晚辈后学的殷切期待和谆谆教诲。留校工作以来，我之所以在专业上不敢稍有懈怠，肯下笨功夫，持续出成果，正是因为背后有刘增杰先生、关爱和先生、孙先科先生这样的师长期许的目光。

2014年8月，我以《近代报刊与诗界革命的渊源流变》书稿申报国家社科基金后期资助项目，将尚未完篇的打印本呈送刘增杰先生一份，请他批评斧正。中秋节后，就收到了刘先生的两页手书（按：现经字迹确认，手书为潘国新师母誊写），比鉴定专家的意见来得更快，也更具启迪意义和鞭策效果。在书信中，刘先生使用"我欣赏""相信你""给我带来了某种满足和惊喜""愿共勉"这样温情满满的赞许和鼓励的话语，给后学以信心、底气和精神动力；对书稿的开拓精神和创新之处，给予充分肯定，指出"这是我过去读诗界革命研究成果时所未曾见到过的"；在表扬"史料发掘是本书的强项"的同时，也不讳言"理论展示相对弱了一点"，并提出建议与希望。这里引一段具有共性的指导意见：

> 当然，阅读给我们提供了认识研究对象的巨大可能性，但将阅读的新鲜感受怎样转化为对真相的恰切呈现，怎样将介绍性的描述和深度的理性开掘和谐统一，这是每位研究者都要面对的现实课题。发自内心的理解，总有一种人性的释放与寄托。

这是刘增杰先生一生治学的心得体会与经验之谈，是学术著述应当追求的理想境界，也是先生对晚辈后学尤其是河大学人的殷殷期许，闪烁着文学研究者的人文精神与人格魅力。那时，刘先生虽已过耄耋之年，但身子骨依然硬朗，还时常骑着自行车去游泳馆游泳。

解志熙老师在《"导师"的意义》一文中，称刘增杰先生为"'推着'学生前行的老师"。河南大学中国现当代文学学科点有这样的"导师"，何其幸也！回想起来，在个人学术成长的关键阶段和教师岗位面临重要台阶时，背后都有刘增杰先生在"推着"前行。2005年博士毕业后，刘先生就将我的博士论文纳入"明伦学术书系"出版，在评聘副教授职称时起到了核心支撑的作用。2012年出版的那本小书，当年破格评聘教授职称发挥了重要作用。这些往事，当时并不觉得受到了特殊关照，似乎是一件自然而然的事。然而，事后回想起来，有这样一位在背后默默"推着"晚辈后学前行的老师，是一件多么温暖、多么幸福的事！

作者简介：胡全章，1988级本科生，2002级博士生。河南大学文学院教授，博士生导师。

再记如法师

李 频

张如法（1937—2020），浙江宁波人

我是 2020 年 3 月 20 日得知先师张如法去世的消息。当时我正写一篇文章，太太慌里慌张地上来说："张老师走了，昨天，3 月 19 日在开封家中走的，是张老师的嫂子刚刚告知的，是不是真的？赶紧给徐师母打电话问问情况。"

电话接通后，师母不等我说出安慰的话，便细说先师的临终情况，最后还说嫂子不该把消息告诉我们，说疫情特殊时期，给大家增加麻烦。师母就是如此细心周到，像先生一样处处为他人着想。

放下电话，我犹豫一两个小时后，还是在编辑出版教育微信群中转发旧文《如法师》，加缀一句导语："难抑怀念深情"。过一会儿，我忍不住又私信问询河南大学新闻与传播学院几位朋友在哪里，没想到一个在北京，一个在河南南阳，只有副院长王鹏飞教授在开封。鹏飞听说张老师去世的消息，也很震惊，随即便联系院长等一行四人去张老师家中吊唁。当天，院长又汇报给河南大学前党委书记、《河南大学学报》（哲学社会科学版）前主编关爱和教授。关老师因一周前从郑州回到开封，正在隔离期内，无法走出家门。他发来微信表示哀悼，并说他的第一篇论文就是张老师签发的。

先生走了，在这样特殊的时期如此孤寂地走了。我悲从中来，又手足无措。不知该为先生做点什么，此时又能做点什么。

先生撰著过一部《编辑社会学》，该书是 1987 年为我们授课讲义的基础上形成的，1989 年初版。当时听课的是学报编辑部招收的我们三个首届编辑学研究生和十多位研究所课程进修生。我读编辑学研究生时，最早、最热闹也最有收获的专业课是听编辑部老师们每周三下午讨论编辑学教材编写，你来我往，好不热闹。收获不在于哪怕一两条专业定论，而是胡益祥先生为鼓励研究生发言而一语捅破的那句话：在编辑学道路上，导师和研究生在同一条起跑线上。我曾撰《因为那两句话》铭感师恩。如法师自然不是积极的讨论发言者，但他是导师中最早出版教材的。《编辑社会学》1993 年再版时，我在《新闻出版报》发表一篇《〈编辑社会学〉再版感想》，联想到法国学者吉贝尔·米里 1957 年发表的《图书社会学可能吗》，我在文章中说："从法国到中国，从 1957 到 1989，从预言到现实，多么令人兴奋！"湖南师范大学周国清教授有一次同我谈起改革开放以来的编辑出版理论成果，他充分肯定了《编辑社会学》的出版价值和意义，我一直默存心中。

先生的自然生命已经终止，他的社会生命则进入下半场。那几天我正为《中国大百科全书（第三版）》网络版编写相关人物条目，由此想到，张老师如果作为一个人物条目，他的定性语该如何界定呢？第三版《编写条例》规定，人物、地名、机构等条目释文开头使用的定性语是非专指性的，以归类方式说明其属性。几番思索后，我首选了"中国编辑学家"。

我第一次看到"编辑学家"一词是1994年2月20日《光明日报》上发表的该报记者王衍诗写的《生命的红灯亮过之后——访编辑学家、河南大学教授宋应离》。王衍诗是我的研究生同学，我理解他的这一称谓是学生对导师的敬语，也有记者的学科敏感。但这一称名并未由此广泛而正式地流传开来。我想，在编辑出版理论研究伴随改革开放走过40余年后，以编辑学家、出版理论家、编辑出版理论家、出版经济学家、出版史家、出版史学家等为视角检视、梳理第一代编辑出版学人的理论贡献，将有利于这一学科继往开来。

张如法老师作为编辑学家的独到理论贡献就是出版了国内第一部《编辑社会学》著作。该书初版和再版都有相同的内容提要：

> 这是一本探索编辑社会关系的书。
>
> 现代的编辑行为早已不局限于编辑改改了，现代的编辑将要扮演的社会角色越来越丰富多样。现代信息社会已经益发离不开编辑机制了。在商品经济的大潮中，编辑的各种社会关系，更呈现出错综复杂的立体式格局……这一切，都使得封闭式的研究已经无法揭示编辑的"庐山真面目"。必须将编辑、编辑行为和编辑组织，放在种种社会关系中，进行开放式的考察和研究。
>
> 本书兼具理论性与应用性。作者期望一切有志者，能共同关心、研究编辑社会学，使其蔚为壮观。

30多年后的今天再读这些文字，真该叹服他的理论预见性，尤其认可其"必须将编辑、编辑行为和编辑组织，放在种种社会关系中，进行开放式的考察和研究"，真让我赞佩不已。我将它理解为先生编辑社会学思想的基本主张，有此基本主张，编辑社会学的基本框架才有理论基础。而基本主张和基本框架作为两个重要因素合成了一门学科的基本结构。编辑、编辑行为和编辑组织是编辑学的一般概念，现在基本通用，但30多年前首倡并予以明确，还是先人一着的。我前几年曾多轮次给研究生上出版行为分析选修课，充分理解了编辑出版行为的玄妙精深。因此，对《编辑社会学》2006年重印本的封面介绍文字也有更深刻的理解："本书从社会学角度对人类社会特有的编辑现象作全方位、立体式的考察，探讨了编辑与社会、作者、编辑、出版发行、受众五方面之间的相互关系，以使读者对编辑现象有更接近全貌的清晰了解，同时指导编辑行动的自由自觉。"

先生《编辑社会学》的理论资源是社会学。那时的编辑学与传播学几乎同时起步。先生的创新不是从社会学和传播学中移花接木，而是基于自己和他人的从业经验去内化，尔后倾吐哪怕并不精致、完善的思想，从而不仅与今人对话，极可能与后人对话。

《编辑社会学》1989年出版时，印数仅1000册，版权页的责任编辑项里，署名"边学"。我对这个署名非常熟悉。1992年，我的第一本专著《龙世辉的编辑生涯——从〈林海雪原〉到〈芙蓉镇〉的编审历程》出版前，由如法先生一审、责编，宋应离社长三审。两位导师分别为自己研究生的处女作承担一审、三审，现实中可能不太多吧？作为被审者我又何其荣幸。那部书的责编署名就是"边学"。我当时的反应是边编边学？还是从编（辑）中学？《编辑社会学》再版时，先生改署"路石"。我琢磨着他是甘做铺路石？但我一直没有当面请教过他。我知道，张老师退休后先后被《中山大学学报》《史学月刊》《河南文史资料》《河南大学学报》等期刊和河南省新闻出版局聘请为审校和质检人员。他几十年的职业生涯都是编辑。

1996年我写《如法师》一文时，刚由郑州调到北京，工作尚未有太大负担，在文章结尾故作轻松："如法师是一种境界，师如法则还需要一个不短的过程。"近几年，我啃了一些知识社会学书籍，初悟知识社会学、社会知识论有望提供编辑学的理论基础，并有望带来编辑学研究的更大突破，其间总想起如法师，也更多地理解了他30多年前探究的意义，因而很想再向他求教。遗憾的是我几次登门拜访，他已身患重病，我不想让他再做这些沉重的思考，便没有启齿。而今，与老师已天人永隔，讨教的愿望永远无法达成了。在某些具体的人事上，知识和社会就是如此绝情：共存社会未必能共享知识，能共享知识时，又不能共存社会了。

作者简介：李频，1986级硕士生，中国传媒大学传播研究院教授，博士生导师。

好大一棵树:追忆李慈健老师

李卫国

李慈健（1954—2006），河南开封人

"我在河大读中文"的栏目办得很好，办得很有创意，给很多中文系毕业的同学提供了一个平台，提供了一个怀念老师思念同学的园地，中文系的系友感慨良多，用动情的笔触描绘了在河大读中文的四年和授业恩师同窗好友的点点滴滴，情意绵绵，感谢中文系教给我们学会做人，学会做事，学会作文。其实还有一类老师我们不能忘记，那就是我们的辅导员，专业的老师陪伴我们一学期或者一学年，可是辅导员却陪伴我们四年或许一辈子。他们没有给我们上

过课，但是给我们不知开过多少会，讲过多少话，谈过多少心，办过多少事。思想上的启蒙，人生道路的指引，情感波折的安慰，心理障碍的疏解，生活点滴的呵护，就是因为他们是我们的辅导员。应该来说，大学四年我们印象最深感情最好难以忘怀的是我们的辅导员，因为他们在我们的身上耗费的精力花费的心血相处的时光最多，对我们一生的影响最大，李慈健老师是我的辅导员，是我的恩师，是我一生的引路人。这是我2016年纪念老师辞世十周年写的一篇缅怀文章，也算是"我在河大读中文"的一篇补充的纪念。

昨天是我的恩师李慈健的忌日，不经意间，李慈健老师离开我们已经十年了。十年前的今天，2006年6月21日，是我终生难忘的日子。当天下午洛阳师院的朋友给我来电话说：你们李老师出事了！我难以想象李老师会出什么样的事呢？朋友接着说：李书记（李慈健老师时任洛阳师范学院党委书记）出车祸了！我问情况如何？朋友说还在抢救。我下意识地感觉情况不好，握着电话什么声音也发不出来，也不知什么时候挂了电话，神情一片恍惚，呆坐在椅子上脑子一片空白。没过多久关爱和老师发来短信："慈健 车祸 去世！"我认认真真看了三遍，才相信这是真的。我敬爱的恩师走了，永远永远地离开了我们，再也听不到老师的教诲，再也看不到老师的笑容，再也不能和老师把酒言欢，再也不能陪老师校园漫步，再也……再也……我的妻子是我的大学同学，也是老师的学生，我颤抖地告诉她："李老师走了。"她问："哪个李老师？"我说："李慈健老师。"她说了句："怎么可能！"就失声痛哭。

第二天我就赶到了洛阳，和老师的同学们一起处理李老师的后事。当我第一次走进李老师在洛阳的房间时，一股陌生感袭上心头，这就是李老师一个人居住的地方，已经年过半百的他本应在繁重的工作之余有一个温馨的家，来调节工作的压力享受生活的快乐，况且李老师是一个很懂生活的人。就这么一个孤零零的寓所让李老师度过了多少孤苦难耐的不眠之夜。李老师自从离开河南大学到河南师大和洛阳师院工作，就过着和家人聚少离多的日子。还记得有一次去河南师大看他，他说晚上睡不着的时候就用手洗衣服来打发时间。一心以事业为重的老师不知道独自忍受了多少生活的孤独和无奈。我来到了老师的书房，整理他的遗物，万万没想到的是整整齐齐摞着的文稿的第一页竟然是老师为我的硕士论文写的评语。睹物思人悲从中来，难道老师知道我要来到这个房间，难道上天也珍惜我和老师的缘分要给我留下最后的念想。我征得师母姬老师的同意，把评语留下来作为永久的珍藏。此后的三天我在痛苦悲伤恍惚的神态中接待着前来吊唁的李老师的各方同学和好友，还有自发赶来的我们81级和其他年级的同学们。我依稀记得我告诉李老师的女儿小渠："好好地哭一场吧！爸爸走以后你就真正长大了，还有妈妈需要你照顾！"女儿是李老师的心头肉，抱着哄着牵着女儿长大，在李老师身上真真体验了"无情未必真豪杰，恋子如何不丈夫"的情怀。我是最后把老师推进火化炉的，最后给老师鞠了三个躬，最后一次看了老师紧闭的双眼和不甘的内心，老师啊！您才52岁，正是如日中天、事业鼎盛的壮年，等着您的还有天伦之乐，含饴弄孙，颐养天年。可您就这么无情地无奈地走了，您心不甘，我们更不愿啊！

　　老师走了，没有老师的日子里我却从未忘记老师的恩情，和老师在一起的日子和往事一直萦绕在我的心里。多少次梦里梦到老师，依然是那么和蔼，依然是那么严厉，依然是那么风趣，依然是那么睿智，依然是那么沉稳。在我的心中您就是一棵大树，我习惯了依偎在您的树下，您为我遮风挡雨，关注着我的人生，提醒着我前行的路。我不到十七岁就离开焦作来到了位于开封的河南师范大学。当时我充满了稚气和惶恐，不知道大学是什么，不知道大学该怎么过，更不知道以后的命运会怎么样。我多想找一棵大树做依靠，为我指明前行的路。这个时候您来了，但是我一点都不知道幸运会降临在我的头上。第一次见您是在学11楼我们的宿舍前，您好像有病在身，穿了一件薄棉袄，给我们讲了什么我记不清了，只知道您姓李和我是同姓，就这一点就让我觉得亲切呢。后来您把我叫去，我诚惶诚恐不知因为什么。您平淡地对我说："你一来我就知道你是我老乡，可是你不知道我是你老乡，我是兰考的。"我没想到辅导员叫我来竟然是告诉我他跟我是老乡，我顿然手足无措，内心却激动万分，我终于找到依靠了，我的大树出现了。其实李老师并没有因为我是他老乡就对我特殊对待，这是辅导员给每位新生谈话所做的功课，我想这是李老师和学生拉近心理距离的一种方式。李老师对每位同学都很上心，都很关爱，大家对李老师充满着敬意和爱戴。从此以后我再也没有了惶恐与不安，只是一心一意在读书，因为我知道：有一棵树就在我身旁，他可以为我遮风挡雨保驾护航。我和老师尽管心里很近但是并没有很多的接触，偶尔见了面也和其他同学一样没有特别的亲密，但是在人生的关口老师的眼睛在默默注视着我，使我备感温馨。

刚入学第一学期临近期末的时候，我突然得了带状疱疹并且危及眼睛，不得不回家治疗，开学也未能按时回来。在改选班里团支部时自然是因为身体原因落选了。我并没有把这当成多大的事，况且是因为自己的病情，可谁知道李老师却把它放在了心上。过了不久他把我叫过去，也没有任何过渡，直接就说："年级准备成立个阅览室，把各个班的报纸杂志集中起来供大家阅览，你就负责阅览室的工作，为同学们服务吧。"我听了很高兴，一是我又有了一个名分（其实学生干部序列根本没有这一职位），二是除了为大家服务，我有了自己读书的一块好天地。其实，我内心还是非常感谢李老师的，我知道他是在安慰我，力所能及地为我做一点补偿。真没想到老师的这一安排竟然影响了我的一生，就是因为这个阅览室使我结识了同年级一个长得像电影《乡情》里翠翠的女孩，由相识到相恋，由相恋到相爱，由相爱到结婚，就是我现在的夫人，此是后话。再一件大事就是入党问题，还是因为阅览室，还是因为恋爱，在讨论我入党的时候有人向学校党组织打了小报告，意思是上学期间谈恋爱，影响不好。那时候大学生能不能谈恋爱是个敏感的问题,虽然是既不提倡也不反对,但还是倾向于负面影响。学校来调查,李老师说:"我认为他们是正常男女同学关系。"此事也就不了了之。当时我毫不知情,只是后来才听人说起,老师在关键的时候又帮了我一把。最重要的是毕业分配,四年寒窗苦读就是为了有个好的前程,那时国家是包分配的,并且大学生还是被当作精英来看待的。分配之前有个预分方案,用人单位都列出来,让同学们自己报志愿。我报的省委党校,压根也没想到也不敢想还有留校的机会。并且内心向往郑州,那毕竟是省会大城市呀!没过几天李老师叫我过去,直截了当地说:"省委党校你去不了,留校吧,做学生工作,也算是给我做个帮手(那时李老师已经是中文系党总支副书记了)。"我听到这个消息简直是六神无主,一时不知所措,半天没缓过劲来。我在想,我留校了,女朋友怎么办?我从政的理想不就破灭了?李老师好像猜透了我的心事,说:"她的问题我来解决,你决定留校就行了。"后来我留校了,我的女友也分到了当时很不错的中专学校,从此,我就留在河大,留在开封了,在开封成了家,一留就是一辈子。后来听说老师为了我女朋友的工作求了很多人,还与人红了脸。我大学四年,完成了恋爱、入党、留校三件大事,每一件大事后面都有老师默默无言的关爱。没有李老师就没有我的今天,这份关爱太厚重了,可谓是恩重如山。我无论怎么表达也表达不尽老师对我的恩情,只有感恩,只有回报,我要用我的今生陪伴老师走得更远,我要用我的壮年陪伴老师安享晚年。

工作后,和老师的关系逐渐亲近起来,有时会在一起喝喝酒、聊聊天,老师知道我怕热,在一起吃饭时总让我坐在离空调近的地方,并且特意安排吃饭时要准备一些冰镇啤酒,甚至还有机会和老师一起外出旅游。有一年暑假我们几个年轻人携家带口准备一起去日照看海,本来未敢惊扰老师,谁知老师知道后表示愿意一起前去,由于卧铺票不够,我在补票处等候余票,老师一趟趟过来,问我情况，让我轮着休息休息。老师和我们在一起，一点架子都没有，随和得像一个邻居大哥，一起吃着大排档，一起睡在简陋的小旅馆，一起在海里游玩。您的随和在领导层里是出了名的，无论是老师还是学生，司机还是门卫，只要找到您，您都微笑地倾听，尽力地去办，每每提及您，人们都会说慈健书记是个好人。

最让我感动的是有一年春节前夕，晚上九点多了，有人敲门，我打开门，没想到是李老师和师母姬老师站在门外，老师提了两瓶酒屋门都没进，递给我说："过年了，给老太太带回去，祝老太太身体好！"这本该是学生去看老师，给老师拜年，没想到老师竟然连我母亲喝酒这点小事都挂在心上，让我如何不感动，让我如何不感激，让我如何不珍惜。至今我都没有把李老师车祸去世的消息告诉我母亲，我母亲经常感慨地说："李老师是我见过的最大的官，他是一个好人！"老师也时常关心我的工作，经常告诫我要注意工作态度、工作方法、与人交往等细节，有时候对我的不当言行会严加训斥，不留情面。最难忘的是和老师的最后一顿饭，那是老师出车祸的前一个星期，老师周末从洛阳回来，我们一起吃饭。也许是天意，也许是冥冥之中有所预感，老师席间把我叫出来，给我说："卫国呀！别怪我经常说你，现在还有谁会说你呢？"当时我正在办理去澳大利亚做访问学者的签证，李老师说："等你签证下来，第一时间告诉我，我回来给你饯行。"谁承想，我的签证还没下来，我的老师却永远地走了，走得那么急，走得那么悲惨，走得那么无奈，走得那么死不瞑目。想起老师对我无微不至的关怀，想起老师为我做的点点滴滴，让我如何不痛惜，让我如何不遗憾，让我如何不想您！我亲爱的恩师！您不在了，我心中的大树倒了，我还有很长的路要走，当我困惑时我到哪里找您！

今天是您离开我们十周年的日子，我在几年前许下一个愿望，在您十周年的祭日这天一定到您的墓前寄托我的哀思。现在我站在您的墓前，虽然没有照片但是您的音容笑貌永远铭刻在我的心里，很多往事历历在目,好像就在昨天。一直到今天我都不愿相信您离开我们的事实,至今我的手机里还保留着您的电话。您的同学和好友更是时刻把您挂在心上。我忘不了一向内敛矜持的关爱和老师在您去世后独自饮泣的场景,忘不了袁凯声老师亲手把您的骨灰放入墓穴,时过多日想起您还会号啕大哭。邙山苍苍,黄河泱泱,恩师之德,没齿难忘!老师,您安息吧!您的学生永远想念您!生命不息,思念不辍,长歌当哭,永志不忘!谨以此文纪念我英年早逝的恩师李慈健先生!

作者简介:李卫国,1981级本科生,河南大学欧亚国际学院党委书记。